아담의 사라진 여인

아담의 사라진 여인

아스트리트 로젠펠트 장편소설

전은경 옮김

다선
책방

마리아 파올라 로젠펠트,

데틀레프 로젠펠트,

다그마 로젠펠트에게 바침.

차례

Postkarte — Carte postale
Weltpostverein — Union postale universelle
Levelező lap — Correspondenzkarte — Dopisnice
Karta korespondencyjna — Korespondenční lístek
Briefkart — Cartolina postale — Post card — Brevkort
Открытое письмо — Дописна Карта
TARJETA POSTAL
Union postale universelle
Postkarte — Carte postale — Correspon
Cartolina postale — Postcard — Briefkart — Tar
Levelező lap — Karta korespondencyjna — Korespo
Brevkort — ДОПИСНА КАРТА — ДОПИСНА КАРТА
Monsieur et Madame Girardet
Rue Avenue de ...reville, 110
...emouble, Seine

I

에드워드

사람이 뭔가 쓰기 시작하는 건, 모든 것을 이야기하고 싶은 누군가가 있기 때문일까.

모든 것이 그냥 사라질 거라는 생각을 견딜 수 없어 이야기를 시작하는 걸까.

에이미, 너에게 모든 걸 이야기하고 싶어.

넌 지금 영국에 있어. 네가 내 생각을 얼마나 하는지, 하기나 하는지 나는 알지 못해. 하지만 난 널 잊을 수 없어.

여기 이 글을 통해, 살을 에는 듯한 2월의 어느 밤도 사라지지 않고 남게 되겠지.

에이미, 너와 나, 우리는 전체 이야기에서 작은 부분에 불과해. 지금 하려는 이야기는 아담의 이야기니까. 하지만 그와 나의 이야기는 다락방에서 서로 얽혀 하나가 되었어.

아담은 나에게 자신을 닮은 눈과 입과 코를, 그리고 한 뭉치의 글을 남겼지. 받을 사람에게 전해지지 못한 글을.

에이미, 내가 이 유산을 물려받기 위해 너를 만나게 된 게 아닐까, 이따금 나는 생각하기도 해.

사람들은 늘 우리 아버지가 죽었다고 말했지만, 사실 아버지는 그냥 엄마를 떠난 거였다. 제대로 사귄 적이 없으니 떠났다고 할 수 없을지도 모른다. 둘은 거의 모르는 사이였다. 정확히 말하자면 두 사람은 딱 한 번 잤을 뿐이다. 엄마가 임신 사실을 알았을 때, 아버지는 이미 오래전에 고향으로 돌아가고 없었다.

내가 여덟 살 되던 해였다. 엄마 친구들 중 하나가, 아버지가 누구인지 말해주는 게 내 정신 건강에 매우 중요하다고 엄마를 설득했다. 이르면 이를수록 좋다며.

사실이라고 해야 그리 구구절절하지도 않았다. 아버지의 이름은 쇠렌인지 괴렌인지였고, 스웨덴인가 덴마크인가 노르웨이쯤 출신이었다. 엄마는 그것 말고는 기억나지 않는다고 했다.

"에디, 네 아버지는 엄청나게 멋진 남자였어. 그리고 그날 밤, 우리는…… 너를…… 어쨌든 그날 우리는 서로 아주, 정말로 좋아했어."

스칸디나비아 출신이고 엄청나게 멋졌다는 쇠렌인지 괴렌보다는, 아버지가 죽었다는 설명이 내게는 훨씬 나았다.

두 사람의 사랑 덕분이라기보다는 얼음처럼 차디찬 고르바초프 보드카 두 병의 영향력, 다시 말해 자제력을 무너뜨리는 힘 덕분에 태어났을 테지만, 어쨌든 나는 엄마가 원하던 아이였다. 열네 살 이래로 엄마가 가장 원해온 것은 아기였다. 서른 살이 넘고서야 스칸디나비아의 정자가 마침내 그 소원을 들어준 것이다. 엄마는 일하던 서점을 임신 4개월에 그만두고 부모님 댁으로 다시 들어갔다. 아버지는 이미 베를린을 떠나고 없었다. 엄마 친구들은 배 안의 괴물 때문에 경력과 자립을 포기하게 된 불쌍한 마그다 코헨을 동정했다. 친구들은 아이가 있어도 계속 일을 해야 한다고 오랫동안 엄마를 설득했다. 그러나 마그다 코헨은 여성운동의 배척자였다. 누군가와 제때 결혼하고 임신했더라면, 엄마는 직업을 가져볼 생각은 아예 하지 않았을 것이다.

햇빛 찬란한 3월의 어느 날 오후에 나를 배에서 쥐어짜낸 엄마는, 가장 좋아하는 제인 오스틴의 소설에 등장하는 주인공 이름을 따서 나에게 에드워드라는 이름을 붙였다. 그 봄날의 나는 다른 모든 아기들과 똑같아 보였지만, 해가 가면 갈수록 점점 아담의 눈과 입과 코를 닮아갔다.

나는 거실 난로 앞에서 잘 놀았다. 소용돌이무늬가 있는 하얀색 난로 위에는 뚱뚱한 아기 천사 셋이 서로 손을 잡은 채 웃고 있었고, 난로 옆에는 자동차들이 가득 찬 상자가 있었다. 나는 자동차를 좋아했고 스스로 전문가라고 생각했으며, 여섯 살짜리 사내아이들이 대부분 그렇듯 나중에 차와 관련된 일을 하고 싶어했다. 정말이지 독창적인 구석이 있는 아이는 아니었다. 내 수집품 중 최고인 금빛 재규어로 흰색 무스탕을 들이받고 있는데, 할아버지가 흐느끼는 소리가 들려왔다. 할아버지는 뒤쪽 마룻바닥에 주저앉아 있었다. 그것부터가 좀 이상했다. 모세 할아버지는 평소에 소파나 의자에 앉지, 바닥에 앉지는 않았으니까. 게다가 눈가엔 눈물까지. 나는 팔을 뻗어 할아버지 어깨에 올렸다. 할아버지는 나를 살짝 밀어내고는 떨리는 손으로 내 머리를 쓰다듬었다.

"아담."

할아버지가 말했다.

"네? 뭐라고요?"

할아버지가 신음 혹은 한숨처럼 들리는 소리를 냈다.

"오래전 바로 여기에 너랑 아주 닮은 사내아이가 앉아 있었단다. 그 아이는 자동차가 아니라 주석 병정들을 가지고 놀았지. 이름은 아담이고, 내 동생이었어."

"지금은 어디 있어요?"

할아버지는 대답하지 않았다.

"그 병정들은 어디 있어요?"

"병정들은 일찍 죽는 법이지."

할아버지는 손으로 얼굴을 쓸어내렸다.

"에드워드, 우리 유일신에게 기도하자. 네가 아담의 외모만 물려받았을 뿐, 성격은 닮지 않았기를 말이야."

할아버지는 언제나 '유일신'에게 기도했다. 페스탈로치 거리의 유대교 회당에 규칙적으로 갔으며, 유대교 관습에 어긋남 없는 식사를 고집했다. 할머니와 엄마는 기도하는 일이 거의 없었다. 회당에는 아주 드물게 갔고, 아무 음식이나 먹고 싶은 대로 먹었다.

우리는 바닥에 쪼그리고 앉았다. 할아버지의 히브리어 기도는 염소 울음소리처럼 들렸다. 할아버지가 아주 슬픈 모양이네. 나는 할아버지 뺨에 또다시 눈물이 흐르는 모습을 보며 생각에 잠겼다. 이 극적인 광경은 집에 돌아온 엄마 덕분에 끝이 났다.

"아빠, 둘이 뭐 하는 거예요?"

"우린 지금 아담 할아버지를 위해 기도하고 있어요."

할아버지가 망아지경에 빠진 듯 계속 유일신과 이야기하고 있었으므로 내가 대답했다.

엄마는 한숨을 쉬고 할아버지의 팔을 잡아 일으켰다.

"아빠, 이리 오세요."

할아버지는 아무 반항도 하지 않고 끌려갔다.

무스탕이 엎어졌다. 나는 그것을 상자에 던져넣고, 금빛 재규어와 시합을 시킬 랜드로버를 꺼냈다. 당연히 랜드로버가 졌다. 내가 재규어를 지게 하는 일은 절대 없었으니까.

할아버지는 그날 저녁 우리와 함께 식사를 하지 않았다. 평소처럼 식사했더라면 난 아마 아담의 일은 금방 잊었을 것이다. 할아버지는 서재에 있었다. 우리는 다락방을 그렇게 불렀다. 책들이 꽂힌 책장이 하나 있기는 했지만 진짜 서재는 아니었다. 우리는 나선형 계단으로 연결된 커다란 그 방을 다용도실로 사용했다. 더는 쓰지 않지만 추억이 깃들어 버리지 못하는 낡은 가방과 고장 난 가구들, 사진이 든 상자, 옷상자, 내 요람. 다시 말해 잡동사니들이 그곳에 자리를 잡았다.

우리 할아버지 모세 코헨은 서재에서 많은 시간을 보냈다. 그곳이 조용해서라고 했다. 나는 아주 가끔씩만 위로 올라갈 수 있었다. 우리 할머니 라라 코헨이 먼지 때문에 안 된다고 했다.

그래서 식탁엔 우리 셋뿐이었다. 할머니는 목을 길게 빼고 앉아 있었다. 할머니의 목은 백조처럼 길었고, 할머니는 그런 목을 자랑스러워했다.

"네 아버지 왜 저러니?"

할머니가 엄마에게 물었다.

"아담 삼촌."

엄마는 짤막하게 대답했다.

할머니가 내 쪽으로 목을 틀었다.

"언제나 상처가 낫기를 바랐건만, 흠……."

"곧 괜찮아지실 거예요."

엄마가 대답했다.

할머니는 큰 소리로 한 번 웃었다. 할머니의 웃음은 언제나 정확하고 간결했다. 배나 가슴에서 우러난 웃음이 아니라 자판의 느낌표 같았다. 쿡 찍히고 사라지는 느낌표.

"얘, 마그다. 네 아버지는 산 사람보다 죽은 사람을 더 생각하는 사람이야. 내 말이 무슨 뜻인지 알지?”

할머니의 목소리에서 쓸쓸함이 묻어났다.

“아담 할아버지, 돌아가셨어요?”

내가 물었다.

“그러길 바라야지.”

또 느낌표 같은 웃음.

“엄마, 에디 앞에서 그런 말 하지 말아요.”

“돌아가셨어요?”

나는 계속 파고들었다.

“에드워드, 그 인간은 죽을 만했다는 정도로만 말해두자. 아주 고약한 인간이었지. 그러니까…….”

“엄마, 그만하시라니까요.”

“뭔가 망가뜨렸어요?”

“물론이지. 제 할머니와 엄마를.”

“엄마!”

엄마가 주먹으로 식탁을 내리쳤다. 평소에는 절대 볼 수 없는 모습이었다.

“얘, 마그다. 그런다고 가구를 때려 부수면 되겠니?”

엄마는 아직 식사가 끝나지 않았는데도 자리에서 일어나 접시를 치웠다. 나는 호기심이 일었다. 자기 엄마와 할머니를 망가뜨린 사람이라니, 매일 들을 수 있는 소리는 아니잖아!

할머니는 외투를 입고 나섰다. 음악회나 극장에 가는 거였다. 이따금 엄마와 내가 따라갈 때도 있었지만, 할아버지가 함께 간

적은 없었다. 할아버지는 집을 나서는 일 자체가 드물었다.

그날 밤 나는 깨어 있었다. 할머니가 돌아오는 소리가 들렸다. 그런 뒤에 다시 조용해졌다. 들리는 건 위층에서 마룻바닥이 삐걱거리는 소리뿐이었다. 기다리던 순간이었다. 나는 살그머니 방에서 나와, 나선형 계단을 올라가 문을 열었다. 할아버지는 낡은 소파에 앉아 있었고, 무릎 위에는 책이 한 권 펼쳐져 있었다. 그러나 할아버지는 책을 읽는 게 아니라 그저 앞만 노려볼 뿐이었다. 나는 관심을 내 쪽으로 돌리려고 할아버지 옆에 서서 양손으로 소파 손잡이를 만지작거리며 잡아당겼다. 할아버지가 슬픈 표정으로 미소 지었다.

"에디, 너 자야 하지 않니?"

"잠이 안 와요."

"뭔지 알겠다. 나도 못 잘 때가 많으니까."

나는 할아버지의 눈빛이 다시 얼어붙기 전에, 할아버지가 내 존재를 잊어버리기 전에 소매를 잡아당겼다.

"할아버지, 아담 할아버지 이야기해주세요."

할아버지는 한참 뜸을 들이다가 이야기를 시작했다. 히틀러와 전쟁 이야기, 유대인은 특히나 힘든 상황이라 온 가족이 이민 가려고 했다는 이야기였다. 돈이 엄청나게 드는 서류들이 필요했다. 아담 할아버지는 이민 가기 직전에 가족의 전 재산을 가지고 사라졌다. 가족들에겐 서류가 남기는 했지만, 그것 말고는 거의 무일푼이었다. 모세 할아버지와 아담 할아버지의 할머니와 엄마는 베를린에 남았다. 둘은 영국으로 가지 않으려고 했다.

"내 생각에 두 사람은 아담이 돌아오기를 기다렸던 것 같다. 하지만 아담은 오지 않았지."

"아담 할아버지가 두 사람을 망가뜨렸다고 할머니가 그랬어요. 옆에 있지도 않은데 어떻게 둘을 망가뜨렸어요?"

"뭔가를 하지 않았기 때문에 일이 잘못되는 경우도 아주 많단다."

"그러니까 아담 할아버지가 뭔가를 하지 않은 거예요?"

"직접 그랬던 건 아니고……."

나는 그 순간부터 이야기가 지루하게 느껴져서, 할아버지를 다락방에 남겨둔 채 내려왔다.

우리 엄마인 마그다가 날카로운 이성과 백조 같은 목을 물려받지 못했다는 사실은 할머니에게는 분통 터지는 일이었다. 할머니 판단에 따르면 엄마는 의지가 약하고 너무 감상적이었다. 할머니는 더 이상 젊지 않지만, 그래도 이런저런 많은 명예직을 떠맡고 문화에도 상당한 관심을 보이는 반면, 엄마는 취미도 하나 없었고 예술도 전혀 이해하지 못했다. 모차르트냐 혹은 엘비스 프레슬리나 롤란트 카이저*냐, 저속한 소설이냐 혹은 괴테나 토마스 만이냐에 상관없이, 엄마는 사물을 단순히 두 가지 범주로 나누었다. '마음에 든다'와 '마음에 들지 않는다'. 노벨상을 받았든 말든 상관없었다. 엄마는 싸구려 스파클링 와인과 진짜 샴페인도

---

* 독일 대중 가수.

구분할 줄 몰랐다. 하지만 마음에 드는 것은 정신없이 숭배했다. 뭔가 좋아지면 온 마음으로 좋아했다. 엄마는 사랑할 줄 아는 사람이었다.

엄마는 친구가 많았다. 친구들은 다들 엄마가 둔하다고 생각하면서도 계속 우리 집에 찾아와 거실에서 근심을 털어놓았다. 엄마는 시간이 많았고 잘 들어주는 사람이었으니까. 내 생각에 그 사람들은 엄마를 과소평가한 것 같다.

엄마가 나에게 처음으로 인사를 시킨 남자는 베딩* 출신인 한네스였다. 어쨌든 내 기억으로는 그가 첫 번째다. 한네스는 정육업자였고, 마흔이 바로 코앞인 우리 엄마보다 여섯 살 어렸다. 하지만 엄마는 여전히 소녀 같은, 뭔가 순결한 구석이 있었다. 그런 면은 그 후에도 사라지지 않았다.

한네스는 우리 거실 난로 위에 앉은 석제 천사들만큼이나 멍청하게 히죽거렸다. 무슨 말을 듣든 간에 늘 눈썹을 추켜올리며 경탄했다. 뭘 봐도 놀라운 모양이었다.

"한네스, 커피 한 잔 더 드시겠어요?"

그는 그런 말만 들어도 몸둘 바를 몰랐다.

"정육업자라…… 마그다, 정말 흥미진진하구나."

한네스가 나간 뒤에 할머니가 말했다.

엄마는 할머니의 비웃음을 무시했다. 어쩌면 비웃는다고 느끼지 못했는지도 모른다. 할아버지는 아무 말도 하지 않고 다락방

____

* 베를린의 한 구역.

으로 올라갔다.

"에디, 너는 한네스가 마음에 드니?"

나는 수염투성이 정육업자에 대해 아무 생각이 없었지만, 엄마 목소리가 너무 간절해서 "예"라고 대답했다.

다음 날 저녁, 한네스가 엄마와 나를 식사에 초대했다. 갓 시작된 관계의 근본적인 문제점은 이때 드러났다. 우리 세 사람은 모두 수다 떠는 데 완벽할 정도로 재능이 없었던 것이다. 엄마는 숙달된 청취자였고, 나는 아이였으며, 한네스가 할 줄 아는 이야기는 고기에 관한 것뿐이었다. 그러나 그는 '숙녀 앞에서' 고기는 피해야 할 이야깃거리라고 말했다. 한네스가 피를 넣는 소시지 제조법을 몇 마디 중얼거린 후에 식탁은 침묵에 휩싸였다. 나는 그 상황에 대해 어느 정도 책임감을 느꼈다. 내가 피자를 고집해서 이탈리아 식당에 온 건데, 식당 주인은 그리스 사람이었다. 스테이크를 먹으러 갔더라면 훨씬 나았을 거다. 그랬다면 석쇠에 구운 쇠고기 덕분에 한네스가 도살에 대해 좀 더 이야기할 수 있었을 텐데. 나는 그에게 물었다.

"총으로 동물을 쏜 적 있어요?"

불편한 침묵을 깨려고 그냥 물은 거였다.

"응."

"사슴도?"

나는 밤비의 아버지를 생각했다.

"그럼, 아주 큰 놈을 쏘았지."

"먹었나요?"

"응, 먹었어."

그가 웃자 배가 출렁거렸다.

"나는 사슴고기를 싫어한단다. 오래된 스펀지 맛이 나거든."

한네스는 이제 활기에 넘쳐, 야생고기에서 곰팡이 맛이 나는 이유를 설명하기 시작했다. 그런 냄새는 생식능력과 연관이 있고 다른 뭔가와도 관련 있다고 했지만, 그때부터 듣지 않아서 그게 뭔지는 기억나지 않는다. 나는 이탈리아 냄새를 풍기는 그리스 주인이 종이와 함께 식탁에 올려둔 색연필로 그림을 그렸다.

엄마와 한네스는 그날 저녁 이후 딱 두 번 더 만났다. 남자들이 언젠가는 다들 엄마를 떠났듯이, 이번에도 한네스가 엄마를 떠난 거였다. 엄마는 술잔을 끝까지 기울이며 고통을 맞이할 준비가 되어 있었다. 맛이 쓰든 김이 빠졌든 상관없이.

그다음 남자가 등장했을 때 나는 여덟 살이었고, 스칸디나비아 출신 친아버지에 대해 이미 알고 있었다. 할아버지가 정말 심각하게 내리막길로 치닫던 시기였다. 할아버지는 서재를 거의 떠나지 않았다. 잠도 거기서 주무셨다. 할아버지의 상태가 혼란스럽고 비참해질수록, 그렇잖아도 늘 싸늘하던 할머니는 점점 더 엄해지는 것 같았다. 언젠가 할아버지가 무거운 발걸음으로 계단을 내려오자 할머니가 말했다.

"씻어요. 냄새가 끔찍하니까. 모세, 정신 차려요!"

할아버지는 아무 말도 하지 않았다. 그저 보는 사람으로 하여금 현기증을 일으킬 만큼 슬픈 눈빛으로 할머니를 바라보다가,

몸을 돌려 다시 위로 올라갔다.

할머니는 내가 할아버지를 보러 서재에 올라가지 못하게 했다.

"에드워드, 넌 이제 나이를 꽤 먹었으니 할아버지가 네 얼굴을 보면 마음이 편치 않다는 걸 이해할 거다. 할아버지가 널 보고 싶다면 내려올 거야. 알겠니?"

하지만 할머니가 집에 없을 때면 나는 이따금 그 명령을 어겼다. 할아버지는 대개 낡은 소파에 앉아 있거나 창가에 서 있었다. 내가 노크를 하고 고개를 들이밀며 들어가도 되냐고 물으면 할아버지는 미소를 지었다.

"예전에 네 고조할머니가 여기 살았단다. 나에게는 할머니지."

전쟁이 끝나고 몇 년이 지난 뒤, 할아버지와 할머니는 당시 어린 아이였던 엄마와 함께 베를린 집으로 돌아왔다. 베를린 장벽은 아직 없었지만 도시는 이미 분할된 상태였다. 온갖 폭격을 버텨낸 그 집은 미군 점령 지구에 있었다. 이런저런 문제가 많았지만, 할아버지는 다시 그 집의 법적 소유자가 되었다. 할머니는 자기 언니처럼 영국에 남고 싶어했지만, 할아버지는 고향과 옛집을 그리워했다.

"네 고조할머니는 자존심 강한 여성이었단다. 그분은 아담을 제일 사랑했지."

할아버지가 내 머리를 쓰다듬으며 말했다. 나 에드워드는 과거에 가려 사라졌다.

조금 전까지 할아버지의 눈에서 반짝이던 애정은 분노로 바뀌었다. 할아버지는 이제 내가 아니라 아담을 보고 있었다. 사랑과 증오를 한몸에 받았던 동생을. 아래층에서 할머니 발소리가 들려와, 나는 얼른 도망쳤다. 마음이 가벼워졌다.

아담이라는 이름 때문에 슬슬 짜증이 나기 시작했다. 쇠렌인지 괴렌인지 하는 스칸디나비아 유전자는 아담에게 완전히 패했다.

엄마에게 새 남자가 나타나기 전에 케이블 텔레비전과 피아노가 먼저 생겼다. 할머니는 이제 손자가 슬슬 악기를 배울 때가 되었다고 판단했다. 하지만 매일 피아노를 뚱땅거린 사람은 엄마였다.

"아, 제대로 연주할 줄 안다면 얼마나 좋을까!"

엄마가 말했다. 엄마는 그게 가능하다는 생각은 전혀 하지 않았다. 다른 사람들은 모두 할 줄 알아도, 자기는 못한다고 간주했다.

나는 피아노에 전혀 관심이 없었다. 그러나 할머니 명령 때문에 할 수 없이 일주일에 두 번씩 피아노 교사인 뇌프 선생의 집에 가야 했다. 재색 끈으로 묶은 뇌프 선생의 검고 긴 머리카락은 어깨 위로 구슬프게 흘러내려와 있었다. 선생님은 엄마보다 어렸지만 더 늙어 보였다. 그리고 콧수염이 있었다. 그 때문에 어찌나 놀랐던지, 아무리 안 보려 해도 눈을 뗄 수가 없었다. 내가 그때까지 만난 여자 중에 수염이 있는 사람은 선생님이 유일했다.

선생님은 피아노 첫 교습 시간을 이런 말로 마무리했다.

"에두아르트, 음악적 재능이 전혀 없구나. 음감도 없고 감정도 없어."

나는 고개를 끄덕이고는 선생님에게 23마르크를 건넸다. 처음에는 내 이름이 에두아르트가 아니라 에드워드라고 선생님에게 열심히 설명했지만, 나중에는 그냥 포기했다.

선생님의 집은 방 두 개짜리 낡은 집이었다. 그곳에서는 잃어버린 꿈의 냄새가 났다. 문자 그대로 그 냄새였다. 정말 그랬다. 분명했다.

뇌프 선생님은 중증 조울증에 시달렸다. 이따금 기분이 좋을 때면 오줌 냄새가 나는 차를 끓였다. 자기가 마실 차에는 럼주를 넣고 내 차에는 넣지 않았다. 그러고는 빈 음악원 시절에 대해 이야기했다. 럼주의 효력이 발동하면 선생님은 '크리스티나 뇌프, 새로운 신동?'이라는 제목이 실린 오래된 신문을 끄집어내곤 했다. 나는 기사 내용에는 전혀 관심이 없었지만, 선생님이 열다섯 살 때 이미 콧수염이 났는지 궁금해서 인화 상태가 좋지 않은 흑백사진을 뚫어지게 들여다보았다. 차에 섞지 않은 맨 럼주만 두 잔 마신 뒤부터 선생님의 수다는 더 이상 막을 수 없는 지경이 되었다. 쇼팽이 어쩌고, 쇼팽이 저쩌고.

"언젠가 벼락부자가 된 제화공이……."

선생님이 생각에 잠겼다.

"그 사람 이름이 뭐였더라?"

그녀는 한숨을 쉬고는 자신의 형편없는 기억력에 스스로 화를 냈다.

"뭐, 어쨌든 그 제화공이 쇼팽에게 피아노에 앉으라고 요구하며 이런 말을 했지. '이봐요, 오래 연주할 필요는 없습니다. 그저 조금만 라라라라 해봐요. 어떻게 치는지 사람들이 보게 말이지요.'

얼마 후에 쇼팽은 제화공을 저녁식사에 초대해서, 망치와 못과 구두창 가죽을 건네주며 말했어.

'존경하는 명인이시여, 당신의 능력을 조금 보여주시지요. 신발 전체에 밑창을 댈 필요는 없습니다. 그저 조금만 땅땅땅 쳐보세요. 어떻게 치는지 사람들이 보게 말이지요.'"

뇌프 선생님이 미소를 지었다. 나는 선생님의 미소를 보고, 그녀가 그 저녁식사 자리에 함께했던 거라고 믿었다.

"쇼팽다운 모습이야."

선생님이 고개를 저으며 말했다.

"정말 전형적이지."

한참 세월이 흐른 뒤에야 나는 쇼팽이 피아노 선생님의 절친한 친구가 아니라, 이미 오래전에 사망한 작곡가라는 사실을 알게 되었다.

뇌프 선생님은 기분이 안 좋을 때면 전혀 입을 열지 않았고, 한심스러운 내 뚱땅거림을 듣고만 있었다. 말은 없었지만 나를 지독하게 경멸한다는 것, 내 손가락을 잘라버리고 싶어한다는 걸 느낄 수 있었다. 열 손가락 전부를.

배우는 속도는 신통치 않았지만 어쨌든 석 달 뒤에 나는 엄마에게 왈츠 한 곡을 가르쳐줄 수 있었다. 뇌프 선생님과는 반대로 엄마는 내 솜씨에 무척 감탄했다.

"우리 에디, 한 번 더 들어봐."

엄마는 긴장하여 손가락을 떨며 건반을 눌렀다.

"이렇게 치는 게 맞니?"

"으음, 맞아요. 그다지 나쁘진 않네요."

나는 트집을 잡으려는 말투로 대답했다. 그러나 사실 엄마는 나보다 더 잘 쳤다. 내가 그렇게 말했어도 엄마는 믿지 않았을 것이다. 믿기는커녕 내가 자기를 놀린다고 생각했겠지…….

한네스의 후임자를 집에 데리고 온 사람은 할머니였다. 교수인 슈트롬브란트 로셀랑 박사였다. 그의 성만 기억날 뿐 이름은 기억나지 않고, 사실 알지도 못했다. 엄마와 그 남자의 관계가 몇 달 지속되긴 했지만, 엄마도 나도 이름을 부르지 않고 존댓말만 했으니까.

"오늘 오후에 슈트롬브란트 로셀랑 박사님이 커피를 마시러 오신단다."

할머니가 미소를 지으며 말했다.

"의사예요?"

내가 물었다.

"그래."

"할아버지가 편찮으세요?"

"아니야. 슈트롬브란트 로셀랑 박사님은 산부인과 의사야."

산부인과 의사가 뭘 하는 사람인지 아는 여덟 살짜리가 몇 명이나 되는지는 모르겠다. 어쨌든 나는 몰랐다.

"에드워드, 산부인과 의사는 여자들을 진찰하는 사람이야. 여자들을 위한 의사라고."

할머니가 약간 짜증 섞인 목소리로 설명했다.

할머니는 교수를 어떤 자선행사에서 만났는데, 독신인데다 자기 아이가 없어서 무척 슬퍼한다고, 그리고 엄마와 나를 만나고 싶어 안달이라는 사실을 우리에게 알려주었다.

"마그다, 슈트룸브란트 로셀랑 교수는 정말 경이로운 남자야. 교양 있고, 여행 경험도 풍부하고 재미있는 사람이지."

할머니는 백조 같은 목을 길게 늘이며 나를 바라보고는, 내가 이해할 수 있도록 다시 한번 강조하여 말했다.

"아주, 아주 놀라운 남자란다."

교수는 키가 컸다. 반밖에 남지 않은 재색 머리카락은 어중간한 길이였다. 연분홍색으로 반짝이는 이마는 엄청나게 넓었고, 파란 핏줄이 퍼져 있었다. 그는 너무 또렷하게, 너무 크게 말했다. 또 지식의 범위가 넓다는 사실을 보이기 위해 이 주제에서 저 주제로 마구 넘어갔다. 화제는 그에게 엄청난 충격을 준 교황 요한 바오로 2세 저격 사건, 그를 무진장 화나게 만드는 플로리다 부동산 가격, 시원찮은 마거릿 대처를 거쳐 드디어 자궁으로 넘어갔다.

할머니는 그의 강연을 편하게 받아들이며 이따금 자기 의견을 피력하거나 질문을 던지기도 했지만, 엄마와 나는 계속 케이크만 퍼먹었다.

"그게 제 박사논문 주제였답니다."

교수가 자궁에 관한 이야기를 마무리했다. 그는 헛기침을 하고는 우리 엄마를 바라보았다.

"코헨 양, 손이 정말 아름답군요. 환상적입니다."

엄마는 얼굴이 붉어졌고, 할머니는 흡족한 표정으로 미소 지었다. 잠시 아무도 말이 없었다. 이제 엄마가 뭔가 말을 해야 할 상황이었다.

"매일 여자들 몸속을 들여다보면 이상하지 않나요?"

칭찬해줘서 고맙다는 말 대신, 엄마는 이런 질문을 했다. 백조 같은 할머니의 목에 흥분할 때 나타나는 얼룩이 번졌다.

"그러면 더는 볼 것도 없을 텐데……. 그러면……."

"마그다!"

할머니가 엄마의 말을 막았다.

"아니, 코헨 부인, 아닙니다. 코헨 양이 옳아요. 이제 질은 욕망의 대상이 아닙니다. 저의 낭만적인 면을 일깨우는 대상은 질보다는 손이지요."

할아버지가 거실에 서 있었다. 우리는 할아버지가 내려오는 소리를 전혀 못 들었다. 할머니의 시선이 할아버지의 구겨진 셔츠에서 이리저리 무성하게 뻗친 수염으로 옮겨갔다.

"난 그냥 먹을 걸 가지러 온 거야. 손님이 있는 줄 몰랐어."

할아버지가 말했다.

두 남자를 서로 소개하긴 했지만, 할머니는 의례적인 몇 마디 인사를 나눌 시간조차 주지 않았다. 나에게 케이크를 들고 할아버지와 함께 다락방으로 올라가라고 명령했다.

다락방 소파에 앉자마자 할아버지는 케이크를 쿡쿡 쑤셨다.

"손님이 있는 줄 정말 몰랐어."

할아버지는 반은 혼잣말처럼, 반은 나에게 말했다. 하지만 사실은 할머니에게 한 말이었다. 한 층 아래 있어서 들을 수 없는 할머니에게.

할머니에게는 다행스럽게도, 교수는 그날 작별하기 전에 엄마에게 다시 만날 수 있는지 물었다.

"정말 멋진 남자 아니냐?"

할머니는 지쳤지만 행복한 표정으로 물었다.

엄마는 그저 어깨만 으쓱했다. 이 명백한 무관심에 할머니는 분노가 폭발했다. 차분하고 냉정하던 평소 목소리가 높은 쇳소리로 변했다.

"마그다, 도대체 뭘 기대하는 거지? 넌 이제 젊지 않아. 교수는 네가 만날 수 있는 최상의 인물이야. 넌 여기서 영원히 살 수는 없어. 에드워드에게도 아버지가 필요하고!"

나는 할머니가 우리를 내쫓으려 한다는 사실을 어렴풋이 깨달았다.

"나도 이제 여생 동안 뭔가 하며 지내고 싶다."

그러고는 정말 모든 걸 팔아버리고 영국으로 이민 가고 싶다는 말을 덧붙였다.

"그럼 아빠는요?"

"이 빌어먹을 나라, 이 빌어먹을 도시, 이 빌어먹을 집을 떠나는 게 네 아버지에게도 좋을 거다. 우린 다시 오지 말았어야 했어. 나쁜 기억들, 너무 나쁜……."

"하지만 아빠는 많이 늙으셨어요. 엄마가 아빠를……."

"이제 그만!"

할머니는 자리에서 일어나 외투를 집어들고 집을 나갔다.

엄마는 바닥을 내려다보다가 한숨을 내쉬었다. 우리는 그저 뭐라도 해야겠다는 생각에 식탁을 치우고, 지나치다 싶을 정도로 꼼꼼하게 설거지를 했다. 그릇이 모두 반짝반짝해지자 엄마는 접시 두 개를 꺼냈다. 우리는 남은 케이크를 먹었다. 구역질이 날 정도였지만, 다디단 케이크를 마구 쑤셔넣었다. 그것도 아주 열심히. 케이크는 사라졌지만, 씻어야 할 도자기 그릇이 또 생겼다. 우리는 느리고 꼼꼼하게 두 번째 설거지를 했다.

그러고 나니 할 일이 하나도 없었다. 우리는 주인이 돌아오기를 기다리는 버려진 두 마리 강아지처럼 부엌에 서 있었다. 기다릴 대상이 존재하지 않는다는 사실만 달랐을 뿐.

사흘 후 저녁, 슈트롬브란트 로셀랑 교수가 엄마와 함께 외출하려고 우리 집을 노크했다.

"코헨 부인에게 꽃을, 코헨 양에게도 꽃을, 아이에게는 초콜릿을 가져왔습니다."

교수는 허리를 살짝 숙여 인사하면서 선물을 건넸다.

"교수님, 뭘 이런 걸 다 가지고 오셨어요."

할머니가 환하게 미소를 지었다.

"정말 아름다운 꽃이군요. 매혹적이에요."

교수가 다시 허리를 숙였다.

할머니와 나는 문간에 서서 계단을 내려가는 두 사람을 바라보았다. 엄마는 몸을 돌리더니 서글픈 미소를 지었다. 엄마를 다시 데려오고 싶었지만, 발이 미처 움직이기도 전에 할머니가 나를 집 안으로 잡아당기고 문을 닫았다.

"자, 이제 아주 좋은 일이 벌어지기를 기대하자."

할머니와 나는 부엌에서 식사했다. 이날을 축하하기 위해 할머니는 내가 제일 좋아하는 국수 수프를 끓였다. 하지만 이날 저녁 수프는 피아노 선생님의 차처럼 오줌 맛이 났다. 내 마음은 엄마에게 가 있었다.

"에드워드, 맛이 없니?"

할머니가 화난 목소리로 물었다.

"맛있어요."

"그럼 다행이다. 네가……."

할머니가 말을 멈추었다. 남성용 화장품과 바디샴푸 냄새가 부엌에 흘러넘쳤다. 양복과 깃을 세운 셔츠를 입은 할아버지가 서 있었다. 구두를 윤나게 닦고 넥타이를 반듯하게 맸으며, 얼굴도 말끔하게 면도한 상태였다. 할아버지가 자신 없는 걸음걸이로 식탁으로 다가왔다.

"앉아도 되겠어?"

할아버지가 식탁에 앉았다. 할머니 얼굴에서 냉정함이 잠시 사라졌다. 할머니는 자리에서 일어나, 할아버지에게 수프를 한 그릇 가져다주었다. 떨리는 할아버지 손 때문에 국수가 숟가락 안에서 요동쳤다.

"천천히, 모세. 천천히."

할머니가 할아버지의 팔을 쓰다듬었다. 그런 행동이 두세 번 되풀이되고서야 나는 할머니의 행동에 이유가 있다는 사실을 깨달았다. 덕분에 할아버지의 손이 차분해지고, 국수도 숟가락 안에서 움직이지 않았다.

식사가 끝나자 할머니는 남편을 다락방으로 데려다주었다. 나는 제일 아래 계단에 앉아 다락방의 소리에 귀를 기울였다. 영국으로 이사한다거나 엄마와 나를 내쫓는다는 할머니의 계획과 관련된 이야기는 전혀 들리지 않았다. 처음에는 조용했다. 그러다가 두 사람은 할아버지의 유일신에게 기도를 올렸다. 히브리어로 중얼거리는 소리가 들려왔다. 나도 기도를, 아니 떼를 쓰기 시작했다. "교수가 사라지게 해주세요. 엄마와 내가 계속 여기서 살게 해주세요!"

나는 침대에 누워 엄마가 돌아오기를 기다렸다. 드디어 열쇠 소리가 들렸다. 나는 문으로 달려갔다. 엄마는 전투를 치르고 온 사람처럼 보였다. 힘겹게 싸우고 머리카락도 마구 엉클어진 모습이었다.

엄마는 보통 때라면 나더러 안 자고 깨어 있었다며 화를 냈겠지만, 나를 안고는 한숨을 내쉬었다.

"아, 에디. 아이고……."

나는 엄마를 따라 엄마 방으로 들어갔다.

"그 사람은 끔찍하게 말이 많아."

엄마가 이렇게 말하고는 침대에 몸을 던졌다.

"엄마, 난 아버지 없어도 돼요."

"알아, 에디. 나도 안단다."

"이제 어떻게 해야 하지요?"

나는 아이가 엄마에게 하는 질문이 아니라, 군인이 전우에게
하듯이 물었다.

"그걸 안다면 얼마나 좋겠니?"

할아버지가 다림질한 옷과 말끔하게 손질한 외모로 할머니 마
음을 다시 부드럽게 만들고, 그래서 할머니가 계획을 포기하면
좋겠다는 내 소망은 이루어지지 않았다.

교수는 이제 규칙적으로 엄마를 데리러 왔고, 언젠가부터 나도
그 일에 말려들게 되었다. 살이 에이듯이 춥던 어느 일요일, 그는
엄마와 나를 동물원으로 끌고 갔다. 우리는 그 겨울날 오후에 그
곳에 간 거의 유일한 방문객이었다. 교수는 목표를 향해 씩씩하
게 전진했다. 엄마와 나는 질척거리는 눈을 헤치며 비틀비틀 그
뒤를 따랐다.

"판다곰들."

그가 한숨을 내쉬었다.

판다곰 한 쌍은 중국 정부가 전직 총리인 슈미트에게 준 선물
이었다. 그 선물은 교수에게 본격적인 화젯거리를 제공했고, 중
국과 독일에 관한 강연이 펼쳐졌다. 그 일의 배경은 무엇인지, 그
리고 그의 판단에 의하면 앞으로 무슨 일이 벌어질지에 관한 강
연이었다.

아마 한 마리는 이미 죽었던 것 같다. 내 기억에 곰이 한 마리
밖에 없는 걸 보면. 판다는 한 시간 내내 등만 보이고 앉아 있다
가 느릿느릿하게 몸을 돌려서 졸린 눈으로 우리를 바라보았다.

원숭이 오줌 냄새가 났다. 교수는 강연을 하고, 판다는 대나무를 입에 쑤셔넣었으며, 엄마와 나는 입을 꾹 다물고 있었다.

"화장실 갈래요."

나는 교수의 말을 가로막았다. 교수는 처음에 놀란 듯하더니, 나중에는 화난 표정으로 나를 노려보았다.

엄마가 내 손을 잡았다. 슈트롬브란트 로셀랑 교수는 고개를 한 번 끄덕여 우리의 행군을 허락했다.

"난 여기서 기다리고 있겠습니다."

그는 판다 우리의 유리판을 한 번 두드리고는 강연을 계속했다.

"저 사람, 혼잣말을 해요."

내가 엄마에게 속삭이자, 엄마는 그저 피곤하다는 듯이 미소만 지었다. 얼음처럼 차가운 바람이 얼굴로 불어왔다.

"사실은 화장실 가고 싶지 않아요."

나는 엄마에게 솔직하게 털어놓았다.

"알아, 에디. 나도 알아."

우리는 냉기 속에서 정처 없이 방황했다.

"엄마, 나 저 사람 싫어요."

"말이라도 조금 적게 하면 좋으련만."

엄마가 말했다.

"우리 그냥 가요."

"어디로?"

"집으로요."

나는 엄마를 유혹했고, 엄마 눈도 잠깐 반짝였다. 그러나 빛은 금방 꺼졌다. 엄마가 고개를 저었다.

"아니, 그럴 수는 없어."

엄마는 무슨 잔이든 끝까지 기울였다.

그때 코끼리 소리가 적막을 깼다. 지금 와서 생각해보면 그건 우연이 아니었다. 그가 나를 부른 것이다.

"엄마, 나 코끼리 우리에 가서 기다려도 돼요?"

엄마는 판다에게 돌아가고 나는 반대 방향으로 갔다.

코끼리 우리에 들어서자 먼저 노랫소리가 들려왔고, 그다음에 그가 눈에 들어왔다. 그는 긴 의자에 앉아 있었다. 담배연기가 그를 에워싸고 있었다. 나는 그 노래를 부르는 남자로부터 도망치고 싶은 동시에 한편으로는 다가가고 싶었다. 호기심이 이겼다. 그는 내가 자기 옆에 선 뒤에야 알아챘다. 노래를 중단하지 않고 담배도 입에 그대로 문 채, 옆으로 조금 비켜 앉으며 나에게 자리를 권했다.

그는 한창때의 엘비스처럼 보였다. 엘비스는 엄마 젊은 시절의 우상이었다. 엄마 방에는 아직도 그의 음반이 있었다. 할머니조차 엘비스에게서 좋은 점을 찾아냈다. 언젠가 엄마가 그의 음악을 틀었을 때, 음반 커버를 손에 든 할머니가 '굉장히 멋진 남자'라고 말한 적이 있다.

"나는 잭이야."

낯선 남자가 미국식 억양으로 말하며 악수를 청했다.

"에드워드예요."

"피울래?"

잭이 담뱃갑을 내 코앞으로 내밀었다.

"난 아직 아이예요. 그리고 여기서 담배를 피우면 안 돼요."

그는 웃으며 담배에 불을 붙였다.

"혼자 왔니?"

"아니요, 엄마는 판다 우리에 있어요."

"아빠랑?"

"아니요, 교수님인 슈트롬브란트 로셀랑 박사님이랑 함께 있어요. 우리 아버지는 스웨덴인가 덴마크인가 노르웨이에 있대요. 확실하게 아는 사람은 없어요."

"너 벌써 인생 편력이 대단하구나. 그러면 한 대 피워도 돼."

여덟 살에 피운 첫 담배 맛은 몹시 역겨웠다.

"그 이름 긴 박사님은 의사니?"

"예, 여자를 보는 의사래요. 여자만 본대요."

내가 기침을 참느라 애쓰는 동안 잭은 슬픈 노래를 부르기 시작했다.

"코끼리에게 노래를 불러줘야 해. 행운이 오거든."

그가 말했다.

"그게 아저씨 직업이에요?"

"아니, 내 종교야."

"나는 유대인이에요. 우리는 기도를 하지요."

두 번째 담배 맛은 처음보다 약간 나았고, 그 덕분에 나는 왠지 모르게 용감해졌다. 그래서 머릿속에서 솟구치는 질문들을 던졌다. 그는 미국인이었고, 여행가요 음악가인 동시에 사업가였다.

엘비스와는 친척이 아니었고, 아이와 아내도 없었다. 베를린에는 몇 주 전에 도착했고 그 전에는 함부르크에 있었다. 그리고 그 전에는 킬Kiel에, 그 전에는 이탈리아에 머물렀다.

그의 이름은 잭 모스였다. 나는 그가 첫눈에 마음에 들었다.

세 번째 담배를 피운 후에 내 용감함은 불안으로 바뀌었다. 엄마와 교수가 나를 곧 데리러 올 터였다. 이제 다시는 잭을 만나지 못할 수도 있다. 나는 이 사람이 내 삶에서 사라지는 게 싫었다. 그때 그가 마치 내 생각을 읽기라도 한 듯이 자기는 한동안 베를린에 있을 거라고, 매달 첫 주 일요일에 코끼리를 보러올 거라고 말했다.

발소리가 들려왔다. 나는 담배를 바닥에 버렸다.

"우리 에디."

잭과 나는 동시에 뒤를 돌아보았다. 방금 전까지 창백하고 지쳐 보이던 엄마의 얼굴이 순식간에 붉게 물들었다. 나는 엄마가 진짜 엘비스만큼이나 멋진 이 남자에게 마음을 빼앗겼다는 사실을 눈빛으로 알아챘다. 잭은 자리에서 일어나, 가벼운 발걸음으로 엄마와 교수에게 다가갔다.

"안녕하세요? 잭 모스입니다."

뭔가 이질적인 요소가 섞인 그의 미국식 억양은 정말이지 매혹적이었다.

엄마는 환하게 웃고 또 웃었지만, 교수는 의심이 가득한 눈으로 가짜 엘비스를 노려보았다.

"모스 씨, 여기서 일합니까?"

교수가 물었다.

"예, 일요일에 동물 우리를 청소하기 전엔 언제나 이런 양복을 입지요."

잭은 이렇게 대답하며 우리 엄마에게 윙크를 보냈다.

"모스 씨, 굉장한 익살꾼이군요."

교수는 경멸을 최대한으로 표현하느라 애를 썼다.

"이따금 그렇지요."

"영국인이고."

슈트롬브란트 로셀랑 교수가 진단을 내렸다.

"아니요, 이탈리아 뿌리 몇 가닥과 다량의 아일랜드 뿌리가 섞인 미국인입니다."

"아, 그렇군요. 자, 우린 이제 갈까요?"

교수가 엄마의 손을 잡았다.

"그럼 모스 씨, 안녕히 가시오."

"예, 안녕히 가십시오. 에드, 또 보자."

잭은 내 어깨를 툭툭 치고는 엄마에게 다시 한번 윙크를 보냈다.

우리는 입을 다문 채 동물원을 떠났다. 쿠담 거리에 이르자마자 교수는 울분을 터뜨리며 잭 모스의 범죄 이력을 날조해냈다.

엄마와 나는 아무 말도 하지 않고 그저 미소만 지었다.

이날 저녁 엄마는 낡은 엘비스 음반을 틀고 엉덩이를 흔들며 로큰롤의 왕과 이중창을 불렀다.

엄마의 기분 좋은 상태에 할머니는 의심이 생겼던 모양이다.

"흠, 너희 동물원에서 즐거웠니?"

할머니가 나에게 물었다.

"몰라요."

나는 본능적으로 잭 모스 이야기를 꺼내지 말아야 한다고 생각했다.

"에드워드, '몰라요'라니, 무슨 대답이 그렇지? 즐거웠어, 아니면 즐겁지 않았어?"

"으음."

"네 엄마는 어땠어? 왜 저러지?"

"몰라요."

"교수는 어디 있어? 오늘 우리 집에서 함께 저녁식사를 할 거라고 생각했는데."

"몰라요."

할머니는 미심쩍다는 표정으로 나를 바라보았다. 할머니에게 계속 쥐어짜이기 전에 나는 얼른 내 방으로 도망쳤다.

그 다음 주에 나는 피아노 선생님의 세 번째 기분 상태를 알게 되었다. 선생님은 차를 끓여오고서도 아무 말이 없었다. 내가 전에 연습하라던 곡을 연주할까 묻자 그녀는 고개를 저었다.

"에두아르트, 치지 마라."

뇌프 선생님이 나지막하게 말했다.

"오늘 어디 안 좋으세요?"

나는 조심스럽게 물었다.

선생님은 신경질적으로 요란하게 웃었다.

“얘, 난 이미 오래전부터 안 좋아.”

나는 차를 노려보며, 23마르크를 놔두고 그냥 가면 예의에 어긋나는 일인지 곰곰이 생각했다. 다시 올려다보니 럼주 두 방울이 선생님 수염에 매달려 있었다.

“에두아르트, 의심을 버리면 절대 안 된다.”

선생님이 도수 높은 술을 찻잔에 따랐다. 평소에는 부엌에서 몰래 하던 일이었지만, 오늘은 술병이 피아노 위에 떡하니 놓여 있었다.

“알아들었니? 모든 사람이 너를 혹평할 때도 의심하고, 모두 네 어깨를 두드려줄 때도 똑같이 의심해야 한다.”

나는 고개를 끄덕였다.

“의심을 없애려고 하지 마. 그러나 동시에 그 사람들이 너를 잡아먹게 해서도 안 돼. 알아들었니?”

나는 술 취한 선생님이 무슨 말을 하는지 전혀 알아듣지 못했지만 다시 고개를 끄덕였다.

“양들을 마른 땅으로 몰아넣지 마.* 그냥 바깥에 두고, 우산을 가져다줘. 아니면 빌어먹을 비를 그대로 견디게 하거나. 비는 지나가는 법이니까. 안에는, 안에는 건질 게 없어. 에두아르트, 나는 안에 있어. 그곳엔 아무것도 없는데 말이야.”

선생님이 일어나서 술병을 들고 다른 방으로 가버렸다. 문을 닫는 소리가 들려왔다. 그 후로는 아무 소리도 들리지 않았다. 나

---

* ‘양들을 마른 땅으로 몰아넣다’는 ‘필요한 조치를 미리 취하다’라는 뜻의 독일식 표현이다.

는 강습시간이 지나기를 기다렸다가 탁자에 돈을 내려놓고 그 집
에서 나왔다.

선생님의 세 번째 기분은 일회적인 사건으로 끝났다. 평소와
같은 시간들이 반복되었다. 재능이라고는 없는 내 뚱땅거림 또는
선생님의 쇼팽 수다. 선생님은 양들이나 의심에 대해 더는 언급
하지 않았고, 럼주도 부엌에서만 따랐다.

다음 달 첫 주 일요일이 왔다. 내가 애타게 기다리던 그날을 완
전히 망친 사람은 슈트롬브란트 로셀랑 교수였다.

잭 모스를 만나는 대신, 나는 할머니와 엄마와 함께 첼렌도르
프에 있는 작고 우울한 집에 앉아 있었다. 교수가 '내 거처'라고
부르는 집이었다. 그는 자기 집을 소가족이 살기에 이상적인 장
소라고 자찬했고, 할머니는 엄마와 내가 너무 창피하여 바닥만
내려다볼 정도로 열광적으로 그에게 맞장구를 쳤다. 우리는 여전
히 내다버려질 위험에 처해 있었다.

식사는 토끼고기였다.

"나는 토끼를 직접 기릅니다."

교수가 말했다. 정원 헛간에는 가축이 살고 있었다. 가축의 수
명은 교수가 도살할 마음을 먹으면 끝이 났다.

슈트롬브란트 로셀랑 교수 집에는 서재가 있었다. 우리처럼 잡
동사니가 그득한 다락방이 아니라 진짜 서재였다. 책장이 천장까
지 닿았고, 모두 새 것처럼 보이는 책들이 반듯하게 분류되어 있
었다.

"책을 깔끔하게 유지하는 데 정말 엄청난 노력이 필요하겠군요."

할머니가 관심을 보였다.

"외로운 작업이지요."

교수의 목소리에서 평소에 들리던 오만이 사라졌다. 자부심 강한 교수는 순식간에 서글픈 반 대머리 남자로 변했다.

"무척 외로워요. 예, 그 외로움이……."

그가 한숨을 쉬었다. 나는 그의 눈에서 반짝이는 눈물을 보았다. 정말이다. 할머니가 그걸 봤더라면, 그가 바지를 내리고 성기를 만지작거리며 놀았다 해도 그보다는 덜 놀랐을 것이다.

"존경하는 박사님, 슈트롬브란트 로셀랑 교수님, 굉장한 서재예요. 멋진 책들이군요."

할머니는 비탄에 젖은 주인의 탄식을 중단시키고, 그의 칭호를 극도로 예리하게 강조했다.

서재를 구경한 뒤에 교수는 우리를 식탁에 앉히고 오븐에서 토끼고기를 꺼내왔다.

"무척 맛있어 보여요. 냄새도 굉장히 좋군요."

할머니가 말했다.

"의사인데다 요리까지 이렇게 잘하다니, 정말 감동이에요."

할머니는 쉴 새 없이 교수와 음식을 칭찬했다.

"나는 유대교 방식의 도살에 관한 책을 일부러 사서, 그 방식대로 윙키를 도살했답니다. 윙키는 지금 우리가 먹고 있는 귀부인 토끼지요. 코헨 부인과 코헨 양, 나는 두 분의 종교를 진심으로 존중한답니다."

엄마와 나는 웃음을 참을 수 없었다.

"내가 잘못 말한 거라도 있습니까?"

"아니, 아니에요. 그건 무척이나 고귀한 행동이셨어요."

"윙키는 유대교 관습에 맞지 않아요."

나도 모르게 내 입에서 나온 소리였다.

"에드워드!"

할머니가 쉿소리를 냈다.

"뭐라고?"

교수가 당황한 표정으로 물었다.

나는 아무 말도 하지 않았다. 나지막한 목소리로 그에게 설명을 해준 사람은 엄마였다.

"어떤 방식으로 도살했든, 토끼는 유대교 관습에 맞는 음식은 아니에요. 그냥 맞지 않답니다."

엄마는 부드럽게 미소를 지었다.

"존경하는 교수님, 괜찮습니다. 우리는 무척 진보적인 사람들이니까요."

할머니 말에 내가 대꾸했다.

"할아버지는 안 그래요."

"에드워드, 이제 제발 입 좀 다물어라."

백조 같은 할머니의 목이 위험할 정도로 길게 늘어났다. 할머니의 숨결이 와닿았다. 나는 할머니가 내 코를 물어뜯을지도 모른다는 생각에 잠깐이지만 무척이나 불안했다.

"아이가 가축 우리를 구경하고 싶어하지 않을까요?"

식사가 끝난 뒤에 슈트롬브란트 로셀랑 교수가 진지한 표정으로 물었다.

"대단히 훌륭한 아이디어예요. 에드워드는 동물을 사랑한답니다. 그렇지, 에드워드?"

가축 우리는 각종 도구를 보관하는 어두컴컴한 헛간에 불과했다. 살아남은 윙키의 형제자매들에겐 모두 이름이 있었다. 교수는 놀라서 떠는 설치류 몇 마리가 마치 영국 귀족이라도 된다는 듯 뻐기며 한 마리씩 소개했다.

"에드워드, 여길 봐라."

교수가 토끼장 중 하나를 열었다. 아기 토끼 다섯 마리가 나를 일제히 쳐다보았다.

"꺼내서 쓰다듬어보렴."

슈트롬브란트 로셀랑 교수와 나는 아기 토끼를 한 마리씩 안고 상자 위에 쪼그리고 앉았다.

"얼마 전에 태어났어. 네가 이름을 지어주려무나."

나는 신중하게 이름을 골랐다. 세 마리 검은 토끼에게는 내가 좋아하는 영웅인 피노키오와 킹콩, 신바드라는 이름을 붙였다. 갈색은 샤넬이라고 불렀다. 엄마가 뿌리는 향수 이름이었는데, 나는 그 향기가 좋았다. 가장 아름다운 토끼에게는 재규어라고 이름 붙였다. 한쪽 귀는 희고 다른 한쪽은 검은 토끼였다.

꼬박 삼십 분이 지나자, 나는 교수가 좋아졌다.

"이 토끼들도 언젠가 먹을 거예요?"

"그게 사물의 이치란다."

그가 서글픈 표정으로 말하고는 샤넬을 안고 부드럽게 흔들었다. 그 이치를 중단시킬 수 있다고, 토끼를 잡아먹지 말라고 미처 말하기도 전에 교수는 다시 다른 강연을 시작했다. 아기 토끼에서 시작된 이야기가 어쩌다 B형 간염을 거쳐 케네디 암살사건까지 흘러갔는지는 아마 야훼만이 아실 것이다.

엄마와 교수는 그뒤에도 일정한 간격으로 계속 만났지만 관계는 진전되지 않았다. 할머니는 완전히 초조해져서 열매를 맺지 못하는 자신의 중매를 지켜보았다. 나도 그만큼이나 초조하게 다음 달을 기다렸다. 엄마도 잭 모스를 잊지 않았다. 엄마 방에서는 거의 매일 저녁 엘비스의 노래가 흘러나왔다. 하지만 나는 엄마에게 코끼리 우리에서 만나기로 한 우리의 엉성한 약속에 대해 아무 말도 하지 않았다. 혼자 알아서 해야 할 일도 있는 법이다.

일요일이 왔다. 이번에는 운이 좋았다. 교수는 아침 일찍 엄마를 데리고 갔고, 할머니는 자선바자회에 가느라 점심 때 집을 나섰다. 할아버지는 언제나 그랬듯이 다락방에서 이리저리 거닐었다. 나는 자유의 몸이었다.

입구에서 입장료를 낸 뒤에 코끼리 우리 쪽으로 달렸다. 그날은 햇빛이 비쳤고, 코끼리들은 바깥 우리에서 활발하게 돌아다니고 있었다. 입에 담배를 문 잭 모스가 우리 앞에 서 있었다. 나는 뛰어오르거나 쓰러질 것만 같았다. 그가 거기 없었더라면 난 뭘 해야 했을까. 여행중인 미국인을 어디 가서 찾을 수 있으랴.

잭 모스는 잿빛 코끼리 떼에 둘러싸인 신神, 그들의 유일신처럼 보였다. 햇빛과 담배연기가 그의 주위에서 아른거렸다. 뒤에 서 있는 코끼리들은 오로지 그를 위해 코를 흔드는 것 같았다. 나는 바로 앞까지 다가가서야 그의 이름을 불렀다. 잭 모스가 윙크하자 나는 비틀거릴 만큼 격렬하게 반가움을 나타내며 그에게 인사했다.

"만져볼래?"

흥분이 가라앉은 뒤에 그가 물었다.

"뭘요?"

"뭐긴, 코끼리지."

잭은 비스킷을 내 손에 쥐여주고 나를 높이 들어올렸다. 허공에 뜬 나는 그의 팔에 안긴 채 울타리 너머로 몸을 기울였다. 코끼리들은 달콤한 냄새나 노래, 혹은 어린 남자아이가 머리를 거꾸로 한 채 자기들 우리에 매달려 있다는 상황에 이끌려 내 쪽으로 달려왔다. 나는 코끼리 코를 쓰다듬고, 이들이 배불리 먹고 기분이 좋아져 다시 발길을 돌릴 때까지 계속 비스킷을 먹였다.

잭이 나에게 담배를 주었다. 내 아동기에서 네 번째 담배였다. 우리는 담배를 피우며 얼굴에 햇볕을 쬐었다.

어떤 뚱뚱한 여자와 그만큼 뚱뚱한 쌍둥이 여자아이 둘이 우리의 평화를 깼다. 쌍둥이는 내 또래로 보였다.

"아이에게 담배를 피우게 하면 안 돼요."

여자가 씨근덕거리며 말했다.

잭이 미소를 지었다. 그의 멋진 외모 때문에 여자의 얼굴이 붉어졌다. 엘비스를 보게 되리라고는 예상하지 못했을 것이다.

"내 아들은 열여덟 살입니다."

그가 싹싹하게 대답했다.

여자는 믿지 못하겠다는 표정으로 나를 자세히 살폈고, 뚱뚱한 두 아이도 나를 노려보았다.

"믿지 못하겠네요."

한참 뒤에 그녀가 말했다. 잭은 미소를 지으며 다시 햇빛을 향해 얼굴을 돌렸지만, 여자와 아이들은 그 자리에 그대로 서 있었다.

"정말 못 믿겠어요. 도저히 믿을 수 없어요."

잭이 한숨을 내쉬었다.

"부인, 그건 중요하지 않답니다. 부인이 이해할 수 있는 것들만 존재한다면 이 세상은 슬픈 곳이 되겠지요."

"뭐…… 뭐라고요?"

뚱뚱한 여자는 방금 모욕을 당한 것인지 아닌지 정확히 깨닫지 못하는 듯했다. 그러나 그녀가 어느 한쪽으로 마음을 정하기 전에 잭은 노래를 부르기 시작했고, 나는 박자에 맞춰 손뼉을 치며 발을 굴렀다. 우리가 코끼리 떼를 위해 노래를 부르며 엉덩이를 흔들자 쌍둥이는 울음을 터뜨렸다.

우리는 어두워진 뒤에야 동물원을 나섰다. 그제야 할머니와 엄마가 이미 집에 돌아왔을 거라는 생각, 내가 어디 있는지 몰라 걱정할 거라는 생각이 들었다. 잭이 나를 집까지 태워다주겠다고 했다. 그는 자동차 열쇠가 호주머니가 아니라 검은색 볼보의 열쇠구멍에 꽂혀 있는 걸 보고는 처음에 그냥 웃어젖혔다. 그러다가 욕설을 퍼부으며 주먹으로 유리창을 치기 시작했다. 잭의 얼굴이 끔찍하게 일그러졌다. 계속 쳐도 유리가 깨지지 않자 그는 점점 더 화를 냈다. 나는 두려움과 매력을 동시에 느끼며 그가 자제력을 잃어가는 모습을 지켜보았다.

"난 그냥 전철을 타고 가도 돼요."

내가 조심스럽게 말했다. 잭이 나를 바라보았다. 그 순간 그는 내가 누군지 알지 못하는 듯했다. 흥분해서 날뛰는 그에게서 코끼리의 유일신 같은 모습은 더 이상 보이지 않았다. 그가 팔을 쳐들었다. 아주 잠깐 동안 나는 그가 나를 때릴 거라고 생각했다. 나는 방어하듯이 팔을 올렸다. 유리창이 깨지고 손에서 피가 흐르자, 잭은 다시 잭이 되었다.

"에드, 차에 타렴."

그가 윙크하며 말했다. 방금 전까지 그를 사로잡았던 맹렬한 분노의 흔적은 피가 흐르는 주먹에만 남아 있었다.

잭은 나를 따라 우리 집까지 올라왔다. 할머니가 문을 열었다. 내가 미처 죄송하다고 말하기도 전에 할머니는 흥분하여 욕을 쏟아냈다.

"당신 누구죠?"

할머니의 말은 협박처럼 들렸다.

"잭 모스입니다. 에드를 집까지 태우고 왔지요."

그가 할머니에게 악수를 청했다. 내민 손은 물론 다치지 않은 쪽이었다.

"아, 그래요? 에드워드를 데리고 오셨다고요."

할머니는 목을 길게 늘이고 잭 모스를 더 자세히 바라보았다.

"어디서 본 듯한 얼굴인데……."

그러다가 생각이 난 모양이었다.

"엘비스!"

할머니가 쉿소리를 냈다. 흥미와 분노가 절반씩 섞인 목소리였다.

"내 딸, 그러니까 에드워드 엄마도 이미 알지요?"

"안다는 말은 과장이지만, 어쨌든 한 번 악수를 한 적은 있습니다."

할머니는 그제야 우리에게 들어오라고 말했다.

"모스 씨, 뭘 좀 마실래요?"

"잭입니다. 그냥 잭이라고 불러주세요."

할머니는 경멸하듯 미소를 지었다. 그러나 우리 소파에 앉은 잘생긴 미국인에게 관심이 전혀 없지는 않았다.

"좋아요, 잭. 뭘 좀 마시겠어요?"

잭은 그러겠다고 대답했다. 그러고는 묻지도 않고 담뱃불을 붙였다. 지금까지 감히 아무도 하지 못한 행동이었다. 하지만 우리 할머니가 전투적인 금연운동가임을 잭이 어찌 알 수 있었으랴. 나는 멍하니 입을 벌린 채, 할머니가 부엌에서 접시 하나를 가져와 소파 탁자 위에 탁 하고 소리 나게 내려놓는 모습을 지켜보았다.

"유감스럽게도 우린 재떨이가 없어서 말이지요."

할머니가 냉랭하게 말했다. 잭은 고맙다고 공손하게 인사했다.

"자, 모스 씨……."

"잭입니다."

"그래요, 잭. 어디서 오셨나요?"

"동물원에서 왔습니다."

할머니는 구두점을 찍는 듯한 특유의 웃음을 웃었다. 그날 저녁의 웃음소리에는 약간의 허세가 깃들어 있는 듯했다.

"미국인?"

"맞습니다. 아일랜드와 이탈리아 뿌리가 섞였고요."

"베를린에는 사업차 오셨나요?"

"그것도 이유 중 하나랍니다."

할머니가 심문을 계속하려는데 거실 문이 열리더니 엄마가 들어왔다. 이 재회를 엄마와 잭 두 사람 중 어느 쪽이 더 반가워했는지는 판단하기 어렵다.

"잭 모스."

엄마가 중얼거렸다. 엄마는 그의 이름을 기억하고 있었다. 그가 자리에서 일어나 엄마에게 인사했다. 할머니와 나는 구경꾼에 불과했다. 자부심이 내 핏줄을 타고 흘렀다. 이 살아 있는 선물을 엄마에게 가져다준 사람은 나였으니까. 할머니는 경멸이 섞인 흥미로운 눈길로 이 광경을 지켜보았다. 자위하는 고릴라나 실패한 슬랩스틱 코미디 또는 유치한 해피엔딩 따윌 보며 즐기듯이.

"교수님은 어디 있지?"

엄마가 소파에 앉은 잭의 옆에 가서 앉자 할머니가 물었다.

"집에 있겠죠."

"흠……. 잭은 자기가 베를린에서 뭘 하는지 우리에게 막 설명하려던 참이야. 그렇지요?"

그는 담배 한 대를 더 피워 물고 미소를 지었다.

"잭, 계속하시지요."

"장사를 합니다."

"장사? 뭘 파는지 물어봐도 되겠지요?"

"현재는 인조보석과 화석을 취급합니다."

"흥미롭게 들리네요."

할머니가 비웃듯이 말하자 잭 모스는 웃음을 터뜨렸다.

"부인, 흥미롭다는 건 완벽하게 잘못된 단어입니다."

"흥미롭지 않을 바에야 이익이라도 많은 일이면 좋겠군요."

할머니가 계속 파고들었다.

"그거야 철학자들이 생각할 문제겠지요. 무엇이 이익이고 무엇이 아닌지 제가 감히 결정하고 싶지는 않습니다."

할머니는 그를 도저히 당해낼 수 없었다. 그래도 포기하지 않고 이번에는 유대인인지 물었다.

"그걸 누가 알겠습니까?"

"잭, 당신 스스로는 알아야지요."

"아일랜드 쪽 모스 집안도, 어머니 쪽 이탈리아계 피칼리스 집안도 심한 잡종이었어요. 정말 심하게 섞였지요. 알이 부화중인 뻐꾸기 둥지라고 해야 할지. 이런 경우에 자기가 어디 출신인지, 어느 계통인지 정확하게 말하긴 어렵지요. 하지만 부인, 그 문제가 부인에게 중요하다면 저는 오늘부터 기꺼이 유대인이 되겠습니다."

잭은 할머니의 질문에 모두 대답하고, 아홉 번째 담배에 불을 붙였다. 그때 할아버지가 내 눈에 들어왔다.

부엌과 거실 사이의 문 틈새로 어두운 부엌에 서 있는 할아버지가 보였다. 다른 사람의 눈에는 띄지 않았다. 우리 시선이 마주쳤다. 나는 할아버지 눈빛 때문에 불안해졌다. 너무 작은 잠옷, 하늘로 솟은 머리카락과 최소한 일주일은 면도하지 않은 할아버지의 얼굴을 보고서, 나는 할머니가 보기 전에 다락방으로 모시고 가야겠다고 마음먹었다. 할아버지의 등장 때문에 할머니가 세워둔 불길한 영국 계획에 계속 실탄이 보급될까봐 걱정스러웠으니까.

아버지가 프랑크푸르트에 주둔해서 거기서 자랐다고 잭이 설명하는 동안, 나는 화장실에 가야 한다는 핑계를 대고 자리를 벗어났다. 그러고는 발뒤꿈치를 든 채 살금살금 부엌 뒷문으로 향했다. 할아버지가 입을 벌렸지만, 뭐라고 말을 하기도 전에 나는 고개를 젓고 할아버지의 손을 잡았다. 할아버지는 잘 조련된 말처럼 터덜터덜 내 뒤를 따라왔다. 걷다가 다시 한번 뭔가 말을 하려 했지만, 나는 "할아버지, 잠깐만요"라고 속삭였다.

다락방은 마치 동물원처럼 원숭이 또는 판다의 오줌 냄새가 풍겼고, 거기다 틈새를 통해 위로 올라오는 잭의 담배연기까지 뒤섞였다.

"오늘은 어떤 사진을 보았니?"

나는 할아버지가 무슨 말을 하는지 알아듣지 못했다.

"뭐라고요?"

할아버지가 웃음을 터뜨렸다.

"빼앗진 않을 거야."

할아버지가 내 머리를 쓰다듬으며 물었다.

"적어도 보여줄 수는 있겠지?"

"뭘요? 뭘 보여달라고요?"

"벽을 꽉 채우려고 담배를 저렇게 많이 피우는 게 아닐까 하는 생각이 가끔 들 때가 있어."

할아버지의 목소리는 뚜렷했고 눈빛도 깨어 있었지만, 말하는 내용에는 아무 의미도 없었다. 적어도 그때는 그랬다. 할아버지가 고개를 마구 휘젓거나 시끄럽게 소리를 질렀다 해도 그보다는 덜 놀랐을 것이다. 아래층에서 들려오는 피아노 소리에 나는 정신이 들었다.

"내려가야 해요. 안 그러면 할머니가 화낼 거예요."

할아버지가 미소 지었다.

"할머니에게 담배를 너무 많이 피우지 말라고 해라. 그렇게 전해줘."

나는 혼란스러웠지만 고개를 끄덕였다. 할아버지는 할머니가 담배에 손도 대지 않으리라는 걸 아주 잘 알 텐데.

선 채로 피아노를 치는 잭의 옆에 선 엄마가 박자감은 전혀 없어도 열광적으로 손뼉을 치는 반면, 할머니는 팔짱을 낀 채 다리를 꼬고 있었다. 노래를 시작한 잭은 그 어느 때보다도 엘비스와 닮아 보였다. 엄마의 다리가 들썩였고, 발이 지면과 따로 놀고 있었다. 머리칼이 흔들리고 얼굴이 발갛게 달아올랐다. 내가 소파로 다가서자 잭이 노래를 멈추고 할머니에게 말했다.

“부인, 제가 따님과 결혼해야겠습니다.”

할머니는 사지를 더욱 세차게 오므렸다.

“내 딸은 성인이에요. 하기야 사람들이 그 사실을 까맣게 잊을 때도 많지만요. 그러니 잭, 꼭 그래야 한다면 마음대로 하시지요.”

잭의 몸통과 팔은 피아노에 붙어 있었지만, 몸 아래쪽은 엄마와 점점 가까워졌다.

할머니는 부글부글 끓어올랐다. 몸 전체로 ‘웃기고 있네’라고 말하는 듯했다. 그러나 나는 끝나지 않으려는 춤의 아름다움에 취했다. 아름다움에는 언제나 약간의 우스꽝스러움이 섞여 있지 않던가.

할머니는 자리에서 일어나 내 팔을 세차게 붙잡았다.

“에드워드와 나는 이제 자러 간다. 잘 자라.”

잭은 동이 트고서야 우리 집을 떠났다. 그는 전화번호나 주소를 남기지 않았다. 엄마에게 잭을 언제 다시 만나는지 묻자, 엄마는 “다시 만날 거야”라고만 대답했다.

며칠이 지나자 나는 잭 모스가 이미 베를린을 떠났을지도 모른다며 불안해했지만, 엄마는 차분하게 기다렸다.

나는 일주일 뒤에 병이 나서 계속 침대에 붙어 있어야 했다. 열 때문에 발작이 일어나, 비몽사몽 간에 도취상태에 빠졌다. 환상과 현실이 분간할 수 없을 정도로 뒤섞였다. 다른 사람들이 모두 잠든 밤, 할아버지가 울면서 내 방으로 살그머니 들어왔던 기억이 난다. 하지만 그게 꿈이었는지, 아니면 할아버지가 정말 내 침대에 앉아 있었는지는 정확히 기억나지 않는다.

엄마는 내가 아픈 동안은 집 밖으로 나가지 않겠다고 했다. 그 결과 교수가 집으로 너무 자주 찾아왔다. 초인종이 울릴 때마다 나는 잭이 들어오기를 바랐고, 그때마다 실망했다.

교수는 올 때마다 내 방에도 들렀다. 흐릿한 내 눈빛과 땀에 흠뻑 젖은 이마가 의학적인 연설을 늘어놓게끔 그를 자극했다. 그가 가장 선호한 주제는 흑사병이었다. 자는 척하는 연극도, 죽어가는 동물 같은 징징거림도 그를 침묵하게 만들지는 못했다.

할머니도 드디어 슈트롬브란트 로셀랑 교수의 장황한 관심이 내 건강 회복과는 아무런 연관이 없다는 사실을 깨달았다.

"존경하는 교수님, 에드워드는 안정을 취해야 해요."

"코헨 부인, 나는 친구뿐 아니라 의사라는 자격으로 온 겁니다."

전투태세를 갖춘 뱀처럼 공중으로 솟은 할머니의 목이 문틈으로 보였다.

"존경하는 교수님. 모욕할 생각은 없습니다만, 교수님은 산부인과 의사예요."

그는 기분이 상한 표정으로 할머니를 따라 거실로 향했다.

잭이 다녀간 그날 저녁 이후로 집에는 미묘한 긴장감이 흘렀다. 열이 나지 않아 모처럼 정신이 맑을 때면 나조차도 느낄 정도였다. 뭔가 일이 벌어졌는데, 잭 모스가 원인제공자인지 아니면 그는 그저 우연히 옆에 있었을 뿐인지 확실하게 알 수 없었다.

다음 달이, 다음 달의 첫 일요일이 다가왔다. 그 미국인이 아직도 이곳에 머무르고 있는지 밝혀질 가능성도 커졌다. 나는 건강해졌다. 수요일에는 다시 등교도 했다. 교수는 그 주 금요일에 우리 인생에서 완전히 사라졌다. 그의 작별인사는 부르고뉴 공국에서 시작하여 차르가 통치하던 러시아를 거쳐 나팔관 염증이라는 우회로를 거쳐 진행되었다. 교수는 드디어 목적지에 도착했지만, 엄마는 이미 오래전부터 귀를 닫고 있었다.

"교수님, 이제 좀 들어오세요. 바람이 들어오잖아요."

엄마가 피곤한 표정으로 미소를 지으며 말했다.

"코헨 양, 내 말을 전혀 알아듣지 못했군요?"

거실에서 두 사람의 대화―아니, 독백이 더 맞는 말일 것이다―를 모두 듣고 있던 할머니가 자리에서 벌떡 일어나 상황을 종료시켰다.

"무슨 일이에요?"

교수가 계단을 내려가자 엄마가 놀란 표정으로 물었다.

"마그다, 마그다."

할머니가 고개를 흔들며 한숨을 내쉬었다.

"교수가 너와 헤어지겠다고 했잖아."

"아, 그랬구나."

엄마는 그저 어깨만 으쓱했다.

할머니는 평소라면 입에 올리지도 않았을 심한 욕설을 몇 마디 뱉고는 엄마가 아주, 아주 외롭게 살 거라고 예언했다. 하지만 교수가 사실 말이 너무 많기는 했다고, 그리고 언제나 '똑똑한 말'만 한 것은 아니라고 시인했다.

"적어도 이제 조용해지긴 하겠구나."

할머니는 이렇게 말하고는 외투를 집어들고 집을 나갔다.

한밤중, 할아버지가 다락방에서 엄청난 소음을 냈다. 무슨 일인지 올라가보려는데, 할머니가 나를 침대로 돌려보내고 직접 위로 올라갔다. 할머니가 서재 문을 닫기 전에, 할아버지의 목소리가 들려왔다.

"그분들은 그냥 몸을 숨긴 건지도 몰라. 아직 여기 있을 거야. 이번에는 꼭 같이 가야겠어."

그러고는 덜커덩거리고 쿵쾅거리는 소리가 들리더니, 언제부터인가 다시 조용해졌다.

토요일에 피아노 교습이 있었다. 일요일에 바깥에 나가려면 할머니에게 건강한 상태임을 증명해야 해서, 할 수 없이 뇌프 선생님 댁으로 갔다.

초인종을 누르고 현관문을 두드렸다. 평소보다 훨씬 오래 지난 뒤에야 문이 열렸다. 문을 열어준 사람은 피아노 선생님이 아니었다. 뇌프 선생님과 외모는 비슷했지만, 훨씬 더 늙었고 콧수염도 없었다. 나는 악보를 들어 보였다. 낯선 노파는 목록에 있던 전화번호 중에 빼놓고 통화를 하지 않은 집이 있었던 모양이라고 중얼거리더니 미안하다고, 내가 헛걸음을 했다고 말했다.

"그래도 잠깐 들어오겠니?"

나는 그녀를 따라 들어갔다. 뇌프 선생님의 인생 전체가 이삿짐 상자에 몽땅 쑤셔 박혀 있었다.

"선생님이 이사 가나요?"

그녀가 고개를 끄덕였다.

"어디로요?"

"크리스티나는 아프단다."

"어디가요?"

"머리. 머리가 제멋대로지. 이제 치료를 받게 되었어. 나는 크리스티나의 어머니야. 너는 누구니?"

"에두아르트예요."

그러다가 나는 자제력을 잃었다.

"에두아르트 모스 쇼팽이지요."

그녀는 눈이 튀어나올 것 같은 표정이 되었다.

"쇼팽? 그러니까 '그' 쇼팽과 친척이라고?"

"예."

"쇼팽 일가를 가르치다니, 우리 딸의 긍지가 컸겠구나."

뇌프 부인은 나도 그 유명한 조상처럼 야망을 품고 있는지 물었다. 나는 글을 읽기도 전에 이미 작곡을 시작했다고 대답했다. 그녀가 나더러 피아노를 좀 쳐보라고 하기에 그 대신 제화공 이야기를 꺼냈다. 뇌프 선생님의 어머니가 웃음을 터뜨렸다. 거짓말이 술술 나왔다. 나는 우리 아버지 잭 모스 쇼팽에 대해 이야기했다. 인조보석은 다이아몬드로 바뀌었고, 왕은 코끼리 떼를 얻었다.

아마 고열의 부작용이었겠지만 나는 스스로 내 말이 진짜라고 믿었다. 바로 그 순간 내가 한 거짓말은 나와 피아노 선생님의 어머니에게는 진실이었다.

동화에서처럼 낡은 시계 종소리가 마법이 끝났음을 알렸다. 나는 바지주머니에서 23마르크를 꺼내 뇌프 부인 손에 쥐여주었다.

"선생님에게 꽃을 사다주시겠어요? 안부 전해주세요. 그리고 에두아르트 모스 쇼팽이 자기 양들을 언제나 바깥에 둘 거라는 말도 전해주시고요."

할머니와 엄마는 텔레비전 앞에 앉아 있었다. 여전히 긴장감이 흘렀다. 우리는 뭔가 일어나리라 예상하고 있었다. 무슨 일이 언제 일어날지 모를 뿐.

"피아노 교습 어땠니?"

할머니가 텔레비전 화면에서 눈을 떼지 않은 채 물었다.

"선생님을 새로 구해야 해요."

"왜?"

"뇌프 선생님이 빈으로 가요. 거기서 쇼팽 일가 중 한 사람을 가르친대요."

"쇼팽?"

"으음."

"쇼팽이라. 확실하니?"

"으음."

"에드워드, 입을 제대로 벌리고 대답해. 그런데 너 쇼팽이 누군지 알기는 하니?"

"으음. 작곡가 아니에요? 뇌프 선생님이 쇼팽의 4대손을 가르칠 거래요."

“쇼팽의 현손을?”

“그 손자 이름이 에두아르트 쇼팽인데, 거기에 뭔가가 또 붙어요. 성이 두 개거든요. 아버지가 미국 사람이래요. 에두아르트는 제 또래인데, 세 살 때부터 작곡을 했대요.”

그러자 할머니가 내 쪽으로 시선을 돌리고 이마를 찌푸렸다.

“그 훌륭한 뇌프 선생이 미국 천재소년에게 뭘 가르칠 수 있지?”

할머니는 동화에나 나올 법한 허튼소리를 전혀 좋아하지 않았다.

“에드워드, 너 지금 거짓말을 하는 것 같구나.”

할머니가 말했다.

“그래도 어쩌면…….”

엄마가 끼어들었다.

할머니가 고개를 휙 돌려 엄마를 쏘아보았다.

“어쩌면 뭐?”

“어쩌면…….”

“뇌프 선생에게 전화를 해봐야겠다.”

할머니가 일어났다.

“안 돼요, 안 돼. 선생님은 술꾼이에요. 늘 취해 있고, 또 머리도 아파요. 머리가 제멋대로 돌아가요. 분명히 몽땅 거짓말이었을 거예요. 전화하지 마세요. 하지 말라고요.”

할머니는 만족스럽게 미소를 지었고, 에두아르트 모스 쇼팽은 천갈래 만갈래 찢겨버렸다.

엄마는 저녁에 할머니를 따라 식사 모임에 나갔다. 나는 쉴 새 없이 집 안을 돌아다니고 텔레비전을 켰다 껐다 했으며, 금빛 재규어를 선두로 하여 장난감 자동차들을 한 줄로 세우기도 했다. 뇌프 선생님을 생각하며 피아노도 잠깐 뚱땅거렸지만 내 마음의 대부분은 코끼리 떼와 잭 모스에게 가 있었다. 그때 할아버지가 다락방에서 고함을 질렀다. 나는 계단을 뛰어올라가 문을 열어젖혔다. 할아버지는 낡은 소파에 웅크리고 있었다. 눈에는 극심한 고통을 떠올린 채…… 나는 차마 다가가지 못하고 문간에 서 있었다. 할아버지가 일어나 앉으려다가 다시 쓰러졌다. 마치 몸 안에 낯설고 증오에 찬 존재가 날뛰고 있다는 듯이.

"딱, 딱…… 탁자 다리…… 딱, 딱, 딱."

할아버지가 입을 열었다.

"그분들은 여기 탁자 앞에 앉아 있었어."

할아버지가 텅 빈 방 한가운데를 가리켰다.

"함께 가지 않으려고 했어. 그때 내가 무슨 생각을 했는지 아니? 나는…… 나는 그게 어쩌면 더 나을 거라고 생각했단다. 우리가 더 편해질 거라고. 그래서 그분들을 설득하려 하지 않았어. 마음이…… 마음이 가벼워졌지. 그게 낫다고 생각했어. 일이 더 간단해질 거라고."

할아버지가 자리에서 일어났다.

"떠나기 전에 나는 탁자 다리를 고쳤단다. 지금도 그 소리가 들려. 딱, 딱, 딱……. 일이 더 편해질 거야, 그게 더 나을 거야. 그렇게 생각했지. 그 소리는 절대 그치지 않을 거야…… 딱, 딱……."

할아버지가 쓰러졌다. 돌아가신 건 아니었다. 아직 숨이 붙어 있었다. 내 머리는 완전히 텅 비어버렸다. 나는 그냥 할아버지 옆에 누웠다. 집에 돌아온 할머니와 엄마가 그런 모습을 하고 있는 우리를 발견했다. 대소동이 벌어졌다.

"에드워드, 너 무슨 짓을 한 거야!"

할머니가 소리쳤다.

할머니와 엄마는 엄청난 소동을 일으켰다. 다른 사람들이 그 소리를 들었다면 흥분한 여자들이 떼를 지어 집 안을 뛰어다니는 줄 알았을 것이다. 두 사람은 정신없이 계단을 오르내렸고, 전화기에 대고 고함을 질렀다. 구급차 사이렌이 들리더니 구급대원 두 명과 의사 한 명이 서재로 뛰어들어왔다. 처음에 그들은 내 쪽으로 몸을 숙였다. 내가 여전히 할아버지 옆에 누워 있었기 때문이다. 할머니는 그들이 스스로 오류를 깨달을 틈도 주지 않고 소리를 질러댔다. 구급대원들은 할아버지를 들것에 묶고 산소호흡기를 씌웠다.

"딱, 딱, 딱."

호흡기에 얼굴이 묻히기 전에 할아버지가 속삭였다. 할머니는 구급차에 올라탔고, 엄마와 나는 택시를 타고 그 차를 뒤쫓았다.

"나 아무 짓도 안 했어요. 할아버지가 쓰러졌어요. 그냥 쓰러졌다고요. 내 잘못이 아니에요."

엄마가 내 머리를 쓰다듬었다.

"그럼, 그렇고말고."

기계에 연결된 관들을 주렁주렁 매단 채 유리창 너머에 누워 있던 할아버지는 일곱 시간 뒤에 사망했다. 할머니가 입 밖으로 소리 내어 말하지는 않았지만, 나는 할머니가 할아버지의 죽음이 나 때문이라고 생각한다는 걸 느낄 수 있었다. 전적으로 내 잘못은 아니지만 어쨌든 부분적인 책임은 있다고. 내 코와 내 눈, 내 입…….

우리는 정오 무렵에 집으로 돌아왔다. 할머니는 외투를 입은 채 계단을 올라가서 다락방을 잠그고, 낡은 설탕 통에 열쇠를 넣었다.

"에드워드, 다시는 위에 올라갈 생각 하지 마라."

눈길이 마주치자 할머니가 말했다.

엄마가 울음을 터뜨렸다. 나도 울었다. 나는 할아버지 때문에, 딱딱 소리를 내는 탁자 다리 때문에, 윙키와 아기 토끼 다섯 마리 때문에, 뇌프 선생님의 머리와 에두아르트 모스 쇼팽 때문에 울었다. 그러나 무엇보다도 코끼리들의 신 때문에, 잃어버린 첫 주 일요일 때문에 슬퍼서 울었다. 엄마와 나는 무감각하게 부엌에 앉아 있었지만, 할머니는 여기저기 전화를 했다. 오후 시간은 그렇게 흘러갔다. 해가 진 뒤에 현관 초인종이 울렸다.

할머니가 문을 열었다. 담배연기가 사람보다 먼저 달려들었다. 푸른 연기가 왕의 도착을 알렸다.

일주일 뒤에 엄마 이름은 마그다 모스 코헨이 되었다. 그로부터 일주일이 더 지난 뒤, 우리는 잭의 검은 볼보에 타고 있었다. 차 안은 인조보석과 가짜 화석들로 천장까지 꽉 차 있었다. 엄마와 내가 예전 삶에서 가져온 것은 여행가방 두 개뿐이었다.

할머니는 잭과 엄마가 유대교 절기에 결혼하는 걸 못마땅하게 여겼지만, 결혼신고를 하는 호적사무소에 비는 시간이 그때뿐이었다. 할머니의 기분을 누그러뜨리기 위해 신부는 검은 원피스를 입었지만, 그 색깔이 엄마의 미소까지 막지는 못했다. 할머니는 잭 모스가 엄청난 사기꾼이라고 거듭 말했고, 너무 서둘러 이루어진 결혼이 불행한 결말을 맺을 거라고 예언하기는 했지만, 그래도 우리를 떼어내서 기뻤던 것 같다.

볼보가 집 앞에 서 있었다. 할머니가 우리를 따라 아래로 내려왔다. 나는 할머니를 안았다. 뺨에 입을 맞추려던 내 입술은 백조 같은 할머니의 목에 가서 부딪혔다.

"할머니, 이제 다 팔고 영국으로 가실 수 있게 됐네요."

나는 헤어지며 이런 작별인사를 했다가 할머니의 눈빛에 놀라 움찔했다.

"에드워드, 넌 정말 어리석은 아이야."

할머니가 왜 이런 야멸찬 말을 하는지 알 수가 없었다.

"할머니, 안녕히 계세요. 또 만나요."

나는 몸을 돌려 제일 먼저 차에 올랐다.

집에서 멀어져갈수록 할아버지의 죽음, 다락방과 아담 할아버지의 그림자는 점차 윤곽을 잃어갔다. 우리는 새 인생을 향해 출발했다. 나는 우리가 검은 볼보를 타고 미국까지 갈 거라고 굳게 믿었다. 내가 어리석은 아이라는 할머니 말은 어쩌면 완전히 틀린 말은 아니었을 것이다.

몇 시간을 달려 우리는 목적지에 도착했다. 그곳 이름은 타우누스슈타인으로, 비스바덴 근처였다. 잭은 우리의 새 거처 앞에 주차했다. 새로운 건축자재로 성 모양을 본떠 만든 집이었다. 정확히 그게 뭐였는지는 기억나지 않는다. 풀을 먹인 두꺼운 종이 비슷한 재료였는데, 무슨 영화세트 같은 느낌이었다. 나는 열광했다. 가구라고는 식탁과 의자 두 개, 매트리스 네 개, 두 방에 하나씩 딸린 옷장이 전부였다. 엄마와 잭은 시간이 흐르면서 사소한 물품을 하나씩 마련하기도 했지만, 셋째 의자는 장만하지 않았고, 그 덕분에 타우누스슈타인에 사는 동안 나는 방바닥에 앉아 음식을 먹을 수 있었다. 황홀했다.

잭은 일주일에 세 번, 인근 시장에서 화석과 인조보석을 팔았다. 그런 날이면 나는 거의 언제나 수업을 빼먹고 잭을 따라갔다. 주부들은 우리가 미처 물건을 진열하기도 전에 떼 지어 매대를 둘러쌌다. 우리가 파는 잡동사니 때문이 아니었다. 어떤 여자들은 완전히 극성팬처럼 우리를 따라 시장을 옮겨다니기까지 했다.

"모스 씨, 이 초록색 보석 네 개 주세요."

"그냥 잭이라고 부르세요."

잭은 미국 악센트가 섞인 아일랜드 억양으로 대답하며 여자가 진땀을 흘릴 정도로 멋진 미소를 지었고, 그녀는 당황하여 물고기 화석 세 개를 더 샀다.

잭은 항상 양복을 입었고, 우리 단골손님들도 시장에 왔다기보다는 갈라 쇼에 온 사람들처럼 보였다. 여자들은 온종일 우리에게 음료와 케이크를 공급했다. 잭이 피울 담배가 떨어지면 5분도 지나지 않아 팬 가운데 한 사람이 떨리는 손으로 새 담뱃갑을 건넸다.

그 광경은 마치 게으름뱅이의 천국 같았다. 잭은 이따금 서글픈 아일랜드 노래를 불러, 동물원 코끼리들에게 그랬던 것처럼 팬들을 홀렸다. 얼마 지나지 않아 그는 우리에게서 뭔가 사가는 고객들의 뺨에 입을 맞추었다. 그 결과 매상이 엄청나게 올랐다.

"아참, 잊을 뻔했어요. 붉은 보석도 하나 필요해요."

색깔과 개수는 바뀌었지만, 이 말은 우리 매대에서 자주 들리는 말이 되었다. 충직한 고객들은 우리가 짐을 쌀 때까지 자리에 남았다. 한 손에는 보석이 가득한 봉지를 들고, 비어 있는 손을 우리 차를 향해 흔들었다. 잭은 몇 미터쯤 가다가 차를 멈추고 내려서 허리를 숙였다. 이런 행동은 곧 익숙한 의식이 되었지만 팬들은 매번 놀랐고, 감동에서 우러난 기쁨의 함성이 늘 터져나왔다.

비가 내리던 어느 목요일, 잭이 이렇듯 차를 다시 출발시켰을 때 한 남자가 볼보 앞으로 뛰어들었다. 왕이 급하게 브레이크를 밟자 그가 앞유리에 부딪혔다.

"다쳤어요?"

잭이 차에서 뛰어내렸고 나도 따라 내렸다. 우리는 그를 부축하여 일으켰다.

"어디 다친 거 아니에요?"

남자는 재킷을 매만진 뒤에 커다란 봉지를 우리 코앞에 들이밀었다.

"그러니까 당신이 바로 잭 모스로군."

그가 이를 드러내며 말했다.

"그렇습니다만."

그가 봉지를 열었다.

"좋아요, 잭. 이게 뭔지 말해주겠소?"

"아, 예. 거북 화석입니다."

"아, 그래요?"

"예. 아주 오래전에 어떤 거북이 이 아름다운 돌 위에 엎드려 있었지요. 이건 그 흔적입니다."

"이 봉지 안에 화석이 124개나 있으니, 거북들이 아마 떼를 지어 다닌 모양이오."

"아마 그런가봅니다."

잭이 미소를 지었다.

"이보쇼, 내가 보기에 이 봉지에 든 건 모두 쓰레기요. 내 아내가 매주 점점 더 많은 쓰레기를 집으로 끌고 옵디다."

"부인께서 아마 거북 화석을 수집하는 모양이군요."

"쓰레기라고요. 한 개에 12마르크짜리 쓰레기. 이런 걸 왜 수집해야 하는 거요?"

"신사양반, 이건 무한히 오래전에 죽은 피조물의 각인입니다. 죽었지만 흔적을 남긴 거지요. 완전히 사라진 게 아니었던 거예요. 그게 바로 이 돌의 매력입니다."

남자의 뚱뚱한 뺨이 분노로 실룩거렸다. 그는 주먹 쥔 손을 협박하듯 공중으로 추켜 들었다.

"내 아내에게 다시는 물건을 팔지 마시오. 화석이든 뭐든 절대 안 됩니다. 알아들었소?"

잭이 웃음을 터뜨리고 내 손을 잡았다. 우리는 다시 차에 올랐다. 남자가 고함을 지르며 우리에게 봉지를 던졌다. 봉지는 목표에 와서 맞았다. 그러나 볼보는 멀쩡했고, 124개의 거북 화석들만 산산조각 났다.

그 남자도 동화에나 나올 법한 허튼소리를 좋아하지 않았다. 우리 할머니처럼.

원래대로라면 우린 돈을 많이 벌었어야 했다. 한 달에 두 번씩 우리에게 물건을 대주는 도매상도 우리만큼 많이 파는 사람은 없다고 누누이 말했다. 잭 모스는 엄청나게 비싼 가격을 불렀다. 우린 한 번도 할인해주지 않았고 가격을 흥정하지도 않았다.

그러나 잭의 수입은 굉장한 속도로 새나갔다.

월요일은 언제나 최고 매상을 올리는 장날이었다. 고객들은 최면에 빠진 것처럼 물건을 사들였다.

"주말 때문이야."

잭이 말했다.

"우리 차 앞유리로 뛰어든 그 남자 생각나니?"

나는 고개를 끄덕였다.

"이 여자들 모두 집에 가면 그런 남편이 앉아 있는 거야. 주중에는 저녁에만 보면 되지만, 주말에는……."

금요일이 휴일이라 긴 주말을 보낸 어느 월요일, 우리는 최고 기록을 세웠다. 매대는 우리가 걷어들이기 몇 시간 전에 이미 완벽하게 비었다. 고객들은 하자가 있는 물건조차 우리 손에서 빼앗듯이 샀다. 잭은 완전히 털린 텅 빈 매대 위에 앉아 담배에 불을 붙였다. 그를 반원으로 둘러싼 고객들은 모두 잭의 관심을 끌려고 애썼다. 왕은 모두에게 똑같이 윙크했다. 미소를 공평하게 나눠준 것이다.

"이제 뭘 할까요?"

그가 팬들에게 물었다. 여자들이 쑥스러운 듯이 킥킥거렸다.

"노래는 어떨까요? 에드, 우리가 이 요정과 정령들을 위해 노래 부르는 거 어떻게 생각해?"

잭이 나를 끌어 자기 옆에 앉혔다. 나는 박자에 맞춰 손뼉을 쳤다. 잭의 목소리가 크고 맑게 울렸다. 뾰족구두를 신은 고객들이 퉁퉁 부은 장딴지를 이리저리 흔들었다. 이들을 요정이나 정령이라고 부를 생각을 한 사람은 잭 말고는 아무도 없었을 것이다. 여자들은 시골 냄새를, 발코니가 딸린 연립주택과 셋집의 냄새를, 일상의 근심과 으깬 감자 냄새를 풍겼다.

잭은 앙코르에 여러 번 화답했다. 우리는 다른 상인들이 모두 짐을 쌀 때에야 장을 떠났다.

"에드, 우리 주머니엔 돈이 가득하단다. 그러니 잔치를 벌여야지."

우리는 비스바덴으로 갔다. 나를 데리고 목적지인 식당으로 가는 길에, 잭은 비싼 여성용 속옷을 파는 가게와 마주쳤다. 두툼한 우단으로 만든 초록색 모닝 가운이 진열창에 걸려 있었다. 소매에는 금색 자수가 수놓이고, 깃에는 눈물방울 모양의 검은 진주가 달려 있었다. 잭이 자리에 멈춰섰다.

"네 엄마에게 저걸 사다주자."

판매원 여자는 그때 막 가게 문을 닫으려던 참이었지만, 늘 그랬듯이 잭의 윙크는 기적을 불러왔다.

"저 가운을 사고 싶습니다."

"아, 그건 전시용 모델이라 팔지 않아요."

"얼마인가요?"

잭이 물었다.

"판매하지 않는다고 말씀드렸어요. 가격을 매길 수 없답니다."

잭은 너털웃음을 터뜨리며 머리를 젖혔다.

"그러지 마세요. 어떤 물건이든 거래는 가능한 법이지요."

"저 뒤편에 다른 모닝 가운들이 많아요."

"아니, 아닙니다. 제 말을 못 알아들으셨군요. 난 저기 있는 저 가운을 사고 싶습니다."

"저건 쇼윈도에 전시하려고 특별 제작한 거예요. 카타리나 대제의 옷을 모방한 작품이랍니다."

"알았습니다. 비용이 얼마나 들었나요?"

"12,000마르크."

"15,000마르크 드리지요."

잭은 어떻게 하겠느냐는 표정으로 여자를 노려보았다. 여자도 마주 쏘아보았다. 적막이 흘렀다.

"선물 포장 할까요?"

그녀가 드디어 입을 열었다.

"그렇게 해주시겠어요?"

잭이 미소를 지으며 대답했다.

사천 마르크는 현금으로, 나머지 만천 마르크는 수표로 지불했다.

우리는 식당으로 가지 않고 바로 집으로 차를 몰았다. 초록색 우단 가운을 걸친 엄마는 여왕처럼 보였다. 엄마와 왕 중에 누가 더 기뻐했는지는 판단하기 어려웠다.

내가 거의 열 살이 되던 해 어느 날 저녁이었다. 종이 성의 전등이 꺼지고 수도꼭지에서는 얼음처럼 차가운 물만 똑똑 떨어졌다. 암흑 속에서 보낸 지 이틀째 되던 날, 도매상이 와서 인조보석과 화석 몇 상자를 우리 거실에 내려놓았다.

"돈은 다음 주에 주겠네."

잭이 이렇게 말하고는 도매상의 어깨를 친근하게 두드렸다.

"아니, 안 돼. 지금 주게. 밀린 대금도 마찬가지야."

"다음 주에 준다니까."

"아니, 당장 달라고. 안 그러면 물건들을 다시 가지고 가겠네."

말이 몇 번 오간 뒤에 물건들은 다시 도매상의 화물차에 실렸다.

24시간 뒤에 집주인이 문을 두드렸다. 우리는 모든 사람에게 빚이 있었다. 어둠이 내렸다. 잭은 방 안을 이리저리 오갔고, 엄마와 나는 촛불을 켰다. 그가 웃음을 터뜨렸다. 내가 이미 한 번 경험한 일이 다시 벌어졌다. 그의 얼굴이 일그러지더니 엄청나게 화를 내며 가짜 성벽을 주먹으로 쳤다. 엄마가 놀라 비명을 지르며 잭에게 달려가 그를 달래려고 했다. 그러나 잭이 팔을 들어올렸고, 피가 흐르는 주먹이 엄마에게 와서 부딪혔다. 엄마가 바닥에 쓰러졌다. 잭이 의자를 들었다. 나는 엄마와 똑같은 잘못을 했다. 그를 말린 것이다. 의자 다리가 내 턱을 치고 지나가며 벽에 접시만 한 구멍을 냈다. 나는 비틀거리다가 엄마 옆에 쓰러졌다.

잭은 의자가 부서진 뒤에야 제정신으로 돌아왔다. 그의 얼굴 근육이 풀어졌다. 엄마와 나는 여전히 바닥에 뻗어 있었다. 잭은 의자 팔걸이를 내려놓고 우리 두 사람 사이에 앉았다. 그가 미소를 짓더니 이내 웃음을 터뜨렸다. 우리 세 사람 모두 크게 웃었다. 잭은 담배를 몇 개비 꺼내 거기에 불을 붙였다.

"에디, 괜찮을까?"

"괜찮아."

잭이 대답했다.

"성장이 멈출지도 모르는데."

"자랄 거야."

"그래, 그럼……."

엄마가 한숨을 내쉬었다.

잭이 분노로 날뛴 일도, 엄마와 내가 그 때문에 피해를 입은 일도 그때가 마지막은 아니었다.

그러나 잭이 흥분하여 날뛴 뒤에도 우리는 여전히 그를 사랑했고, 그에게 감탄했다. 잭의 분노는 엄마와 나의 마음에 흔적을 남기지 않은 채 오고 갔다.

이제 의자는 하나밖에 남지 않았고, 그 대신 벽에 구멍이 여럿 생겼다. 주말에 할머니에게서 편지가 왔다. 봉투 안에는 수표와 단 한 줄이 쓰인 카드가 들어 있었다.

"전화료 내라."

우리는 할머니 말을 듣지 않았다. 검은 볼보에 잡동사니 살림을 싣고 타우누스슈타인을 떠났다.

방랑시대가 시작되었다. 나는 더 이상 학교에 가지 않았다. 한 장소에 얼마나 머물지 알지 못했던 우리는 전학에 필요한 서류들 때문에 적잖이 신경이 쓰였다. 어쨌든 나는 그게 결석해도 되었던 이유라고 생각한다. 관청과의 불편한 충돌을 피하기 위해 잭의 지인이 진단서를 한 장 써주었다. 날조된 진단서의 병명은 심장판막증이었다.

그러나 왕은 내가 멍청하게 살기를 바라지 않았다. 그래서 내 교육을 직접 맡아 자신만의 독특한 역사를 가르쳤다. 잭의 세계에서 그가 진심으로 존경하는 나폴레옹은 죽을 때까지 프랑스 황제였고, 워털루전투에서 프로이센을 상대로 승리를 거두었다. 나폴레옹 보나파르트는 단 한 번도 패배를 겪은 적이 없었고, 100세 생일에 파리에서 사망했다. 잭은 칼리굴라의 명예를 회복시켰다. 루비콘 강을 건넌 사람은 카이사르가 아니라 칼리굴라였다. 또 시칠리아인들이, 바로 그 빌어먹을 야비한 시칠리아인들이 예수 그리스도를 십자가에 못 박았다고 가르쳤다.

나는 일어나지 않은 전쟁들의 경과를 알게 되었다. 우리는 존재하지 않았던 민족들의 국가를 불렀다.

우리는 대부분 아주 작은 집에서 지냈고, 가끔은 여행 안내서에도 실리지 않은 싸구려 펜션이나 호텔에서도 살았다.

잭은 유아용 보트와 수영 보조날개를 만드는 회사에서 일했다. 하지만 엄마와 나는 그가 그곳에서 정확히 무슨 일을 하는지 몰랐다. 형광 오렌지색 플라스틱 물품들이 그때그때 우리가 머물던 집에 몇 시간 동안 쌓여 있다가, 누군가 와서 가지고 가는 일도 있었다. 잭은 출장을 간다며 며칠씩 사라지기도 했다. 우리는 그가 어디로 가는지, 언제 돌아오는지 알지 못했다.

우리는 한 달에 한 번씩 베를린의 할머니에게 연락했다. 할머니는 놀랍게도 영국으로 이주하려던 계획을 완전히 포기했다. 엄마와 나는 부지런히 거짓말을 했다. 우리는 잭 모스가 미국 정부를 위해 일한다고 이야기했다. 그 덕분에 할머니의 온갖 질문들에 "몰라요. 그건 극비사항이거든요"라고 대답할 수 있었다. 그것은 또한 우리가 쉴 새 없이 거주지를 바꾸고, 그래서 할머니에게 우리 주소를 알릴 수 없는 이유와 핑계도 되었다. 하지만 할머니가 우리 말을 믿었던 것 같지는 않다.

그렇게 돌아다닌 지 1년이 넘은 어느 날, 할머니가 전화해서 우리를 찾아오겠다고 말했다.

"그건…… 그건 안 되는데……."

나는 문장을 어떻게 마쳐야 할지 전혀 몰랐다.

"그래? 왜 안 되지?"

"왜냐하면…… 미국 정부 때문에요."

"에드워드, 당장 네 엄마 바꿔라!"

할머니가 쉿소리를 냈다.

통화는 거의 한 시간이나 계속되었다. 할머니의 독백이 들리지는 않았지만, 입을 꾹 다문 엄마의 얼굴은 시간이 흐를수록 창백해졌다.

"아, 에디. 할머니가 오셔."

잭 모스는 장모가 곧 방문한다는 말에 웃음을 터뜨렸다.

"엄마는 당신이 정부를 위해 일하는 줄 알아."

"그럼 계속 그렇게 생각하시게 해야지."

할머니가 오기 전에 나는 위장용 새 책가방을 받았다. 옛날 가방은 잃어버렸으니까.

우리는 프랑크푸르트 근교 펜션으로 옮겼다. 서로 연결된 두 개의 스위트룸을 빌렸지만, 스위트룸이라는 이름과는 전혀 어울리지 않는 방들이었다. 그 전에 살던 집은 창문이 없고 침실 하나에 작은 거실뿐인 지하주택이었다. 그래도 이제는 침실이 네 개, 욕실이 두 개였고, 한쪽 구석에는 요리할 수 있는 작은 공간도 있었다. 엄마는 낡은 가구들을 반짝거리게 만드느라 무진장 애를 썼고, 침실 한 곳을 거실 비슷한 공간으로 꾸몄다.

할머니는 역으로 모시러 가겠다는 말을 거절하고 택시로 왔다. 엄마와 나는 온종일 창문에 붙어 있었다. 할머니가 택시에서 내렸다. 우리 스위트룸은 4층이었는데, 그 높은 곳에서도 할머니의 백조 같은 목과 의심이 깃든 시선이 눈에 또렷이 들어왔다.

엄마와 내가 아래로 내려가야 하나 고민하고 있는데, 이미 문 두드리는 소리가 들렸다.

우리 셋은 한동안 그 자리에 떨어져 선 채, 상대의 얼굴에서 뭔가를 찾으려 했다. 우리가 그때 뭔가를 발견했는지는 지금도 모르겠다. 처음 몸을 움직인 사람은 엄마였다. 엄마가 할머니를 끌어안았다. 다음은 내 차례였다. 나는 2년 넘게 할머니를 못 보고 지냈다. 열한 살짜리에게는 엄청나게 긴 시간이었다.

"에드워드, 너 많이 자랐구나."

할머니가 내 얼굴을 쓰다듬었다.

"정말 아담이랑 쌍둥이처럼 보이네."

거의 잊고 지내던 이름이 다시 등장했다. 할아버지의 동생, 아담.

"아이들은 모두 자라는 법이지요."

내가 대답했다.

"말도 아담처럼 하네. 아담이랑 정말 똑같아."

할머니가 말을 이었다.

아담의 코, 아담의 입, 아담의 눈에 이제는 아담의 목소리까지.

할머니가 다시 내 뺨을 아주 가볍게 쓰다듬었다. 그 눈길이 불안하면서도 부드러웠다. 헤어질 때 나더러 어리석은 아이라고 했던 그 할머니는 어디로 갔을까.

이런 내 생각을 읽기라도 한 것처럼 할머니의 표정이 순식간에 바뀌었다. 내가 익히 알던 라라 코헨이 다시 등장했다.

"얘, 마그다. 너희 설마 여기서 사는 건 아니지?"

"음…… 살아요."

엄마가 불안한 표정으로 아랫입술을 깨물었다.

"여기가 어디지? 시간 단위로 빌려주는 호텔인가?"

할머니는 방을 하나하나 검사했다. 우리는 그 뒤를 따르며, 할머니가 호통을 칠 때마다 방바닥만 내려다보았다.

"마그다, 내 눈을 못 믿겠다. 이건…… 이건 정말 뭐라고 해야 할지 모르겠구나. 이게 대체 뭐지?"

엄마는 입을 벌렸지만 아무 말도 하지 못했다. 그래서 내가 대신 대답했다.

"스위트룸 두 개예요. 그리고 이건 두 개가 연결되는 문이고요."

"에드워드, 너는 정말이지……"

바로 그 순간 잭이 들어섰기 때문에, 나는 내가 정말이지 무엇인지까지는 확인하지 못했다. 그는 입에 담배를 물고 한 손에는 꽃다발을 든 채 코헨 부인 앞에서 허리를 숙였다.

"부인."

그가 부드럽게 속삭이며 백합을 내밀었다. 코헨 부인은 늘 그랬듯이 정확한 타이밍에 딱 한 번 웃었다.

"잭, 정부에서 굉장한 경력을 쌓고 있는 모양이네요. 여긴 백악관이라고 불러도 될 듯하군요."

그러자 잭도 웃음을 터뜨리며 고개를 젖혔다.

"그러니까 이곳이 마음에 들지 않는다는 말씀이군요?"

"잭, 내 마음에 들거나 들지 않거나…… 그건 중요하지 않아요. 난 그저 세계 열강 중 하나인 나라가 제 직원을…… 이런 공간에 묵게 하는 게 이상해서 말이에요."

"아, 이해합니다. 그런데 코헨 부인, 스파이 영화를 너무 많이 보신 모양이군요. 그런 영화들은 현실과는 완전히 다르답니다."

백조 같은 할머니의 목은 한 대 얻어맞기라도 한 듯 경련을 일으켰다. 그러나 할머니는 곧 다음 공격으로 넘어갔다.

"마그다가 어디서 요리를 하지요? 이건 제대로 된 부엌이라고 할 수 없어요."

할머니가 조리 시설이 갖춰진 좁은 공간을 가리켰다.

"부인, 제 아내는 요리를 할 필요가 없습니다. 우린 늘 외식을 하거든요. 계산은 정부가 합니다."

그날 저녁 왕은 우리를 시내에서 가장 좋은 식당으로 데려갔다. 잭 모스가 어떻게 손을 써두었는지는 지금까지도 밝혀지지 않았지만, 식당 직원들은 우리를 정말 왕처럼 대했다.

할머니는 와인과 훌륭한 식사 덕분에 우리가 사는 모습에 잠시나마 만족해했다. 그러고는 서재를 학생들에게 세 줄까 생각한 적도 있지만, 실행에 옮기지 못했다는 말도 했다.

"그 다락방에서 일어난 일을 생각하니 말이야."

할머니의 시선이 나를 향했다. 그 시선은 나를 다시 드러누운 할아버지 곁으로 데려갔다.

"딱, 딱, 딱."

속삭이는 소리가 들려왔다.

"그 소리는 절대 그치지 않는단다."

다음 날 아침, 엄마는 평소와 달리 아주 이른 시간에 나를 깨웠다.

"에디, 일어나라. 학교 가야지."

억지로 외워서 말하는 듯한 목소리였다.

"어딜 간다고요?"

나는 잠에 취한 채 물었다. 그때 엄마 뒤에 서 있는 할머니가 눈에 들어왔다.

"아, 학교 가야지."

내 목소리도 시골 아마추어 배우처럼 들렸다. 그러나 할머니는 의심하지 않았다. 상상력이 거기까지 미치지는 못했으니까.

나는 옷을 입고, 장난감 자동차와 더러운 티셔츠 두 장을 책가방에 넣었다. 그러고는 덜렁거리는 책가방을 등에 메고 자연스럽게 행동하려 애쓰며 잭과 코헨 가家 여자들 앞에 섰다. 하지만 도대체 어디로 가야 한단 말인가? 잭이 나를 구해주었다.

"에드, 학교까지 데려다주마."

우리는 프랑크푸르트 동물원으로 가서 잭의 코끼리 떼에게 인사를 건넨 뒤에 볕이 잘 드는 벤치에 누웠다. 나는 담배연기로 도넛을 몇 개 만들어 봄 하늘로 날려보냈다.

"할머니가 지금 우리를 본다면……."

나는 이렇게 말하고는 웃음을 터뜨렸다.

"우리를 불쌍하다고 생각할 거야."

"불쌍하다고요? 왜요?"

"네 할머니는 우리가 행복하다는 걸 상상할 수 없으니까."

"하지만 우린 행복하잖아요."

그러자 잭이 8백 년 전에 불의 땅이라는 섬에 살았던 칼리크 부족 이야기를 들려주었다. 그 부족은 아일랜드 계통이었다. 그 섬에는 고린다라는 부족도 살았다. 두 부족은 그곳의 냉혹한 추위 때문에 고통을 겪었다. 이들은 아기 바다코끼리들을 계속 죽여야 했다. 가죽으로 외투와 담요를 만들기 위해서였다. 그러나 가죽도 냉기를 완전히 막아주지는 못했다. 추위는 그치지 않았다. 성품이 부드러웠던 칼리크 황제는 아기 바다코끼리들을 불쌍히 여겼다. 황제는 당나귀를 타고 궁정 광대와 함께 탐험을 떠났다. 두 사람은 추위를 정복하고 살육을 끝낼 기대로 온 나라를 돌아다녔다. 그러다가 실망하고 피곤에 지친 상태로 집에 다시 돌아가는 길에, 분화구에서 끈적끈적한 용암이 끓고 있는 화산을 발견했다. 오랜 여행으로 예민한 발이 거의 얼어 있던 궁정 광대는 급히 화산으로 다가가 분화구 주변을 돌며 춤을 추었다. 그는 땀에 흠뻑 젖고 얼굴이 붉게 익은 채 황제에게 돌아왔다. 남은 여정 동안 광대는 너무 더워서 외투를 입지 않았다.

칼리크 부족은 황제의 인도에 따라 화산 아래에 정착했다. 처음에 그들은 화산을 극도로 두려워했다. 그러나 황제를 믿고 매일 아침과 점심, 저녁에 그와 함께 분화구에 올라 화산의 열기가 몸에 배어들 때까지 춤을 추고 또 추었다.

그들은 행복했다. 고린다 부족이 아니었더라면 아마 그 행복은 계속되었을 것이다. 고린다 부족의 족장은 화산 위에서 춤을 출 수 있다는 사실을 믿으려 하지 않았다. 추위를 정복할 수 있다는 것을 믿을 수 없었다. 그는 의심할 이유를 계속 찾아내어 칼리크 황제에게 몇 번이나 사신을 보냈다. 황제는 처음에 그냥 웃어넘겼지만 나중에는 인내심을 잃었다. 그는 고린다 부족에게 사신을 보내어 그들을 초대했다. 모두 와서 칼리크 부족의 춤을 직접 구경하라고 부른 것이다.

고린다 부족이 화산 아래 모였다. 그들의 족장이 칼리크 부족에게 말했다.

"우리는 당신네 황제가 거짓말쟁이라고 생각한다. 화산 위에서 춤을 추는 사람은, 시간 차는 있겠지만 어쨌든 모두 분화구에 빠져 타죽게 마련이니까."

그 말을 들은 칼리크 부족은 처음에 느꼈던 불안이 되살아나 발놀림이 위태로워졌다. 분화구에서 솟아오르는 열기는 뭔가 위험한 것으로 바뀌었다. 그러다가 한 사람이 분화구에 빠졌다. 고통스럽게 내지르는 그의 비명을 용암이 집어삼켰다. 공포가 차례로 그들을 사로잡았다. 칼리크 부족은 발을 헛디뎌 쓰러지고 불에 타죽었다. 마지막까지 남아 춤을 춘 사람은 황제와 궁정 광대뿐이었다. 둘은 최면에 빠진 듯 춤을 추다가, 고린다 부족의 웃음소리를 듣고서야 정신이 들었다.

"황제, 당신은 거짓말쟁이에 가련한 사기꾼에 불과해. 직접 보시지. 당신 부족은 모두 불타 죽고 광대만 남았어. 당신 둘 모두 바보야."

고린다 부족은 돌아갔다.

"사랑하는 우리 부족을 이곳으로 데리고 오는 게 아니었어."

황제는 이렇게 말하고 눈물을 흘렸다.

"이 사악하고 또 사악한 화산으로……."

"폐하, 산은 잘못이 없습니다."

충직한 궁정 광대가 말했다. 아무리 애를 써도 그는 상심한 황제를 위로할 수 없었다. 그날 저녁, 황제는 분화구에 몸을 던졌다. 광대는 그 후로도 오랫동안 화산 위에서 계속 춤을 추었다.

이따금 고린다 부족은 화산 위에서 가볍게 발을 놀리며 춤을 추는 그를 구경하러 왔다.

"아, 광대뿐이군. 광대는 화산 위에서 춤을 출 수 있는 모양이야. 그러니까 광대지."

고린다 부족이 말했다.

할머니가 방문한 일주일은 한없이 길었다. 가장 길다고 느낀 사람은 아마 엄마였을 것이다. 엄마는 잭이나 나와는 달리, 몇 시간이라도 할머니에게서 벗어날 핑곗거리가 없었다. 정부의 극비 명령도, 일상적인 학교 수업도 없었으니까.

나흘째 되던 날, 왕이 아내를 스위트룸에서 빼내갔다. 나는 엄마를 대신해 교대 근무를 서게 되었다. 엄마와 잭이 문을 닫자마자 할머니의 반대신문이 시작되었다. 처음에는 너무도 단순하여 아무리 멍청한 아이라도 걸려들지 않을 정도였다. 그러나 신문의 강도가 점점 높아지더니 종교재판 수준까지 도달했다. 그러나 나는 이미 오래전에 터득한 "몰라요"라는 대답으로 이 전투에서도 승리를 거두었다.

"에드워드, 너 한 번만 더 '몰라요'라고 대답하면 정말 혼날 줄 알아라."

할머니가 위협하듯이 손을 들어올렸다. 나는 한 점 죄 없는 어린 양처럼 할머니를 바라보았다. 할머니가 조금만 더 지체했더라면 순진무구한 뺨 위로 눈물도 방울방울 흘렸을지 모른다. 부지런히 연습하기는 했지만, 나는 아직 그 재주를 완벽히 터득하지는 못했다. 다행스럽게도 순진한 어린 양의 눈길만으로도 충분했고, 손을 내린 할머니의 얼굴이 수치로 붉어졌다.

우리는 말없이 나란히 앉아 있었다. 그러다가 할머니가 팔을 내 어깨에 두르며 말했다.

"에드워드, 넌 아직 아이야. 아무 잘못이 없어. 하지만 이렇게는……."

할머니의 눈길이 방을 이리저리 훑었다.

"……이렇게는 살 수 없는 법이다."

내 눈앞에 불을 뿜는 화산이 나타났다. 내 발이 춤을 추려고 했다. 나는 영원히 춤추고 싶었다.

일주일째 되던 날, 엄마와 나는 할머니와 작별했다. 우리는 잠시 마주보며 상대의 얼굴에서 뭔가를 찾으려 했지만, 결국 찾지 못했다.

우리는 그 후로 유아용 보트와 수영 보조날개 회사가 갑자기 사라질 때까지 반년 동안 전국을 떠돌았다. 우리 집 여기저기에 몇 주 동안 쌓여 있던 마지막 물품을 가지러 오는 사람은 아무도 없었다.

어느 날 밤, 잭은 이 상자들을 검은 볼보에 실었다. 잭이 차에 첫 짐을 꽉 채웠을 때, 시간은 이미 자정이 넘었다.

"에드를 데리고 갈게."

잭이 말했다.

"에디, 추우니 재킷을 입으렴."

왕이 옆에 있는 한, 엄마는 열한 살짜리 아들 걱정을 전혀 하지 않았다. 그럴 생각조차 없었을 것이다.

우리는 시외에 있는 고철 하치장으로 갔다. 폐허는 거대한 쓰레기로 뒤덮여 있었다. 잭이 볼보에서 상자들을 꺼냈다. 나도 힘 닿는 한 열심히 도왔다.

"에드, 내가 집에 가서 나머지 상자들을 가지고 올 테니, 넌 여기서 보초를 서고 있어."

나는 겁이 났다. 잭이 아마 내 표정에서 불안을 읽은 모양이었다.

"네가 이 임무에 적임자라고 생각하지 않았다면 난 다른 사람을 데리고 왔을 거야. 하지만 난 너를 뽑았어. 너를!"

자랑스러움이 불안과 뒤섞였다. 그러다가 그것이 결국 불안을 몰아냈다. 내가 상자 위에 쪼그리고 앉자, 잭이 내 어깨에 담요를 걸쳐주었다.

"에드, 목숨을 걸고 보트를 지켜라."

"그럴게요, 그럴게요!"

나는 그의 등 뒤에 대고 외쳤다. 수영 보조날개를 훔치러 오는 사람은 아무도 없었지만, 누가 왔더라면 아마 나는 정말 목숨을 걸고 그 비닐 제품들을 지켰을 것이다. 잭이 나를 뽑았으니까. 밤의 적막을 깨는 것은 들쥐뿐이었다. 그들의 심장박동이 쓰레기 더미에 뭔가 생기를 불어넣었다. 쓰레기 더미가 숨을 쉬는 듯 보였다. 아마 다른 적이 눈에 띄지 않았기 때문이겠지만, 나는 쓰레기 더미가 몸을 일으켜 물품 상자들을 집어삼킬지도 모른다는 불안감에 그 거인을 노려보았다. 죄 없는 쓰레기 더미는 볼보의 모터 소리가 들리고 나서야 불신으로 가득 찬 내 눈길에서 벗어날 수 있었다.

우리는 상자들을 피라미드 모양으로 쌓아올렸다. 잭이 그 위에 벤진 한 통을 붓고 장엄한 표정으로 나에게 라이터를 내밀었다. 나는 상자 더미에 불을 붙였다.

취할 듯 달콤한 냄새가 비닐 제품 타는 유독한 연기와 뒤섞였다. 우리는 안전거리를 유지하며 자동차 보닛 위에 앉았다. 입에 문 담배가 녹아내리는 보트와 경쟁이라도 하듯 연기를 뿜어냈다. 기둥처럼 솟아오른 불길이 마지막 보조날개까지 모두 집어삼켰다. 남은 것은 형체를 알아볼 수 없는 덩어리 몇 개뿐이었다. 우리는 불꽃이 완전히 사라질 때까지 기다렸다가 떠오르는 햇살을 받으며 집으로 향했다.

방랑생활은 그렇게 끝났다. 우리는 쾰른 근교로 이사했다. 잭은 새 일자리를 얻었다. 유아용 보트처럼 비밀스러운 일은 아니었다. 그는 비어 있는 사무실에 홀로 앉아, 실제로는 존재하지 않는 회사 여덟 곳의 전화 여덟 대로 응대했다. 어쨌든 내가 기억하기로는 그랬다. 평범한 직업은 아니었지만, 그래도 일정한 출퇴

근 시간이 있었다. 왕이 더는 내 교육을 담당할 수 없어 나는 다시 학교에 다녀야 했다. 우리는 열여덟 세대가 거주하는 6층짜리 건물에 세들어 살았다. 우리 집은 5층이었다. 방이 세 개였는데, 전에 살던 온갖 세입자들의 흔적이 양탄자에 잔뜩 묻어 있었다. 욕실에는 초록과 노랑색, 부엌에는 초록색 타일이 붙어 있었다. 천장이 낮았고, 발코니에는 의자 두 개가 간신히 들어갔다. 그러나 잭 모스가 옆에 있는 한, 그런 점들은 우리 눈에 전혀 거슬리지 않았다.

나는 학교에 적응하기 힘들었다. 교사들을 믿을 수가 없었다. 어딘가 모르게 내가 바보 취급을 당하고 있다는 생각이 자꾸 들었다. 같은 반 아이들은 싹싹하기는 했지만 서로 관심이 없었다. 우리에겐 공통점이 아무것도 없었다. 나는 학교가 파하면 대부분 잭의 사무실로 갔다. 엄마가 와 있을 때도 있었다. 그럴 때면 엄마와 나도 전화를 받을 수 있었다.

어느 날 저녁, 우리 셋이 집으로 돌아와 어두운 계단을—계단 전등이 제대로 작동하는 경우는 거의 없었다—오르고 있었다. 5층 복도에서 나는 엄청나게 크고 부드러운 무언가에 걸려 넘어졌다. 엄마가 집으로 달려들어가 전등을 켰다. 바닥에 널브러진 덩어리는 분홍색 줄무늬 작업복을 입은 여자였다. 그녀의 허벅지는 서로 기대고 있는 살굿빛 아기 고래 두 마리처럼 보였다.

"죽었어?"

엄마가 물었다.

"아니요, 숨을 쉬어요."

나는 아기 고래 한 마리를 짚고 몸을 일으켰다. 잭이 여자에게
몸을 굽혔다.

"부인, 도와드릴까요?"

거인이 천천히 눈을 뜨더니, 미소를 짓고 눈을 두 번 깜박였다.

"엘비스? 엘비스…… 내가 죽었나요?"

그녀의 목소리는 남자처럼 저음이었다.

"아니에요. 복도에 누워 계십니다. 부인, 어디로 모실까요?"

여자는 우리 옆집에 살았다. 그날 저녁 우리는 원래 농부였던
유타 후버와 친구가 되었다. 57세에 123킬로그램이었으며, 아편
을 좋아하고 술도 싫어하지 않는 사람이었다. 마약 값을 대기 위
해 교회 제단 덮개에 자수를 놓았다. 다른 모든 여자와 마찬가지
로 후버 부인도 잭 모스에게 반했고, 이를 숨기려 하지 않았다.

"마그다, 내가 새끼 밴 포유류 같은 꼴만 아니었더라면 당신 조
심했어야 할 거야."

엄마는 후버 부인을 위해 일주일에 사흘 일했다. 그럴 때면 둘
은 후버 부인의 거실에 앉아 무릎에 자수틀을 얹고 수를 놓았다.
후버 부인은 현금으로 지불했다. 엄마가 왕에게 돈을 건네면 그
는 언제나 거절하며 당신 돈이니 당신이 가지라고 했다.

처음에 엄마는 그 돈으로 뭘 해야 할지 몰랐지만, 후버 부인의
영향을 받아 베네치아 여행을 위해 저금하기 시작했다. 후버 부
인은 쉴 새 없이 베네치아 이야기를 했다. 젊은 시절 반년 동안
그곳에서 산 적이 있다고 했다. 그러나 늘어놓는 이야기의 양으
로 판단하자면 그 '물의 도시'에서 6개월이 아니라 여섯 번의 생

을 살았다고 생각될 정도였다. 어쨌든 엄마는 엄마가 되고 싶다던 소원을 제외하고 처음으로 인생에서 목표를 갖게 되었다.

새 전화번호를 알려드렸지만 할머니에게서는 연락이 없었다. 우리의 경제 사정은 어느 정도 안정되었다. 어쨌든 전기가 끊길 정도는 아니었다.

봄이 되었다. 우리 반은 에펠 탑으로 수학여행을 갈 예정이었다. 떠나기 전날 저녁, 잭이 자기도 여행에 따라간다고 말했다.

"너희 담임선생님과 이야기를 끝냈어. 나는 감독요원 자격으로 가는 거야."

나는 그 말에 뛸 듯이 기뻤다. 정말 굉장한 일이었다.

우리는 엄마와 작별했다. 잭 대신 사무실 일을 하게 된 엄마는 최종점검을 하느라 정신없이 바빴다.

"내가 뭔가 실수하면 어떡하지?"

"실수하지 않을 거야. 후버 부인을 데리고 가. 수는 거기서도 놓을 수 있잖아."

벽 건너편에서 자기 이름을 듣기라도 한 듯이 후버 부인이 곧장 우리 문을 노크했다. 그녀는 청색과 노란색 체크무늬 작업복을 입고 있었다. 후버 부인에겐 이렇게 보기 흉한 작업복이 꽤 많았다. 살찐 몸을 다른 옷에 구겨넣고 싶지 않기 때문이라고 했다.

"크리스티앙 디오르도 나를 매력적으로 만들지는 못할 거야."

그녀가 늘 하는 말이었다.

후버 부인은 한 손에 마약이 든 커피 잔을 들고 있었다. 함유량은 그때그때의 기분과 비축량에 따라 달랐다.

"엘비스와 사내애가 여행 간다고?"

그녀는 내 이름이 멍청하게 들린다며, 나를 언제나 사내애라고 불렀다.

"에드워드라니, 사람 이름이 그럴 수는 없지. 망아지라면 몰라도. 에드워드라는 말을 길렀던 남자를 하나 아는데, 말 꼬락서니가 참 볼품없었어. 하기야 멋진 말들은 '에메랄드'나 '불검'이라고 불리지, 에드워드는 아니니까."

후버 부인은 작업복 주머니에서 두툼한 봉투를 꺼내 잭에게 건넸다.

"그게 뭐예요?"

내가 물었다. 나와는 달리 왕은 의아해하지 않았다.

"사내애야, 지도란다!"

후버 부인이 으르렁거리듯 대답했다.

잭과 그녀가 뭔가 의미 있는 눈길을 주고받는 동안, 엄마는 메모를 적은 노트를 들고 정신없이 방을 돌아다니느라 두 사람의 눈길을 전혀 눈치채지 못했다.

우리는 학교에 도착했다. 반 아이들이 탄 버스가 주차되어 있었다.

"잭, 저기 버스가 있어요."

"나도 봤다."

그가 웃음을 터뜨렸다.

"에드, 멍청한 아이들 스무 명이랑 허름한 유스호스텔에 가고 싶니? 그 중에 적어도 셋은 이부자리에 오줌을 쌀 텐데. 대부분은 꽤 싹싹한 애들이겠지. 하지만 그 애들 아래 침대를 쓴다면 그 오줌이 너한테 떨어지는 거야. 그 애들이 싹싹하든 말든 상관없이. 그러니 계획을 조금 바꾸자. 휴가 때처럼 하는 거지. 어때, 마음에 들어?"

당연히 마음에 들었다. 우리는 다음 휴게소에서 차를 세웠다. 잭이 후버 부인에게 받은 봉투를 열었다. 안에는 정말 지도가 들어 있었다. 붉은 점이 가득 표시된 지도였다. 우리는 미리 손을 써둔 구두주걱으로 무장하고 약탈 행각에 나섰다. 구두주걱에는 양면테이프가 감겨 있었다. 잭이 성직자에게 고해성사를 하는 동안, 나는 그 도구로 헌금함을 털기로 한 것이다. 지폐든 동전이든 모두 주걱에 달라붙을 테니까. 다시 말해 휴가 때처럼 하기.

후버 부인은 지도에 실린 모든 가톨릭 성당에 표시를 해두었다. 그녀도 오래전에 같은 방법으로 수천 마르크를 벌었다. 잭 모스는 아내에게 베네치아 여행을 선물하고 싶었다. 그가 계산해보니, 아내 혼자 힘으로 여행 경비를 마련하려면 최소한 1년 반이 걸린다는 결과가 나왔다.

"에드, 네 엄마는 그렇게 오래 기다리면 안 돼. 사람이 얼마나 오래 살지는 아무도 모르는 법이야. 네 엄마는 소원을 이루며 살아갈 자격이 있어. 이 세상 그 누구보다도 더. 왜냐하면……."

잭은 오른손을 핸들에서 떼어내 자기 가슴을 움켜쥐었다.

"왜냐하면…… 에드, 네 엄마 마음속에는 사람이 깃들어 살 수 있으니까."

우리는 처음 나타난 교회 앞에서 차를 세웠다. 잭이 지시를 내렸다. 나는 겁이 났다.

"에드, 잘 들어. 이건 세상에서 가장 악한 집단이야. 누가 예수를 죽였다고?"

"시칠리아인들이요."

"맞아. 하지만 여기 이 사람들은 '네' 죄 때문이라고 말한단다."

"내 죄?"

"그래. 그리고 네 엄마와 할머니 죄 때문이라고."

할머니가 누군가를 십자가에 못 박는 건 상상이 가지만, 우리 엄마가? 그건 절대 아니지.

"하지만 우린 그때 태어나지도 않았는데 어떻게……."

"여기 이 사람들은 유대인에게 잘못을 돌리니까. 모든 유대인, 너와 네 엄마와 네 할머니를 비롯한 모든 유대인에게. 그러니 우리가 이런 비열한 행동에 대해 정당한 변상을 요구해야지."

말 되네. 첫 교회에서 잭이 고해성사를 하며 눈물을 흘리는 동안 나는 헌금함에서 28마르크를 건졌다. 우리는 신호를 미리 확실하게 정해두었다. "저는 창녀 세 명과 잤습니다"라는 말을 들으면 나는 돈과 구두주걱을 얼른 감춰야 했다. 아예 비어 있는 교회도 많았다. 그런 경우에 잭은 첫 줄에 무릎 꿇고 앉은 채 성구 보관실 문을 지켜보았다. 그가 기침을 하면 누군가 온다는 신호였으므로 얼른 숨어야 했다. 이런 모든 예방조치에도 불구하고 내가 들키면, 왕은 아들의 범죄 행위에 놀란 척하며 나를 호되게 몰아세우기로 했다. 나는 미성년자라서 처벌을 받지 않을 테니

걱정할 일은 없었다.

우리는 시골과 도시를 두루 다녔다. 돈이 점점 불어났다. 우리는 숙달된 솜씨를 발휘했다. 그러나 닷새째 되던 날, 잭이 창녀 이야기를 깜박 잊었다. 구두주걱에서 동전 몇 개를 뜯어내고 있던 나는 성직자에게 잡혔다. 그러나 성직자가 뭐라고 한마디 하기도 전에, 왕이 최후의 심판을 연기하며 나를 호되게 때렸다. 그는 예전에 우리가 살던 가짜 성에서처럼 타작하듯이 나를 두들겼다. 입술이 터져 피가 흘렀다. 어지러웠다. 나는 잭을 애타게 바라보며 그에게 무언의 애원을 보냈지만 그는 보지 않았다. 단 한 순간도. 바로 그때 나는 코끼리들의 유일신이 나를 때려죽일 거라는 공포를 느꼈다. 그게 의식을 잃기 직전에 마지막으로 한 생각이었다.

나는 호텔 방에서 깨어났다. 담배를 물고 내 옆에 앉아 있던 잭이 웃음을 터뜨렸다.

"이번에도 일이 잘되었어. 에드, 넌 세상에서 가장 멋진 아이야. 최고야."

그의 말이 쿵쿵 울리는 내 머리와 팔딱이듯 아픈 입술과 내 모든 것을 달래주었다.

다음 날 잭은 나를 기쁘게 하려고 운전을 가르쳐주었다. 나는 예전과 마찬가지로 내가 자동차 전문가인 줄 알았고, 여자아이들이 인형을 아끼듯이 여전히 금빛 재규어를 좋아했다. 오른쪽 눈이 밤새 심하게 부어올라 잘 보이지 않았지만, 나는 빠른 속도로 운전을 배웠다. 호텔 주차장을 몇 바퀴 돈 뒤에 볼보를 국도로 몰왔다. 잭은 담뱃불을 붙여 내 입에 물려주었다.

"에드, 넌 나를 태운 최초의 인물이야. 내 목숨은 네 손에 달려 있어."

내 가슴은 자랑스러움으로 터질 듯했다. 왕이 노래를 불렀다.

마지막 이틀 동안 우리는 지극히 신중하게 행동했다. 잭이 얼마나 크게 소리를 질렀는지, 그가 창녀 세 명과 잤다는 사실을 온 동네가 알게 되었다. 여행에서 남은 순이익은 4,794마르크였다. 왕과 왕비는 2주 동안 베네치아로 여행을 떠났다. 나는 그동안 결석을 해도 좋다는 허락을 받았다. 후버 부인이 나를 돌보았다. 우리는 사무실 전화 여덟 대를 함께 받았다. 나는 자수를 배웠다. 후버 부인의 소파에서 잤고, 아침이면 그녀의 침대로 커피를 가져다주었고, 저녁에는 그녀가 상처 입은 아기 고래 두 마리에게 분을 발라주는 모습을 지켜보았다. 후버 부인이 나더러 침실로 가서 작은 병에 든 액체 아편 '로더넘'을 가지고 오라고 할 때도 가끔 있었다. 나는 각설탕에 피펫으로 로더넘 34방울을 조심스럽게 떨어뜨렸다. 후버 부인이 몇 시간 동안 삶에서 탈출하는 모습을 지켜보는 게 좋았다. 갈색 코듀로이 소파에 누운 그녀는 자기가 지방덩어리라는 사실을 한동안 잊었다.

후버 부인은 아편을 한 다음 날이면 대부분 소동을 벌이며 쉴 새 없이 잔소리를 했다. 커피가 맛이 없다고 했다. 너무 진하거나 너무 연하거나, 어쨌든 맛없다고 불평했다. 내가 십자가를 비뚤게 수놓았다고 야단을 치기도 했는데, 사실 그녀 말이 옳긴 했다. 내 십자가는 언제나 비뚤었다. 이렇게 심기가 불편한 상황 속에서도 그녀의 십자가는 가지런했다. 후버 부인은 내 헤어스타일을 트집 잡았고, 내가 숨을 너무 크게 쉰다고 욕하기도 했다. 어느 날 범죄 영화를 보고 있을 때, 나를 빤히 바라보던 그녀가 입을 열었다.

"사내애야, 넌 아버지를 전혀 닮지 않았구나."

"아버지요?"

"네 아버지 엘비스 말이야!"

그녀가 짖어댔다.

"잭은 내 아버지가 아니에요."

초반 30분 동안 주범으로 지목당했던 인물이 이제 막 혐의를 벗으려던 순간이었다. 그러나 후버 부인은 TV 음향을 줄였다.

"그럼 누가 네 아버지야?"

"스칸디나비아 출신인 괴렌이에요."

"괴렌? 무슨 이름이 그래? 사람 이름이 그럴 수야 없지. 개 이름이라면 몰라도. 내가 알던 어떤 사람의 개가 괴렌이었어. 멋진 개는 아니었지. 하기야 멋진 개들은 괴렌이라고 불리지 않아. '한노' 아니면 '작은 발'이지. 사내애야, 멋진 개들의 이름은 그렇단다."

"어쩌면 쇠렌일 수도 있어요."

후버 부인이 눈썹을 추켜올렸다.

"어쨌든 너는 스칸디나비아 사람처럼 보이지 않아. 마그다를 닮은 것도 아니고. 혹시 마그다도 네 친엄마가 아닌 거니?"

"친엄마 맞아요."

"그럼 넌 도대체 누굴 닮았니, 응?"

"아담."

내 입에서 불쑥 튀어나온 말이었다.

아담, 언제나 아담. 노래 후렴처럼 내 인생을 따라다니던 이름.

"아담?"

아담이 누구인지 설명하려고 했지만, 후버 부인은 이미 흥미를 잃고 텔레비전 소리를 다시 키웠다.

"이제 조용히 해라. 수염이 난 뚱뚱한 남자가 살인자야. 매번 똑같단 말이야."

수염이 난 뚱뚱한 남자는 살인자가 아니라 경감이었지만, 나는 대꾸하지 않았다.

그녀의 변덕에도 불구하고 나는 후버 부인을 무척이나 좋아했다. 그녀는 잭 모스와 어딘가 비슷했다. 잭처럼 눈에 띄게 독특한 성격은 아니었지만 믿을 만했다. 엄마와 왕은 나를 돌봐준 대가로 후버 부인에게 얼마간의 돈을 지불했다. 내가 뭔가 알고 싶어 할 때마다 후버 부인은 대답했다.

"교육비는 별도야. 엘비스는 널 봐주는 값만 내니까 질문은 딴 사람에게 해라."

그녀는 매일 베네치아 이야기를 했다. 이미 오래전에 지나간 반년이라는 세월의 빛이 후버 부인의 뚱뚱한 몸을 여전히 따뜻하게 비추고 있었다.

베를린 장벽이 무너졌다. 우리는 텔레비전으로 그 장면을 지켜보았다. 내가 태어나고 자란 도시의 얼굴이 바뀌었다. 장벽이 무너지던 해에 할머니가 내 인생을 흔들었다. 성년의식을 치르고 '바르 미츠바'가 되라는 거였다. 할머니가 갑자기 내 신앙에 관여하기 시작했다.

"넌 유대인이야. 지켜야 할 율법이 있어."

유대교 방식과는 거리가 먼 윙키를 눈 하나 깜짝하지 않고 잡수신 귀부인의 말이었다.

나는 바르 미츠바가 될 생각이 전혀 없었다. 잭은 이 논쟁에서 발을 뺐고, 엄마는 "그건 에디 스스로 결정해야 해요"라는 말만 되풀이했다.

할머니는 하루에도 여러 번씩 전화하여 내 양심에 호소했다.

"할아버지라면 네가 그렇게 하기를 원했을 거야."

불쌍한 할아버지. 할아버지는 원하는 게 많았지만 얻은 것은 거의 없었다.

"에드워드 코헨, 너는 신앙을 유산으로 물려받은 거야. 그러니 따르는 게 네 의무라고!"

할머니가 전화로 소리를 질렀다.

그러나 나는 이미 오래전부터 에드워드 코헨이 아니었다.

내 이름은 에드 모스 코헨이었다. 코끼리들이 따르는 유일신의 양아들. 부어오른 눈으로 검은 볼보를 운전하던 아이, 하루에 담배 한 갑을 피우는 아이였다. 나는 부족한 게 없었다. 바르 미츠바는 더더욱 아니었다. 유산을 물려받을 생각은 전혀 없었다. 유산을 물려받을지 말지, 받는다면 무엇을 물려받을지 스스로 선택할 수 없다는 사실을 그때 나는 알지 못했다.

몇 달 뒤에 나는 할머니에게 최종적으로 싫다고 통보했다. 할머니는 수화기를 내려놓고 다시는 그 일로 전화하지 않았다.

그날은 지극히 평범한 어느 화요일이었다. 역사 선생님이 나폴레옹의 패배와 유배에 대해 설명했다. 나는 하나도 믿지 않았다. 진짜 나폴레옹은 누구에게도 패배를 당하거나 쫓겨나지 않았으니까.

화요일이면 늘 그랬듯이, 6교시가 끝나고 학교를 나섰다. 후버 부인이 택시에 앉은 채 교문 앞에서 나를 기다리고 있었다. 한 번도 없던 일이었다. 그때 나는 열다섯 살이었다.

잭 모스는 나흘 동안 생사를 오갔다. 자동차가 그를 치고 갔다. 자동차가! 그 따위 가소로운 것이 신에게 어떻게 해를 끼칠 수 있단 말인가.

엄마와 나는 그의 침대 곁에 앉아 있었다. 그가 우리를 떠나리라고는 상상조차 할 수 없었기 때문에 우리는 울지 않았다. 그러나 그는 떠났다. 잭은 평범한 인간처럼 그냥 죽어버렸다. 누군가 베일을 끌어내린 것만 같았다. 이제 세상이 추악한 진짜 얼굴을 드러냈다. 우리는 집으로 갔다. 바닥에 깔린 지저분한 푸른색 양탄자를 보자 구역질이 났다.

후버 부인은 잭 모스가 땅에 묻힐 때까지 아편을 포기하고 장례식의 모든 과정을 도맡았다. 엄마의 전화를 받은 할머니는 장례식에 반드시 참석하겠다고 고집을 부렸다.

우리는 코끼리들의 유일신을 화장했다. 유골함은 비석도 없이 나무 아래에 묻혔다.

우리 넷은 그와 작별인사를 했다. 작은 예배당 안에 진짜 엘비스의 음악이 울려퍼졌고, 나는 박자에 맞춰 손뼉을 쳤다. 손뼉을 세게 치면 가짜 엘비스를 깨워서 다시 데려올 수 있다는 듯이. 엄마는 인생 최고의 사랑이었던 그를 위해 소싯적 우상과 함께 노래했다. 초록색 모닝 가운을 입은 왕비는 눈부시게 아름다웠다. 할머니는 검은색 캐시미어 정장을 입고 경건한 표정을 짓고 있었다. 감청색 작업복을 입은 후버 부인이 엄마의 손을 쓰다듬었다.

할머니는 우리가 함께 베를린으로 돌아가기를 바랐지만, 엄마는 이 제안을 정중히 거절했다. 할머니는 떠나기 전에 우리가 사회부적응자처럼 살고 있다는 사실을 반드시 일깨워줘야 한다고 생각했던 모양이다. 우리 집이 있는 건물도 반사회적이고, 우리 집도 반사회적이었으며, 의리 있는 친구인 후버 부인은 반사회적인 모든 요소의 정수였다. 할머니는 기분이 무척이나 상한 채 베를린 행 기차에 올랐다. 우리는 그로부터 세월이 한참이나 흐른 후에야 다시 할머니를 만나게 되었다.

우리는 후버 부인 집으로 이사해 들어갔다. 엄마는 제단 덮개 사업의 동업자가 되었다. 나는 엄마의 강인함에 놀랐다. 잭이 죽었는데도 엄마는 부서지지 않았다. 왕과 같이 지낸 몇 년이 엄마에게는 베네치아가 되었다. 그와 함께한 경험은 엄마를 평생 따뜻하게 해줄 등불이었다.

나는 스스로 베네치아를 만들어내기에는 너무 어렸고, 부당한 벌을 받았다고 느끼지 않기에도 너무 어렸다. 고통이 탐욕스러운 동물처럼 내 안에 살면서 내 살을 파먹었다. 그것은 변덕이 심했다. 예측 가능하고 온순하고 허기를 내세우지 않는 날들도 있었지만, 어떤 날은 날카로운 가위로 내 오장육부를 뚫다시피 할 만큼 심술을 부리기도 했다. 처음에 그것은 잠 한숨 자지 않으려 했지만, 시간이 흐르면서 게으르고 뚱뚱해졌다. 그러다가 어느 날 사라졌다. 남겨진 나는 훼손되고 불완전한 모습이었다. 에드 모스 코헨에게 남은 것은 쓰레기뿐이었다. 새살이 자랐다. 낯선 분홍색 살이었다. 에디, 에드워드, 에드, 에두아르트, 사내애, 아담의 눈, 아담의 코, 아담의 입, 아담의 목소리. 그리고 아직 이름이 없는 새로운 재료, 조각 양탄자.

10학년 때 나는 두 번이나 낙제를 하고—무적의 나폴레옹도 여기에 어느 정도 책임이 있었다—스무 살 때 고등학교 졸업고사를 치렀다. 그 뒤에는 양로원에서 공익근무요원으로 일했다. 모든 게 괜찮았지만, 정말 좋은 건 하나도 없었다. 잭을 생각하면 코끼리들의 신이 아니라 엘비스 음반 커버만 눈앞에 떠올랐다. 그의 모습을 기억하려 하면 할수록 윤곽은 더 빨리 흐릿해졌다. 잭 모스뿐 아니라 그에 대한 추억도 잃을까봐 걱정스러워 울고 싶은 심정이 되었을 때, 그의 웃음소리가 들려왔다. 그제야 나는 잠시 나 자신과 화평을 맺었다.
스물한 살이 되었을 때 나는 엄마와 후버 부인을 떠날 시기가 되었고, 내 인생—그게 뭔지는 잘 모르지만—을 살아야겠다고 생각했다.

퀼른대학교에 등록한 뒤에 학교 근처 원룸으로 이사했다. 집세는 후버 부인과 엄마가 내주었다.

나는 경영학과에 등록했지만 수업에 가지 않았고, 시험을 보지도 않았다. 그러나 매일 씩씩하게 학교로 가서, 아래층 강당 바닥에 고정된 플라스틱 의자에 앉아 주변을 관찰했다. 예전에 할머니가 찾아왔을 때 샀던 것과 무척 흡사한 배낭을 멘 채로. 그러나 이번에는 속여야 할 사람이 아무도 없었다.

내가 앉는 오렌지색 플라스틱 의자는 왼쪽에서 두 번째에 있었다. 아침에 건물에 들어섰을 때, 누군가 내 의자에 앉아 있으면 기분이 무척 나빠졌고, 거의 공황상태라고 할 만한 공포에 사로잡혔다. 그러나 의자를 차지한 개자식이 수업이나 아니면 다른 어딘가로 가야 했으니, 그 자리는 이르든 늦든 언젠가는 비게 마련이었다.

그 의자는 내 존재의 고정점이었다. 외톨이라는 말로는 당시의 나를 표현할 수 없다. 나는 친구가 없었다. 매일 복도를 오가는 사람들은 나와 아무런 관계가 없어 보였다. 그러다가 5학기 때 헨드리크를 사귀게 되었다.

늘 그랬듯이 주말을 엄마와 후버 부인과 함께 보내고 온 어느 월요일이었다. 누군가 내 자리에 앉아 있었다. 내 또래인 그는 무릎에 서류를 가득 늘어놓고 분류하는 중이었다. 나는 그 바로 앞에서 기다렸다. 사람들은 보통 바짝 다가가면 일찌감치 자리를 비워주었다. 그러나 헨드리크는 나를 못 본 척했다. 한 시간도 더 지나고서야 그가 나를 올려다보았다.

"무슨 일이야?"

"아무것도 아니야."

한 시간이 또 지나갔다.

"우리 아버지가 보냈어? 내 뒷조사를 하려고 온 거야?"

"아니, 그냥 기다리느라고……."

"뭘?"

그래서 나는 헨드리크에게 의자에 대한 강박을 이야기했고, 우리는 친구가 되었다.

헨드리크의 아버지는 부동산업계 거물이었다. 체코 망명자의 아들이었던 마스추크 씨는 노력과 근면과 불굴의 의지로 정상에 올랐다. 그런데, 성공가도를 달리는 아버지와 기대에 못 미치는 아들의 이야기는 신이 무척 좋아하는 주제인 모양이다. 지치지도 않고 그런 이야기를 하고 또 하는 걸 보면.

헨드리크는 원래 스위스 소재 명문대학교에서 공부하려고 했다. 그러나 입학시험마다 모두 낙방했다. 마스추크 씨가 학교에 돈 무더기를 안겨주겠다고 해도 스위스인들은 헨드리크의 입학을 거부했다. 뒤셀도르프에 사는 아버지는 달갑지 않은 아들을 감시라도 할 수 있게 쾰른으로 보냈다. 마스추크 씨는 부동산 제국을 이루긴 했으나 신장암을 앓고 있었다. 헨드리크는 아버지가 기대하는 자신의 졸업 시기보다 훨씬 앞서 아버지가 돌아가실 거라고 확신하고 있었다. 그래서 성적표를 완벽하게 위조해달라고 그래픽 디자이너에게 의뢰했다.

헨드리크는 나에게 축구와 맥주 마시기를 가르쳐주었고, 또 이 둘을 동시에 하는 방법도 알려주었다. 그는 눈에 번쩍 띌 정도는 아니었지만 은근히 매력적이라서 여자들에게 인기가 많았으며, 약간의 어설픈 경박함으로 인생을 살아갔다. 나는 플라스틱 의자에서 나를 불러일으킬 수 있는 사람이라면 누구든 따라갔을 것이다. 헨드리크와 내가 벌이는 일들은 화산 위의 춤이라기보다는 미지근한 온천 주변에서의 깡충거림이었다. 나는 이미 오래전부터 칼리크 부족의 산 위를 떠나 있었다. 분화구에 빠진 건 아니었고 화상을 입지도 않았다. 그저 내려왔을 뿐이다.

사귀고 몇 달이 지난 뒤에 헨드리크는 처음으로 내 가족에 대해 물었다. 잠깐 동안 나는 그에게 모든 것을 이야기하고픈 욕망을 느꼈다. 왕의 온갖 영광을 언어로 표현하고 싶었다. 그러다가 미국 정부를 위해 일했던 잭 모스 이야기를 하기로 결정했다. 나는 잭을 내 아버지라고 불렀고, 쇠렌인지 괴렌인지를 내 족보에서 완전히 추방했다. 스파이 버전을 다시 끄집어낸 이유는, 아마도 내가 잭을 정당하게 평가할 수 있을 것 같지 않다는 불안감 때문이었을 것이다. 어쩌면 쉴 새 없이 배회하는 헨드리크의 시선 때문이었는지도 모른다. 그는 모든 것에 흥미를 느꼈지만, 관심이 지속되는 시간은 한순간에 불과했다.

바로 이 점 덕분에 그는 상처입지 않았다. 헨드리크는 상대가 미처 무기를 꺼내기도 전에 사라지곤 했다. 그가 도망치지 못한 유일한 인물은 그의 아버지였다. 나는 곧 그를 만나게 되었다. 우리는 마스추크 가에서 하루를 보내려고 뒤셀도르프 행 기차를 탔다.

“무조건 우리 아버지 말이 옳다고 해. 그럼 아무 일도 생기지 않을 테니.”

기차에서 내리기 전에 헨드리크가 말했다. 여정의 마지막인 택시 안에 앉자, 내 손에서 땀이 나고 맥박이 요동치기 시작했다. 예전에 나는 주먹으로 치면 벽에 구멍이 생기는 가짜 성에 살았는데, 마스추크 가족은 파괴할 수 없는 성벽으로 둘러싸인 진짜 성에 살았다. 마스추크 씨는 암환자치고는 놀랄 만큼 건강한 인상이었다. 체격은 헤비급 권투선수처럼 보였고, 양복은 영국 귀족을 연상케 했다. 작은 잿빛 눈은 미동도 하지 않는 듯 보였지만, 강철 진주 같은 그 눈동자는 무엇도 놓치지 않을 것 같았다. 헨드리크의 어머니는 거대한 밍크 숄을 걸치고 있었다. 다른 것은 기억나지 않는다. 눈만 돌리면 잊어버리게 되는 얼굴이었다.

내가 알던 헨드리크는 식탁에 없었다. 금방이라도 울음을 터뜨릴 듯한 사내아이 하나가 내 옆에 쪼그리고 앉아, 열심히 고개를 끄덕이다가 바보처럼 히죽거리기도 했다.

“아빠, 신장은 좀 어때요?”

그가 싹싹한 목소리로 물었다.

“내 남편은 암이에요.”

마스추크 부인이 나에게 이렇게 말하고는, 송아지 간을 한 조각 입에 넣고 우물거렸다.

나는 어색한 미소를 지었다.

"아들, 내 신장은 썩어가고 있다."

"아빠, 아파요?"

"그래, 아프다."

"화학요법은 소용이 없었어요. 우리 남편은 곧 죽을 거예요. 어쨌든 의사들 말로는 그렇대요. 에드워드, 맛있나요? 물론 화학요법을 한 번 더 할 수도 있지만 남편이 원치 않아요. 저 사람을 보고 있으면, 곧 죽을 거라는 사실은 믿기 어렵지요."

마스추크 씨가 주먹으로 식탁을 내리쳤다. 어찌나 세게 쳤는지 잔 두 개가 쓰러졌다. 신장에는 암이 퍼졌고, 아들은 멍청하며, 밍크를 두른 아내는 수다쟁이인데, 분노하지 않는다는 건 무리다.

우리는 아무 말 없이 메인요리를 끝냈다. 마스추크 씨는 후식을 먹을 때쯤에야 나에게 말을 걸었다.

"학업을 마치면 뭘 할 건가?"

대답을 생각해내며 나는 마스추크 씨의 눈을 마주 보았다. 그는 에드워드 모스 코헨에 대한 판단을 이미 내린 듯했다. 빗나간 아들의 친구가 아들보다 나을 리 없었다.

우리는 결국 타인이 우리에게서 발견하는 그런 존재가 되는 걸까? 맞은편의 진회색 눈동자 속에 내 얼굴 두 개가 비쳤다.

"아직 잘 모릅니다."

"그건 안 좋은데."

"아직은 시간이 있으니까요."

나 자신을 방어하려는 가련한 시도였다.

"시간?"

나는 고개를 끄덕였다.

"시간? 시간이 얼마나 있는지는 아무도 모르지."

몇 분 뒤, 권투선수 같은 그의 얼굴이 시뻘게졌다. 그가 소리를 지르며 허리를 움켜쥐었다. 마스추크 부인과 헨드리크는 능숙한 손길로 식탁을 치우고, 가장이 딱딱한 나무판 위에 드러눕도록 도왔다.

"암 때문이에요."

헨드리크 어머니가 말했다.

우리는 다시 자리에 앉았다. 마스추크 씨는 식탁에 드러누워 통증과 싸웠다. 그는 천장을 노려보며 뺨에 경련이 일 정도로 이를 악물고 있었다. 마스추크 부인은 헨드리크와 나에게 거의 녹아버린 아이스크림이 담긴 작은 도자기 접시를 건넨 뒤, 가정부를 불렀다. 커피가 나왔다.

"에드워드, 우유 줄까요?"

내가 대답을 하기도 전에 마호가니 식탁이 흔들렸다. 마스추크 씨의 몸이 경련으로 세차게 떨리고 있었다.

"우유 필요해요?"

마스추크 부인이 다시 한번 물었다.

"의사를 불러야 하지 않을까요?"

내 말에 그녀가 미소를 지으며 밍크 숄을 쓰다듬었다.

"아니요. 의사들은 그저 그가 죽을 거라는 말뿐이에요. 우리 남편은 그런 말을 듣길 싫어해요."

우리는 아이스크림을 떠먹고 커피를 홀짝거리며, 죽을병에 걸

린 남자가 식탁 한가운데 누워 있는 상황이 지극히 평범한 일이
라는 듯 행동했다.

다음 날 아침 우리가 떠날 때, 우리와 작별인사를 하는 사람은
아무도 없었다. 우리는 택시를 타고 역으로 갔다. 헨드리크는 기
차에 앉은 뒤에야 다시 헨드리크처럼 웃었다.

"넌 부모님 앞에서는 완전히 다르더라."

"그게 편하니까."

헨드리크는 담배 두 개비에 불을 붙여 하나를 내 입에 밀어넣
었다.

"네 엄마가 3분에 한 번씩 남편이 죽을 거라는 말만 하지 않아
도 괜찮을 것 같은데."

"엄마는 약을 너무 많이 먹어서 자기가 무슨 말을 하는지도 몰
라."

"그래도……."

"에디, 닥치고 담배나 피워."

변덕이 심하고 쾌활한 성격인 다니는 헨드리크를 사랑했지만,
그는 다니를 사랑하지 않았다.

그녀는 축구를 하지는 못했다. 그래도 맥주를 우리만큼 많이
마실 수는 있었다.

다니는 헨드리크의 성적표를 위조하는 그래픽 디자이너를 위
해 간간이 일했다. 다니가 언제 어떻게 우리와 만나게 되었는지는
아무도 정확히 기억하지 못한다. 어쨌든 언젠가부터 우리는 늘 셋

이 함께였다. 다니는 내가 같이 잔 첫 여자였다. 나는 자기 위해서, 다니는 자기가 자고 싶은 남자가 자기랑 잘 생각이 없어서 나와 잤다. 다른 사람을 찾을 수 없었기 때문에 우리는 자주 잤다. 우리가 함께하는 밤은 대단하지는 않았지만 아름다웠다. 다니는 내 총각 딱지를 떼었다는 데 엄청난 자부심을 느꼈다.

가을이었다. 잔디밭 위에 낙엽이 쌓였다. 헨드리크와 나는 그다지 내키지 않는 기분으로 이리저리 공을 찼고, 다니는 끔찍하게 기분이 나쁜 표정으로 경기장 언저리에 앉아 있었다. 그녀는 한 손에 담배를 들고, 다른 손으로는 잔디를 마구 학대하고 있었다.

내가 잘못 찬 공에 머리를 맞고 다니가 옆으로 쓰러졌다. 헨드리크와 나는 크게 웃다가, 그녀가 운다는 것을 알아채고서야 웃음을 멈추었다.

"다니, 미안해."

나는 그녀 어깨에 팔을 두르며 말했다.

"에드워드, 닥쳐."

그녀가 필요 이상으로 세차게 내 팔을 밀쳐냈다.

"다니, 에드워드가 미안하다잖아."

헨드리크의 팔은 다니의 어깨에 그대로 머물 수 있었다.

"지금 이 순간이 우리 생의 절정이야. 그런데 우린 뭘 하고 있지? 응? 뭘 하느냐고. 온종일 잔디밭에 앉아 있을 순 없어. 개자식이 내 머리에 공을 차는 게 하루의 정점이라니!"

우리는 다니가 옳다는 사실을 알았다. 이미 오래전에 뭔가 새로운 일을 시작했어야 했다. 일단 말이 되어 나온 생각은 우리를 떠나지 않고 곁에서 늘 부담을 주었지만, 그 형체는 분명치 않고 그저 몽롱하기만 했다.

그로부터 불과 몇 주 뒤, 카를 그롤이 그 생각에 형체를 부여했다. 그는 내 이웃이었다. 동안이었지만 쑥 들어간 눈언저리는 거의 검은색이었다. 나이는 나보다 한 살 어렸고, 인쇄소에서 일했다.

카를은 열쇠공의 도움으로 문을 세 번이나 억지로 연 뒤부터 여분 열쇠를 우리 집에 보관했고, 그 결과 한 재산 아낄 수 있었다. 이따금 밤늦게 집에 돌아와보면, 그가 강아지처럼 웅크린 채 우리 집 앞에 쪼그리고 있었다. 나는 기분이 나쁠 때면 그의 정강이뼈를 걷어찼고, 기분이 좋을 때면 조심스레 그의 어깨를 흔들었다. 내가 어떤 방식으로 깨우든 상관없이 그는 늘 고맙다는 듯이 미소로 답했다. 나는 기분이 안 좋으면 그 미소를 경멸했고, 기분이 좋으면 미소에 감동을 받았다.

비가 내리던 어느 날 오후, 헨드리크와 나는 다니의 머리 위로 공을 날리며 우리 집에서 축구를 하고 있었다. 그때 비에 젖어 축축해진 종이상자를 한 무더기 든 카를이 열쇠를 가지러 왔다.

"그롤 씨, 오두막이라도 지으시게?"

헨드리크가 이렇게 묻고는 비웃듯 웃음을 터뜨렸다.

"아니, 베를린으로 이사 가."

술 냄새와 아기 똥 냄새 천지였다. 후버 부인은 허벅지에 분을 바르며 커피를 홀짝였고, 엄마는 흰 천 위에 아주 작은 십자가를 수놓고 있었다.

"베를린에 가면 할머니를 찾아갈 거니?"

"그래야 해요?"

엄마는 수놓던 천을 내려놓고 한참 생각하더니 고개를 끄덕였다.

"에디, 모든 일은 베를린에서 시작되었어."

"베를린은 러시아와 엄청나게 가까워. 나라면 조심할 거다!"

후버 부인이 짖어댔다.

헤어질 때 엄마가 제단 덮개 한 장을 건넸다.

"할머니 가져다드려. 아주 귀한 거야. 예수의 얼굴이 제대로 드러나 있으니까. 그걸 표현하려면 스물다섯 종류의 갈색 음영이 필요하단다."

엄마가 자랑스레 말했다.

"할머니더러 식탁보로 쓰실 수 있다고 해라."

"엄마, 제 생각에 할머니는 지독하게 신실한 유대인이라서 그러지 않을 거 같은데요."

"우리 부엌에도 하나 있어. 후버 부인은 무신론자인데도 말이야. 예수의 얼굴이 아주 멋지지 않니."

나는 예수를 조금 더 자세히 들여다보았다. 누군가를 연상시키는 윤곽이었다. 그러다가 퍼뜩 깨달았다. 절로 웃음이 나왔다. 시칠리아인들이 십자가에 못 박았으나 영원히 죽지 않은, 가시관을 쓴 왕.

"그리고 이건 네 거야."

내가 받은 것은 제단 덮개가 아니라 잔돈으로 모은 9,640마르크였다. 엄마의 저금 전부였다.

1999년 12월 30일. 왕과 왕비와 함께 검은 볼보를 타고 베를린을 떠났던 나는, 이날 은색 아우디 렌터카를 타고 귀환했다. 배낭에는 제단 덮개가 들어 있었다. 운전은 헨드리크가 했다. 우리 걱정과는 달리, 마스추크 씨는 아들이 수도에서 학업을 마치겠다는 말에 무척 감격했다.

새로운 밀레니엄이 시작될 때, 독일의 모든 마을과 모든 세대에 베를린으로 전진하라는 명령이 떨어진 모양이었다.

우리 모두는 이 호출에 응했다.

우리는 장벽이 무너지자마자 베를린을 정복하기 위해 몰려간 선구자들은 아니었다. 그러나 그들은 우리 같은 낙오병에게도 많은 것들을 남겨놓았다.

우리 다섯 명은 220제곱미터 크기의 집에 살았다. 헨드리크와 다니, 카를 그롤과 나, 그리고 그롤의 오랜 친구인 우도가 그 다섯이었다.

대기를 뒤흔들고 우리 스스로를 표현할 욕구를 일으킨 것은 그 도시였을까, 아니면 기대감이었을까. 그롤은 시를 썼고 우도는 바지를 디자인했다. 다니는 헨드리크를 사랑했고 헨드리크는 베를린 여자 절반과 성관계를 했다. 뭘 해야 할지 잘 모르는 사람은 나뿐이었다. 장밋빛 살덩어리는 이름 없이 남았다.

우리 집은 언제나 시끌벅적했다. 신진 예술가와 모험가, 허풍쟁이와 알코올중독자들이 거의 매일 저녁 모였다. 자유낙하하는 패거리들에게는 만사가 가능했다. 우리는 만사를 그리 진지하게 생각하지 않았고, 최종결정을 늘 미루었다. 그래서 빛을 발할 수 있었다.

다니의 방은 내 방 바로 옆이었다. 우리는 거의 매일 밤 함께 잤다. 잔 뒤에 그녀는 언제나 고함을 질렀다. 내가 자기를 지루하게 한다고, 이제 정말 끝이라고 말했다. 하지만 매일 내 침대를 찾아든 사람은 그녀였다. 나는 그때 그녀가 실제로 얼마나 불행한지 알지 못했다. 다니가 이미 오래전에 바닥으로 추락했는데도, 우리는 그녀가 우리와 함께 날아오를 거라고 생각했다.

나는 할머니를 찾아가는 일을 오랫동안 미루었다. 그러다가 어느 봄날에 연락도 없이 어릴 때 살던 집을 찾아갔다. 아래층 건물 문이 열려 있었다. 나는 계단을 올라가 초인종을 눌렀다. 할머니의 발걸음이 들리자 도망치고 싶었다. 할머니는 첫눈에 보기에는 전혀 변하지 않은 듯했지만, 자세히 살피니 예전에는 흠 하나 없던 목살이 늘어져 있었다.

집 안은 변한 게 아무것도 없었다. 뚱뚱한 세 천사는 예전과 다름없이 멍청한 표정으로 웃고 있었다. 잭 모스가 치던 피아노 소리가 허공에 울려퍼졌다. 엄마의 웃음소리와 엘비스의 목소리가 들려왔다.

"에드워드, 너 내 말 듣고 있냐? 네 엄마가 아직도 그 여자랑 살고 있는지 묻잖아."

"예."

"네 엄마는 여기로 돌아왔어야 해."

"엄마는 행복해요."

할머니가 웃음을 터뜨렸다. 정확한 딱 한 번의 웃음을.

"에드워드, 네가 그런 일에 대해 뭘 알아?"

나는 할머니의 얼굴을 후려치고 싶은 마음을 억누르고 배낭에서 예수를 꺼냈다.

"할머니 거예요."

"이게 대체 뭐냐?"

할머니가 손가락 끝으로 천을 펼쳤다. 할머니의 목살이 살짝 경련을 일으켰다.

"할머니 딸이 보낸 선물이에요. 제단 덮개지요. 아주 고급이에요. 얼굴을 이렇게 표현하려면 갈색 음영이 스물다섯 종류나 필요하대요."

잭 모스가 불사의 모습으로 할머니에게 미소를 던졌다. 할머니는 아무 말도 없이 덮개를 옆으로 밀쳤다.

전화가 울렸다. 할머니는 나를 그대로 둔 채 전화를 받으러 갔다.

나는 어릴 때 쓰던 방으로 가려다가 서재로 향하는 계단에서 걸음을 멈추었다. 그러고는 무의식적으로 계단을 올라갔다.

손잡이를 흔들어봤지만 허사였다.

"에드워드, 내가 다시는, 정말 다시는 거기 올라가지 말라고 했을 텐데!"

할머니는 계단 아래에 서서 냉혹한 눈초리로 나를 쏘아보았다. 시간의 흐름을 멎게 하고, 가짜 아담인 나를 바닥으로 내팽개치는 눈초리였다.

“당장 내려와.”

나는 할머니에게 복종하는 대신, 온힘을 다해 잠긴 문에 몸을 던졌다. 비명을 지르며 계단을 달려 올라온 할머니가 나를 끌고 내려가서는 힘껏 한 대 때렸다.

“가는 게 낫겠다.”

할머니가 이렇게 말하고는 작별인사로 손을 내밀었다.

“식탁보로 쓰시면 돼요.”

할머니 집을 떠나기 전에 내가 마지막으로 한 말이었다.

내 안에서는 시詩도, 바지 디자인도 솟구쳐 오르지 않았다. 사랑할 사람을 만나지도 못했다. 왕따를 당하지 않으려고 나는 독자적인 프로젝트를 시작했다. 담배를 끊기로 결심한 것이다.

드물게도 우리 다섯만 있던 어느 날 저녁이었다. 그롤은 시를 쓰고, 우도는 그림을 그렸으며, 다니는 헨드리크를 노려보고, 헨드리크는 통화를 했으며, 나는 떨리는 내 손가락을 바라보고 있었다. 담배를 원하고 또 원하는 손가락이었다. 그롤이 갑자기 연필을 내던지고 자리에서 일어났다.

“너희들 내 말 들어봐.”

그의 눈에서 반짝이던 게 광기였는지, 깨달음이었는지, 아니면 고르바초프 보드카의 찌꺼기였는지 나는 지금도 모른다. 무엇이었든 그것은 영향력을 발휘했다. 헨드리크조차 전화를 내려놓았으니까.

“이건 다시는 오지 않아.”

그런 다음 카를은 아무 말도 하지 않았다.

"뭐가 안 온다는 거야?"

다니가 짜증난 표정으로 물었다.

"지금 이 순간."

카를 그롤이 옳았다. 경박하게 보낼 날들은 얼마 남지 않았다. 슬그머니 독이 퍼지고 있었다. 다니는 그 독이 어떤 맛인지 이미 오래전에 깨달았다. 그녀가 눈동자를 굴렸다.

"현명한 말이긴 한데, 내 옆에 앉은 빌어먹을 여자는 시를 별로 좋아하지 않아."

헨드리크가 말했다.

그는 다니가 분통을 터뜨리기 전에 그녀의 어깨에 팔을 올리고 머리를 쓰다듬었다. 그에게는 아무 의미도 없고, 그녀에게는 모든 것을 의미하는 행동이었다. 다니가 평온하게 그 손길을 느끼려는 순간, 헨드리크는 그녀를 그냥 놔버리고 다시 전화를 들었다.

그는 다니가 방을 나서는 모습도 보지 못했고, 욕실 문을 세차게 닫는 소리도 듣지 못했다. 손이 너무 떨리지 않았더라면 그 뒤를 쫓아갔을 테지만, 나는 내 의지와는 전혀 상관없이 움직이는 손가락에 사로잡혀 있었다. 변기 물 내리는 소리가 들려왔다.

"에드, 너 손 좀 어떻게 해봐."

우도가 말했다.

"병원에 가야 할까?"

그가 나에게 앙고라 털실 뭉치를 던졌다.

"아니, 손으로 뭔가 해야 돼. 털실을 땋든지 어쩌든지 손가락을 움직여야 한다고."

나는 그걸로 뚱뚱하게 살찌고 보기 흉한 작은 인형을 만들었
다. 그롤은 그 인형을 '악마의 태아'라고 불렀다.

그날 저녁, 나는 인형 여덟 개를 만들어 다니에게 갖다주었다.

"에드, 너랑 잘 생각 없어."

그녀가 거만하게 말했다.

"나도 없어. 이거 가져."

나는 괴물 여덟 개를 그녀의 손에 조심스럽게 내려놓았다.

"이게 뭐야? 엄청나게 못생겼네."

"네 걱정을 덜어주는 인형들이야."

"무진장 크네."

"응, 무진장 큰 걱정을 덜어줘야 하니까."

"보기도 싫고."

"그래, 보기 싫은 걱정을 덜어주지."

다니는 테니스공만 한 인형 여덟 개를 베개 밑에 넣었다. 우리
는 원래 생각과는 달리 같이 잤다.

베를린으로 돌아온 나는 잭을 처음 만난 장소로 찾아갔다.

주머니에 비스킷 한 통을 넣고 코끼리 우리로 가서, 울타리에
서서 잭이 부르던 서글픈 노래 중 한 곡을 불렀다. 점점 더 크게
불렀지만 내 멜로디에는 마력이 없었다. 왕의 코끼리 떼는 돌아
보는 시늉조차 하지 않고서도 내가 가짜 왕이라는 것을 알았다.
니코틴 금단 현상인지는 몰라도, 나는 코끼리들이 나를 비웃는다

는 느낌을 받았다. 나는 비스킷으로 그들을 유인하려고 난간 너머로 몸을 뻗었지만, 코끼리들은 내 과자도 거부했다.

"나는 그 왕의 아들이야!"

나는 소리를 지르다가 욕을 퍼부었고, 암컷 코끼리를 빌어먹을 창녀 혹은 더 고약한 단어로 불렀다. 초콜릿 비스킷을 코끼리의 뚱뚱한 엉덩이에 던지려고 팔을 쳐들었을 때, 누군가 내 멱살을 잡았다. 주위에 구경꾼이 잔뜩 모여 있었다. 나는 마치 중범죄자처럼 끌려갔다.

이백오십 마르크 벌금과 5년 출입금지라는 처벌이 내려졌다. 내 인적자료를 받아 적던 사람에게 우리 아버지가 코끼리 주인이므로 내 출입을 막을 수 없다고 말하자, 금지령은 즉각 10년으로 늘어났다.

두 남자가 나를 출입구로 데리고 갔다. 나는 그곳에 멈춰서서 다시 한번 노래를 불렀다. 부르지 않을 도리가 없었다. 나는 잭의 코끼리 떼를 부르며 고함을 질렀다. 그러나 코끼리 떼는 그 소리를 듣지 않았다. 그들은 나를, 그들이 따르던 유일신의 아들을 정말 잊은 걸까.

집에 돌아오니 욕실에서 무슨 소리가 들려왔다. 다니가 변기에 몸을 숙이고 있었다. 나는 그 모습을 봐서는 안 된다는 사실을 금방 알아챘다. 나든 아니면 다른 누구든, 그녀가 단지 몸이 불편하거나 술을 너무 많이 마신 게 아니라는 사실을 굳이 알 필요는 없었다. 다니는 지옥을 겪는 중이었다.

나는 거실로 살금살금 들어가 텔레비전을 켰다. 몇 분 뒤에 다니가 거실로 왔다.

"너 들어오는 소리 못 들었는데. 동물원은 어땠어?"

"출입금지 당했어."

"동물원에서?"

웃음을 터뜨리는 다니를 보며 나는 그녀를 위해, 또는 나를 위해 조금 전에 본 장면을 잊었다. 출입금지는 지옥문 앞에서도 당할 수 있다. 그러면 한 사람은 바깥에, 다른 한 사람은 안쪽에 있게 된다. 두 사람 모두 상대방이 어디 있는지는 안다. 그러나 같은 쪽에 있다고 믿는 게 더 편하다.

그때 헨드리크가 새로 정복한 여자와 함께 들어왔다. 둘이 꼭 껴안고 있어, 머리가 둘 달린 괴물처럼 보였다.

내가 만든 악마의 태아들이 탁자에 잔뜩 놓여 있었다. 이름이 리네인지 티네인지 하는 여자가 털 인형을 들고 말했다.

"귀엽다!"

"에드가 분명히 그냥 하나 줄 거야."

내가 그렇다고 대답하려는데, 다니가 한발 빨랐다.

"에디가 선물할 것 같진 않아. 하지만 헨드리크가 분명히 하나 사줄 거야. 헨드리크, 그렇지?"

"에드는 이런 쓰레기를 당연히 선물할 거야."

"안 해."

내가 대답했다. 다니를 위해서였다.

티네인지 리네인지는 혼란스러운 표정으로 이 사람 저 사람을 바라보았다.

"알았어, 에드. 이 잡동사니 얼마야?"

"9마르크."

내가 미처 입을 열기도 전에 다니가 대답했다.

"에드, 이런 것에 9마르크나 낼 생각은 없어. 정말 미친 짓이야."

다니가 바지주머니에서 10마르크짜리 지폐를 꺼내 내 손에 쥐여주었다.

"하나 골라요."

그녀는 티네인지 리네인지에게 이렇게 말하고 방을 나갔다.

새해가 시작되면서 뭔가 변했지만, 그게 뭔지는 확실히 알 수 없었다. 우리 자신에 대해 웃는 일은 점점 드물어졌다. 글씨나 그림을 직접 그려넣은 티셔츠는 그냥 티셔츠로 그치지 않았다. 거기엔 의미가 있었고, 뭔가를 구체적으로 나타내고 있었다. 그러나 그 뭔가는 한 단어로 표현되지 않았다. 많은 단어, 진지한 단어들이 필요했다.

우도는 우리 주거공동체의 시범기수였다. 그의 바지들이 갑자기 주목을 받기 시작했다. 그롤은 계속 시를 지었고 여전히 잘 웃었다. 헨드리크는 매일 저녁 다른 여자를 집에 데리고 왔고, 다니는 그런 그를 계속 사랑했다. 나는 다시 담배를 피웠고, 온전함을 동경했다. 봉합한 부위는 나이 들수록 더 또렷하게 느껴졌다. 이름 없는 살덩어리, 트럼펫 소리를 내는 코끼리 떼의 그림자, 아담 할아버지, 스칸디나비아의 정자…… 이 수천 개의 헝겊 조각들 중 무엇이 나인지 도무지 알 수 없었다.

우도가 나에게 자기 심리치료사의 주소를 건넸다. 치료사의 호흡은 아주 무거웠다. 계속 헐떡이는 것처럼 들려서 첫 상담시간에는 거의 미칠 뻔했다. 그러나 나는 우도의 판단을 믿었으므로 상담을 바로 중단하지는 않았다.

세 번째 가던 날, 잭 이야기를 했다. 나는 왕에 대해 아주 많은 이야기를 했다. 그의 분노에 대해서도 말했다. 잭이 분노를 터뜨린 뒤에도 나는 그를 여전히 사랑했다고, 그의 주먹이 내 자존감을 상하게 하거나 절망감을 주지는 않았다고, 내가 사실에 맞게 설명했음에도, 치료사는 회의적인 반응을 보였다.

"제일 좋아하는 후식이 뭡니까?"

그가 이렇게 묻더니 안경을 벗었다.

"초콜릿 케이크예요."

"모스 코헨 씨, 그러니까 이런 겁니다. 엄청나게 크고 완벽한 초콜릿 케이크를 받았다고 칩시다. 완벽하지만 살찐 파리가 올라앉는 바람에 더러워졌어요. 그 파리는 특정한 각도에서만 보입니다. 그 파리를 보고 싶습니까? 바로 이게 문제지요. 완벽한 후식에 결점이 있다는 사실을 인정하고 싶은가요? 파리똥이 병을 일으킬 수도 있다는 사실을 알고자 하는 마음이 있습니까? 한번 곰곰이 생각해보세요."

그래서 곰곰이 생각해보았다. 그런 다음 파리가 있거나 말거나 상관없다고, 파리똥이 묻었든 말든 초콜릿 케이크를 받은 게 행운이라고 대답했다. 그냥 무미건조한 레몬 케이크만 받는 사람들이 대부분이니까. 게다가 레몬 맛도 나지 않는 레몬 케이크를.

내 심리치료는 그렇게 끝났다.

새해가 되면서 느껴지던 정체불명의 불안감은 비행기들이 세계무역센터에 충돌하면서 정점에 달했다. 무너진 건물들, 그리고 흥분으로 들끓었던 그 후 몇 주는 우리 생활에서 일어난 변화와 사실 아무 상관 없었다. 둘은 어쩌다가 같은 시간에 일어났을 뿐이다. 우리 주거공동체는 해체되었다. 9월 11일 저녁, 우도가 이사 나가겠다고 제일 먼저 발표했다.

3주 뒤에 마스추크 씨가 찾아왔다. 그는 크고 강해 보였으며, 여전히 생기로 가득했다.

헨드리크가 셔츠를 꿰입는 동안, 그는 우리 집을 왔다갔다 쏘다녔다. 그러다가 탁자로 다가가 악마의 태아를 집어들었다.

"이게 뭔가?"

그가 엄한 목소리로 물었다.

"걱정 인형입니다."

"난 그런 건 몰라. 어쨌든 마음에 드는군. 얼마지?"

"9마르크예요."

나도 모르게 이런 대답이 나갔다.

그는 지체하지 않고 돈을 내고는, 살아 있는 생명체를 다루듯이 검은 괴물을 손에 들고 조심스럽게 흔들어주었다.

"마음에 들어."

그가 다시 한번 말했다.

헨드리크가 방에서 터덜터덜 걸어나와, 아버지를 따라 밖으로 나갔다.

그가 승리의 주먹을 휘두르며 거실로 들어선 건 자정이 지나서였다. 마스추크의 제국이 베를린에 사무실을 하나 더 낸다고 말했다.

"내가 그걸 맡아야 해. 굉장하지 않아?"

"그렇군. 그런데 정확히 뭘 해야 하는데?"

"집을 팔고, 철거하고 뭐 그러는 거지."

"학교는?"

"이제 공식적으로 끝내도 돼."

"왜?"

"9월 11일, 그리고 주식이랑 관계가 있대. 나도 잘 몰라. 아버지 말로, 지금 같은 때 공부하는 건 완전히 시간낭비래."

"뭔 말인지 모르겠군."

"나도 몰라. 몰라도 상관없어."

그의 새 삶에는 사무실뿐 아니라 새 집과 영업용 자동차와 고액 월급도 포함되었다.

헨드리크가 귀가 빨개지도록 흥분하여 장밋빛 미래에 대해 떠드는 동안, 다니는 입을 다문 채 소파에 앉아 있었다.

자동차를 직접 골라도 된다는 말을 헨드리크가 여덟 번째 반복했을 때, 다니가 그의 말에 끼어들었다.

"우리 모두 이사 나가는 게 좋겠다."

의도하지는 않았지만, 우리는 서로를 잊었다. 어느 한순간에 갑자기 일어난 일은 아니고, 시간이 흐르면서 서서히 잊어갔다. 다락방에 세를 얻어 들어간 그롤은 그곳에서 시를 썼다. 우도는 친구와 둘이 살면서 첫 번째 수영복 컬렉션을 준비했다. 헨드리크는 집을 파는 일을 하며 재규어를 몰았다. 나는 그 차가 너무 부러워 몸살이 날 정도였다. 다니는 그래픽 디자이너와 다시 일하기 시작했고, 헨드리크를 잊으려 노력했다.

나는 첫 가게를 냈다. 가게 이름은 '소중한'이었다. 악마의 태아를 '고딕 양식 걱정 인형'으로 이름을 바꾸고, 직접 만든 둥지 안에 세 개씩 넣어 26마르크에 팔다가, 나중에는 19유로 90센트를 받았다. 처음에는 나 자신을, 그리고 내 상품과 내 고객들을 비웃었다. 그러다가 나 역시 이런 헛짓거리의 한 부분이 되었고, 나 자신과 내 태아들과 나에게 돈을 던져주는 고객들을 진지하게 대했다. 나는 이 도시의 실력자 중 한 사람이 되었다.

우리는 결국 타인이 우리에게서 발견하는 그런 존재가 되는 걸까? 언젠가 그롤이 가게에 들렀다. 눈언저리가 예전보다 더 검고 푹 꺼져 보였다. 그가 몹시 허둥대며 20유로를 빌려달라고 했다. 나는 그가 얼른 가기를 바라며 50유로를 주었다. 고맙다며 미소를 짓는 그를 보자 나는 가슴이 옥죄는 느낌이 들었다. 내 발이 경련을 일으켰다.

"에디, 그때 뭔가 잘못되었다는 느낌을 받을 때가 이따금 있지 않아?"

"50유로로는 모자라?"

내가 물었다.

"그런 느낌 받을 때가 한 번도 없어?"

바로 그 순간 사람들이 가게로 몰려 들어오는 바람에 그롤에게 대답을 하지 못했다. 태아 둥지 네 개를 팔고 가게가 다시 빈 후에 둘러보니, 그는 이미 사라지고 없었다.

몇 주 뒤에 50유로가 든 봉투가 우편함에 들어 있었다. 메모지에는 "고마워"라는 문장이 적혀 있을 뿐 다른 말은 전혀 없었다.

이따금 헨드리크가 재규어를 몰고 와 나를 데리고 나가서는, 자기가 이미 샀거나 사고 싶은 집들을 보여주었다. 다니와 나는 만나는 일이 드물었지만 전화는 자주 했다. 그럴 때마다 다니는 지나가는 말처럼 들리게 하려고 애쓰며 헨드리크가 자기 소식을 물었는지 알아내려 했고, 나는 번번이 그녀를 실망시켰다. 그러던 어느 날 저녁, 다니는 남자친구가 생겼다고 말했다.

"다니, 축하해."

수화기 저편에서 그녀가 울고 있었다. 나는 그녀를 위해, 또 나를 위해 그 울음소리를 못 들은 척했다. 그 후로 우리는 오랫동안 서로 전화를 하지 않았다.

2002년 가을, 우도의 유니섹스 청바지 컬렉션이 우리 가게에 걸렸다. '소중한'의 명성은 더욱 높아졌다. 나는 무늬가 인쇄된 봉투에 태아들을 담아, 가격을 27유로 50센트로 올려 팔았다. 국제적인 패션잡지가 우도의 바지와 내 괴물들에 대한 기사를 쓰기 위해 우리 가게로 왔다. 헝겊 조각이었던 나는 '소중한'의 소유주인 에드 M. C로 변했다. 매일 수많은 거울에 비치는 나는 의미 있는 사람이었다.

우도의 두 번째 컬렉션은 이듬해 봄에 나왔다. 콘셉트는 블랙이었다.

바지는 검정색이었고 폭이 더 좁아졌다. 대비 효과를 위해 나는 시체처럼 보이는 하얀 태아를 만들어, 두꺼운 종이 관에 두 개씩 넣었다. 태아의 있지도 않은 목 주위에는 '블랙에 죽다'라는 간판을 걸었다.

이를 천재적인 감각이라고 판단한 사람은 나뿐만이 아니었다. 검정 바지와 태아 시신은 현기증이 날 만큼 빠른 속도로 팔려 나갔다.

6월이 왔다. 그리고 에이미, 너도 왔다. 하더베르크의 다락 테라스에서 너를 만났을 때 공기에서는 그릴 숯 냄새가 났고, 봄의 저항을 굴복시키고 승리한 여름의 냄새가 났다.

"이쪽은 에이미야."

우리는 악수를 했다. 너는 하더베르크 옆에 서 있었고, 그가 너 대신 이야기를 했다.

"에이미는 영국에서 왔지."

"에이미는 영화배우야."

"에이미는 내 영화에서 여주인공 역을 맡았어."

하더베르크는 네 독일어 실력에 열광하며, 독일어를 할 줄 아는 아일랜드 여자를 찾기가 얼마나 어려운지 설명했다. 찾지 못해서 너를 쓰기로 결정했다고 말했다. 영국인인 너를.

하더베르크가 자리를 비웠다.

"옆에 앉아도 될까?"

나는 누군가를 떠올리게 하는 네 억양이 좋았다.

우리가 무슨 이야기를 했던가. 아마 네 영화에 대해 말했던 것 같다. 그 후에 내가 일어나서 나왔더라면 난 아마 널 잊어버리고 다시는 생각하지 않았겠지. 하지만 우리는 우도의 친구들과 한잔 하러 갔다. 나는 삐걱대며 흔들리는 술집 의자에 앉아 처음으로 네 눈동자를 제대로 들여다보았다.

왼쪽은 개암나무 같은 갈색이고, 오른쪽은 훨씬 더 어두운 색이었다. 그 대조보다 나를 더 놀라게 한 것은 네 눈에 내 모습이 비치지 않는다는 사실이었다. 내 얼굴은 네 밝은 눈동자에도, 어두운 눈동자에도 없었다. 에이미, 우리가 누구인지 아무도 말하지 않는다면 우리는 녹아서 사라져버릴까, 아니면 그때야 비로소 원래 모습을 찾을까.

"에드워드, 네가 뭘 만드는지 난 여전히 이해하지 못했어."

내 태아들을 너에게 벌써 세 번째 설명하던 참이었다. 난 사람들이 나와 내 괴물들을 진지하게 대하는 데 익숙해져 있는데, 넌 계속 요란한 웃음을 터뜨렸다. 화가 나기 일보 직전이었지만, 네 웃음소리는 무척이나 가볍고 생기가 넘쳤다. 나 역시 얼마 전까지만 해도 나 자신과 뚱뚱한 인형들을 비웃지 않았던가.

우리는 사람들이 다 가버린 뒤에 술집을 나왔다. 나는 너를 '소중한'으로 이끌었다. 너에게 감동을 줄 수 있으리라고 나는 정말 믿었던 걸까.

너는 작은 관 하나를 집어들었다.

"죽은 양처럼 보여. 에드워드, 그러니까 하루 종일 이런 걸 만든단 말이지? 죽은 양들을?"

나는 어깨만 으쓱했다.

"왠지 슬프다. 안 그래?"

나는 스스로를 옹호하고 싶었다. 내가 그걸로 얼마나 돈을 많이 버는지 알리고 싶었고, 이탈리아와 프랑스 패션 잡지들이 나를 인터뷰한다는 말도 하고 싶었다. 그러나 난 그저 어깨만 또 으쓱했다. 네가 옳았다. 죽은 양은 왠지 모르게 슬프다.

에이미, 너와 죽은 태아들 때문에 나는 눈물이 났다. 에드 M. C에게 서서히 금이 가는 소리가 너에게는 들렸을까.

"에드워드, 대체 왜 울어?"

대답할 수 없었다. 그저 눈물만 계속 흘렸다. 무슨 말을 할 수 있었으랴.

내가 망가지고 있다고?

넌 팔을 나에게 얹고, 아주 나지막이 노래를 불렀다. 영국인인 네가 아일랜드 여자 역할을 하는 그 영화에 나오는 노래였다. 나도 아는 노래였는데, 오랫동안 듣지 못했지만 기억은 하고 있었다. 내 손과 발이 저절로 손뼉을 치고 발을 구르기 시작했다.

네 번 앙코르를 외친 뒤, 너는 이제 됐다고 했다. 난 밤새 계속할 수도 있었을 것이다.

헤어지면서 너는 내 손을 잡고 거기에 입 맞추었다. 영국에서 온 에이미, 너는 손가락에 반지를 끼고 있었다. 그래서 내 손을 얼른 다시 놓아야 했다.

"에드워드, 멋진 저녁이었어. 또 만나."

너는 불쌍한 내 양을 내버려둔 채 택시에 올랐다. 유리창에 비친 내 얼굴은 과거의 다른 누군가였다.

두 번이나 하더베르크에게 에이미의 전화번호를 물을 뻔했다. 하루에 두 번씩이나 두 번.

"또 만나."

내가 또다시 공상 속에서 에이미와 통화를 하고 있을 때, 안색이 창백한 남자가 가게로 들어오더니 나에게 다가왔다. 나보다 조금 더 크고 나이도 약간 더 들어 보였다.

"당신이 에디?"

나를 에디라고 부르는 사람을 만난 지는 아주 오래되었다.

"예, 에드입니다."

"둘이 잠깐 이야기 좀 할 수 있을까요?"

그가 나지막이 말했다.

보조직원 이나는 가게를 혼자 맡기에는 너무 멍청했고, 또 나는 머릿속으로 중요한 통화를 하던 중이었다.

"무슨 일인가요?"

"몇 분밖에 걸리지 않을 겁니다. 중요한 일이에요."

"그런데 우리 아는 사이인가요?"

"아니요. 난…… 나는 다니의 남자친구였습니다."

우도는 파리로 가야 했고, 그롤은 흔적도 없이 사라졌으므로, 나는 헨드리크와 둘이서만 발트클리닉으로 갔다. 내린 차창으로 바람이 불어 들어왔다. 이제 한여름이었다. 헨드리크는 재규어를 베엠베로 바꾸었고 약혼도 했다. 두 번째 약혼이었다.

"그러니까 전 남자친구라나 뭐라는 그 친구가 네 가게로 왔단 말이지?"

"응. 다니가 아마 우리 이야기를 했겠지. 퀼른 이야기와 공동체 이야기."

"다니가 병원에 얼마나 있었대?"

"석 달이 다 되어간대."

"너 다니를 마지막으로 본 게 언제야?"

"1년 넘었어."

"그런데 다니가 정말……."

"그래, 그런 모양이야."

"다니가 그러리라고는 생각도 못 했는걸. 그롤이라면 몰라도 다니라니."

"그롤은 왜?"

"나도 몰라. 하지만 그롤은 루저였고, 앞으로도 늘 그럴 거야. 그 빌어먹을 놈이 나한테서 200유로 빌려가고는 안 갚았어."

발트클리닉은 반제 호수에서 15분 거리에 있었다.

계단을 올라가 유리 통로를 지나 왼쪽으로 돌았다. 오른쪽 두 번째 문이었다.

하얀 침대에 누워 있는 다니는 부서질 듯 약해 보였다. 그녀가 몸을 일으켰다. 혼란스럽던 표정은 당황해하는 어색한 웃음으로 바뀌었다. 헨드리크가 다니의 머리를 쓰다듬었다. 손이 닿자 그녀의 몸이 거의 눈에 띄지 않을 만큼 살짝 떨렸다. 아직 끝난 게 아니었다.

나는 이 순간을 최대한 빨리 끝내는 게 내 임무라고 생각했다. 그래서 우도가 인사를 전해달라고 했다고, 그리고 그롤이 사라졌다고 말했다.

"그롤이 편지를 보냈어."

다니가 종이를 집어들었다.

"뭐라고 썼어?"

헨드리크와 내가 동시에 물었다.

다니는 목을 가다듬고 그롤이 쓴 시를 낭송했다.

베를린, 전류처럼 강력한 내 연인
베를린, 전류처럼 강력한 내 연인
사람들은 널 그렇게 불렀지
여인이 아니라 연인이라고
늘 되어가고 있는, 그러나 존재는 절대 아닌
연인이여, 너와 함께 있으면
언제나 자유로울 수 있어
그러나 사람들은 되어가는 게 아니라 존재이고 싶어하지
그래서 널 붙잡아 여인으로 만들었어
베를린, 전류처럼 강력한 내 연인

사람들은 널 그렇게 불렀지
여인이 아니라 연인이라고

"그게 다야? 그게 시라고? 루저 같으니라고."
헨드리크가 웃음을 터뜨렸다.
"게다가 그 시인은 나에게 200유로를 빚졌어."
다니의 표정이 바뀌었다. 그녀는 갑자기 무척 피곤해 보였다.
시를 침대 옆 탁자서랍에 넣고 지갑을 꺼냈다.
"그롤이 너에게 주라더라."
다니가 200유로를 헨드리크의 손에 쥐여주었다. 그는 아무 말
도 없이 돈을 받아 주머니에 넣고는 히죽 웃었다.
"자, 우리 다니. 너를 언제 여기서 내보내준대?"
그는 다시 다니의 머리를 쓰다듬었다. 이번에 그녀는 몸을 떨
지 않았다.
"사람들이 내가 다시 시도하지 않는다고 확신하면."
"너 다시는 그러지 않을 거잖아."
다니는 어깨만 으쓱했다.
"다니, 인생이 이따금 의미 없어 보여도 그렇게까지 할 필요는
없어."
"내 인생만이 아니야."
"그럼 또 누구 인생?"
"네 인생도."
"내 인생?"

"그래. 네 인생과 내 인생, 에디의 인생. 인생이라고, 헨드리크. 인생……."

"그런데 왜 내 인생이라는 거야?"

헨드리크의 목소리가 고음으로 갈라졌다.

다니가 이불을 끌어올렸다.

"나 이제 자야겠어."

그녀가 눈을 감았다.

우리는 말없이 주차장으로 와서 차에 올랐다.

"가끔씩 쟤는 정말 구역질 난단 말이야."

나는 아무 말도 하지 않았다.

"사실 이런 데로 굴러든 것도 별로 놀랄 일이 아니야."

나는 여전히 입을 다물고 있었다.

"아무리 좋게 봐준다 해도, 쟤가 내 인생이 의미 없다고 말하게 내버려둘 순 없지."

"뭘 좋게 봐준다고? 헨드리크, 네가 다니의 뭘 봐줘?"

나는 다시 병원으로 갔다.

계단을 올라 유리 통로를 지나 왼쪽으로 돌았다. 잃어버린 꿈들의 냄새가 풍겼다.

"에두아르트."

그녀의 콧수염이 떨렸다. 검고 뻣뻣한 수염 두 가닥이 턱에서 반짝였다. 잿빛 머리카락이 바짝 마른 어깨로 늘어져 있었다.

"에두아르트 쇼팽."

그녀는 굶주린 까마귀처럼 보였다. 수염이 나 있는 까마귀. 한때 촉망받던 손에는 검버섯이 가득했다.

나는 그녀가 올려다보지 않아도 되게 한 걸음 더 다가가, 휠체어 옆에 쪼그리고 앉았다.

"에두아르트 쇼팽, 그 사람은 읽기도 전에 작곡을 했지. 에두아르트 쇼팽은 자기 피아노 선생에게 너무나도 아름다운 꽃다발을 보냈어."

그녀가 웃으며 내 손을 잡았다. 그녀의 손가락은 차고 축축했다.

"에두아르트, 난 널 금방 알아봤어. 눈과 코와 입이 똑같아."

뇌프 선생님은 그 말을 하고는 입을 다물었다. 선생님의 시선이 나를 지나고, 나를 통과했다. 나는 손을 놓으려고 했지만, 그녀는 놓지 않았다.

"뇌프 선생님, 저 이제 가야 해요."

그녀가 놀랄 만큼 빠른 동작으로 고개를 돌리더니 내 귀에 속삭였다.

"에두아르트, 네 양들은 어디에 있지? 양들은 어디 있어?"

그러고는 푹 쓰러졌다. 나는 벌떡 일어나 복도로 뛰쳐나와서, 계단을 내려와 거리로 내달렸다. 에드 M. C는 목숨을 걸고 달렸다.

"또 만나."

에이미, 난 9월 하순에야 너를 다시 만났다. 네가 영국으로 돌아가기 하루 전이었다. 하더베르크는 우리를 식사에 초대했다. 며칠 전부터 비가 내려 거실에서 식사를 하는 바람에 다락 테라스는 텅 비어 있었다. 식탁과 열네 명의 손님이 우리를 갈라놓았다. 한번은 너에게 뭔가 크게 말하려고 했지만, 내 목소리는 너에게 가닿기 전에 가라앉았다.

네가 화장실에 가려고 자리에서 일어서자, 나는 너를 따라갔다.

변기 물 내리는 소리, 수도꼭지 물소리. 그런 다음 넌 내 앞에 섰다.

"에드워드, 무슨 일이야?"

"너…… 내일 집에 가?"

"응."

"너에게 줄 작별 선물이 있어."

"그래?"

"응. 가지고 올까?"

"내가 갈 때 줘. 작별 선물이라면서. 안 그래? 작별 선물은 작별할 때 받는 거잖아."

"알았어."

너는 몸을 돌리다가 멈춰서서 나를 바라보았다.

"아참, 에드워드. 화장실에 가는 낯선 여자 뒤쫓아가는 거 아니야."

"넌 낯선 여자가 아니잖아."

난 네 팔을 꽉 잡았다.

"넌 날 위해 노래를 불러주었어. 넌 낯선 여자가 아니야."

"아, 에드워드. 너 그거…… 알아?"

"뭘?"

넌 웃음을 터뜨리고는 말을 맺지 않았다. 네 팔이 내 손아귀를 벗어났다. 네 손이 잠깐 내 손을 꼭 쥐었다.

식사하는 나머지 시간 동안 너는 단 한 번도 나를 바라보지 않았다. 우리 모두 거실에 빈둥거리며 서 있을 때도 그랬다. 두 배우가 너를 차지했다. 넌 정말 즐거워 보였다. 나는 비가 오는데도 테라스로 나갔다. 대화를 나누고 싶은 유일한 사람인 네가 나를 무시했으니까.

담배 다섯 개비를 피운 뒤, 나는 테라스 문틀에 기대선 너를 보았다.

"비 와."

"알아."

"에드워드, 이제 작별인사할 시간이야."

"잠깐 기다려."

나는 아래로 달려가 복도에 두었던 봉지를 가지고 다시 위로 뛰어 올라왔다. 네가 선 위치가 바뀌어 있었다. 비는 너에게 잘 어울렸다.

"에이미, 너 젖겠다."

"알아."

마지막 담배를 함께 피운 뒤에 난 너에게 죽은 양이 들어 있는 관을 건넸다.

"고마워, 에드워드."

우리는 약간 오래다 싶을 동안, 그리고 약간 세다 싶을 정도로 포옹했다.

"또 보자."

네가 말했다. 그건 약속처럼 들렸다.

살을 에는 그 2월의 밤까지 나는 뭘 했던가. 나는 에드 M. C가 완전히 망가질까봐 얕은 숨을 쉬며 지냈다. 발트클리닉으로 가서 오후 내내 입구에 서 있던 날도 있었다. 밤에는 이따금 할머니의 집 쪽으로 갔다. 거리를 살금살금 오르내리고 모퉁이를 돌기도 했다. 언젠가 한 번은 문이 열려 있었다. 계단을 올라가니, 할머니의 그 정확한 한 번의 웃음소리가 들려왔다. 나는 계단을 달려 내려왔다.

하지만 그 2월의 밤까지 사실상 한 일이라곤 그냥 얕은 숨을 쉰 것뿐이었다. 넌 나를 만나러 온 게 아니라 네 영화의 첫 상영을 보러 왔다.

하더베르크는 나도 초대했다. 나는 너보다 몇 줄 뒤에 앉았다. 에이미, 영화는 정말 형편없었다. 나는 조바심을 치며 네가 아일랜드 노래를 부르는 장면을 기다렸다. 그 장면은 너무 짧았다. 하지만 넌 나를 돌아보고 미소를 지었다. 그러니까 너도 나를 잊지 않은 거였다.

이어진 파티에서 너는 계속 사람들에게 둘러싸여 있었다. 그 사람들은 너에게 축하한다고 하며 계속 말을 시켰다. 나는 바의 스탠드에 앉아 또 기다렸다. 드디어 네가 나에게 왔다.

"오늘 저녁에는 나를 비웃어도 돼. 영화도 네 양들만큼이나 슬 펐으니까."

내가 뭐라고 대답—아마 굉장한 영화였다고 거짓말을 했겠지—을 하기도 전에 넌 요란한 웃음을 터뜨렸다.

"에드워드, 됐어. 우리 어디 다른 데로 가자."

에이미, 네가 나를 이끈 거였다. 나는 그저 따르기만 했다. 바깥에는 눈이 내렸고, 우리는 이를 딱딱 부딪히며 떨었다.

"담배 있어?"

길에서 택시를 기다리며 내가 물었다.

"주머니 가득."

주머니 가득. 왜 이 말이 곧장 내 심장에 와서 꽂혔을까.

우리는 네가 묵는 호텔 객실 침대에 누웠다. 우리 사이에는 미니바에 들어 있던 것들이 모두 나와 펼쳐져 있었다. 금연 객실이었지만, 침대 옆 탁자에는 재떨이와 성냥이 놓여 있었다. 이해할 수 없는 세상의 논리에 대해서는 여기까지만 이야기해두자.

담배 연기가 방 안을 흐릿하게 감돌았다. 조니 워커 몇 방울이 네 턱을 타고 흘러내렸다.

"우리가 이렇게 되리라는 건 이미 예상된 일이야. 에드워드, 안 그래?"

넌 내 대답을 기다리지 않고 옷을 벗었다. 모두, 그리고 네 반지까지도.

난 바보처럼 바라보기만 했을 뿐, 너를 만질 용기는 내지 못했다. 에이미, 네가 가라고 했다면 나는 그냥 나왔을 것이다. 그러나 넌 나를 끌어당겼고, 네 맨손이 닿자 나는 떨기 시작했다.

네가 나를 놓는 순간, 내 몸 전체가 형편없이 꿰매진 이불 조각처럼 갈기갈기 찢겨나갈 거라고 생각했다.

네가 나를 놓았다. 내 몸은 조각나지 않았다.

우리는 마지막 담배를 피우고 마지막 남은 고르바초프 보드카를 나눠 마셨다. 나는 벌거벗었고 너는 내 티셔츠를 입고 있었다.

"내일 누군가가 침대보를 갈고 쓰레기를 치우겠지. 그럼 이 밤은 그냥 사라지는 거고."

에이미, 네 목소리는 정말 냉담하게 들렸다.

나는 자리에서 일어나 주먹으로 벽을 쳤다. 아팠지만 또 한번, 다시 한번 쳤다.

"미쳤어? 지금 뭐 하는 거야?"

"에이미, 여기에 빌어먹을 구멍을 뚫으려고 해. 그래서 뭔가 남기고 싶어."

넌 웃음을 터뜨렸다. 네 웃음이 내 주먹에서 힘을 앗아갔다. 주먹이 부풀어 올랐다. 피는 나지 않았다. 영웅적인 행위는 못 되었다.

"에드워드, 대체 뭘 기대한 거지?"

작은 탁자에 있던 반지는 다시 네 손가락으로 돌아갔다.

"몰라."

정말 몰랐다. 나는 손가락에 낄 반지가 없었으므로 담뱃갑을 집어들었다. 둘 모두 비어 있었다.

"담배 또 있어?"

"아니."

아니라는 네 대답도 냉담하게 들렸다. 에이미, 넌 왜 다시 한

번 "주머니 가득"이라고 말하지 못했을까.

"에드워드, 이제 가줄래? 피곤해."

동화에서는 정각 12시에 탑의 시계가 울리면 마법이 사라져버린다. 우리의 이야기에서는 말보로 두 갑이 마법에 걸린 시간의 종말을 알렸다.

나는 최대한 침착하게 청바지에 다리를 꿰었다.

"기다려, 네 티셔츠."

"가져."

"아니."

넌 티셔츠를 벗어 내밀었다.

"선물할게."

"에드워드, 바깥은 추워."

"그럼 네 티셔츠를 입을게."

"아니, 내 건 비싸."

"내 것도 그래. 그냥 기념으로 가져."

"싫다니까."

넌 티셔츠를 내 외투 주머니에 쑤셔넣었다. 우리는 작별인사로 포옹했다. 너무 길지 않게, 너무 세지도 않게.

"또 보자."

네가 말했다. 그건 거짓말처럼 들렸다.

호텔 접수처에서 나는 티셔츠를 너에게 주라고 맡기며 쪽지를 붙였다. '에이미, 뭔가 남기기 위해.'

다음 날 너는 이제 영국으로 간다고, 티셔츠를 접수처에 맡겼으니 찾아가라고 나에게 전화를 걸었다.

"네가 또 보자고 했잖아."

"에드워드, 그만해. 인생은 다 그런 거야."

이봐, 사랑하는 영국 여자. 누가 너에게 그런 빌어먹을 말을 가르쳤지?

"그럼 어제 저녁에는 왜……."

"그 이야기는 하지 말자."

"에이미."

"응?"

초조하게 수화기에 와서 부딪히는 네 반지 소리가 들렸다.

"에이미, 그냥 이렇게 사라지지 마."

"이제 가야 해. 에드워드, 건강 조심해."

넌 내가 잘 가라는 말도 하기 전에 전화를 끊었다.

휴가를 냈다. 에드 M. C는 더 이상 존재하지 않았다. 나는─그게 누구든 간에─죽은 양들을 벗어나 휴식을 취해야 했다. 가게를 우도에게 맡기고 침대에 드러누웠다. 난 거기 그대로 눌러붙었다. 내가 전화를 받은 유일한 이유는 너에게서 연락이 올지도 모른다는 기대 때문이었다.

2주일 뒤에 침대에서 일어나지 않으면 안 될 전화를 받았다. 엄마와 후버 부인을 맞으러 기차역으로 갔다. 영하의 기온에도 후버 부인은 작업복 아래로 맨다리를 내놓고 있었다. 엄마는 예순 살이 지났는데도 여전히 소녀 같은 매력을 간직하고 있었다.

"에디, 돌아가신 모습으로는 도저히 상상할 수가 없어."

난 그게 무슨 뜻인지 알아들었다.

할머니의 식탁에는 제단 덮개가 덮여 있었다. 우리는 잠깐 식탁에 둘러서서, 십자가에 못 박힌 왕을 내려다보았다. 자수 색은 바랬고, 흰 바탕에는 커피 얼룩이 몇 군데 묻어 있었다.

엄마는 피아노 앞에 앉았다. 후버 부인은 술을 보관한 캐비닛을 뒤졌고, 나는 설탕 통에서 열쇠를 꺼내들었다.

이미 돌아가셨지만 할머니라면 나를 여전히 아래로 내쫓을 수 있다는 생각에, 나는 발뒤꿈치를 들고 계단을 올라갔다. 전등을 켰다. 모세 할아버지가 내 눈앞에서 쓰러지던 그날과 모든 것이 똑같았다. 펼쳐진 책 한 권과 소파, 먼지…….

나는 여기서 뭘 찾아야 할지 이미 안다는 듯, 상자와 가방을 열었다. 뭔가 찾기를 바랐으니까, 찾던 중이었으니까.

에드 M. C라면 이런 걸 뒤지는 수고 따윈 하지 않았을 테지만, 그는 이제 존재하지 않았다.

갈색 포장지에는 다른 시절의 우표가 붙어 있었다. 수신인은 'A. 코헨 댁내 안나 구츠로브스키'였다. 그 밑에는 한때 내가 살던 집 주소가 적혀 있었다. 발신인은 없었다. 소포는 포장된 상태 그대로였다. 포장지를 찢었다. 내가 손에 든 것은 나의 유산이었다.

나는 한 장 한 장 읽어갔다. 내가 내 목소리를 듣는 느낌, 내 목소리가 그의 이야기를 하는 느낌이었다.

여기 이것은 내 이야기이고 아담 할아버지의 이야기이다. 두 이야기는 이 다락방에서 서로 얽혔다. 나는 아담 할아버지의 눈과 입, 원래의 수신인에게 가닿지 못한 이 한 뭉치의 글을 유산으로 받았다.

Postkarte — Carte postale
Weltpostverein — Union postale universelle
Levelező Lap — Correspondenzkarte — Dopisnice
Karta korespondencyjna — Korespondenční listek
Briefkaart — Cartolina postale — Post card — Brefkort
Открытое письмо — Дописна Карта
Tarjeta Postal

Monsieur et Madame Girardet
4e Avenue d'Osnerville, 10
...lamombre . Seine
France

II

아담

사랑하는 안나,

엄마는 항상 내가 안 좋은 꼴을 보리라고 했고, 에다 클링만은
늘 아담이 언젠가 굉장한 일을 할 거라고 주장했다.
두 분 모두 어느 정도 옳았다.
안나, 이 책이 언젠가 너를 찾아가길 바란다. 그때는 나를 비롯
해 많은 사람들이 오로지 이 종이 위에만 존재하게 될 테지. 내
이야기를 들어봐. 일정 부분은 네 이야기이기도 한 내 이야기를.

나는 전쟁 직후에 잉태되었다. 내 아버지 막시밀리안 코헨이 스스로를 방에 가두고 다시는 나오지 않기 전, 마지막으로 행한 일이었다. 1919년에 일어난 일.

모세 형과 나는 아버지 방에 들어갈 수 없었다. 금지령과 아버지의 고함소리는 거의 마법처럼 나를 끌어당겼다. 아버지 방 앞에서 밤을 새우기도 했다. 열쇠 구멍으로 들여다보다가 문으로 신발이나 책이 날아온 적도 이따금 있었다. 나는 아버지를 거실에 걸린 사진을 통해서만 알았다.

두 번째로 매력적인 곳은 에다 클링만이 사는 다락방이었다. 에다는 우리 할머니다. 엄마의 엄마. 하지만 나는 에다 클링만을 할머니라고도, 할머님이라고도 부를 수 없었다. 한동안 할머니는 모세 형과 나더러 당신을 클링만 부인이라고 부르라고 고집했다. 본인에게 손자가 있으면 좋겠는지, 할머니가 되고 싶은지 물은 적이 없다는 주장이었다. 내가 태어났을 때 할머니는 겨우 사십대 말이었다. 처음 몇 해 동안 클링만 부인은 나를 피해서 빙 돌아다녔다. 쉴 새 없이 앙앙거리고 기저귀에 똥을 싸는 존재는 지루했으니까. 할머니를 지루하게 하는 행위는 엄청난 죄악이었다.

우리 둘이 친구가 된 건 내가 다섯 살 무렵이었다. 그때부터 나는 할머니를 에다라고 부를 수 있었다. 나보다 네 살 위인 모세 형은 할머니와 끝까지 친해지지 못했다. 아주, 아주 가끔 형도 할머니를 에다라고 부를 수 있었다. 처음에 할머니는 나에게 하루에 한 번 다락방으로 찾아와도 된다고 했다. 나는 노크를 하고 할머니가 들어오라고 할 때까지 기다려야 했다. 할머니는 때로 나를 한 시간 이상 기다리게 하기도 했다.

할머니는 덩치가 크고 가슴도 엄청나게 풍성한 여자였다. 몸에 달라붙고 바닥까지 끌리는 붉은 우단 원피스를 즐겨 입었다. 피부는 도자기처럼 희고 눈은 연초록이었으며, 머리카락은 푸르스름한 빛이 도는 검은색이었다. 이런 색깔은 미용사 루이지 덕분이었다. 루이지의 본명은 차임이었고 우리처럼 유대인이었지만, 할머니는 이탈리아 미용사가 자기 머리를 만져야 한다고 우겼다.

"아담, 여성이 완벽하게 행복하려면 이탈리아 미용사가 있어야 한단다. 미적 감각이 있는 미용사는 이탈리아 출신뿐이야."

그래서 차임은 루이지가 되었다. 차임은 우리 할머니를 숭배했으므로 자기 배역을 충실하게 해냈다. 그는 이탈리아 억양까지 흉내 냈는데, 나중에는 그게 완전히 배어버려서 그의 아내를 거의 미칠 지경으로 만들었다.

할머니를 감동시키기는 쉽지 않았다. 할머니를 유일하게 감탄하게 하는 것은 아름다움이었다. 할머니는 모든 사람을 외모로 판단했고, 게다가 각 개인이 겪는 삶의 과정을 외모로 예측할 수 있다고 믿기까지 했다.

"아담, 이건 예언 비슷한 재능이란다. 난 우리가 전쟁에서 승리하지 못하리라는 걸 이미 알고 있었어. 빌헬름 황제의 눈을 보렴. 양쪽 눈동자가 나란히 있는 경우가 거의 없잖니. 그리고 참모장을 지낸 에리히 루덴도르프는 턱이 없어. 턱이 없는 남자라니."

할머니는 이 말을 마치고 의미심장한 표정으로 고개를 끄덕였다.

할머니는 하루에 담배를 68개비 피웠다.

할머니의 남편인 이치게, 그러니까 우리 할아버지는 내가 태어나기 오래전에 이미 사망했다. 할아버지는 말에게 얼굴을 밟혀 즉사했다고 한다.

"아담, 네 할아버지는 멍청이였어. 죽는 것도 바보 같았지. 하지만 이치게는 정말 미남이었단다. 그래서 난 모든 걸 용서했다. 술을 엄청나게 마시는 것도."

우리는 유대인이다. 왠지 모르지만 어쨌든⋯⋯. 할머니는 할아버지가 돌아가신 뒤부터 더는 회당에 가지 않았다. 아버지의 증조할아버지는 랍비였다. 그러나 아버지는 오로지 독일을, 더 정확히 말하자면 황제만을 믿었다. 엄마 그레티 코헨은 할아버지가 믿었던 신에 대한 기도를 절대 멈추지 않았다. 아버지가 사랑하는 제국을 위해 전쟁터로 향했을 때 엄마는 임신한 상태였다. 아들이 태어나자 엄마는 모세라는 이름을 붙이고 할례를 받게 했다. 아버지가 전쟁터에서 돌아왔을 때 모세 형은 네 살이었다. 이름을 바꾸고 포피를 도로 갖다붙이기에는 너무 늦은 나이였다.

내가 태어났을 때, 아버지는 이미 방에 틀어박힌 뒤였다. 엄마는 같은 실수를 저지를 용기가 없었다. 나는 할례를 받지 않아도 되었다. 엄마는 낙원을 본 유일한 남자의 이름을 따서 나를 아담이라고 불렀다.

할머니는 내가 미남이라고 생각해서 나와 친구가 된 것 같다. 나는 할머니의 눈과 할아버지의 잘생긴 코를 물려받았다. 나와 달리 모세 형은 아버지를 닮았는데, 할머니 말에 따르면 아버지의 뺨은 '미완성'이었다.

"아담, 그게 얼굴 전체를 망친단다. 수염을 기르면 좀 나을지도 모르지."

할머니가 나에게 진심으로 관심을 보이기 시작한 때는 내가 학교에서 쫓겨난 뒤였다. 입학하고 얼마 지나지 않아 벌어진 일이었다. 나는 도무지 가만 앉아 있질 못했다. 아무리 애를 써도 다리가 말을 듣지 않았다. 담임선생님과 교장선생님은 당황해서 어찌할 바를 몰랐다. 위협도, 매질도 내 다리를 가만있게 하지 못했다. 어느 날 교장선생님이 나를 직접 집으로 데리고 와서, 엄마와 할머니에게 나를 위해 다른 해결책을 찾으라고 말했다. 머리가 이상한 아이들이 가는 학교로 보내야 한다는 거였다. 엄마는 울음을 터뜨렸다. 그러고는 막내아들인 나에게 끝이 안 좋을 거라는 예언을 했다. 그러나 할머니는 내가 개인교습을 받게 도와주었다. 학교와 엄마가 나를 포기한 바로 그 순간, 할머니는 아담 코헨이 언젠가 위대한 일을 해야 한다고 결정한 것이다. 이날부터 나는 할머니 방을 찾을 때 노크할 필요가 없었다.

슈트룬트 씨가 나를 가르쳤다. 턱수염이 있고 입이 멋지게 생긴 개인교사였다.

"아담, 저 입술을 좀 보렴. 살짝, 아주 살짝 나왔잖아. 그리고 저렇게 멋진 분홍색이라니. 저렇게 훌륭한 입은 처음 보는구나."

할머니가 열광적인 찬사를 보내자 슈트룬트 선생님의 얼굴은 입술 색과 똑같아졌다.

내 개인교사는 아마 할머니의 연인 중 한 사람인 듯했다. 그러니까 정도 차는 있겠지만 어쨌든 유명인사 축에 끼는 사람이었다. 할머니의 수집품 중 최고는 후고였다. 명망 있는 브랜디 제조업자인 후고 아스바흐. 할머니는 그에게 경의를 표하기 위해 매일 아스바흐 브랜디를 최소한 세 잔은 마셨다. 세 잔을 마신 뒤에는 뭔가 말을 흘리고 싶어했다.

"아유, 후고는……."

"후고가 뭐요?"

그러면 할머니는 미소를 지으며 한숨을 내쉬었다.

"아담, 이건 굉장한 이야기란다."

그 굉장한 이야기에서 내가 들은 가장 구체적인 내용은 후고 아스바흐의 이마가 우아하다는 거였다. 언젠가 한번 엄마에게 이 일에 대해 물은 적이 있었다.

"아이고, 아담. 멍청하게 굴지 마라. 네 할머니는 그저 술 마실 핑계를 찾는 것뿐이야."

하지만 나는 그 말을 믿지 않았고, 앞으로도 절대 믿지 않을 것이다.

엄마는 바짝 마른 꽃 같았다. 늘 나지막한 목소리로 이야기했고 유령처럼 소리 없이 움직였다. 내가 안 좋은 꼴을 볼 거라고 욕을 할 때만 목소리가 높아졌고, 이따금 발을 구르기도 했다.

엄마는 아버지의 방에 들어갈 수 있는 유일한 사람이었다. 남편에게 음식을 가져다주고 요강을 비웠으며 몸도 씻겨주었다. 정확하게 알 수는 없지만 아마 가끔 대화도 나누었을 것이다.

예전에 나는 엄마에게 아버지가 언젠가 나올 건지, 아버지 방에 들어가도 되는지 자주 물었다. 엄마는 그때마다 고개를 저었다. 나는 우리나라, 그러니까 아버지가 사랑해마지 않는 이 나라가 전쟁에서 패했다는 사실을 알고 있었다. 그렇지만 왜 그 때문에 아버지가 스스로를 방에 가두었는지는 이해하지 못했다. 할머니는 나에게 설명하려고 했다.

"실망 때문이야."

"누가 실망시켰는데요?"

"한둘이 아니지. 부모, 황제, 고향, 그리고 네 엄마도. 이제 아무도 실망시키지 못하는 곳에 가 있는 게 더 낫다고 생각한 거야."

아버지가 없으니 할머니가 지휘권을 넘겨받아 우리를 돌보았다.

한 달에 한 번, 스위스에서 굴드너 씨가 찾아왔다. 그가 나타나면 나는 다락방에서 나와야 했다. 할머니와 굴드너 씨는 뭔가 거래를 했는데, 어떤 거래인지는 우리 엄마도 몰랐다.

"합법적이기만을 바랄 뿐이야."

엄마는 이따금 나지막이 속삭이긴 했지만, 더 소리 높여 비판할 용기는 내지 못했다. 그 비밀스러운 거래가 어쨌든 우리를 먹여 살렸으니까. 게다가 제대로 먹여 살린 셈이었다. 나중에 다른 사람들이 빵을 사려고 가치 하락한 돈을 한 자루씩 날라야 했을 때도 우리는 달러로 지불했다. 오랫동안 할머니는 모든 근심으로부터 우리를 지켜주었다. 그래서 난 아무 일도 일어나지 않으리라는 느낌 속에서 자랄 수 있었다.

슈트룬트 선생님은 나를 가르치느라 갖은 노력을 다했다. 그러나 쉴 새 없이 오가는 아이에게 읽기와 쓰기를 가르치기란 정말 힘든 법이다. 내가 글을 어느 정도 깨우치는 데는 거의 2년이나 걸렸다. 내가 여전히 비논리적으로 보이는 알파벳과 씨름하는 동안, 할머니는 내 안에 숨은 재능을 찾느라 분주했다. 아담은 언젠가 위대한 일을 해야 하니까.

"슈트룬트, 어떻게 생각해요? 아담은 시인인가요?"

"후……."

가련한 슈트룬트 선생님이 한숨을 내쉬었다.

"그게…… 모르지요, 모릅니다."

다음 날 할머니는 나에게 겉장에 가죽을 두른 노트를 선물했고,

일주일 뒤에 '에다의 떨거지들' 대부분을 다락방으로 불러올렸다. 내 시들을 들어보라는 거였다. 사실 시는 단 한 편뿐이었다.

모세 형은 우리를 도와 의자를 모두 위로 날랐다. 그래서 감사의 표시로 클링만 부인을 에다라고 부를 수 있었고, 이 이상한 모임에 참가해도 좋다는 허락도 받았다.

할머니는 낡은 자기 옷으로 망토를 만들어주었다. 나는 붉은 우단을 휘감은 채 한 손에 노트를 들고 탁자 위에 올라섰다. 탁자 다리 세 개는 멀쩡했지만, 나머지 하나는 고장이라 끊임없이 덜컥거리는 소리를 냈다.

첫째 줄에는 루이지가 앉아 있었다. 그 옆에는 후피가 앉았다. 후피의 원래 이름은 구스타프 후프너였고, 일거리가 없는 목수였다. 그 옆에는 배우인 미체가 있었다. 슈트룬트 선생님은 제일 뒷줄에, 모세 형은 문틀에 기대서 있었다. 나머지 청중이 누구였는지는 기억나지 않는다.

나는 한 발을 앞으로 내밀고 서서 시를 낭송했다.

「슈트룬트의 멋진 입」, 아담 코헨의 시.

슈트룬트, 슈트룬트, 그의 입은 멋지다네

에다는 그 입이 위험하다고 말하지. 슈트룬트의 멋진 입

입이 멋진 슈트룬트는 수염도 있어

슈트룬트 씨, 슈트룬트 씨,

당신 입은 왜 그리도 멋진가요?

슈트룬트는 위험한 입이 있고, 입 아래엔 수염도 있어
이건 멋진 입이 있는 슈트룬트에 관한 시야

쥐 죽은 듯한 침묵이 잠깐 흐른 뒤에 할머니가 손뼉을 쳤다.
"아담은 시인이야. 재를 좀 보렴. 브라보!"
그러자 다른 사람들도 모두 손뼉을 쳤다. 나는 어지러워질 정
도로 몇 번이고 허리를 숙여 계속 인사했다.

할머니가 혼자 있고 싶어하거나 외출하면 나는 거실 난로 앞에
앉아 주석 병정을 가지고 놀았다. 아버지가 전쟁에 나가기 전, 아
직 태어나지 않은 아들에게 남긴 선물이었다. 그러니까 원래 모
세 형의 장난감이었지만, 형은 내가 가지고 놀게 해주었다.
시 낭송의 밤 며칠 후인 어느 날 오후, 주석 병정을 들고 난로
앞에 쪼그려 앉아 있는데 모세 형이 옆에 와서 앉았다. 형은 한
손에 내 노트를 들고, 다른 손으로는 내 머리를 쓰다듬었다.
"아담, 너 아직 제대로 쓰지 못하는구나. 여기 봐. 단어를 모두
잘못 썼어. 입을 잎이라고 했네."
나는 그저 어깨만 으쓱했다.
"아담, 넌 도대체 뭐가 될까? 글을 제대로 쓰지 못하면 대학에
서 공부를 하지 못할 텐데."
나보다 다섯 살 정도 많기는 했지만 모세 형도 그때는 아직 아
이였다. 그런데도 엄청나게 이성적이었다.
"공부할 생각 없어. 난 시인이야."

그러자 형은 시인들은 대부분 굶어죽는다고 알려주었다. 그 후 얼마 지나지 않아 내가 시를 포기한 걸 보면, 아마 그 말이 어딘가 모르게 나에게 깊은 인상을 준 모양이다. 극도로 실망한 사람은 할머니뿐이었다.

그 끔찍한 비명이 엄마의 입에서 터져나왔다고는 믿을 수 없었다. 엄마의 성대에 그런 성량이 있으리라고 누가 예상이나 했으랴. 나는 할머니를 부축해서 계단을 내려왔다. 그날은 후고의 생일이었고, ― 그해 들어 벌써 세 번째 생일 ― 그의 생일이면 할머니는 그에게 경의를 표하기 위해 언제나 아스바흐 브랜디 한 병을 다 마셨다.

내가 할머니 체중에 눌려 거의 쓰러질 듯 비틀거리며 계단을 내려오는 동안, 엄마는 비명을 지르고 또 질렀다. 우리가 아버지의 방에 다다랐을 때, 안마당에서 엄마의 비명을 들은 모세 형도 달려왔다.

여덟 살, 아니 거의 아홉 살이었던 나는 그때 아버지를 처음 보았다. 죽은 아버지의 얼굴은 보라색이었다. 아버지는 가슴에 훈장이 세 개 달린 군복을 입고 있었다. 다리가 하나뿐이었다. 다른 하나는 아마 프랑스에 남겨둔 모양이었다. 엄마는 울지 않았다. 할머니가 입을 틀어막을 때까지 그저 비명만 질렀다. 사방이 조용해졌다. 다섯 사람 중 네 사람의 숨소리가 들릴 뿐, 그것 말고는 아무 소리도 들리지 않았다.

그러다가 엄마가 치마를 찢고 중얼거리며 기도를 시작했다. 나와 모세 형은 다리가 하나뿐인 아버지에게서 눈을 떼지 못했다. 아버지는 베개를 가지고 스스로 질식사했다.

"그레티."

할머니가 딸을 품에 안았다.

"그는 가려고 한 거야. 견딜 수 없었으니까."

"그런데 왜 지금? 왜 하필 지금?"

"우리가 타인의 지옥에 대해 뭘 알겠니, 그레티. 아무것도 모른단다."

할머니는 브랜디 때문에 균형을 잃고 침대 가장자리에 주저앉아, 차갑게 식은 사위의 손을 가볍게 토닥였다.

"수염이 잘 어울렸을 텐데."

할머니가 이렇게 말하고 한숨을 내쉬었다.

아버지는 땅에 묻혔지만, 아버지의 방은 여전히 금지구역이었다. 엄마는 하루에 세 번 그 방에 들어갔다. 이따금 집을 요동치게 하는 비명은 이제 아버지의 것이 아니라 엄마의 목소리였다.

아버지가 여전히 그 방에 있는 듯한 느낌이었다. 나는 아버지가 죽었다는 사실을 가끔 잊었다.

엄마는 규칙적으로 유대인 회당에 갔다. 모세 형은 늘 엄마를 따라다녔고, 히브리어도 배웠다.

"나는 군인이 집을 떠나면 네 엄마가 다시 한번 활짝 피리라고 생각했단다. 그런데 아니구나. 회당으로 달려가다니, 그게 대체 무슨 짓인지."

나와 함께 쿠르퓌르스텐담을 따라 걷던 할머니가 말했다. 우리는 울란트 거리로 접어들었다. 우리가 어디로 가는지 할머니가 이야기하지 않았으므로 나는 호기심에 거의 폭발할 지경이었다. 문패에는 'J. 부슬러'라고 쓰여 있었다.

"마에스트로."

할머니가 족제비처럼 보이는 남자를 끌어안았다. 그의 머리가 할머니의 거대한 젖무덤에 묻혔다. 마에스트로의 이름은 율리안 부슬러였다. 그는 손가락이 하나뿐이었다. 그 외로운 오른손 약지는 도무지 그 자리에 어울리지 않아 보였다. 나는 그 손가락을 잘라버리고 싶었다. 그의 양 주먹과 손가락 하나는 검은 가죽에 들어가 있었다.

차가운 집 전체에 쌓인 먼지 때문에 사물의 색이 모두 바래 보였다.

"클링만 부인, 매력적입니다. 정말 매력적이에요. 이 아이가 아담이군요?"

그가 나에게 몸을 숙였다.

"난 네 아버지를 알았단다."

"돌아가셨어요."

"안다, 알아. 진심으로 애도의 뜻을 표한다. 막스와 나는 함께 프랑스에 있었지. 네 아버지 덕분에 난 손가락 아홉 개만 잃었단다. 막스가 아니었더라면……."

"우리 아버지는 다리 하나를 잃었어요."

부슬러가 고개를 끄덕였다. 그가 아버지의 용맹에 대해 이야기하는 동안, 나는 온갖 신체 부위들이 늘어선 초원을 상상했다. 발과 손, 그리고 그 사이 어딘가에 있는 부슬러의 손가락과 우리 아버지의 다리. 여러 나라 말로 '뭔가 남겨두고 가시오'라고 쓰인 표지판.

"마에스트로는 장군이었어."

할머니의 말에 나는 상상에서 깨어났다.

"존경하는 클링만 부인, 중령이었습니다. 자, 이제 앉으시지요. 앉아서 잠깐 기다리세요. 가지고 오겠습니다."

그가 총총걸음으로 사라졌다. 할머니와 나는 축축한 소파에 앉아 기다렸다.

부슬러가 다시 돌아왔을 때, 처음에 나는 그가 아주 못생긴 아이나 말라 비틀어진 동물을 팔에 안고 있다고 생각했다. 그러나 그것은 바이올린 케이스였다. 마에스트로는 케이스를 탁자 위에 내려놓고, 한 손가락으로 경첩을 탁 소리 나게 열었다. 바이올린 케이스에 정말 바이올린이 들어 있는 것을 보고 내가 왜 그렇게 놀랐는지는 지금도 모르겠다. 아마 뭔가 비밀스러운 것을 기대했던 모양이다.

"여기 있습니다."

그가 경건한 표정으로 미소 지었다.

"우리 못난이. 나는 이 악기가 스트라디바리보다 더 감각적인 소리를 낸다고 생각합니다."

"부슬러, 이걸 정말 팔 생각……."

"예."

할머니가 거대한 지갑을 열어 금덩어리 두 개를 꺼내 악기 옆에 놓았다. 부슬러는 검은 약지로 반짝이는 금덩어리를 쓰다듬었다.

"제 목숨을 구해주시는군요."

나는 무슨 일이 벌어지고 있는지 알지 못했다. 금덩어리 두 개가 어떻게 사람의 목숨을 구한다는 걸까? 나는 가난이 무엇인지 몰랐다. 어두운 구름이 밀려왔지만, 할머니는 그 어떤 걱정거리도 나에게 다가오지 못하게 막아주었다. 역사는 아직 우리 거실까지 밀어닥치지 않았다.

"이 손으로는,"

그가 손을 들어올렸다.

"어차피 연주할 수도 없어요. 안 그렇습니까?"

"마에스트로, 아마 그렇겠지요."

"아담을 가르치는 일은 저에게 기쁨이 될 겁니다. 우리 못난이를 계속 볼 수도 있으니까요."

내 이름이 들리자 나는 소스라치게 놀랐다. 할머니가 금덩어리 두 개를 지불하고 나에게 바이올린을 사준 거구나. 아담 코헨이 언젠가 위대한 업적을 이루게 손가락이 하나뿐인 중령이 이제부터 바이올린을 가르칠 테고.

"부슬러, 잔을 가지고 오세요."

할머니가 가방에서 아스바흐 브랜디 한 병을 꺼냈다.

마에스트로는 민첩하게 양쪽 손바닥에 잔을 끼우고 브랜디를 단숨에 들이켰다.

"음악이야. 아담, 음악은 신이 우리 인간에게 준 최고의 선물이란다. 나는 원래 바이올린 제작자가 되려고 했지. 그런 사람은 어느 정도 신에 가까우니까 말이다. 안 그러니? 음악의 근원을 창조하잖아. 나무와 접착제, 말꼬리. 그렇게 해서 바이올린이 만들어지지. 하지만 나는 그런 재주를 타고나지 못했단다."

할머니와 부슬러는 계속 술을 마셨다. 술을 잘 마시지 못하는 불쌍한 마에스트로의 눈은 얼마 지나지 않아 축 늘어졌다.

"부슬러, 정치가 어떻게 돌아가는 건가요? 뮌헨에 있는 당신 동료, 그 수염쟁이 아우구스트는 어떤가요?"

"아돌프지요."

그가 엄한 목소리로 대답했다.

"아돌프든 아우구스트든 이름이 무슨 상관인가요? 관상이 중요하지."

"그는 위대한 인물입니다. 그리고 부인, 바이마르공화국은 흔들리고 있어요. 흔들린다고요."

중령은 양쪽 손바닥으로 잔을 다시 잡으려 했지만, 성공하지 못했다.

"기다려요. 내가 도와드리지요."

할머니가 잔을 그의 입에 대주었다.

"굴욕…… 굴욕적입니다. 제 잔도 들지 못하다니요. 참 끔찍한 시절이에요."

"허튼소리! 부슬러, 마셔요. 투덜거리지 말고."

술병을 비우고서야 우리는 자리에서 일어섰다. 나는 하마터면 바이올린을 그냥 두고 올 뻔했다. 중령은 비틀거리며 우리를 문까지 배웅했고, 작별인사로 할머니 젖무덤에 다시 한번 얼굴을 묻었다.

일주일 뒤 나는 바이올린을 들고 처음으로 교습을 받으러 갔다. 난롯불이 타고 있어 집은 따뜻했다. 금덩어리의 광택이 가구들로 번져간 듯, 가구에는 이제 먼지가 거의 없었다. 나는 케이스에서 악기를 꺼냈다. 마에스트로는 숨을 멈추고 눈을 크게 뜬 채 나를 바라보았다.

"아담, 조심해. 조심해야 한다. 그건 무척 예민하니까."

누군가의 눈앞에서 그의 아내에게 키스를 하는 듯한 느낌이었다. 바이올린은 처음부터 내 품에 어울리지 않았다. 그의 눈길을 받으며 바이올린을 안고 있기가 어색했다.

30분이 지난 뒤, 우리 둘은 내가 전혀 재능이 없다는 사실을 깨달았다.

"연습하는 수밖에 없단다. 하고 또 하렴. 그렇게 해도 기껏해야 그저 그런 정도밖에 되지 못하겠구나."

그의 얼굴에 그날 처음으로 미소가 스쳐갔다. 나도 미소로 화답했다. 나야 아무 상관 없었으니까. 그러나 결코 위대한 바이올린 연주자가 될 수 없다는 사실이 할머니에게는 죄송했다.

"중령님은 훌륭한 연주자였나요? 그러니까 아직……"

"손가락이 있을 때?"

"예."

"난…… 나는 평범했지만 괜찮았지. 정말 열정이 있었어. 네 아버지와 나는 자주 같이 연주했단다. 네 아버지는 피아노를, 나는 바이올린을.”

“아버지가 피아노를 쳤다고요?”

“몰랐니?”

“예.”

부슬러는 구슬픈 표정으로 고개를 저었다.

“몰랐다고?”

그게 왜 그다지도 충격이었을까. 나는 어차피 아버지에 대해 거의 아무것도 몰랐다.

잠깐 침묵이 지나간 뒤에 그가 나지막이 물었다.

“막스…… 그러니까 어떻게 삶을 끝냈지?”

“베개로 질식했어요.”

“불쌍한 막스. 불쌍한, 정말 불쌍한 막스.”

나는 마에스트로를 위로해야 한다고 느꼈다. 그래서 아버지가 정말 가려고 했다고, 정말 진심이었다고, 그렇지 않았더라면 성공하지 못했을 거라고 말했다.

“아담, 네 아버지는 독일을 사랑해서 죽은 거란다.”

“아니에요. 베개로 질식해서 죽은 거예요.”

“똑같은 소리야. 네 아버지는 이 나라와 황제를 너무 사랑했어. 또는 이념을. 그래, 이념이지. 하지만 그거야 우리 모두 그렇지 않나?”

그는 내가 무슨 대답을 했는지 알아듣지 못한 모양이었다. 나도 그가 하는 말을 이해하지 못했다. 그래서 그냥 교습을 계속했다. 교습시간이 지나자 우리 둘 다 홀가분하게 느꼈던 것 같다. 나는 할머니가 준 봉투를 부슬러에게 건넨 뒤에 바이올린을 케이스에 넣었다.

공화국의 얼굴이 바뀌고 콧수염 난 아우구스트의 권력이 점점 강해지는 동안에도 나는 할머니가 만들어준 안전한 세상에서 행복하고 평화롭게 살았다. 일주일에 한 번씩 3년 넘게 부슬러에게 다녔지만, 내 실력은 평균에도 미치지 못했다. 내 실력을 가장 적절하게 표현한 말은 아마 '견딜 만한'일 것이다.

1932년 여름 어느 날이었다. 할머니는 후고의 수많은 생일 중 또 하루를 축하하고 있었다. 내가 할 줄 아는 바이올린 네 곡을 할머니를 위해 연주하고 있을 때, 부슬러가 문을 두드렸다.

"마에스트로, 당신이 이룬 일입니다."

할머니가 자랑스러운 얼굴로 말했다.

그는 고통스러운 미소를 지으며 허리를 굽혔다.

"작별인사를 하러 왔습니다. 유감스럽지만 더는 아담을 가르칠 수 없군요."

그는 한동안 뮌헨에 가서 살 거라고 말했다.

"부슬러, 정치 때문인가요?"

그가 고개를 끄덕였다.

"히틀러가 해낼 겁니다."

"다르게 주장하는 사람들도 있어요."

"누구?"

"예를 들자면 후피 같은 사람."

"후피는 공산주의자입니다."

그가 경멸하듯 말했다.

"흠, 요즘은 누구나 뭐라도 된 것처럼 굴지요. 그게 아마 유행
인가봐요."

"부인, 적어도 히틀러가 위대한 인물이라는 사실은 인정하셔
야……."

할머니가 웃음을 터뜨렸다.

"부슬러, 그 사람이 유대인에 대해 하는 이야기, 들어봤나요?
나는 들었답니다."

"예. 하지만 그는…… 그는 부인 같은 유대인을 말하는 게 아니
라……."

"이봐요, 부슬러. 정말 바보 같은 말을 하는군요."

"세상을 지배하려는 유대인 공산주의자들을 의심하는 사람은
히틀러뿐만이 아닙니다. 제 말은 비스마르크도……."

"알았어요. 알았다고요. 비스마르크, 늘 비스마르크 타령이지
요. 그러니까 그 의심은 아마 오래전부터 유행이 된 모양이군요.
이제 그만 축배를 들며 작별인사를 하는 게 좋겠어요."

할머니는 요란한 동작으로 잔을 채웠다.

"클링만 부인, 부인은 세상을 지배하려는 유대인 공산주의자
가 아닙니다."

"부슬러, 이제 그만하라고요."

둘은 아스바흐 브랜디 병을 비웠다. 중령은 예전에 금덩어리

두 개로 자기 목숨을 구해준 할머니에게 영원한 우정을 맹세했다. 언젠가 역시 목숨을 구해준 적이 있는 우리 아버지 막스를 위해서도, 클링만과 코헨 일가의 모든 사람과 새로운 동향과 히틀러를 위해서도 건배했다. 한 모금 마신 뒤에는 죽은 쥐처럼 보이는 양손을 계속 탁자 위에 납작하게 올려놓았다.

"더 나은 시절을 기대조차 하지 않기에는 제가 아직 너무나 젊습니다. 무슨 뜻인지 아시겠어요?"

할머니는 한숨을 내쉬고 미소를 지었다.

"마에스트로, 물론이지요. 희망을 버리기에는 누구나 늘 젊답니다."

"그리고 내가 아직 필요한 사람이라는 느낌을 포기하기에도 그렇고요."

할머니는 검은 가죽 쥐 두 마리를 가볍게 쓰다듬었다.

"그럼요, 그건 당연해요. 그렇고말고요."

두 사람은 한동안 입을 다물고 앉아 있었다. 그러다가 중령이 몸을 일으켰다. 바로 그 순간, 내가 무엇을 해야 하는지 깨달았다. 나는 바이올린을 케이스에 담고 부슬러의 앞을 막아섰다.

"중령님, 기다리세요. 이건 중령님 거예요. 뮌헨으로 가지고 가세요."

그가 놀란 얼굴로 나를 바라보았다.

"어서……."

다른 말은 나오지 않았다. 다른 사람이 너무도 소중히 여기는 뭔가를 내가 소유한다는 사실이 그냥 옳지 않아 보였다. 할머니가 고개를 끄덕이자, 그는 케이스를 겨드랑이에 끼고 "고맙다"고 속삭였다.

"저는 어차피 잘하지 못했어요."

할머니와 둘이 남게 되자 내가 말했다.

"그리고 그건 중령님 거예요. 그렇죠? 언제나 그분 거였어요."

가을 무렵, 부슬러와 한편인 콧수염 아우구스트는 성공하지 못할 듯 보였다. 그러나 히틀러는 다음 해에 총리가 되었다. 제국의회가 불탔고, 바이마르 헌법은 효력을 잃었다.

처음에 할머니가 정당인들의 사진을 벽에 걸었을 때, 나는 그 남자들이 우리 친척이거나 할머니가 좋아하는 사람들이라고 생각했다. 할머니는 나에게 새로운 권력자들의 관상을 읽는 법을 가르쳐주었다, 아니, 어쨌든 그러려고 시도했다. 우리는 신문과 잡지, 그리고 나중에는 할머니의 담뱃갑에 실려 있는 사진들을 지극히 세밀하게 관찰한 뒤에 벽에 붙였다.

우리가 괴벨스의 사진을 들고 끙끙거리고 있을 때, 엄마가 다락방으로 뛰어들어왔다. 안 그래도 창백한 엄마의 얼굴은 우리 등 뒤에 있는 사진들을 보고는 더욱 하얗게 질렸다.

"엄마, 저 사람들이 저기 왜 걸려 있어요?"

"응, 아담과 나는 지금 미래를 연구하는 중이란다."

"구역질 나요."

엄마는 의자에 털썩 주저앉아 할머니의 담배를 집어들었다. 1933년 4월 1일이었다. 광고를 붙이는 기둥에는 며칠 전부터 4월

1일에 유대인 상점 불매운동을 벌이자는 포스터가 붙어 있었다.

"빵집에 갔어요. 나치스 돌격대가 그 앞에 서서 끔찍하게 고함을 질러대더군요."

할머니와 나는 창백한 엄마를 무시하고 괴벨스의 입술에 대한 토론을 이어갔다.

"어쩌면 내가 아담에게 할례를 주지 않아 신이 노한 건지도 몰라요. 아니면 내가……."

할머니가 한숨을 내쉬었다.

"그레티, 너 스스로를 조금 과대평가하고 있는 거 아니냐? 지금 바깥에서 벌어지는 이 난리법석이 아담의 포피 때문이라고? 얘야, 네가 믿는 신은 그것과 아무 관련이 없단다."

내 포피는 엄마의 머릿속을 떠나지 않는 강박관념이 되었다. 나는 엄마가 내 포피를 자르기 위해 직접 칼을 잡을지도 모른다는 생각에 공포를 느꼈다. 엄마는 경건하고 진지한 모세 형과 함께 나로 하여금 기도와 회당에 흥미를 느끼게 하려고 했지만 허사였다.

우리 집안의 벌어진 틈새는 점점 더 뚜렷해졌다. 한편에는 신에게 외치는 엄마와 모세 형이, 다른 한편에는 권력자의 얼굴에서 미래를 읽어내려고 애쓰는 할머니와 내가 있었다. 결국 둘 다 무의미한 일로 밝혀졌지만, 어쨌든 이들의 눈코입과 광대뼈를 지속적으로 관찰하는 작업은 이 세상에 존재하는 온갖 괴링과 힘러, 온갖 돌격대장과 친위대장에 대한 공포를 없애주었다. 이들의 내부를 들여다보고 약점을 잡아낸 듯한 느낌이었다. 나는 이들이 무적이라고 생각해본 적이 한 번도 없었다. 바로 이 점이 할머니와 내가 관상 놀이에서 얻은 최고의 수확이었다.

새 지도자는 통치 첫 해에 유대인 공무원과 작가와 예술가의 삶을 힘겹게 하는 몇 가지 법률을 제정했다.

엄마는 이런 직업군에 속하지 않았지만, 날이 갈수록 창백해지고 살도 약간 빠졌다. 엄마의 목소리는 점점 더 나지막해졌다. 매일 아버지 방에서 비명을 지르는 일도 없었다. 엄마가 한꺼번에 세 문장 이상을 말하는 경우는 기도할 때와 내 포피에 대해 언급할 때뿐이었다.

모세 형도 점점 진지해졌다. 우리는 형이 학교에서 어느 교사에게 괴롭힘을 당하는 걸 알고 있었지만, 형은 불평하지 않았다.

나는 이 모든 일을 겪을 필요가 없었다. 슈트룬트 선생님이 여전히 매일 집에 와서 나를 가르치려고 노력했다. 할머니의 떨거지들은 예전과 다름없이 다락방에 모였고, 시간이 흐르자 루이지도 우리 벽에 붙은 사진들에 익숙해졌다.

1934년 봄, 부슬러가 찾아왔다. 군복을 입은 그는 몇 센티미터쯤 커 보였다. 그러나 새로운 복장이나 커진 키보다 나를 훨씬 더 놀라게 한 사실이 있었다. 나는 심호흡을 몇 번 하고서야 그게 뭔지 깨달을 수 있었다.

"중령님, 손가락이 생겼네요."

부슬러는 자랑스럽게 손을 들어올렸다. 손은 예전처럼 검은 가죽에 싸여 있었지만, 죽은 쥐에는 이제 꼬리들이 달렸다.

“인공물이야. 이렇게 조절할 수도 있단다.”

그는 한 손의 손가락으로 다른 손 손가락을 여러 방향으로 구부렸다.

“부슬러, 게다가 키도 커졌군요.”

할머니는 악의가 거의 느껴지지 않는 미소를 지었다.

“특수 안창을 썼지요. 보시다시피 나는 승자가 되어 돌아왔습니다.”

“마에스트로, 도대체 누구에게 승리를 거두었지요?”

그가 고개를 젓고 웃음을 터뜨렸다.

“클링만 부인, 우리 건배하지요. 내가 베를린으로 온 걸 축하합시다.”

할머니가 옆으로 비켜서서 부슬러를 안으로 들였다. 우리의 벽을 본 그는 몸이 돌덩이처럼 굳어진 모양이었다. 그의 눈길이 약간 비굴해졌다.

“이게……?”

“부슬러, 대놓고 경례를 할 필요는 없어요. 난 그저 이 사람들을 즐겨 본답니다. 금지된 일은 아니지요?”

마에스트로는 자리에 앉아, 잔을 쥘 수 있도록 손가락을 구부렸다. 그의 얼굴은 아스바흐 브랜디를 두 잔 가득 마신 뒤에야 풀어졌다. 할머니는 그의 모습을 세심하게 살폈다. 나에게는 아무것도 말해주지 않는 군복이 할머니에게는 뭔가를 알려주는 모양이었다.

“중령님, 이제 새로운 집단에서 뭐라고 불리나요? 관명이나 계급은? 어쨌든 구체적인 칭호 말이에요."

"친위대 소령입니다."

"사람들을 염탐하나요?"

"클링만 부인, 아닙니다. 나는 안전을 책임지고 있어요."

"그러니까 염탐하는 거 맞네요."

할머니가 예리한 목소리로 반복했다.

"보안정보부는 아무도 염탐하지 않습니다."

"그렇다고 주장하는 사람들도 있어요."

"누가 그래요?"

부슬러가 무뚝뚝하게 물었다.

"예를 들면 후피 같은 사람."

"후피는 공산주의자예요. 설마 공산주의자들이 통치하기를 바라시는 건 아니지요?"

"부슬러 씨, 내게 선택할 힘이 있기라도 한가요?"

두 사람은 서로에게서 눈을 떼지 않은 채 잔을 비웠다.

"중령님, 이제 다시 바이올린을 연주할 수 있어요?"

으스스한 침묵 속에서 내가 질문했다.

"아담, 중령님은 이제 친위대 소령님이란다."

"친위대 소령님, 이제 새 손가락이 생겼으니 바이올린을 켤 수 있어요?"

"아니, 아니야. 두 가지 이상의 음은 낼 수 없어."

그의 목소리에서 비애가 묻어났다. 그러나 그는 감상을 죄다 털어내려는 듯이 탁자를 두드리며 말했다.

"어차피 그런 걸 할 시간은 없어. 우린 할 일이 너무나 많으니까."

"슬프군요. 신성한 일을 할 시간이 없다니."

"뭐라고요?"

"소령님, 음악은 신이 인간에게 준 최고의 선물이라고 말하지 않았나요? 아니면 새로운 임무 덕분에 뭔가 신처럼 느껴지는 모양이지요? 뮌헨에서 그 비슷한 뭔가가 된 건가요?"

그날 오후 부슬러가 돌아갔을 때, 나는 그가 다시는 오지 않으리라 생각했다. 그러나 잘못된 생각이었다. 며칠 후에 그는 다시 다락방 문을 두드렸고, 그때부터 늘 일정한 간격으로 찾아왔다.

다른 손님들은 옛날 바이올린 선생님이 찾아올 때마다 이상하리만큼 서둘러 우리 집을 떠났다. 그도, 할머니도 가라는 말을 한 적이 없는데도. 엄마는 소령을 아주 오래전부터 알고 지냈다. 남편에게 아직 두 다리가 모두 달렸고, 황제가 이 나라를 통치하던 시절부터였다. 엄마는 군복을 입은 마에스트로의 방문에 안심해야 할지 불안해해야 할지 갈피를 못잡는 듯했다.

율리안 부슬러의 예전 모습을 나만큼 기억하지 못하던 모세 형은 부슬러가 뚜벅뚜벅 계단을 올라올 때마다 이마를 찌푸렸다. 경건한 형은 지난해에 대학입학 자격시험을 보았지만, 입학을 거부당했다. 형은 도와주겠다는 부슬러의 제안을 받아들이지 않았다. 얼마 전까지만 해도 무기력하게만 들리던 형의 히브리어 기도에는 이제 분노가 섞였다.

의학을 공부하는 대신 형은 병원 복도를 걸레질하고 환자용 변기를 비웠다. 유대인이 아닌 중고등학교 시절의 친구들은 형을 잊었다. 그들은 형이 그저 꿈밖에 꿀 수 없는 모든 일을 했다. 형과 그들의 삶에는 공통점이 거의 없었다. 그러나 대학 문이 닫히자 다른 문이 열렸다. 그 문 뒤에는 새 친구들과 새 꿈이 있었다. 그 꿈의 이름은 이스라엘이었다.

그해 여름에 나치스는 같은 편을 제거하며 조직을 정비했다. 가련한 부슬러는 미치기 직전처럼 긴장한 모습이었다. 한동안은 다락방에도 거의 찾아오지 않았다. 할머니와 나는 에른스트 룀이 쓸모없는 인물이라는 사실을 이미 오래전부터 알고 있었다. 우리는 그가 언젠가는 짓밟히리라는 것을 예감했다. 그 피둥피둥하고 멍청한 얼굴이라니. 그러나 같은 편이 그를 쏘리라고는 상상도 하지 못했다.

"친위대 소령님, 도대체 어떤 집단에 끼어드신 건가요? 그게 새로운 방식인가요? 서로 총질이라니요. 세상에, 정말 위험하게 사시는군요. 공산주의자들과 세계를 지배하려는 유대인들, 게다가 이제는 같은 편 안에서도 희생양을 찾다니."

부슬러는 할머니가 돌아버릴 정도로 느릿느릿하게 룀의 쿠데타 시도에 대해 상세히 이야기했다. 그런 상황에서는 누구라도 당연히 해야 할 일을 총통이 했다는 거였다.

"소령님, 지루해 죽겠어요. 괴벨스처럼 이야기하시네요. 그냥 라디오를 트는 게 낫겠어요."

뚱보 룀에 관한 이야기는 곧 잠잠해졌다. 라디오도, 다시 자주 찾아오기 시작한 부슬러도 그에 관해서는 입을 다물었다. 할머니와 나는 돌격대 수장의 사진을 벽에 그대로 걸어둔 채 거기에 붉은 십자가를 그려 넣었다. 그들은 무적이 아니었고, 불사不死의 존재는 더더욱 아니었다.

8월 2일에 힌덴부르크가 사망했다. 우리는 그 사람 사진에도 십자가를 그었다.

그 후 얼마 지나지 않아 엄마는 나 덕분에 두 번째 전성기를 맞았다. 어느 날 아침 일어나보니 뺨이 거대하게 부풀고, 얼굴은 두 배 크기로 부어 있었다. 볼거리였다. 슈트룬트 선생님은 되돌아갔고, 킬러Kieler 박사가 내 침대로 불려왔다. 유대인인 킬러 박사님은 루이지가 추천한 가정의학과 의사였다. 머리카락이 살짝 희끗희끗한 미남으로, 자기 매력을 충분히 의식하고 있었다. 반짝이는 그의 청록색 눈동자는 여자들을 미치게 만들곤 했다.

엄마와 할머니와 킬러 박사가 나를 에워쌌다. 처음에는 어디서 새가 지저귀는가 했는데, 알고 보니 엄마의 목소리였다. 엄마는 말도 안 되는 허튼소리를 고음으로 빠르게 쏟아내고 있었다.

나는 물약을 받았다. 머리를 수건으로 싸매고 누워서 절대 안정을 취해야 한다고 했다. 킬러 박사가 왕진가방을 챙겼다. 나는 엄마의 눈길에서 갈망을, 모든 감정 가운데 가장 생생한 감정인 갈망을 보았다.

"그 사람은 정말 훌륭한 의사야."

박사가 간 뒤에 엄마가 쩍쩍 소리를 냈다.

"그래, 미남이지."

할머니가 대꾸했다.

밤에 엄마가 내 침대로 왔다. 엄마는 내 옆에 앉아, 부어오른 내 얼굴을 부드럽게 쓰다듬었다.

"아담, 너에게 부탁이 있어. 그런데 우리끼리 비밀로 해야 돼."

끄덕끄덕.

"맹세해."

맹세했다.

"내일 아침 일어나서 더 아프다고 우겨. 알았지? 눈을 뜨자마자 울어야 해. 목청껏 소리를 지르고."

그래서 소리를 질렀다. 할머니는 모닝 가운을 입은 채, 그리고 엄마는 내가 한 번도 못 본 여름 실크 원피스를 입은 채 달려왔다.

"아파요, 아파."

나는 목소리를 쥐어짰다.

"어제보다 더 아파?"

엄마가 물었다.

나는 급하게 고개를 끄덕이고 다시 한번 소리를 질렀다.

"당장 킬러 박사님에게 전화할게."

할머니가 이렇게 말하고 사라졌다.

그때부터 박사는 매일 찾아왔다. 내가 건강해진 뒤에도 그는 시간이 날 때마다 들렀다. 일주일에 다섯 번이나 올 때도 있었다. 그는 엄마의 감탄을 즐겼다. 엄마는 그의 견해가 아무리 멍청하고 틀렸더라도 아무 의심 없이 동의했고, 제대로 작동하지 않는 그의 소화체계와 약한 장에 대한 불평에도 행복하게 귀를 기울였다.

킬러 박사와 엄마는 서로 만지거나 키스를 한 적은 없지만, 두 사람은 그 기이한 우정 안에서 그동안 찾던 것을 발견한 모양이었다. 허영심과 외로움으로 엮인 동맹이었다. 부슬러와 킬러 박사가 우리 집에서 우연히 마주쳤을 때, 박사는 엄마에게 친위대원을 한 명쯤 알고 있으면 분명히 유용할 거라고 말했다. 엄마는 그때부터 소령에게 문을 열어줄 때마다 환한 미소를 지었다.

할머니는 박사를 멍청한 수다쟁이라고 생각했다.

"하지만 아담, 그 남자는 정말 미남이야. 그러니 나쁘게 생각할 수가 없구나."

부슬러도 때로 우리와 함께 권력자의 사진을 들여다보았다. 그러나 그는 완벽하게 중립이 되지는 못했다.

"적어도 룀의 사진은 뗄 수 있지 않나요? 그 사람은 죽었습니다."

"존경하는 마에스트로, 절대 안 됩니다. 죽은 사람도 여기 속해요. 그 사람들도 역사의 일부예요."

"어떤 역사 말인가요?"

"아, 그건 언젠가 역사 스스로 결정하겠지요. 여기서 말하는 역사가 어떤 역사인지는 말이에요."

부슬러가 새로운 사진을 가지고 올 때도 있었다.

"누구지요?"

"바이에른의 법무장관 한스 프랑크입니다."

"아담, 어떻게 생각하니?"

할머니가 이렇게 묻고는 프랑크의 얼굴을 쓸었다.

"거실 난로 위에 있는 작고 뚱뚱한 천사처럼 보여요."

소령은 이런 말을 들을 때면 언제나 잔기침을 했다.

"좀 더 객관적으로 말해야지. 프랑크 박사는 장관이야."

그가 엄한 표정을 지었다.

"하지만 이 아이 말이 옳아요. 아담, 계속하렴."

"유머도 없고, 정직하지도 않은 것 같아요."

"아담, 브라보!"

할머니가 손뼉을 쳤다.

"그걸 어떻게 알 수 있지?"

부슬러가 불안한 표정으로 물었다.

"입 부분과 살찐 이마를 보면 알지요."

부슬러는 프랑크를 자세히 들여다보고, 그의 입술과 이마를 쓰다듬었다.

"자, 여기. 한번 직접 해보세요."

할머니가 그에게 괴링의 사진을 한 장 건넸다.

"이 인간은 너무 처먹어요."

소령의 입에서 튀어나온 말이었다. 그 소리가 울려퍼지자 그는 깜짝 놀라 자기 입을 틀어막았다.

"내 말은…… 이 분은 덩치가 크고, 또…….."

"부슬러, 지루한 소리 하지 말아요."

"클링만 부인, 이런 경솔한 의사표현 때문에 목숨이 위험해지는 겁니다.”

“참 기이한 시절이에요. 과체중인 사람이 음식을 너무 많이 먹는다는 사실을 확인했다는 이유만으로 사람 목숨이 위험해진다니 말이지요. 아주 이상한 시절이에요. 안 그래요?”

할머니는 부슬러에게 아스바흐 브랜디를 한 잔 따라주었다. 그러고는 그가 친위대 소령으로서 겪는 고민들과 식탐 많은 괴링을 잊을 때까지 따라주고 또 따라주었다.

나는 할머니의 담배를 사러 최소 하루에 한 번은 작은 가게로 갔다. 담뱃갑을 먼저 뜯고 거기 들어 있는 사진들을 봐도 좋다는 허락도 받았다. 거기엔 ‘독일이 깨어난다’라는 시리즈가 있었다. 아우구스트의 앞잡이들이 룀을 살해한 뒤에 담배 회사는 룀의 사진이 들어간 제품을 더는 생산하지 않았다. 그러나 그 담배들은 아직 얼마간 유통중이었고, 나는 그걸 구해야 한다는 생각에 사로잡혀 있었다.

볼거리를 완전히 떨쳐내고 몇 주가 더 지난 뒤에 내 소망이 이루어졌다. 대문 앞에서 룀의 사진이 든 담뱃갑을 주운 것이다. 이 멍청한 사진은 어딘가에 틈새가 있다는 증거, 그들의 명령이 전지전능하지 않다는 증거 아니었을까.

내 얼굴이 흥분으로 달아올랐을 때, 누군가 내 어깨에 손을 얹었다.

“아담, 너 길에서 뭐 하니?”

형이 내 뒤에 서 있었다. 나는 룀의 사진을 담뱃갑 아래로 감추려고 애를 썼다.

"할머니는 담배를 너무 많이 피워."

형이 미소를 지었다.

"에다야. 할머니 이름은 에다라고."

"사진 좀 보여줘."

나는 고개를 젓고 집 안으로 뛰어들어갔다.

"빼앗으려는 게 아니야!"

형이 뒤에서 소리를 질렀지만, 나는 형을 믿지 않았다. 언젠가 돌격대 사진을 빼앗아, 잘게 찢어버린 적이 있기 때문이었다. 형은 아무리 바보 같은 신문이라도 우리가 거기서 새로운 얼굴을 찾아낼 수 있다는 사실을 도무지 이해하지 못했다.

슈트룬트 선생님은 거실을 빙빙 돌아다니는 나에게 셈을 가르치려고 애썼다. 난롯불이 냉랭한 2월의 추위에 맞서 싸우고 있었다. 소파에 앉아 나의 수학적인 능력에 대해 토를 다는 킬러 박사와 엄마는 전혀 도움이 되지 않았다.

"348인가요?"

나는 적어도 10분은 넘게 생각한 뒤에 문제의 답을 물었다. 아무렇게나 던진 숫자였다. 750 또는 233이라고 말할 수도 있었다.

"틀렸어!"

선생님이 뭐라고 대답하기도 전에 킬러가 소리쳤다.

"아담, 너 도대체 뭐가 되려고 그러니? 열다섯 살인데 아직 계산도 못하다니.”

엄마가 한숨을 내쉬었다.

수업은 보통 할머니의 다락방에서 했지만, 오늘은 루이지가 와
서 푸르스름한 빛깔로 염색을 해주기로 해서 할머니가 거기서 기
다리고 있었다. 그러나 루이지는 오지 않았다. 지칠 대로 지친 슈
트룬트 선생님이 막 집을 나서려는데, 분노에 찬 할머니가 계단
을 달려 내려와 수화기를 집어들었다.

동풍이 세차게 불어와 우리 코를 빨갛게 물들였다. 할머니는
나를 끌고 빌헬름 거리를 따라 걸었다. 누군가 우리를 멈춰 세우
고 어디로 가는지 물을 때마다 할머니는 오장육부가 뒤틀릴 만큼
격렬하게 소리를 질렀다.

“친위대 소령 부슬러요!”

그러면 우리는 통과할 수 있었다.

할머니와 나는 법원 입구 강당에서 기다렸다. 드디어 부슬러가
나타났다. 우리를 본 그의 얼굴이 새하얗게 질렸다.

“세상에, 여기서 뭘 하시는 겁니까?”

할머니가 그의 가슴을 북 치듯 두드렸다.

“당신들이 내 미용사를 데려갔어요. 부슬러, 내놔요. 내 미용사
를 돌려달라고요!”

“클링만 부인, 좀 조용히 하세요.”

“부슬러, 내 미용사 내놓아요!”

마에스트로는 우리를 바깥으로 데리고 나갔다. 할머니는 지극

히 냉정한 목소리로 오늘 아침에 차임이, 그러니까 자기 미용사 루이지가 체포되었다고 소령에게 설명했다.

"왜요?"

"그건 내가 물을 소리지요! 당신이 그 사람을 체포했으니까!"

"내가 체포한 게 아니에요."

"당신이 직접 하지는 않았지만 빌어먹을 당신 패거리가 했잖아요."

할머니는 소령이 차임을 석방하기 위해 온힘을 다하겠다고 약속하고서야 한발 물러섰다.

"클링만 부인, 제가 신세를 진 적이 있으니 갚아야지요."

"부슬러, 신세를 갚는 게 아니에요. 그건 당신이 반드시 해야 할 임무라고요."

할머니의 미용사는 그날 저녁에 돌아왔다. 부슬러가 그를 직접 다락방으로 데리고 왔다.

루이지가 할머니 손에 입을 맞추고 지극히 이탈리아 식으로 흐느껴 우는 동안, 소령은 우리에게 차임이 스파이 혐의로 체포되었다고 설명했다.

"루이지가 스파이라니? 부슬러, 웃기는 소리예요. 정말 웃겨요."

"기이한 이탈리아 억양에 커다란 가방을 든 유대인이 수상한 사람들과 함께 있는 게 여러 번 목격되었지요. 클링만 부인, 우리는 이런 일을 수사해야 합니다. 안전에 관한 일이에요. 부인이 우습게 생각하든 말든 어쩔 수 없습니다."

"수상한 사람들이라니요?"

"후피의 친구들이에요. 전 그저 그 사람들 이발을 해줬을 뿐이랍니다. 제 가방에는 가위와 빗과 가운이 들어 있었어요. 이상한 짓은 전혀 하지 않았다고요."

차임은 다음 날 다시 와서 할머니 머리 손질을 해주겠다고 약속하고 떠났다.

"그럼 이제 저도 가보겠습니다."

부슬러가 싸늘하게 말했다.

"소령님, 앉으세요. 친구끼리 건배해야지요."

마에스트로는 탁자 앞에 뻣뻣하게 앉아 손가락을 가지런하게 구부렸다.

"클링만 부인, 정말 우리가 그런가요?"

"우리가 어떻다고요?"

"친구냐고요."

"그야 노력하는 거지요. 안 그래요?"

할머니가 잔을 채웠다.

1935년은 루이지의 체포로 시작하여, 유대인을 제2계급으로 강등시킨 뉘른베르크 법으로 끝났다. 킬러 박사가 우리 거실에서는 "침착하라"고 떠들어대고 공공장소에서는 "고통 뒤에 언제나 좋은 날이 온다"고 지껄이는 사이, 모세 형은 그동안 생각해온 이스라엘 계획을 발표했다. 그러나 엄마도 할머니도 선조들의 나라에 전혀 관심을 보이지 않았다. 엄마는 "동요하지 말고 가만히 기다려야 한다"는 킬러 박사의 의견을 아무 비판 없이 받아들였다.

"내가 팔레스타인에서 뭘 하지?"

할머니가 쌀쌀맞게 말했다.

"양을 치거나 집을 지을까? 난 이제 거의 200살인데, 키부츠에 앉아 기도나 할까?"

"일단 우리 모두 정신을 차려야 합니다."

킬러 박사가 끼어들었다.

"박사님, 허튼소리를 늘어놓는군요."

할머니는 내 팔을 잡아끌고 다락방으로 향했다. 그러고는 벽에서 히틀러의 사진을 떼서 탁자에 놓고 궁리하기 시작했다.

"아담, 이 남자가 무슨 짓을 벌이려는 걸까? 우리가 이 남자에 대해 어떻게 생각해야 하지?"

히틀러는 우리가 들여다보는 나치 중에 가장 불가해한 사람이었다. 그의 흐릿한 얼굴 윤곽은 도무지 해석이 불가능했다. 할머니와 나는 그동안 총통에 대해 적어도 하나의 가설은 세웠다. 히틀러가 고행자처럼 산다는 주장이 늘 들렸지만, 우리는 그가 남몰래 술을 마실 거라고 확신했다.

"아우구스트는 술을 퍼마셔. 난 술꾼과 결혼했었지. 그러니 거기에 대해서는 잘 안단다. 이치게는 술을 엄청나게 퍼마셨어. 히틀러도 마찬가지야."

그러나 그걸로 상황이 나아지는 건 아니었다. 오히려 반대였다. 술꾼이 앞으로 무슨 행동을 할지 정확히 안다는 건 쉬운 일이 아니다. 우리가 히틀러의 술 문제에 대해 이야기할 때마다 부슬러는 멍청한 애송이처럼 덜덜 떨었다.

"클링만 부인, 총통에 대해 그런 말을 하면 안 됩니다. 그러면……."

"부슬러, 지루한 소리 하지 말아요."

"이 남자가 뭘 하려는 걸까?"

할머니가 다시 한번 물었다. 정확히 알아들을 수 없는 소음이 아래층에서 올라왔다. 킬러 박사와 모세 형이 난타전을 벌이는 소리, 그리고 그 사이사이 쩍쩍거리는 엄마의 고음.

초인종 소리가 들렸다. 잠시 후 부슬러가 방에 들어왔다.

"친위대 소령님."

할머니가 경멸하듯 미소를 지었다.

"클링만 부인, 금방 지나갈 겁니다. 일시적인 생각……."

"일시적인 생각이라고요? 아니, 이건 법이에요. 세계를 지배하려는 공산주의자 유대인 이야길 또 들먹일 생각은 말아요. 부슬러, 난 당신을 이해할 수 없어요. 그 군복을 자랑스럽게 걸치고 있으면서도 틈만 나면 우리 집에서 시간을 보내잖아요. 소령님, 당신은 대체 어느 쪽이지요?"

그가 고개를 숙였다.

"모든 게 그렇게 간단하지는 않습니다."

"아니, 대부분은 간단한 문제예요."

"나는 총통을 믿습니다. 그의 이상을 믿지요. 하지만 나는 당신의 친구이기도 합니다. 사정이 허락하는 한, 힘닿는 대로 말이지요."

그가 주머니에서 사진을 한 장 꺼내 탁자에 내려놓았다.

"알베르트 슈페어의 사진을 가지고 왔습니다. 건축가예요."

"굉장한 미남이군요!"

할머니가 목소리를 높였다.

"이 남자를 좀 보렴."

최고 미남 앞잡이 선발대회가 있었더라면 알베르트는 분명히 1등이었을 것이다.

"아담, 어서 말해봐."

"이 사람은 예리해요. 소박한 척하지만 그렇지 않아요. 성공할 거고, 사람들은 그의 행위를 모두 용서할 거예요."

부슬러는 눈을 꾹 감았다 뜨고는 잘생긴 슈페어를 내려다보았다.

"마에스트로, 여길 보세요."

내가 말했다.

"아랫입술을 보라고요. 소박한 척 연기하고 있잖아요."

"아하……."

부슬러는 뭔가 알아챘다는 듯이 고개를 끄덕였다.

다음 해 히틀러가 라인란트를 점령하자, 부슬러는 샴페인 두 병을 들고 우리를 찾아왔다. 그는 잃어버린 줄 알았던 장난감을 다시 찾은 아이처럼 들떠 있었다. 그러고는 우리 아버지가 살아서 이 일을 알았더라면 얼마나 기뻐했을지 지치지도 않고 계속

이야기했다.

"흠, 가련한 막스가 그 일에 참여하지 못해서 무진장 유감이네요."

할머니가 말했다. 그러나 소령은 이미 너무 취해서 할머니의 독설을 알아듣지 못했다.

그 얼마 뒤에 슈트룬트 선생님은 네덜란드로 이민 갔다. "아담이 대체 뭐가 될까?"라는 질문은 예전보다 더 급박해졌다. 나는 난로 앞에 피고인처럼 서 있었다. 엄마와 킬러 박사는 소파에, 할머니는 안락의자에, 모세 형은 팔짱을 긴 채 벽에 기대서 있었다.

킬러는 아무도 이해하지 못하는 장황한 연설을 늘어놓았다. 그러나 마지막 말은 마치 주먹으로 나를 내리치는 듯했다.

"……내 생각에 아담은 약간 열등합니다."

엄마는 열심히 고개를 끄덕이며 쩍쩍거렸다.

"맞아요. 정말 그런가봐요. 게다가 또래에 비해 키도 작잖아요."

그런 뒤에 모두 뒤죽박죽 떠들며 말다툼을 벌이더니, 내가 무슨 일이든 배워야 한다는 데 의견일치를 보았다. 나는 눈물이 났다. 왜 그랬는지는 지금도 모른다. 할머니를 따라 다락방으로 올라가려는데 모세 형이 나를 붙잡았다.

"아담, 울 필요는 없어. 네가 뭔가 배우는 건 중요해. 평생 할머니에게 매달려 살 수는 없어. 넌 자유로워지고 싶지 않니?"

"에다야. 할머니 이름은 에다라고!"

나는 이렇게 대꾸하고는 할머니 뒤를 쫓아갔다.

나는 난생처음 아스바흐 브랜디를 마시며 눈물을 훔쳤다. 그런 다음 모세 형이 방금 자유 어쩌고저쩌고 했다고 에다에게 이야기했다.

"네 형이 완전히 착각하는 거야. 자유는 독립이라는 뜻이 아니야. 사람은 언제나 누군가 또는 무언가에 종속되어 있어. 자유란 두려움이 없다는 뜻이지. 두려워하지 않는 게 우리가 도달할 수 있는 유일한 자유란다. 자, 울지 말고 마시렴."

"에다, 난 직업 갖기 싫어요."

"그거 좋은 생각이다. 하지만 저 아래 있는 사람들이 가만있지 않을 거야. 내가 너에게 멋진 일을 찾아주마. 약속할게."

나는 장미 재배사 아르투어 마르더의 조수가 되었다. 출퇴근할 자전거도 한 대 얻었다. 이 자리를 구해준 부슬러와 할머니는 면접하러 가는 날에도 나와 함께 마르더의 제국으로 동행했다. 정원은 엄청나게 넓었다. 눈길이 닿는 데마다 장미가 가득했다. 정원 뒤편에는 온실들이 늘어서 있었다. 달콤한 냄새에 젖은 공기 때문에 정신이 아득해질 지경이었다. 정원으로 들어가는 문이 열려 있었다. 우리는 장미 관목 사이를 한참이나 돌아다닌 뒤에야 아르투어 마르더를 발견했다. 그는 화단에 무릎을 꿇고 앉아 관목에 종이봉투를 매달고 있었다. 그는 내가 그때까지 본 머리카락색 중에 가장 밝은 금발이었다. 얼굴 전체에 주근깨가 가득 퍼져 있었고, 눈썹은 거의 없는 거나 마찬가지였다.

"마르더 씨?"

아르투어 마르더가 몸을 일으켰다.

"안녕, 안녕하세요? 누구……."

"부슬러, 친위대 소령 부슬러입니다."

"안녕하세요?"

그가 한 번 더 인사를 하고는 일을 계속하려고 몸을 돌렸다.

부슬러가 헛기침을 했다.

"마르더 씨, 아담을 데려왔습니다."

"아담? 낙원의 그 남자를요?"

마르더가 우리를 바라보았다. 그러나 그 시선은 우리를 뚫고 그냥 지나가는 듯했다.

"낙원에서 직접 온 건 아니지만요, 아담은 당신을 도우러 온 새 조수예요."

할머니가 유쾌하게 말하며 그에게 미소를 지었다.

"아, 예. 아담, 그렇지요. 조수 아담."

그가 고개를 끄덕였다.

"여기 이건 엄마고, 저기 뒤에는 아빠가 있어. 아담, 어떻게 생각하나?"

나는 아르투어 마르더가 무슨 말을 하는지 알아들을 수 없었다.

"선생님의…… 선생님 아버지요? 그러니까 제 말은……."

"가을이 되면 더 확실히 알게 될 거야. 성공하면 그걸 '구드룬의 각성'이라고 부르려고 해. 구드룬은 내 아내야. 그녀도 기뻐할 테지. 안 그런가?"

"예."

부슬러와 내가 동시에 대답했다.

"그리고 부인은?"

"클링만입니다."

"클링만 부인, 어떻게 생각하세요?"

"아, 부인이 무척 기뻐할 거예요."

그 말에 아르투어 마르더가 미소를 지었다.

"제 아내는 까다로운 여자랍니다. 요구가 아주 많아요. 그래요, '구드룬의 각성'은……."

"아담이 내일 몇 시에 일을 시작하면 될까요?"

부슬러가 조급해하며 물었다.

"누구요?"

"아담."

"아, 예. 낙원에서 온 조수 말이군요."

"아담이 내일 언제까지 오면 되지요?"

"제가 그걸 결정하나요?"

"그럼요, 당신 조수니까요. 안 그렇습니까?"

소령이 눈을 흘겼다.

우리는 시간을 정한 뒤에 마르더의 제국에서 벗어났다.

"그 사람 정신이상자인가요?"

돌아오는 길에 내가 두 사람에게 물었다.

"약간 그래. 하지만 명성이 높지. 그 사람이 재배한 장미는 지난달에 드레스덴에서 열린 전국 정원 쇼에서 상을 받았어. 아주 특별히 진한 보라색인가 푸른색인가라는 그런 이유로 말이야."

마르더는 다음 날에도 나를 기억하지 못했다. 그래서 나는 내가 누구인지 다시 설명해야 했다. 그는 나를 데리고 정원과 온실을 두루 다니며, 장미가 사랑하는 친척이라도 된다는 듯 한 송이 한 송이 모두 이름을 부르며 소개했다. 돌아보는 일이 끝나자 그가 제 이마를 치며 말했다.

"아담, 아주 멋진 생각이 떠올랐어. 아직 이른 봄이니 운에 맡기고 한번 해보자. 엄마 품종과 아빠 품종을 하나씩 골라봐."

나는 별 생각 없이 노란색 장미 한 송이와 진홍색 장미를 가리켰다. 마르더는 그 선택이 만족스러웠는지 내 어깨를 두드려주었다. 그다음 몇 주 동안 마르더가 여기서 뭔가 자르고, 저기서 꽃가루를 퍼뜨리고, 종이봉투를 씌우고 하는 동안, 나는 강아지처럼 그의 뒤를 터덜터덜 따라다녔다. 그는 언제나 정확한 방식으로 일했지만 나는 아무것도 이해할 수 없었다. 난 정말 열등한 모양이었다.

"가을이 되면 더 확실히 알게 될 거야."

내가 고른 노란 엄마 품종에 그가 마지막 봉투를 씌운 뒤에 말했다.

베를린에서 열린 올림픽 경기에서 당 지도자 전체가 멋진 미소를 짓고 있는 동안, 나는 마르더의 정원에서 빈둥거리며 지냈다.

뭔가 할 일이 없는지 물으면 아르투어는 늘 이렇게 대답했다.

"꽃들과 이야기를 좀 해. 꽃이 좋아하니까. 걔들은 햇살이랑 싹싹한 말 몇 마디를 좋아하지."

"그럼요."

도구를 두는 헛간 뒤에는 아름다운 풀밭이 있었다. 나는 그곳에 누워, 내 직업이 정말 만족스러울 수도 있겠다는 생각을 했다.

눈부신 8월의 어느 날, 풀밭에 앉아 새로운 얼굴 사진을 찾아 신문 더미를 뒤지고 있는데 헛간에서 끔찍한 소음이 들려왔다. 그 직후에 어떤 여자가 내 눈앞에 나타나 버티고 섰다. 왼손에 갈퀴를 든 여자가 오른손을 들어올리며 소리 질렀다.

"하일 히틀러! 당신 누구요?"

싹싹함과는 거리가 먼 목소리였다. 그녀의 모습은 복어 또는 내가 복어라고 상상하는 동물—실제로 본 적은 한 번도 없으니까—과 닮았다. 목이 없는데다 소녀시절을 이미 오래전에 지난 여자가 소녀처럼 머리를 땋고 있으니 꽤나 기괴해 보였다. 뚱뚱한 몸에 푸른색 알프스 전통의상을 걸치고 있었다. 치마 아래로 드러난 종아리는 나무둥치 같았다. 내가 얼른 대답하지 못하자 그녀는 또 다시 소리쳤다.

"누구냐니까!"

"아담입니다."

"그 사람 어디 있어요?"

"누구요?"

"내 남편."

"마르더 씨 말인가요?"

"그렇다니까!"

그녀의 콧방울이 무섭게 부풀어올랐다. 그러니까 이 여자가 구드룬이로구나. 까다롭고 요구가 많다는 여자. 부드러운 장미에 이 여자의 이름을 붙인다고 생각하자 터져나오는 미소를 누를 수 없었다.

"왜 웃어요?"

그녀는 우리가 몇 광년이라도 떨어져 있다는 듯 계속 소리를 질렀다. 그러더니 몸을 돌려, 장군들도 일제히 감탄할 만한 걸음걸이로 자리를 떴다. 갈퀴를 총처럼 어깨에 메고, 덤불과 관목을 짓밟으며 마르더의 이름을 부르면서 전진했다. 신의 목소리도 그보다 더 전능하게 울려퍼지지는 못했을 것이다. 화단에 무릎을 꿇고 앉아 있는 장미 재배사의 밝은 금발은 멀리서도 잘 보였다. 나는 뛰어가는 그녀의 뒤를 따라 뛰었다. 그녀는 한마디 경고도 없이 갈퀴를 휘둘렀다. 갈퀴 손잡이로 내리치는 세찬 매가 아르투어의 등으로 다섯 번이나 쏟아졌다. 구드룬은 갈퀴를 던진 뒤에 손을 털었다.

"아르투어 마르더, 왜 맞았는지 알 거야."

그는 미소를 지으며 고개를 저었다.

"헤드비히 크루트너 말로, 당신이 친위대 소위 뮐러의 초대를 거절했다더라."

"내가 그랬나?"

구드룬은 분을 못 참아 씩씩거리다가, 뚱뚱하고 짧은 다리로 아르투어의 배를 걷어찼다. 그리고는 목청을 높여 둘이 결혼한 날을 저주했다.

"아르투어 마르더, 그 일 잘 해결해. 경고야. 안 그랬다가는 죽을 줄 알아. 지옥을 보게 될 거라고.”

그러니까 꽃밭에서 얻어맞는 건 아직 지옥이 아닌 모양이었다. 구드룬은 “하일 히틀러!”라고 소리를 지르고는 쿵쿵 발소리를 울리며 자리를 떴다. 그녀가 발을 구를 때마다 땅이 뒤흔들리는 것 같았다. 구드룬이 다시 오지 않으리라는 게 확실해진 뒤에, 나는 마르더 옆에 앉아 그의 팔에 묻은 피를 내 손수건으로 닦아주었다.

“괜찮아, 괜찮다고. 이름이…… 내가 초대를 거절했다는 그 남자 이름이 뭐라고 했지?”

“친위대 소위 뮐러.”

아르투어가 간신히 일어서서, 뮐러라는 이름을 계속 중얼거리며 부들부들 떨리는 걸음걸이로 대문으로 갔다. 나는 그가 갑자기 쓰러질까봐 걱정스러워 뒤에 바짝 붙어서 걸었다.

“마르더 씨, 뭘 하시려고요?”

“뮐러 씨를 찾아야 하잖아. 안 그래? 구드룬은 요구가 무척 많은 여자야. 그래……. 정말 까다롭지.”

다음 날 마르더는 퉁퉁 붓고 퍼렇게 멍든 눈으로 흰 장미들 사이에 쪼그리고 앉아 있었다. 그는 사랑하는 꽃들에게 아주 나지막이 노래를 불러주었다. 내가 옆에 바짝 다가가 무릎을 꿇고 앉은 뒤에야 그는 노래를 멈추었다.

“뮐러를 못 찾았나봐요?”

아르투어가 미소를 지었다.

“아담, 난 가끔 아내 때문에 죽을 것 같다는 생각을 해. 하지만 그게 아내 책임이라고 할 수 있을까? 어쨌든 내가 아내를 찾은 거잖아. 안 그래?”

“무슨 뜻이에요?”

“우리는 우리가 만날 사람을 찾아내. 안 그래?”

그가 멍한 표정으로 시든 장미 꽃잎 몇 장을 뜯어냈다.

가을이 되었다. 내가 돌보는 이름 없는 들장미는 수없이 많은 꽃망울을 맺었지만, ‘구드룬의 각성’의 수확은 그저 그랬다. 우리는 들장미를 수확하기도 하고, 과육을 제거하고 비료가 담긴 봉투에 씨를 넣어 커다란 함에 저장하기도 했다.

“봄이 되면 더 확실히 알 수 있을 거야.”

마르더가 말했다.

“지금도 예전보다는 더 많이 안다고 생각하는데요?”

“아담, 사람은 인내할 줄 알아야 해. 장미와 이 세상 모든 것에게 시간을 줘야지. 안 그래?”

봄이 왔다. 우리는 씨를 화분에 담고 흙과 모래로 덮은 뒤에 서늘한 온실에 넣어두었다.

“이제 떡잎이 나길 기다려야지.”

“그게 언제인가요?”

“아, 그건 정확히 몰라. 아마 두 달 뒤나 세 달 뒤가 될 거야. 아니면 더 늦든가.”

스위스에서 온 굴드너 씨가 계단을 내려오자마자 나는 위로 달려 올라갔다. 그러고는 비밀경찰의 수장 라인하르트 하이드리히의 사진을 할머니에게 자랑스럽게 보여주었다. 그러나 할머니는 나도, 라인하르트도 쳐다볼 생각이 없었다.

"아담, 부슬러에게 당장 오라고 전화해라."

소령은 집에 있었다. 나는 "마르더 장미 재배 정원에서 일하는 아담입니다. 와주세요. 중요한 일입니다"라고 말했다. 마에스트로가 그렇게 말하라고 했다. 그는 도청당할까봐 걱정했다. 얼마 전부터 우리는 위급한 경우에만 그에게 전화할 수 있었다.

할머니는 부슬러가 나타나기 전까지 아무 말도 하지 않았다.

"앉으시지요."

할머니의 목소리가 이상하리만큼 싸늘했다. 소령은 움찔하고는 그 명령에 따랐다.

"부슬러, 당신도 내가 이 집을 파는 게 낫다고 생각하나요?"

"그게 무슨…… 무슨 말입니까?"

할머니는 왔다갔다하며 잠깐 기다렸다가 말을 이었다.

"당신네 집단의 은어로 말하자면, '내 인종' 때문에 언젠가 이 집을 빼앗기게 될 거라는 소문을 들었어요."

소령이 몸을 바로 세우고 앉았다.

"클링만 부인, 그건 나도 모르는 소립니다. 정말 몰라요."

"맹세할 수 있어요?"

"예."

"그런 일이 일어나지 않을 거라고, 당신이 섬기는 아우구스트가 그런 일을 계획하고 있지 않다고 맹세할 수 있어요?"

부슬러가 망설였다.

"맹세할 수 있어요?"

할머니가 나지막이 되풀이했다.

"내가…… 내가 다른 사람들의 행위를 보증할 수는 없습니다."

할머니는 미소를 짓고, 잔 두 개와 아스바흐 브랜디 한 병을 가지고 왔다.

"소령님, 그런 일이 일어날 기미가 보이면 나에게 미리 주의를 줄 건가요?"

"물론이지요."

할머니가 잔을 내밀자 부슬러는 잔을 쥘 수 있게 손가락들을 잘 구부렸다. 두 사람이 마주 앉은 탁자에 놓인 하이드리히의 사진 위로 브랜디 몇 방울이 떨어졌다. 그 때문에 경찰수장은 눈물을 흘리는 것처럼 보였다.

"클링만 부인, 여길 계속 찾아오는 일이 나에게 얼마나 위험한지 알기나 합니까?"

할머니가 잔을 들었다. 움직이는 꼬리들이 달린 부슬러의 죽은 쥐도 할머니를 따라 잔을 들었다. 두 사람이 우정을 확인하는 건지 이별하는 건지는 알 수 없었다. 아마 그들 스스로도 몰랐을 것이다.

우리는 오랜 시간이 흐른 뒤에야 그를 다시 만날 수 있었다.

아서 네빌 체임벌린이 영국 총리가 되던 날, 내가 교배한 이름 없는 품종에 떡잎이 싹텄다. 6월 말에나 나오리라고 예상했던 아르투어 마르더는 놀라움과 감탄에 휩싸였다. 내 자식들에게 이제 온기와 빛이 필요했으므로, 우리는 화분들을 다른 온실로 끌고 갔다.

"본잎이 나오면 화분갈이를 해야 돼. 하지만 9월이나 되어야 그렇게 될 거야."

그러나 마르더는 기적을 또 한번 경험했다. 6주도 채 지나지 않아 탱탱한 초록색 본잎이 났다. 본잎 쌍들은 큰 화분을 하나씩 차지했다. 우리가 일을 끝낸 뒤, 마르더는 여전히 잠들어 있는 '구드룬의 각성'을 슬픈 눈으로 바라보았다.

1938년이 되었다. 이제 할머니의 넓은 날개도 역사의 흐름으로부터 더 이상 나를 지킬 수 없게 되었다.

1938년. 안나, 네가 나를 만난 해다. 지금 여기서 너에게 글을 쓰는 동안에도 아르투어 마르더의 말이 머릿속을 떠나지 않는다.

"우리는 우리가 만날 사람을 찾아내. 안 그래?"

1938년. 오스트리아가 히틀러의 땅이 되고 체코슬로바키아가 들끓기 시작했다. 할머니의 떨거지들은 완전히 해체되다시피 했다. 몇몇은 외국으로 나갔다. 후피는 잠적했고, 그와 가장 친한 친구 미카엘은 체포당했다. 그냥 발길을 끊은 사람들도 많았다. 아마 우리가 유대인이기 때문이었을 것이다.

봄이 되자 할머니가 식구를 모두 다락방으로 불러올렸다. 엄마, 모세 형과 나, 그리고 몇 달 전부터 아버지 방에 사는 킬러 박사. 그는 환자가 줄어 병원을 팔아야 했다. 상당했던 수입이 쪼그라들어 자기 집도 더는 유지할 수 없었다. 새로운 동거인은 그레티 코헨의 기분을 거의 병적일 만큼 들뜨게 했다. 엄마의 절대적인 존경 덕분에 킬러는 불편한 상황에도 불구하고 자존심에 그리심각한 손상을 입지 않았다. 엄마는 그의 상처를 핥아주었다. 엄마가 핥아서 건강하게 만들 수 없는 것은 고장 난 그의 위장뿐이었다.

우리는 흔들거리는 탁자 주위에 모였다. 할머니가 우리 모두에게 아스바흐 브랜디를 한 잔씩 따르는 동안, 엄마는 벽에 붙은 사진이 안 보이는 곳에 앉으려고 두 번이나 자리를 옮겼다.

"사랑하는 우리 가족,"

할머니는 이렇게 말하고 우리 모두를 하나씩 잠시 바라보았다.

"난 재정적인 문제를 처리하려고 내일 아침 일찍 스위스로 간다. 6주가 지나도 돌아오지 않으면 뭔가 일이 생긴 거야. 그런 일이 생길 경우, 굴드너 씨에게 문의하기 바란다. 그다음에 해야 할일을 너희에게 알려줄 거야."

"우리 파산했나요?"

모세 형이 물었다.

"아니야. 하지만 약간 줄여야 하기는 할 거다."

"클링만 부인, 돈이 어디서…… 그러니까 내 말은……."

"박사님, 그건 당신과 상관없는 일입니다."

"나랑은 상관있어요!"

엄마가 반항적으로 말했다. 엄마는 누군가가 킬러의 말을 자르는 걸 절대 견디지 못했다.

“아니, 너희 모두와 상관없다.”

킬러 박사가 잘생긴 머리를 쑥 잡아 늘였다.

“난 그냥 신기해서 그랬습니다. 은행계좌도 없으면서 어디서 돈이…….”

“신기해하세요. 마음껏 신기해하라고요. 하지만 질문은 하지 마세요.”

엄마가 또 끼어들려고 하다가 할머니의 눈빛을 보고는 입을 다물었다.

“이 탁자 다리도 고쳐야 해요.”

박사가 말했다. 그는 마지막 말은 어떻게든 본인이 하려고 했다.

우리는 침묵하며 잔을 비웠다. 할머니가 손뼉을 쳤다.

“자, 끝났다. 이제 가도 좋아.”

그러나 할머니가 내 어깨에 손을 얹어서 나는 그 자리에 남았다.

할머니가 사진 한 장을 꺼냈다. 부슬러의 사진이었다.

“아담, 뭐가 보이니?”

나는 그제야 내가 소령을 정말 그리워한다는 사실을 깨달았다. 그러나 우리 인생에서 그렇게 쉽게 사라진 그를 용서할 수 없었다.

“겁쟁이요.”

할머니가 고개를 저었다.

“아니, 친구지.”

다음 날 나는 할머니를 전송하러 역으로 갔다. 어쩌면 할머니를 다시는 볼 수 없을지도 모른다는 생각이 내 왼쪽 폐 어딘가를 움켜쥐는 듯했다. 얼굴을 읽을 줄 아는 할머니는 나에게서 뙤리튼 불안을 보았다. 그러고는 그것이 억누르고 있던 그 자리를 정확하게 쓰다듬어주었다.

"아담, 걱정 마라."

할머니가 내 귀에 속삭였다.

"왜 할머니에게 무슨 일이 일어날지도 모른다고 생각하세요?"

할머니가 미소를 지었다.

"나는 늙은 여자야. 어쩌면 넘어져서 목이 부러질 수도 있잖아."

점쟁이의 제자인 아담 코헨은 그게 거짓말이라는 걸 알았다. 그러나 그 사실을 크게 떠들 필요는 없었다.

기차가 떠났다. 할머니가 다락방이 아니라 기차 안에 있다는 사실 때문에 공기가 왠지 모르게 더 숨막혔고, 하늘이 조금 더 어두워 보였다.

그날 아르투어는 내가 거의 2년 전에 아무 생각 없이 고른 모종의 자녀들을 빈 화단에 심었다.

"아담, 아마 여름이면 꽃이 필 거야."

이마에서 땀을 훔치는 그의 눈이 커다란 행복으로 반짝였다.

내가 좋아하는 풀밭으로 가려는데, 우리 쪽으로 다가오는 세 사람이 눈에 들어왔다. 구드룬이 중앙에 있고, 양쪽에 군복을 입은 두 남자가 있었다. 나는 소령을 금방 알아보았다. 세 사람이 우리 앞에 와서 섰을 때, 구드룬은 "하일 히틀러!"라고 소리를 질렀고, 우리 모두는 그 독일식 인사에 화답했다. 둥지에 있던 지빠귀 한 쌍이 고함에 놀라 뛰쳐나와, 평소에는 조용하기만 했던 마르더의 제국에서 도망치며 욕을 퍼부었다.

부슬러는 아무 의미 없는 미소만 지을 뿐, 나를 전혀 알은척하지 않았다.

"정원이 아름답군요."

내 친구인 소령이 말했다.

"예, 그렇지요. 누구……."

"부슬러입니다. 친위대 소령 부슬러. 뮐러가 당신 정원을 극찬했습니다. 장미 재배에 관심이 많아서 꼭 한 번 들러보고 싶었지요. 이쪽은 누군가요?"

그가 나에게 몸을 돌리고 물었다.

"저는 아담입니다. 조수지요."

"오, 아담은 조수 이상이에요. 기적을 불러일으키지요. 여기 이게……."

아르투어가 화단을 가리켰다.

"아담의 작품이랍니다. 여름이 되면 더 확실히 알게 될 거야. 그렇지? 얼마나 잘 피는지. 정말…… 기적이지요."

그런 다음 아르투어는 감동적일 만큼 섬세하게 장미의 성장단계를 설명했다.

친위대원 둘은 고개를 끄덕였고, 구드룬은 공격하기 직전의 황소처럼 흙바닥을 차댔다. 그러는 동안 내 마음은 마에스트로에게 쉴 새 없이 인사를 하고 있었다.

"무척 흥미롭군요. 마르더 씨, 괜찮다면 다시 와서 더 많은 이야기를 듣고 싶습니다."

부슬러가 말했다.

"음, 뭐……."

아르투어가 대답을 찾는 동안 구드룬은 소령에게 언제든 환영이라고, 낮이든 밤이든 오시라고, 그의 방문은 영광과 기쁨이 될 거라고, 존경하는 친위대 소위님에게도 당연히 해당되는 말이라고 강조했다.

그런 다음 세 사람은 "하일 히틀러"를 다섯 번 외치고는 올 때와 똑같은 대형을 이루어 우리 제국을 떠났다.

저녁에 집에 오자, 킬러와 엄마가 나를 거실로 불렀다. 두 사람은 지나가는 말처럼 아무렇지도 않게 질문을 던졌지만, 가장 열등한 아들이라도 둘의 의도를 금방 알아챘을 것이다. 킬러와 그레티 코헨은 스위스에 있는 돈에 대해 알고 싶어했다.

위선적인 이야기 몇 마디가 오간 뒤에, 나는 두 사람이 대놓고 하지 못한 질문에 직선적으로 대답했다. 그러나 둘은 아무것도 모른다는 내 대답을 도무지 믿으려 하지 않았다. 내가 정말 모른다고 수십 번 반복하자 킬러는 진로를 바꾸었다.

"굴드너에게 바로 전화해서 해명하라고 하는 게 나을지도 모르겠군. 스위스 사람들은 일반적으로 이성적이니까. 누구와는 달리……."

그에겐 할머니 이름을 들먹일 용기는 없었다.

할머니는 굴드너의 전화번호를 현명하게도 나에게만 알려주었고, 킬러는 이를 모욕으로 받아들였다. 박사는 분노해서 떠들어댔다.

경건한 모세 형이 들어와 킬러에게 말했다.

"이제 그만하세요. 아담은 할머니의 지시만 따라요."

형은 나를 팔로 감싸안고 방에서 데리고 나왔다. 박사는 모세 형에게 존경심 비슷한 감정을 느끼는 듯했다. 어쨌든 최소한 열등하다고 생각하지는 않았다.

공동의 적은 사람을 단결시키는 법이다. 그 뒤로 며칠 동안 나는 예전보다 훨씬 많은 시간을 모세 형과 함께 보냈다. 어느 날 저녁, 형이 시오니즘 모임에 같이 가겠냐고 물었을 때 나는 그러겠다고 대답했다. 형의 세계에 몇 시간 따라가지 않을 이유가 없지 않은가?

전등이 흐릿하게 비추는 방에 스무 명 남짓한 사람들이 모여 있었다. 몇몇은 모여 서서, 혹은 앉아서 토론하고 있었다. 이들은 모두 한 가지 꿈을 공유하고 있었다. 고향이라는 꿈, 독자적인 국가를 갖는 꿈이었다. 토론의 진지함, 이미 팔레스타인으로 간 친구들에게서 들은 소식을 나누는 그들의 진지함에 나는 지쳐갔다. 알아듣지 못하는 언어로 이루어진 아주 긴 보고문에 귀를 기울이는 느낌이었다. 나는 모세 형과 함께 창가에 서 있었다. 형은 벤과 또 다른 두 사람과 이야기를 나누었는데, 이 둘의 이름은 지금도 기억나지 않는다.

그날 밤, 창문 아래 펼쳐진 크고 넓은 나의 도시는 얼마나 매혹적이었던가. 우울한 모임과는 무척 대조적이었다. 나는 반짝이는 거리를 뚫어지게 내려다보았다. 한 덩어리로 녹아든 방 안의 목소리들은 그저 웅웅거리는 울림에 불과했다.

"벤, 나 이제 집에 간다."

그 말에 나는 다시 현실로 돌아왔다. 어쩌면 내가 유일하게 이해한 말이었기 때문인지도 모른다. 그녀가 집에 가고 싶어했다. 나는 그 집이 팔레스타인이 아니라, 저 아래 보이는 나의 도시 어딘가의 주택을 의미한다는 사실을 금방 알아챘다.

"안나, 잠깐만 기다려. 데려다줄게. 날이 어두워졌잖아. 네가 이 부근을 혼자 다니는 건 내키지 않아."

"내가 데려다줄게."

나는 안나에게 말했다. 이 방을 얼른 떠나고 싶기 때문이기도 했고, 그렇게 슬픈 눈동자는 처음 보았기 때문이기도 했다.

이런저런 말들이 오간 후, 나는 결국 그녀를 바래다줘도 좋다는 허락을 받았다.

"그럼 가자."

안나가 비웃는 듯한 미소를 띠며 말했다.

길에서 그녀의 발걸음을 따르는 게 쉽진 않았지만, 나는 그녀 뒤에서 계속 자전거를 끌고 갔다. 나를 보는 그녀의 눈동자가 내 안에 있는 뭔가를 건드렸으니까. 서기를 시인으로, 피아노 조율사를 작곡가로 만들 수 있는 접촉이었다. 모든 이유를 빈말로 바꾸어버리는 접촉.

"너 도대체 몇 살이야?"

경멸이 그녀의 입술에서 떠날 생각을 하지 않았다.

"열여덟."

"기껏해야 열다섯 살로 보이는데."

"넌 몇 살이야?"

나는 드디어 그녀를 따라잡았다.

"열여덟."

"그럼 우리 동갑이구나."

안나가 비웃음이 전혀 담기지 않은 웃음을 터뜨렸다. 눈동자에 흐르는 슬픔 뒤에는 온 세상이 놓여 있었다. 나를 보고 웃는 그녀의 입술이 내 안에 있던 뭔가를 건드렸다. 바보를 영웅으로, 영웅을 바보로 만들 수 있는 접촉이었다.

"벤이 네 남자친구야?"

"그걸 왜 물어?"

"그냥."

"그게 너랑 무슨 상관인지 모르겠네. 나는 널 전혀 모르잖아."

그녀의 발걸음이 다시 빨라졌다. 안나는 목적지에 빨리 가려고 바삐 움직였고, 나는 우리가 그곳에 절대 도착하지 않기를 바랐다.

"나 여기 살아."

그 말이 너무 갑작스러워서 나는 하마터면 자전거에 걸려 넘어질 뻔했다. 우리는 문 앞에 멈춰섰다. 안나, 네 얼굴은 그림 같았다. 내가 오래전부터 알았으나 이제는 그림틀을 떠나 생기발랄한 모습으로 내 앞에 서 있는 그림.

"그럼 잘 가. 고마워, 아담."

안나가 문으로 들어가기 전에 나는 그녀를 붙잡았다.

"물어서 미안해. 나는…… 나는 너에 대해 알고 싶었어."

"잘 가."

안나는 자기 팔을 붙든 내 손가락을 아주 조심스럽게 떼어냈다.

그 집 앞에 얼마나 오랫동안 서 있었는지 기억나지 않는다. 집에 도착하니 형은 이미 와 있었다.

형에게 시온에 관심이 생겼다고 말했다. 그러자 나 자신이 마르더의 제국에 들어와 장미 애호가 연기를 놀랍도록 훌륭하게 해낸 부슬러처럼 느껴졌다.

나는 지나가는 말처럼 덧붙였다.

"벤 여자친구, 정말 싹싹하더라."

"누구?"

"안나 말이야."

"여자친구가 아니야."

"아, 그렇구나."

"예전에는 그랬지."

다음 모임은 닷새 뒤였다. 나는 삐걱거리는 의자에 앉아, 모임 내내 안나를 지켜보았다. 치근대는 빨강머리 소녀가 내 귀에 자기 인생사를 늘어놓는 동안, 나는 안나의 관상을 보았다.

나는 안나가 집에 가려고 일어서는 순간을 초조하게 기다렸다. 그리고 이번에도 벤이 데려다주지 못할 일이 생기기를 간절히 고대했다.

"내 이야기 듣기는 하는 거야?"

빨강머리가 물었다.

“당연하지.”

“내가 뭐 물었잖아.”

“응…… 그게 뭐?”

“거기에 대해 어떻게 생각해?”

안나가 두 번 하품을 했다. 나는 기다리던 순간이 다가왔음을 알아챘다.

“나? 아무 생각도 하지 않아. 전혀 안 해. 난 아무것도 생각하지 않아……. 절대.”

안나가 일어섰다. 나는 작별인사도 하지 않고 빨강머리를 내버려두었다.

벤은 자기를 대신해서 안나를 바래다주겠다는 내 제안을 고마워하며 받아들였다. 안나가 계단을 달려 내려갔다.

“난 보살펴줄 사람 따윈 필요 없어!”

우리가 거리로 나왔을 때 안나가 말했다.

“그래, 나도 그렇게 생각해. 나도 널 보살필 생각은 없어.”

안나가 미소를 지었다. 그러나 그녀의 눈에서는 슬픔이 완전히 사라지지 않았다.

“아담, 넌 좋은 아이야.”

안나는 이제 발걸음을 재촉하려 하지 않았다.

“그걸 어떻게 알아? 넌 나를 전혀 모르잖아.”

다시 미소.

“그럼 네 이야길 해봐. 뭘 하니? 아직 학교 다녀?”

“학교 다닌 적 없어.”

“거짓말.”

“정말이야.”

안나가 핸드백에서 담뱃갑을 꺼내더니 그중 한 개비에 불을 붙였다.

“피울래?”

그래서 나는 안나와 내 인생의 첫 담배를 피우게 되었다.

“자, 아담. 뭘 하지?”

“난 장미 재배사의 조수야.”

“정말?”

“응.”

“일이 힘들어?”

“아니. 거의 온종일 빈둥거리며 풀밭에 누워 있어.”

그녀가 웃음을 터뜨렸다.

“거짓말 맞네.”

“아니, 정말이야. 너는, 넌 뭘 해?”

“재봉사야.”

우리는 발이 하나뿐인 사람, 게다가 목발을 짚지 않은 사람이라도 아무 문제 없이 우리를 따라잡을 수 있을 만큼 느리게 걸었다.

“장미 재배사의 조수가 되는 게 네 꿈이었어?”

안나가 물었다.

“아니.”

“그럼 꿈이 뭐였어?”

“없었어.”

"아담, 넌 꿈도 안 꾸니?"

"언제나 꾸지. 너는? 원래부터 재봉사가 되려고 했어?"

"아니."

"그럼?"

"나…… 나는 벤이랑 결혼하려고 했어."

야비하다는 건 알지만, 나는 안나의 꿈이 이루어지지 않은 게 기뻐서 속으로 마구 날뛰었다.

"너도 다른 사람들처럼 이스라엘을 꿈꿔?"

나는 나지막이 물었다.

"아닐 거야. 어쨌든 제대로는 아니야. 하지만 가끔 불안해. 여기서 일어날지도 모르는 일이……. 우리 부모님은 서류 때문에 어려움을 겪고 있어. 두 분은 폴란드에서 태어났지. 난 불안함 없이 살고 싶어……."

나는 그녀의 손을 잡고 입을 맞추었다. 아무 말도 할 수 없었지만 그녀의 불안을 덜어주고 싶었고, 입술에 키스할 용기는 없었으니까.

"이제 거의 다 왔어."

안나는 이렇게 말하고 손을 빼더니, 마지막 몇 미터를 달려갔다. 나는 집 앞에 가서야 그녀를 따라잡았다. 그러고는 훌쩍 뛰어 문 앞에 버티고 서서, 들어가는 길을 막았다.

"안나, 잠깐만, 몇 분만 그냥 있어줘."

나는 안나가 나를 옆으로 밀칠 거라고 생각했지만, 그녀는 정말 그대로 서 있었다.

“좋아.”

그녀가 말했다.

“몇 분만이야.”

안나는 고개를 갸웃하듯 기울이고 나를 바라보았다.

“자, 아담. 이제 뭐?”

나는 무대 위에 올라섰으나 관객을 너무 오래 기다리게 하는 어릿광대처럼 느껴졌다. 헛기침을 했다.

“「슈트룬트의 멋진 입」, 아담 코헨의 시.

슈트룬트, 슈트룬트, 그의 입은 멋지다네…….”

시인들은 대부분 굶어죽는다는 모세 형의 말이 어쩌면 옳을지도 모른다. 그러나 시대를 막론하고 시는 여자의 마음을 얻는 최상의 무기 아니던가. 내가 유일하게 외우는 시를 낭송하자 안나는 웃음을 터뜨렸다. 흐르는 슬픔 뒤에 숨어 있는 세상에서 온 웃음이었다.

다음 날, 소령이 마르더의 제국에 나타났다. 아르투어와 몇 마디 이야기를 나눈 그는 조수더러 온실을 구경시켜달라고 하겠다고 했다. 아르투어의 마음이 가벼워지는 제안이었다.

부슬러는 나를 잃어버렸다가 찾은 아들처럼 포옹했다.

“에다 소식 들은 거 있어?”

“없어요.”

그는 불안한 표정으로 손가락을 사방으로 꺾었다. 그러고는 숨을 크게 세 번 들이쉰 뒤에 속삭였다.

"아담, 난 너희 친구야."

"사정이 허락하는 한 말이지요, 소령님. 안 그래요?"

"내가 여기 왔잖아."

"그래요. 왔어요."

"난 약속을 지켰어."

나는 그게 무슨 뜻인지 몰랐지만, 그 말이 무척 엄숙하게 들려 고개를 끄덕였다.

"넌 아마 총통에 대한 내 존경심을 이해하지 못하겠지. 하지만 나에게 총통 바로 다음 자리는 클링만 부인이야."

"부슬러!"

내 입에서 갑자기 말이 터져나왔다.

"에다가 그 말을 들으면 포복절도하거나 당신 목을 자를 거예요."

소령이 얼굴을 붉혔다.

"내가 하려던 말은 그저……."

"됐어요. 에다는 여기 없으니까요."

할머니가 떠나고 거의 5주가 지나갔다. 나는 안나를 만날 수 있는 시온주의자들의 저녁 모임 때를 제외하고는 끊임없이 할머니를 생각했다.

안나에게는 내 걱정을 이야기하지 않았다. 그녀와 단둘이 보내는 30분 동안 나는 그저 한 가지 소원밖에 없었다. 안나가 웃는 모습을 보는 것.

"아담, 가끔 네가 부러워."

언젠가 다시 바래다줄 때 그녀가 말했다.

"왜?"

"가벼우니까. 넌 아무것도 진지하게 받아들이지 않는 것 같아."

"아니, 난 아주 많은 것들을 진지하게 생각해."

"뭘?"

"너를."

그녀가 웃음을 터뜨렸다.

"안나, 거 봐. 나를 진지하게 받아들이지 않는 사람은 너야."

나는 내가 그녀에게 무엇인지 전혀 알지 못했다. 어릿광대? 친구? 하지만 안나, 너도 나를 찾은 게 아닐까. 네가 나를 만난 것처럼, 나도 너를 만난 게 아닐까.

"이번 일요일이 내 생일이야. 나랑 같이 보낼래?"

너무 갑작스러운 말이라 나는 말문이 막혔다.

"응, 그래…… 그래. 그러니까 우리 둘만? 아니면……."

"둘만."

"그날 뭐 하고 싶어?"

나는 차분해지려고 애를 썼다. 그러나 온종일 안나와 둘이 지낸다는 생각만으로도 나는 그때까지 경험하지 못한 흥분상태에 빠졌다.

"생각해봐."

집으로 오면서 세 번이나 자전거에서 굴러 떨어졌다. 무릎과 팔꿈치에서 피가 났지만 터져나오는 웃음을 그칠 수 없었다. 뇌는 해면처럼 흐물흐물했고, 다리는 휘어지기는 해도 힘이 전혀 없는 부슬러의 쥐꼬리처럼 무용지물이었다.

집에 들어서자 엄마가 깜짝 놀라 소리를 질렀다.

"피 나잖아!"

엄마의 비명이 귓가에 윙윙 울렸다. 그런데 뭔가 다른 소리도 들렸다. 계단에 할머니가 서 있었다. 할머니 원피스는 내 무릎처럼 붉었고 머리카락은 이탈리아 식으로 푸른빛이 감도는 검정이었으며, 피부는 고급 도자기처럼 창백했다.

나는 할머니 이름을 한 번, 두 번 연거푸 부르고 계단을 뛰어 올라갔다. 그런 다음 다락방으로 따라 들어갔다.

"아담, 네 형에게서 이미 들었다. 너도 이제 신에게 사로잡힌 거냐?"

"아니, 아니에요. 신이 아니라 안나예요."

할머니는 멜로디를 흥얼거리다가 빙빙 원을 그리며 돌고는 아스바흐 브랜디 병을 집어들었다.

"사랑에 건배. 아담, 사랑에 건배!"

우리의 잔이 부딪혀 소리를 냈다. 고향의 일부로 언제나 마음속에 머물러 있게 될 멜로디였다.

"안나에게 건배, 사랑에 건배."

"안나도 나를 사랑하는지는 전혀 몰라요."

"아니라면 뭐 어때? 네가 사랑하잖아. 내가 언제나 사랑의 응답을 기다리는 사람이었다면 얼마나 많은 사랑을 포기해야 했을까? 아담, 네가 사랑하잖아. 사랑에 건배!"

술병이 거의 비워진 뒤에 나는 할머니에게 여행이 어땠는지 물었다.

"아, 내일 이야기하자. 아담, 내일. 오늘은 사랑을 축하하는 거야."

할머니가 두 번째 술병을 땄다.

"부슬러가 왔었어요."

"어디에?"

"마르더 정원으로 저를 찾아왔어요."

"그랬어?"

"예."

할머니의 눈이 빛났다.

"아담, 우리 친구를 위해 건배하자. 부슬러에게 건배!"

다음 날 우리는 할머니 다락방에 모였다. 가족과 킬러가 식탁에 앉았다. 할머니가 떠나기 전날 밤과 똑같은 장면이었다. 우리 인생이 무슨 지리멸렬한 연극이라도 된다는 듯, 엄마는 자리를 또 두 번 옮겨 앉았다.

이번에 할머니는 가족들에게 브랜디를 따라주지 않았다. 아마 첫 번째 절약 정책이었을 것이다.

할머니는 자기 말에 끼어드는 행위는 절대 용서하지 않겠다는 말투로, 집이 팔렸고 우리는 이제 세입자라고 이야기했다. 킬러는 속이 아픈지 배를 문지른 다음, 씩씩거리며 숨을 내쉬었다.

"클링만 부인, 어떻게 그럴 수가……."

"박사님, 내가 알아서 합니다. 날 믿으세요."

"그럼 집세는 누가 냅니까?"

"공식적으로는 모세와 당신입니다."

박사가 숨을 삼켰다.

"클링만 부인, 지금 제 경제적 상황이 어떤지 아실……."

"킬러 씨, 공식적이라고요. 생계비는 당연히 내가 계속 마련할 겁니다. 하지만 적어도 당분간은 허리띠를 졸라매야 해요. 사랑하는 우리 가족, 오늘부터 우리는 공식적으로는 가난한 사람들이다. 그걸 명심해."

할머니는 여기서 말한 것이 바깥으로 새어나가면 절대 안 된다고 경고한 뒤에 모임을 해산했다.

나는 자리에 그대로 남아 늙은이처럼 한숨을 내쉬었다.

"아담, 왜 그러니?"

나는 할머니에게 안나가 곧 생일이라고, 적어도 그날만은 그녀의 눈동자에서 슬픔을 몰아내고 싶다고 말했다.

일요일 이른 오후, 나는 안나를 데리러 갔다. 그녀는 빈손으로 집 앞에 나타난 나를 보고 약간 실망했던 것 같다.

"아담, 우리 어디 가는 거야?"

자전거 뒤에 안나를 싣고 페달을 밟자 그녀가 물었다. 나는 힘이 들어서, 그리고 안나가 양손으로 나를 꼭 붙잡고 있어 긴장으로 땀을 흘렸다. 드디어 마르더의 제국에 도착해 문을 열었다. 활짝 핀 품종은 얼마 되지 않았다. 감각을 혼란에 몰아넣을 달콤한 향기는 여름이나 되어야 발산될 터였다. 그러나 이 정원은 내가 아는 장소 중에 가장 평화로운 곳이었다. 다른 세상, 제국 바깥에 있는 또 하나의 제국이었다.

나는 내 자녀들이 뿌리를 내린 화단으로 안나를 데리고 갔다. 이제 곧 개화할 수백 송이의 꽃봉오리……. 우연히 탄생한 이 아이들의 이름이 적힌 푯말이 화단 앞에 꽂혀 있었다. 내가 고른 이름이었다.

"이게 너에게 주는 선물이야."

"안나의 꿈."

그녀가 소리 내어 읽고는 웃음을 터뜨렸다.

"꿈 하나는 이루어지지 않았어. 하지만 여길 봐. 너에게 꿈이 얼마나 많은지, 앞으로 이루어질 꿈들이 얼마나 많은지."

시온주의자들의 모임은 해체되었다. 벤과 그 외 많은 사람들이 선조의 땅으로 떠났다. 모세 형은 그들과 함께 가지 않았다. 형은 결단력 있는 성격의 간호사 라라와 사랑에 빠졌다. 라라도 의대 입학을 거부당했다. 라라는 팔레스타인을 꿈꾸지 않았고, 그래서 시온은 형의 꿈에서 사라졌다. 그녀의 이성은 칼날처럼 예리했다. 라라는 그 어떤 폭풍에도 휩쓸리지 않을 만큼 땅에 단단하게 뿌리박고 있는 듯 보였다. 싸늘한 매력을 풍기는 그녀는 마음이 아플 정도로 현실적인 성향이었다. 라라를 좋아하기는 힘들었지만, 그 강인함에는 감탄하지 않을 수 없었다.

안나는 만날 기회를 많이 주지 않았다. 나는 가끔 직장으로 그녀를 데리러 가서 집까지 바래다주었다. 내가 영화관이나 극장이나 우리 집으로 초대하고 싶다고 애걸하면, 그녀는 잠깐 눈동자를 빛내다가 나지막하지만 단호한 목소리로 "안 돼"라고 대답했다.

안나, 적어도 한 번은 "그래"라고 말하지 그랬어.

6월 중순에 뮌헨 유대인 회당이 사라졌고, 한 집 건너 살던 마이저 씨가 체포되었다. 다카우 강제수용소로 끌려갔다는데, 체포 명목은 1년도 더 지난 교통 규칙 위반 한 건뿐이었다. 마이저는 물론 유대인이었다.

이틀 뒤에 안나의 꿈이 개화했다. 그 전날 밤에야 피기로 결심한 모양이었다. 꽃잎은 연분홍이었다. 나 자신이 약간은 신처럼 느껴졌다. 약속은 없었지만 나는 직장으로 안나를 데리러 갔다. 장미 열두 송이를 내밀자 그녀가 활짝 웃었다. 거리를 따라 걷는 내내 안나는 장미를 트로피처럼 들고 있었다.

집 앞에 도착하자 안나는 나에게 같이 올라가지 않겠냐고 물었다.

그녀가 부모님과 함께 사는 집은 아주 좁았다. 작은 방 두 개뿐이었다. 그 중 조금 큰 방이 거실 겸 구츠로브스키 부부의 침실이었고, 다른 방이 안나의 것이었다. 복도에 있는 욕실은 옆집과 공용이었다. 제대로 된 부엌은 없었다.

세 사람이 살기에도 좁은 이 집에 불안이 끼어들어와 함께 살고 있었다.

불안에는 독특한 냄새가 있다. 안나의 꿈이 풍기는 향기도 그 냄새를 몰아내지는 못했다.

구츠로브스키 부부는 나를 따뜻하게 맞아주었다. 안나 부모님과 묽은 커피를 나눠 마신 뒤, 나와 안나는 그녀의 방으로 갔다. 텅 빈 벽에 거울 하나만 걸려 있었다. 방에는 침대와 의자 하나, 서랍장 하나뿐이었다. 그 사이에는 걸음을 뗄 공간조차 없었다.

안나는 능숙하게 침대 위로 뛰어올라 서랍장을 열더니, 끈을 하나 꺼냈다. 하늘색 끈이었다. 여자아이들이 머리를 묶는 끈. 안나는 그 끈으로 자기 꿈을 묶어, 장미송이들이 아래를 향하게 거울에 걸었다. 나는 세 가지 가구에 모두 부딪혀가며 안나 옆에 가서 앉았다.

우리는 같은 박자로 숨을 쉬었다. 숨을 내쉴 때마다 우리 어깨가 서로 닿았다. 거울 속에 비치는 우리 모습, 내 얼굴 옆에 있는 그녀의 얼굴.

"언젠가 저 꽃도 바삭하게 마르고 색깔도 바래겠지. 하지만 그래도 여전히 저기 있을 거야."

안나가 말했다. 이번에는 그녀가 내 손을 쥐고 힘을 주었다. 잠시 온 세상이 내 안에 들어온 느낌이었다. 내 안에서 수백만 마리 새들이 날아오르고, 바다와 강들이 내 핏줄을 따라 찰랑찰랑 소리를 내며 흘렀다. 우리의 눈길이 마주쳤을 때 내 얼굴은 사라졌다. 안나, 오직 너뿐이었다.

너는 그 비참한 방에서 유일하게 살아 있는 존재였다. 그때 우리가 함께할 시간이 얼마 남지 않았다는 걸 알았더라면, 너에게 키스할 용기를 냈을 텐데.

1938년이었다. 우리 벽에 붙은 사진 속 남자들, 이 나라를 통치하는 남자들이 우리의 삶을 온통 뒤죽박죽으로 만들었다.

킬러와 그 외 유대인 의사들은 면허를 박탈당했다. 유대인 변호사들도 자격증을 잃었다. 우리 여권에는 'J'라는 글자가 진하게 박혔다.

1939년 1월 1일부터 우리가 모두 두 번째 이름을 갖게 된다는 사실이 알려졌다. 남자들은 '이스라엘', 여자들은 '사라'였다.

새로운 이름 사건 때문에 할머니는 아돌프가 술을 마신다는 가설을 더욱 확고히 믿게 되었다.

"네 할아버지도 그런 생각을 했을 거다. 그런 건 술주정뱅이들만 해낼 수 있는 생각이야."

술주정뱅이는 체코 보헤미아 서쪽 수데텐란트에 살던 독일인들을 제국으로 데려오고, 안나의 부모님을 20년도 더 된 먼 옛날에 떠나온 폴란드로 돌려보냈다. 그러나 폴란드 사람들도 구츠로브스키 부부를 원하지 않았다. 무인지대에서 앞으로의 운명을 기다려야 하는 사람은 안나 부모님만이 아니었다. 헤르셸 그린슈판*이라는 청년의 부모님도 국적을 잃었다.

---

* 나치가 노골적인 유대인 박해 사건 '수정의 밤'을 자행할 구실로 삼았던 저격 사건을 일으킨 17세의 유대인 청년.

부모님이 불려간 뒤 안나는 마르더의 정원으로 나를 찾아와, 무슨 일이 벌어졌는지 알렸다. 안나는 우리 집으로 들어오라는 내 제안을 거절했다. 아리아인인 가게 주인이 이미 방을 하나 빌려주기로 했다고 말했다. 그곳이 가장 안전하다고 느끼는 듯했다. 그래도 무슨 일이 있을지 몰라 나는 우리 집 주소를 안나에게 알려주었다.

내가 너를 더 잘 돌보았어야 하는데. 안나, 내 말 듣고 있니.

안나는 이제부터 주인과 같이 집으로 간다고, 그러니 이제부턴 저녁에 자기를 데리러 오지 말라고 했다. 그녀는 우리의 친분이 다른 사람들 마음에 들지 않을까봐 불안해했다. 도대체 왜? 우린 키스조차 하지 않은 사이였다. 그러나 불안이 너무 커서, 아무리 이성적인 논거를 대도 안나는 생각을 바꾸려 하지 않았다.

"아담, 내가 여기로 찾아올게. 시간이 날 때마다 언제나."

헤르셸 그린슈판은 파리에서 총을 두 발 쏘았다. 어느 국가에서도 받아들여지지 않은 자기 부모와 안나의 부모, 그리고 수많은 다른 부모와 아이들과 부부를 위해서였다.

11월 9일 꼭두새벽, 부슬러에게서 연락이 왔다. 어린 남자아이가 전해준 소식이었다.

"오늘 저녁, 집에서 절대 나가지 마요!!!! 마에스트로."

나는 안나가 일하는 재봉실로 가서, 그녀가 점심 때 쉴 수도 있을 거라 기대하며 문 앞에서 기다렸다. 그녀가 정말 바깥으로 나왔다. 나는 나무라는 듯한 안나의 시선을 무시하고 그녀에게 달려갔다.

"아담, 내가 말했……."

"오늘 저녁에 집 밖으로 나오지 마."

"왜?"

"오늘 저녁에 집 밖으로 나오지 않겠다고 약속해줘. 제발 부탁이야."

"원래 나가려고……."

"안 돼, 안나. 제발……."

"알았어. 약속할게."

나는 무의식적으로 그녀의 양손을 움켜쥐고 입술에 키스했다. 안나는 내 입맞춤에 응하려고 했을까? 아마 난 평생 알 수 없겠지. 내 입술은 너무도 갑자기 그녀의 입술에 가닿았다. 그 키스가 그녀의 마음에 들었을까?

안나, 우리가 거기 얼마나 서 있었지? 왜 좀 더 오래 머물지 않았을까.

"아담, 무슨 일……. 이제 가, 어서. 아담, 우린 금방 다시 만날 거야."

나는 왜 네 말을 들었을까.

왜 너를 그냥 데리고 오지 않았을까.

그날 밤, 우리 도시의 얼굴은 바뀌었다.

다음 날 킬러는 이제 가장 끔찍한 일은 지나갔다고, 침착하게 기다려야 한다고 말했다. 엄마는 당연히 그의 의견에 동의했다.

그러나 이제 우리 집에 들어와 함께 사는 모세 형의 약혼녀, 결단
력 있는 라라는 우리도 자기 언니처럼 이 나라를 떠나야 한다는
의견을 냈다. 영국이나 미국으로 이민 가도록 애써야 한다는 거
였다.

킬러는 영국이나 미국에 대해 알려고 하지 않았다. 그는 독일
인과 총통이 다시 이성을 찾는 날, 자기가 다시 존경받는 의사가
되는 날이 오기를 고대했다.

"좀 두고 봅시다."

할머니는 이렇게 말하고 다락방으로 돌아갔다. 나도 할머니를
따라갔다. 우리는 벽의 사진들을 들여다보다가 아스바흐 브랜디
를 한 잔 따라 우리의 소령을 위해 건배했다.

"에다, 어떻게 생각하세요?"

"라라가 옳은 것 같다. 너희를 위해서는 가는 게 나을 거야."

"할머니를 위해서는 더 낫다고 생각하지 않나요?"

"아담, 나는 삶을 사랑해. 하지만 어떤 대가를 치르고서라도 살
아남고 싶진 않아. 나는 고집 센 늙은이란다. 베를린에 등을 돌릴
수가 없구나."

"우리가 할머니를 여기 남겨두는 일은 절대 없을 거예요."

"그래, 알았다. 알았어."

고집 센 노인들이 그렇듯이, 할머니도 이렇게 말하며 고개를
저었다.

"내가 안나를 여기 남겨두는 일도 없을 거고요."

"그래, 안다. 사랑에 건배!"

우리의 술잔이 노래했다.

아래에서 초인종 소리가 났다. 누구 발걸음인지 금방 알 수 있었다. 그는 노크도 하지 않았다.

"클링만 부인."

그가 떨리는 목소리로 말하고는 할머니의 가슴에 머리를 묻었다.

"아무 일 없지요? 아무도 다치지 않았나요?"

"그래요, 그래. 부슬러, 그렇다고요. 자, 이제 나를 놔줘요. 함께 마십시다."

군복을 입고 특수 장치가 달린 검은 장갑을 낀 마에스트로. 그가 드디어 다시 우리 탁자에 앉았다.

그는 재빨리 쥐꼬리로 잔을 감싸고 브랜디를 입에 털어넣었다.

"작별인사하러 왔습니다. 최소한 몇 달 동안 수데텐란트 지역에서 지내게 되었어요."

"부슬러, 무슨 짓을 저질렀나요? 당신 조직이 당신에게 벌을 내린 건가요?"

"아니요, 그 반대입니다."

자리에서 일어선 소령이 비틀거렸다. 브랜디가 더는 익숙하지 않은 모양이었다.

"클링만 부인, 베를린을 떠나도 내 눈은 부인을 향해 있을 겁니다."

"협박인가요?"

"아니요, 그 반대입니다."

오후에 나는 재봉실 앞에서 기다렸다. 그러나 가게 문은 계속 닫혀 있었다. 이유를 알 수 없었다. 안나의 주인은 아리아인 아닌가. 나는 이웃사람들에게 무슨 일이 일어났는지 묻고, 적어도 가게 주인의 이름이라도 가르쳐달라고 애걸했다.

안나, 나는 아리아인이라는 네 주인과 네가 어디에 사는지조차 몰랐다.

그러나 1938년 11월, 사람들은 그 어느 때보다도 의심이 많았다. 나에게 대답하려 하거나 대답할 수 있는 사람은 아무도 없었다. 작업실은 12월에도, 1월에도 여전히 불이 꺼져 있었다. 내가 어디에 물어야 했을까? 어쩌면 나를 도와줄지도 모를 부슬러는 너무 먼 곳에 있었다.

아우구스트와 부지런한 그의 하수인들은 또 다른 심술을 고안해내고 있었다. 안나, 나는 그동안 너를 찾아다녔다.

1939년 2월이 되었다. 안나를 향한 내 사랑을 아는 유일한 사람, 에다 사라 클링만은 나와 함께 경찰서로 가서 책상을 내리쳤다. 할머니는 지난 11월에 재봉실에 뭔가 맡겼다고 주장했다.

"그런데 그 가게가 그때 이후로 문을 닫았어요. 그러니 대체 무슨 일인지 좀 알려주시지요."

"이름이 뭡니까?"

경찰이 무표정하게 물었다.

"에다 사라 클링만."

"유대인입니까?"

그는 이제 무표정하지 않았다. 목소리에서도 경멸이 묻어났다. 할머니가 미소 지었다.

"내 이름이 뭔지는 이미 말했어요. 그런데 나더러 유대인이냐고 묻는다면, 당신 총통이 나에게 준 이름은 그 기능을 잃게 되는 겁니다. 안 그래요?"

"좋습니다. 클링만 부인, 그 가게에 뭘 맡겼습니까?"

"내 수의요. 내일이라도 당장 필요하게 될지 누가 알겠어요."

할머니는 여전히 미소 지으며 말했다.

"좋습니다. 클링만 부인, 기다리십시오. 제가 도울 수 있는지 살펴보겠습니다."

그가 지극히 공손하게 말했다.

그는 한참 시간이 지나서야 서류를 들고 돌아왔다.

"죄송스러운 대답을 해야겠군요. 그 가게는 잠정적으로 문이 닫혀 있을 겁니다."

"왜죠?"

그가 잠깐 망설였다. 나는 그가 이제 소리를 지르며 우리를 쫓아내리라 생각했지만, 할머니는 자신이 지금 뭘 하고 있는지 정확히 아는 듯했다.

"가게 주인이었던 잉게 크나이프가 체포당했고, 또……."

"또 뭐요?"

"사망…… 구금중에 사망했습니다."

할머니는 위험한 줄타기를 계속했다.

"흠, 그래요?"

크나이프 부인이 죽은 게 자기랑 무슨 상관이냐는 듯이 할머니
가 쌀쌀맞게 대꾸했다.

"그거야 뭐 어쨌든……. 혹시 그 가게에 나에게 옷을 돌려줄 직
원은 없나요?"

그가 서류를 뒤적인 후에 말했다.

"제가 아는 한 없습니다."

이제 적어도 주인의 이름은 알게 되었다.

나는 크나이프 부인이 체포되기 전까지 살던 집으로 갔다. 그
녀의 이름은 아직 교체되지 않은 채, 초인종 둘째 줄 셋째 칸에
그대로 적혀 있었다. 그럴 확률이 너무나 낮았음에도 나는 안나
가 그 집에 있기를 바랐다. 초인종을 눌러도 대답하는 사람은 없
었지만, 건물 문은 열려 있었다. 나는 3층으로 올라가 문을 두드
렸다.

옆집 문이 열렸다.

"잉게는 잡혀갔어요."

옆집 노인이 조심스럽게 머리를 내밀었다.

잉게 크나이프는 아리아인이긴 했지만 공산주의자였다.

"게슈타포가 한밤중에 들이닥쳐서, 크나이프 부인과 사랑스러
운 구츠로브스키 양을 잡아갔어요."

"언제요?"

"그날 밤."

안나, 내가 너에게 뭐라고 조언했던가? 집에서 나오지 말라고

했다. 그들에게 잡혀가면서 너는 무슨 생각을 했을까. 내가 했던 말을 떠올렸을까.

"알았다."

할머니가 아스바흐 브랜디 한 잔을 내 손에 쥐여주며 결연히 대답했다.

"부슬러가 필요하구나. 그 사람 생일은 4월이야. 그때 카드를 쓰자. 아담, 그때까지 기다려야 해."

3월 초에 킬러 박사가 세상을 떴다. 일주일 동안 그는 끔찍한 통증에 시달리며 병원에 누워 있었다. 장의 한 부분이 꼬여 있었다는 사실은 사망 후에야 밝혀졌다.

엄마는 아버지 방에 살던 거주자를 위해 이번에는 울었다. 엄마의 울음은 나지막했지만 그칠 줄 몰랐다.

그 후 얼마 지나지 않아 아우구스트는 체코의 나머지 부분을 차지했고, 모세 형과 라라는 결혼을 했다.

목표지향적인 라라 코헨은 그달에 즉시 할머니도, 엄마도, 나도 전혀 관심이 없는 이민 작업에 착수했다.

그러나 우리는 필요한 서류를 모으는 데 몇 달 또는 몇 년이 걸리리라는 사실을 알고 있었으므로 라라가 마음대로 하게 내버려 두었다. 엄마와 나는 어쩌면 라라의 논쟁 상대가 되지 않는다는 것을 알았기 때문에 입을 다물고 있었는지도 모른다.

4월 8일, 할머니와 나는 수데텐란트에 있는 부슬러의 본부에 전보를 보냈다.

존경하는 부슬러 소령님,

베를린 소재 마르더의 장미 재배 정원에서 생일 축하인사를 보냅니다. 곧 다시 만나뵙기를 원합니다.

하일 히틀러
E. 아스바흐 드림

"답장이 올 거야."

할머니가 확신에 차서 말했다.

나는 여전히 마르더의 정원에서 일했지만 늦게 출근하고 일찍 퇴근했다. 아르투어는 알아채지 못하거나, 알아도 신경 쓰지 않았다.

매일 조금씩 더 낯설어지는 나의 도시를 나는 자전거를 타고 몇 시간씩이나 돌아다녔다. 한때 안나의 삶이 펼쳐졌던 거리에서 페달을 밟았다. 이따금 익숙한 길을 벗어나 정처 없이 헤매고 다니기도 했다. 우연히 안나와 만날지도 모른다는 기대 때문이었다. 어쩌면, 어쩌면⋯⋯.

할머니는 경찰에 안나의 소재를 알아보지 않는 편이 낫다고 했다. 신중하지 못한 질문만으로도 당사자를 어려움에 처하게 할 수 있으니까.

부슬러의 소식을 듣지 못한 채 4월이 지나갔다.

5월 초에 스위스에서 굴드너가 여행 가방을 들고 찾아왔다. 마지막 방문이었다.

그가 떠난 뒤에 할머니는 식구들을 다락방으로 불러올렸다. 모세 형과 라라, 엄마와 나를.

엄마는 비어 있는 옆자리 때문에 나지막이 울었다. 스물세 개의 지폐 다발과 두꺼운 종이상자가 탁자 위에 놓여 있었다.

할머니가 상자를 열었다. 다이아몬드 열두 개가 들어 있었다. 보석은 잘린 엄지처럼 보였다. 두꺼운 엄지, 반짝이는 열두 개의 두꺼운 엄지.

"이게 과거의 우리 집과 기타 모든 거야."

할머니가 말했다.

"영국이지요."

라라가 대꾸했다.

엄마는 탁자를 볼 생각조차 하지 않았다. 킬러가 죽은 후, 엄마는 할머니가 하는 일에 전혀 관심이 없었다.

"시절이 바뀔 때까지 우린 이걸로 버텨야 한다."

할머니가 상자를 닫았다.

5월 중순, 우리 우편함에 드디어 부슬러의 카드가 도착했다.

사랑하는 분들께,

여름에 베를린으로 갑니다. 그 전에는 여러분과 이야기할 기회가 없군요.

마에스트로

여름? 6월도, 7월도, 8월도 여름이다. 어쩌면 9월도 여름일 수 있다. 그 중에 부슬러의 여름은 언제일까.

'안나의 꿈'은 6월에 벌써 두 번째로 활짝 핀 반면, '구드룬의 각성'은 한 번도 깨어나지 못한 채 이미 오래전에 퇴비더미에 묻혔다.

여름? 그의 여름은 7월이었다.

특수 장치가 달린 군화에서 나는 귀에 익은 덜컥거림이 그의 도착을 알렸다. 우리 소령은 변해 있었다. 겉보기에는 달라진 게 없었고, 첫눈에 알아볼 수도 없었다. 그러나 나는 할머니의 만병통치 음료를 두 잔 마신 그의 눈동자가 빛을 잃었음을 깨달았다.

"그래, 내가 뭔가 알아낼 수 있는지 봐야겠다."

그가 나에게서 안나 이야기를 들은 뒤에 대답했다.

"얼마나 걸릴까요?"

"그거야 알 수 없지."

대답이 약간 무관심하게 들려서, 나는 그의 약속을 듣고도 안심할 수 없었다. 표정을 읽을 줄 아는 할머니는 입 밖에 내지 않은 내 걱정을 알아챘다.

"부슬러, 이건 중대한 일이에요!"

할머니가 주먹으로 탁자를 내리쳤다. 나는 놀라서 잔을 떨어뜨렸지만, 소령은 미동도 없었다.

"수데텐란트가 당신에게 안 좋은 영향을 끼친 모양이군요. 도대체 왜 그래요?"

"용서하십시오."

마에스트로가 구슬픈 쥐꼬리로 우리 할머니의 손을 잡았다.

"뭘 용서하라고요?"

그는 대답하지 않고 머리만 저었다. 머릿속에 단단히 자리 잡은 뭔가를 얼른 떨쳐내야 한다는 듯이.

"아담, 내가 안나를 찾을게. 찾을 거야."

죽은 그의 검은색 손가락이 할머니 손을 여전히 꼭 잡고 있었다. 할머니는 다른 손으로 소령의 잔을 잡아 그의 입가에 대주었다.

"부슬러, 마셔요. 다 잘되겠지요."

아우구스트는 내가 안나의 소재를 알아내기 전에 전쟁을 시작했다. 우리 엄마는 그 소식을 듣고도 어깨만 으쓱할 뿐이었고, 라라 코헨은 온 힘을 다해 영국 프로젝트를 진행시켰다. 이미 말했듯이 라라를 좋아하기는 힘들었지만, 그녀의 의지와 무한한 에너지에는 그저 감탄할 수밖에 없었다. 이제 아우구스트의 제국이 영국과 전쟁중이니, 사실 그곳에 가기는 불가능했다. 그러나 라라는 우회로를 통해 코헨 가족과 클링만 부인을 런던으로 이끌 여행을 철저하게 계획했다. 그건 라라의 계획이었다. 적어도 나는 안나 없이는 베를린을 떠나지 않을 생각이었으니까.

할머니는 총통이 이 땅에 사는 모든 사라와 모든 이스라엘에게 내린 외출금지령에 전쟁 발발 자체만큼이나 격렬하게 흥분했다.

"나는 성인 여성이야. 그런데 더 이상 밤에 거리로 나서지 못한다고? 아담, 그 남자는 술주정뱅이야. 네 할아버지도 그런 생각을 했을 거다."

그다음에 그들은 라디오를 걷어갔다. 우리는 라디오가 두 대였으므로, 모른 척하고 한 대만 건네주었다.

부슬러가 편지로 이제 곧 폴란드로 가게 되었다고 알려왔다. 또 안나의 소재에 관한 단서를 발견했다고, 폴란드로 떠나기 전에 우리를 한 번 찾아오겠다는 말도 했다.

10월에 소령이 우리를 방문했다.

"안나는 1월에 이미 폴란드로 추방됐어요. 아마 크라쿠프에 있을 겁니다."

"내가 그리로 가겠어요."

"아담, 지금은 전쟁중이다. 그리고 넌 유대인이야. 폴란드로 갈 수 없어. 사람들이 너를……."

갈라진 그의 목소리에 묻어나는 감정은 분노나 노여움이 아니라 불안이었다.

"나는……."

"부슬러 말이 맞아."

할머니가 말했다. 내 얼굴을 바라보던 할머니는 전쟁도, 내 여권에 찍힌 'J'도 나를 막지 못하리라는 사실을 알아챘다.

"네가 죽으면 안나에게 아무 도움도 되지 않아. 부슬러와 둘이 잠깐 이야기하게 나가 있으렴."

나는 아무 저항도 하지 않고 그 말을 따랐다. 할머니를 다른 그 누구보다도 믿었으니까.

안나와 함께 보낸 너무도 짧았던 시간에 대해 할머니에게 이미 여러 번 이야기했다. 계속 반복되는 이야기로 할머니를 지루하게 하는 건 아닌지 걱정스러울 때도 있었다. 그런 걱정을 털어놓았을 때, 할머니가 뭐라고 대답했던가.

"아담, 그 이야기가 어떻게 지루하겠니? 바로 그런 순간이 중요해. 사는 동안 아주 드물게 얻는 귀한 순간들이지."

나는 계단 제일 아래 칸에 앉았다. 죽은 군인과 죽은 의사의 방에서 엄마가 흐느끼는 소리가 들려왔다. 엄마에게 갈까 잠깐 생각하고 있는데, 모세 형이 내 옆에 와서 쪼그리고 앉았다.

"우리가 영국에 가면 나아질 거야."

형은 이렇게 말하며 내 어깨에 팔을 둘렀다.

경건한 형은 나에게는 폴란드가 영국이 되리라는 사실을 몰랐다. 내 사랑에 대해서도, 안나의 실종에 대해서도 알지 못했다.

"안나 기억나?"

내가 형에게 물었다.

"누구?"

"아냐, 아무것도⋯⋯."

모세 형은 관찰의 기술을 알지 못했다. 알았더라면 내 마음이 이 도시가 아닌 다른 무언가를 향해 있음을 알아챘을 것이다. 안나, 내 마음은 너를 향해 있었다.

"아담, 우린 언젠가 베를린으로 다시 돌아올 거야. 약속할게."

부슬러가 계단을 세차게 밟으며 내려왔다. 아까보다 좀 더 창백해 보였다.

"난 클링만 부인 때문에 망할 거다."

그가 나에게 악수를 청했다.

할머니가 자기 계획을 털어놓았다.

나는 순수한 아리아인 혈통의 독일인이 될 거라고 했다.

후피의 친구를 통해 가짜 서류를 만들고, 그게 성공하면 점령지 폴란드에서 부슬러가 나에게 일자리를 마련해준다는 계획이었다.

이 계획은 엄청나게 위험했지만 무척이나 간단하게 들렸다.

12월 초에 어떤 여자가 젖먹이를 품에 안고 할머니의 다락방을 찾아왔다. 여자는 아기 기저귀에서 '안톤 리히터'라는 나의 새 신분증을 꺼냈다.

사진이 바뀌어 있었다. 내 사진 아래 그의 이름이 쓰여 있었다.

아담 이스라엘 코헨은 이제 막 스무 살이 되었지만, 안톤 리히터는 이미 스물네 살이었다.

아담은 안톤보다 2센티미터 작았다.

둘의 눈동자와 머리카락 색깔은 같았다.

여자는 모든 서류를 탁자에 올려놓았다. 세례증서와 신분증, 운전면허증과 족보도 있었다. 아리아인의 족보였다. 서류 값으로 그녀는 반짝이는 다이아몬드 한 개와 지폐 한 다발을 받았다.

부슬러에게 아주 이른 새해인사 전보를 보내면서, "선생님께 바이올린을 배운 옛 제자 안톤 리히터"라고 서명했다.

2주 뒤에 크라쿠프에서 편지가 왔다.

안톤 리히터는 마르더에게서 추천서를 받아와야 한다. 2월 12일에 베를린에서 만나자. 나와 함께 2월 25일에 출발한다. 가방은 12일에 미리 싸둬라.

마에스트로

그날 밤에 라라가 할머니의 다락방 문을 두드렸다. 3월 초에 코헨 가족과 할머니가 영국으로 출발할 거라고, 가구는 아우구스트의 제국에 모두 그대로 남겨두고 손에 들 수 있는 짐만 가지고 간다고 했다.

영국으로 건너가는 비용은 1인당 다이아몬드 두 개였다. 코헨 성을 쓰는 네 명과 한 명의 클링만을 위해 열 개가 필요하고, 나머지 두 개는—라라는 다이아몬드 한 개가 이미 안톤 리히터로 변했다는 사실을 몰랐다—영국에서 새 삶을 시작하는 데 드는 비용으로 써야 하며, 나머지 현금은 아마 뇌물로 쓰일 거라고 했다. 라라의 언니가 이미 가 있는 나라로 향하는 노선은 스위스와 프랑스를 통과했다. 라라는 선불을 치르려고 보석 하나를 집어들었다. 나머지는 아마도 여행을 시작할 때 지불해야 할 터였다.

"라라는 목이 예뻐."

그녀가 방에서 나가자 할머니가 말했다.

"백조 같지."

"다른 사람들에게 말하지 않을 거죠?"

"그래, 아무에게도. 아담, 넌 그냥 사라져야 해."

할머니는 마르더가 서명만 해주면 되는 추천서를 나에게 내밀었다. 타자로 친 추천서였다.

정원에 들어섰을 때, 안나의 꿈을 비롯하여 모든 장미가 두터운 눈 이불을 덮고 잠들어 있었다. 아르투어는 헛간 앞에서 부러질 듯한 흔들의자에 앉아 평화로운 그의 제국을 지키고 있었다. 딱지 앉은 상처 네 줄이 오른쪽 뺨에 나 있었고, 눈썹 위에 새로 생긴 상처도 눈에 띄었다. 나는 그에게 미국으로 간다고 이야기했다. 그는 안톤 리히터 찬가를 단 한 줄도 읽지 않은 채, 조금도 망설이지 않고 서명했다. 펜이 종이를 긁는 동안 나는 숨을 쉴 수 없었다. 타인의 선량함이나 산만함에 의지한다는 계획은 분명 최상의 방법은 아니었다. 그러나 우리 점쟁이 할머니의 수업은 가치가 있었다.

나는 서명 받은 쓰레기를 얼른 주머니에 넣었다.

"마르더 씨, 안녕히 계세요. 그동안 고마웠습니다."

그가 손을 내밀었다.

"자네가 여기 없어도 자네의 장미들은 여기서 계속 꽃을 피울 거야. 그렇지? 그러면 난 여름마다 자넬 생각할 테지."

2월 12일, 소령이 사복을 입고 나타났다. 위장용이었다. 마에스트로는 폴란드로 가지 말라며 나를 꼬박 한 시간 동안 설득했다. 그는 할머니가 고함을 지르고서야 포기했다.

"부슬러, 이제 됐어요. 이미 결정된 일이에요. 당신이 맡은 부분은 잘 처리했겠지요?"

"예."

부슬러는 내가 안톤 리히터의 서류를 받은 뒤부터 기른 콧수염을 그제야 알아보았다.

"아담, 너…… 너…… 똑같아 보이는구나."

"총통이랑요?"

"제발 장난 좀 치지 마라!"

부슬러가 놀라 머리를 움켜쥐는 모습을 보고 할머니와 나는 웃음을 터뜨렸다.

"소령님, 난 그저 조금 나이 들어 보이려는 거예요."

우리는 그를 안심시키기 위해 최고 수준으로 위조된 서류들과 마르더의 추천서를 보여주었다.

"훌륭해. 좋아 보이네."

그가 대답했다.

"자, 안톤이 어디서 일하게 되나요?"

할머니가 물었다.

부슬러는 자리에서 일어나 사진들이 붙어 있는 벽으로 다가가서, 예전에 바이에른 주 법무장관이었다가 폴란드 점령지 총독으로 승진한 한스 프랑크를 가리켰다.

“이 사람의 정원.”

소령이 우리의 여행에 대해 자세히 설명하는 동안, 난로 위의 살찐 천사처럼 생긴 한스 프랑크가 나에게 미소를 짓는 듯했다.

우리는 2월 25일에 기차로 크라쿠프로 가서, 그곳에 있는 부슬러의 관사에서 하룻밤을 묵을 거라고 했다. 거기서 몇 킬로미터 떨어진 크르체스비체에는 다음 날 간다고 설명했다. 독일어로는 크레센도르프였다.

뚱보 천사 프랑크는 크레센도르프 성을 자기 주말 별장으로 삼았다. 안톤 리히터가 할 일은 이 성의 정원에서 장미를 재배하는 것이었다.

“아담, 안나는 내가 찾을 거야. 네가 크라쿠프 시내를 돌아다니며 이 집 저 집 두드리면 안 돼. 알아들었지?”

“하지만…….”

“안 돼. 크라쿠프는 베를린이 아니야.”

“하지만…….”

“아담, 그럼 우리 둘 다 죽은 목숨이야.”

“하지만…….”

“안 돼. ‘하지만’이라는 말은 이제 하지 마라. 나는 네 할머니와 약속한 대로 널 폴란드로 데리고 가겠지만, 거기서는 내가 하라는 대로 따라야 해. 그러니 지금 여기서, 너에게 소중한 모든 걸 걸고 내 말을 듣겠다고 맹세해라.”

나는 할머니를 바라보았다. 할머니가 고개를 끄덕였다.

“소령님, 맹세합니다.”

그가 자리에서 일어나, 내가 이미 싸둔 가방을 들었다. 할머니와 나는 현관까지 그를 배웅했다. 형 부부는 집에 없었고, 엄마는 죽은 자들의 방에서 울고 있었다.

"부슬러, 이제 우린 비긴 거예요."

할머니가 미소를 지었다.

"글쎄요. 그랬으면 좋겠습니다."

그때 나는 그의 말을 이해하지 못했다. 이제는 그게 무슨 뜻이었는지 알 것 같다.

"안톤 리히터, 역에서 만나자."

그가 나에게 속삭였다.

13일 후면 아담 이스라엘 코헨은 사라질 터였다.

내 인생에서 이제 곧 '옛날의 삶'이 돼버린 마지막 며칠 동안, 모세 형은 혼자 부엌 식탁에 앉아 영어를 배우며 지냈다.

엄마와 경건한 형에게 작별인사를 하지 못할 테지. 안녕이라는 말도 못 하고 떠나겠구나. 2월 25일에 아담이 집에 돌아오지 않으면, 가족들은 무슨 생각을 할까?

나는 형 옆에 앉았다.

"너도 이걸 좀 배워야 해."

형이 손가락으로 사전 표지를 두드렸다.

"형, 에다와 엄마가 영국으로 갈 수 있게 형이 신경 써줄 거지? 그치?"

"당연하지."

"두 사람이 거부한다고 해도 말이야. 약속할 수 있어?"

형이 웃음을 터뜨렸다.

"아담, 네 눈으로 직접 보게 될 거잖아. 필요하다면 우리가 두 분을 런던까지 업고 가지 뭐."

형이 내 머리를 쓰다듬었다.

"할머니가 너를 따라가지 않을 리가 없잖아."

"에다야. 할머니 이름은 에다라고."

나는 형에게 들리지 않을 만큼 나지막이 말했다.

"모두 가면, 엄마도 여기 남겠다고 고집을 부리지 못할 거야."

안톤 리히터가 등장하기 전날 밤, 나는 다락방에서 시간을 보냈다.

자유를 가르쳐준 사람, 푸른빛 도는 검은 머리카락의 귀부인과는 어떻게 작별해야 할까. 잔인한 독재자를 우스꽝스러운 술주정뱅이로 만들 수 있는 사람, 붉은 우단 옷을 입은 귀부인에게는 어떻게 작별을 고해야 하나.

관찰하기라는 신성한 예술을 가르쳐준 장인의 눈을 마지막으로 어떻게 마주해야 할까.

무릎을 꿇어야 하나? 울어야 할까? 할 말을 열심히 찾아야 하나?

나는 아스바흐 브랜디 병을 따서 잔을 채웠다. 다른 형태의 작별은 할머니를 지루하게 만들었을 것이다.

우리는 술을 마시며 아담 이스라엘 코헨의 신분증과 여권을 갈기갈기 찢어 재떨이에 넣고 태웠다.

할머니가 자리에서 일어나, 얇은 안감을 댄 우아한 남성용 재킷을 옷장에서 꺼내왔다.

"아담, 이건 네 할아버지 옷이다. 널 지켜줄 거야. 그러니 네 목숨처럼 아껴라. 알아들었지? 네 목숨처럼 아끼라고."

새 옷처럼 보이는 재킷은 나에게 딱 맞았다.

할머니와 나는 새벽까지 함께 있었다. 안나, 너를 향했던, 그리고 지금도 여전히 너를 향한 내 심장의 일부는 이 다락방에 영원히 머물러 있을 거야.

2월 25일, 안톤 리히터는 아담 이스라엘 코헨이 20년 동안 살던 집을 떠났다.

안톤은 어두운 색 바지와 남성용 재킷, 그리고 그 위에 세련된 가죽 외투를 입고 있었다. 스물네 살이라는 나이에 비해 어려 보였다. 눈동자는 초록이었고, 콧수염은 밝은 갈색인 머리카락보다 아주 조금 더 진한 색이었다.

내 가방을 들고 역에서 기다리던 부슬러가 안톤 리히터에게 지나가는 말처럼 "하일 히틀러"라고 인사했다. 구드룬 마르더가 늘 내지르던 요란한 고함이 아니었다. 팔도 제대로 펴지 않고 슬쩍 구부리기만 했다.

우리는 일등석의 한 칸에 둘만 앉았다. 군복을 입은 조직의 일원들이 이따금 문틈으로 머리를 들이밀고 소령과 잠시 수다를 떨었다. 나는 모든 사람에게 총독의 새로운 장미 재배사 안톤 리히터로 소개되었다. 친위대원들 대부분은 마에스트로보다 계급이 낮았다. 어떤 사람은 정중하지만 자부심이 있는 모습으로, 또 어떤 사람은 거의 비굴하다시피 한 태도로 그에게 존경을 표했다.

시간이 좀 지나자 소령은 우리 칸의 문을 닫고 커튼을 쳤다.

"부슬러, 정확히 무슨 일을 하시는 거예요?"

그가 친위대장인 하인리히 힘러의 일원이 된 뒤로, 나는 한 번도 그 질문을 한 적이 없었다. 친위대 소령은 대체 무슨 일을 할까? 폭풍을 이끌까, 아니면 내쫓을까?[*]

"아담…… 아니 안톤, 조용히 해!"

마에스트로가 쉿소리를 냈다.

"문이 닫혀 있잖아요. 자, 무슨 일을 하시는 거예요? 아주 간략하게라도 말해보세요."

"책상에 앉아서 일해. 이제 입 다물어."

부슬러는 시위하듯 눈을 꾹 감았다. 그의 오른쪽 무릎이 쉴 새 없이 떨렸다. 나는 내가 지금 막 떠나온 것들을, 그리고 이제 내 앞에 놓여 있는 미지의 것들을 생각했다.

"마에스트로."

나는 조심스럽게 그를 흔들었다.

"보다시피 나는 자는 중이야."

"하나만 더."

"뭐?"

"에다도 영국으로 같이 갔는지 알아내주실 수 있어요?"

---

[*] 친위대 소령(Sturmbannführer)이라는 단어에는 '폭풍(Sturm)'과 '내쫓다(Bannen)', '지도자(Führer)'라는 뜻이 들어 있다. 일종의 언어유희다.

할머니 이름을 듣는 순간 그의 입가에 미소가 스치고, 무릎 흔들림도 멎었다. 마에스트로는 런던으로 떠난다는 계획을 듣고 열광적으로 찬성했었다.

"그래, 아담."

그가 부드럽게 대답했다.

"부슬러, 안톤이에요. 안톤."

크라쿠프에서 마중 나온 차가 우리를 부슬러의 관사로 데리고 갔다. 그 집에 들어서자, 울란트 거리에 있던 바이올린 선생님의 춥고 먼지 가득하던 집이 절로 떠올랐다. 이곳은 얼마나 다른가. 혼자 사는 소령에게 방 열두 개와 욕실 세 개가 왜 필요할까.

"부슬러, 마치 영주처럼 사시네요."

"위탁받은 거야. 너무 크지. 너무 커……."

나는 화려한 가구들이 들어서 있는 거대한 공간들을 둘러보며 놀라움을 금치 못했다. 도자기 인형들이 가득 찬 유리 진열장, 우단을 씌운 소파……. 색깔이 어두운 쪽매널마루에는 동양풍 양탄자가 깔려 있고, 천장에는 크리스털 샹들리에가 달려 있었다. 부슬러의 바이올린은 성스러운 유물처럼 서랍장에 보관되어 있었다. 벽들은 대부분 무거운 그림으로 장식되었지만, 어느 방의 실크벽지에는 틀에 넣은 사진들이 걸려 있었다. 가족사진이었다. 어떤 얼굴은 단 한 번, 또 어떤 얼굴은 여러 번 등장했다. 털실 뭉치 같은 강아지 한 마리, 그 강아지와 뗄 수 없는 친구로 보이는 소년도 하나 있었다. 벽은 오랫동안 이어진 둘의 우정을 이야기하고 있었다.

부슬러가 내 뒤에 와서 섰다.

"이 사람들은 지금 어디 있어요?"

"나도 모른다."

"여기 살던 사람들인가요?"

"그렇겠지."

"여기 있는 게 모두 이 사람들 소유였나요?"

"아마도."

"이 사람들은 도망간 건가요?"

"아담, 나도 몰라. 도망쳤을지도 모르고, 아니면 사람들이 다른 곳으로 이주시켰을지도 모르고, 또 어쩌면……."

"소령님이 말하는 '사람들'이 누구예요?"

"아담, 크라쿠프는 베를린이 아니라고 말했잖아. 전쟁중에는……."

"소령님, 제 이름은 안톤 리히터입니다."

부슬러가 나를 방 바깥으로 잡아끌었다.

"식사하러 가자."

그의 목소리는 한없이 피곤하게 들렸다.

식사 후에 우리는 어두운 거리를 거닐었다. 부슬러가 크라쿠프 성채인 바벨 성을 가리켰다. 히틀러의 깃발이 나부끼고 있었다.

수백 년 전, 바벨 언덕 밑에는 처녀들을 잡아먹는 용이 살았다고 한다. 크라쿠프 주민들은 이 용 때문에 불안과 공포에 휩싸여 살았다. 그런데 이제 그 성에 한스 프랑크 박사가 웅크리고 앉아,

마치 수백 년이라는 세월이 전혀 흐르지 않았다는 듯 처녀를 잡아먹는 괴물 역할을 하고 있었다. 그렇다면 용을 흉내낸 옷이라도 걸치는 게 예의상 낫지 않을까.

부슬러는 집에 돌아와 차를 끓였다. 나는 소령이 이곳으로 이사 왔을 때 이미 차가 있었을까 궁금했다. 강아지와 함께 있던 소년도 이 차를 마셨을까? 전임 바이에른 법무장관을 포함하여 아우구스트의 패거리들이 이곳에 등장하기 전, 사람들이 용을 그저 아주 오래된 전설로만 알았던 그 시절에…….

"아담."

"이제 나를 그렇게 부르면 안 돼요."

"그래, 네 말이 맞다. 아담, 뭐 하나 물어봐도 될까?"

"예, 그러세요."

"안나라는 소녀……. 뭐가 특별하지? 네가 이 모든 고통을 감수할 만큼 말이야."

부슬러가 나를 집요하게 바라보는 동안, 나는 생각에 잠겼다.

"안나가 나를 바라보면, 잠시 내가 아무것도 아니라는…… 아니, 내가 아주 크게 느껴져요. 너무 거대해서 스스로를 볼 수 없다는 생각이 들지요. 그럴 때 나를 다 비출 수 있는 거울은 존재하지 않아요. 잠시 내 안에 온 세상이 들어오는 느낌이에요. 대륙과 산맥과 바다와 강들……. 그리고 내 안에서 수백만 마리 새들이 하늘로 날아오르지요."

소령은 눈썹을 찡그리고 나를 바라보더니 믿지 못하겠다는 듯이 물었다.

"네 안에서 새들이 하늘로 날아오른다고?"

"부슬러, 더 정확히 묘사하긴 힘들어요. 한 번도 사랑에 빠진 적이 없나요?"

그가 고개를 떨어뜨렸다.

"그래, 나도…… 아마 나도 사랑에 빠진 적이 있었을 거야."

"그렇다면 적어도 조금은 이해하실 수 있겠군요."

"하지만 이 모든 게 그럴 만한 가치가 있는 일인지 어떻게 알지?"

"그럴만한 가치가 있느냐고요? 충분한 가치가 있어요. 내가 느낀 감정이……."

"그래, 그래. 새들이 네 안에서 날아올랐다면서."

"맞아요, 부슬러. 바로 그거예요."

그날 밤, 나는 거의 눈을 붙일 수 없었다. 안나, 소년과 강아지가 소령의 열두 개의 방을 돌아다니며 너와 춤을 추었고, 검은 장갑을 낀 용이 바이올린으로 슬픈 노래를 연주했다.

다음 날 아침 부슬러와 나는 부엌에서 식사를 했다.

"안톤, 크레센도르프 성에는 정원사가 많아. 모두 폴란드인이지. 적응하기 쉽지 않을 거야. 네가 그…… 그 콧수염을 깎는 게 나을 것 같다. 그건 그렇고, 할 말이 하나 더 있어. 아무도 믿지 마라. 알아들었지? 아무도! 독일인도, 폴란드인도, 그 누구도 믿지 마."

"알았어요. 그런데 안나를 어떻게 찾으실 건가요? 난 안나 때문에 이곳에……."

"그녀가 아직 크라쿠프에 있다면 내가 찾을 수 있어. 약속하마. 가끔 내가 크레센도르프로 널 찾아가지. 정말 위급한 상황일 때만 나에게 연락해라."

부슬러는 내가 지켜야 할 금지사항과 허가사항을 30분 동안 더 설명했다. 사실 거의 금지사항뿐이었다.

"난 너를 여기서 살아남게 하겠다고 네 할머니에게 약속했다. 그러니 내 말을 들어."

"총독 정원보다 다른 정원에서 일하는 게 더 안전하지 않을까요?"

"아니야, 그의 코앞에 있는 게 가장 눈에 안 띈다. 아다…… 아니, 안톤. 그게 바로 맹점이지."

자동차가 현관 앞에서 기다리고 있었다. 차를 타고 크라쿠프 거리들을 지나면서, 나는 별을 달고 있는 사람들을 처음으로 보았다. 그러나 운전사도 동석한 자리에서 그게 무슨 뜻인지 부슬러에게 물어볼 용기가 나지 않았다.

크레센도르프는 작은 도시였다. 아름답긴 하지만 상당히 소박한 건물 앞에 차가 멈춰섰다.

"여긴 성처럼 보이지 않는군요."

운전사가 부슬러에게 문을 열어주는 동안 내가 말했다.

"성이 아니야. 네가 살 곳이지."

내가 살 집은 3층으로, 방이 다섯 개였고 가구도 갖춰져 있었다. 가족사진이 벽에 걸려 있지는 않았지만, 나는 나 자신이 침입자나 도둑처럼 느껴졌다.

"리히터 씨, 만족하나?"

부슬러가 물었다.

나는 어깨만 으쓱했다.

입구 서랍장 위에 봉투 하나가 놓여 있었다. 수신인은 폴란드 총독부 크라쿠프 지역 크레센도르프 성, 장미 재배사 안톤 리히터였다. 그 안에는 식료품과 담배, 의복 배급표와 폴란드 화폐 즐로티로 지불된 첫 월급이 들어 있었다. 크레센도르프 성 출입허가증과 집의 여벌 열쇠, 2층에 사는 관리인 쿠프너 씨에게서 자전거를 받아가라는 쪽지도 있었다.

아우구스트의 사업은 완벽하게 돌아갔다.

제국에서 오는 장미 재배사를 위해 누군가 이미 부엌에 커피와 빵 한 덩어리, 감자 한 자루와 설탕, 통조림 등 몇 가지 기본 식료품을 가져다두었다. 담배도 열 갑 있었다.

우리는 집을 나와 부슬러의 차를 타고 성으로 갔다. 매섭게 추운 날씨였다. 나는 봄이 될 때까지 대체 무슨 일을 해야 할까 생각했다. 사람들은 안톤 리히터에게 기적을 기대할까? 총독의 사저에서 2월에도 장미꽃을 피우라고 그를 불러온 걸까? 독일식 철저함으로 무엇을 이룰 수 있는지 폴란드인들에게 보이기 위해?

"부슬러, 2월에는 장미를 재배할 수 없어요."

나는 소령의 귀에 대고 속삭였다.

"넌 뭐든 제대로 해낼 거다."

그가 미소를 지으며 대답했다.

이탈리아 양식의 성과 그 성에 딸린 정원은 동화를 연상케 했다. 이 이야기가 '옛날 옛적에'로 시작되는 게 아니라 1940년에 벌어지고 있는 일임을 알리는 것은 군복을 입은 보초들뿐이었다. 아니면 바보 같은 어떤 영화감독이 배우들에게 잘못된 복장을 입히기라도 한 걸까.

아니, 1940년이었다. 군인들이 뚱보 구드룬처럼 소리를 지르며 팔을 들어올렸다. 부슬러와 나도 똑같은 구호를 그에 못지않게 힘껏 외쳤다. 아니면 이런 만세 선언은 단순히 그냥 구호가 아니라 반드시 행해야 할 명령이었던 걸까.

정원에 들어서기 전에 내 서류 검사가 행해졌지만, 그리 철저하지는 않았다. 소령이 내 옆에 서 있었으니까. 부슬러와 나는 겨울 정원을 지나, 정원사들이 기다리는 오두막으로 성큼성큼 걸어갔다.

"프랑크가 여기 있나요?"

내가 부슬러에게 물었다.

"아니, 프랑크 박사는 없어."

"그 사람을 개인적으로 알아요?"

"그래, 하지만 피상적으로 알 뿐이지."

"부슬러, 아주 높이 승진하신 모양이네요."

소령은 내 말을 못 들은 척 넘어갔다. 우리는 말없이 간이오두막으로 향했다. 문 앞에 남자 네 명이 서 있었다. 야누츠라는 정원사가 앞에 있고, 다른 셋은 한 걸음 뒤에 있었다. 그도 우리에게 "하일 히틀러"라고 인사했고, 다른 세 사람은 머리에 썼던 모자를 벗었다. 나는 그들의 시선을 느꼈다. 뜯어보는 듯한 시선이었다. 안톤 리히터는 그들의 벽에 붙어 있는, 평가해야 할 사진 속의 인물이었다.

끊임없이 미소를 짓는 야누츠가 부슬러와 나를 정원으로 이끌며 장미 상태를 설명하고 온실을 보여주었다.

나는 전문가처럼 보이려고 애를 썼다. 그러나 전문가라면 눈 속에 깊이 파묻혀 있는 꽃들을 어떤 눈길로 볼까? 소령이 간결한 몇 마디 말로 정원을 칭찬하고 야누츠가 그의 말에 공손하게 동의하는 동안, 나는 입을 다문 채 어떻게든 내 역할에 맞게 행동하려고 노력했다.

"겨울 준비는 모두 마쳤나요?"

내 노력의 결과는 이런 보잘것없는 질문이었다.

"무슨 뜻……?"

야누츠는 꾸민 미소를 계속 짓고 있었지만, 그의 눈에서 반짝인 그것…… 그건 뭐였을까. 조롱? 경멸?

"겨울 준비…… 음…… 장미를. 내 말은…… 덮었는지, 얼지 않게 덮었는지 물었습니다."

"아, 선생님. 그걸 2월 말에 물으시나요? 제 말은 존경하는 선생님, 겨울 준비는 겨울이 오기 전에 해야잖습니까."

"겨울, '겨울'이 맞는 말입니다."

나는 당황하여 어쩔 줄 몰라하다가 대답했다.

"예, 그렇군요. 겨울이 맞습니다."

게르만 장미 재배사 안톤 리히터가 등장하여 처음 해결한 일이 그거였다. 겨울이 맞는 말이라고!

야누츠와 헤어진 뒤, 콧수염을 기른 존재가 총독의 정원에서 외로운 삶을 살게 되리라는 불길한 예감이 나를 엄습했다.

차를 타고 내가 살 집으로 돌아왔다. 부슬러도 나를 따라 위로 올라왔다. 문을 여는데, 안톤 리히터 또래로 보이는 한 남자가 계단을 내려왔다. 군복을 입은 남자였다. 얼핏 보기에는 마에스트로의 군복과 똑같았다. 나는 친위대 소령과 하사를 구분하는 군복의 미세한 차이를 알지 못했다. 율리안 부슬러는 이력의 사다리에서 상당히 높은 위치에 있고, 이 젊은 남자—부비 기젤이라는 이름은 나중에 알았다—는 아직 아래쪽에 있다는 사실을 밝혀주는 차이. 그러나 부비는 아직 젊으니, 세월이 흐르면 그의 깃에도 한두 개의 줄이 더 그어질 것이다. 몇 년만 지나면 그 역시 폭풍을 내쫓을 테고.

"소령님, 안녕하세요?"

"아, 기젤. 잘 지냅니까?"

"그럭저럭…… 프라하가 더 나았지요."

부슬러는 이해한다는 듯이 고개를 끄덕이고 한숨을 두 번 내쉰 다음, 우리를 서로에게 소개했다. 아담 코헨이 다시 등장하여 친위대 하사의 관상을 보았다. 거의 보라색에 가까운 암청색 눈동자는 호감이 갔고, 뺨은 강했지만 딱딱해 보이지는 않았다. 야심이 있긴 해도 끈질기진 않겠군. 아담이 내린 진단이었다. 우리 점쟁이 할머니는 뭐라고 했을까? 반짝이는 갈색머리를 보았다면 잘생겼다고, 너무나 멋진 남자라고 말했겠지.

"리히터 씨, 그러면 바로 제 아래층에 사시는군요."

기젤이 이렇게 말하고 계단을 내려갔다.

"누군가요?"

안톤의 현관문을 닫은 뒤에 내가 물었다.

"부비. 부비 기젤 하사야. 프라하에서 알게 되었지. 그는……."

"프라하에 계셨어요?"

"잠깐 있었지."

나는 소령에 대해 대체 아는 게 뭔가.

"어쨌든 기젤은 위험한 인물이 아니야. 제 삼촌에 비하면 말이지."

"삼촌이 누군데요?"

"친위대 중령이자 형사부 고문인 쿠르트 기젤 박사. 지금 바르샤바에 있어. 여기 오리라고는 생각하지 않지만, 혹시 나타나면 되도록 피해."

부슬러는 수없이 많은 조언을 한 뒤에, 다음 주에 다시 오겠다고 약속하고 떠났다.

그가 떠나자 조용해졌다. 나는 혼자가 되었다. 평생 처음으로 혼자였다. 이곳에는 다락방도, 엄마나 형도 없었다. 나는 새로운 거처의 이방 저방을 기웃거렸다. 이리저리 걸으면서 마음이 조금 안정되었다가, 다시 심란해져서 커피를 끓이고 빵도 한 조각 먹어보았다. 안나, 그때 넌 어디 있었나.

아무 의미도 없는 생각들이 머릿속을 떠다녔다. 그러다가 자전거 생각이 떠올랐다.

쿠프너 부인이 문을 열었다. 집과 여자의 머리에서 삶은 양배추 냄새가 풍겨났다. 내 몸을 훑던 그녀의 호기심 어린 시선이 안톤의 콧수염에 잠깐 머물렀다. 나는 루돌프, 그러니까 그녀의 남편인 쿠프너 씨가 아직 귀가하지 않았다는 사실을 금방 알아챘다. 쿠프너 부부가 함부르크 출신이며 다섯 달 전부터 이곳 폴란드 총독부에서 산다는 것, 그리고 쿠프너 부인―에리카라고 불러달라고 했다―은 함부르크가 더 나았다고 생각한다는 것도 알게 되었다. 그녀는 해야 할 임무가 있으니 어쩌겠느냐고, 조국이 루돌프를 부른다면 복종해야 하지 않겠냐고 덧붙였다. 폴란드인들은 골칫덩어리리라고, 말썽만 부린다고 했다. 하지만 이제 이 건물에는 다행스럽게도 독일인들만 산다고, 말하자면 "우리끼리"라고 했다.

에리카의 보고 뒤에는 심문이 따랐다.

매력적인 기젤 하사와는 이미 인사를 나누었는지? 내가 하는 일이 정말 크레센도르프 성에서 장미를 재배하는 건지? 성 안에 들어가봤는지? 그런 진짜 성에는 자기도 관심이 많다고 했다. 그런 다음 자기가 알고 있는 베를린 사람들의 이름을 마구 퍼부어댔다.

"마리온 아세요? 마리온 뭐더라?"

아이고, 성이 혀끝에서 뱅뱅 돈다고, F로 시작하는데 도무지 생각이 안 난다고 했다.

"모른다고요? 몰라요? 우베 오버트던가 우베 우버트는요? 그 사람도 모른다고요? 그럼 빌리 모라인은? 아니면 그 사람의 아들 미치는요? 아주, 아주, 아주 유능한 변호사인데,"

그러나 내가 미치에 대해 미처 듣기도 전에 부비가 건물에 들어섰다.

"기젤 씨, 기젤 하사님, 안녕하세요? 리히터 씨 아세요? 베를린에서 오셨고……."

"예, 쿠프너 부인. 이미 인사를 나눴습니다."

그가 미소를 지으며 대답했다. 관리인의 아내는 그의 눈길 때문에, 반짝이는 그 보랏빛 눈길 때문에 정신이 혼미해졌다. 나는 그 덕분에 다시 한번 자전거 이야기를 꺼낼 수 있었다.

"지하실에 있어요."

그녀가 한숨을 쉬며 앞치마 주머니에서 묵직한 열쇠 꾸러미를 꺼냈다.

"제가 열겠습니다. 그러면 계단을 내려가시지 않아도 되지요."

부비가 열쇠 꾸러미를 받아들었다.

"아, 기젤 씨. 정말 친절하기도 하시지. 내 무릎이……."

그녀가 계속 떠들었지만 기젤과 나는 지하실로 향했다.

"기젤 씨, 고맙습니다."

“내 이름은 부비야.”

“좋아, 부비.”

“그래, 안톤.”

그가 내 손을 쥐고 흔들었다.

“쿠프너 부인은 일단 말을 시작하면 끝이 없어.”

자전거에 내 이름이, 안톤 리히터라는 내 새 이름이 붙어 있었다.

우리는 자전거를 함께 위로 끌어올렸다.

“세상에, 자네들 민간인은 언제나 엄청나게 운이 좋단 말이야. 난 아주 작은 방 두 개뿐이야. 빌어먹을!”

우리 집에 들어선 부비가 웃음을 터뜨리며 말했다.

“위탁받은 거야. 나는…….”

안톤의 제국을 둘러보던 기젤이 방 한 곳에서 체스판을 발견했다.

“체스 두나?”

그가 물었다.

“아니. 내 게 아니야. 여기 원래 있던 거지.”

“내가 가르쳐줄까?”

나는 혼자 있는 게 두려워 그 제안에 동의했다. 그의 군복은 두려움의 대상이 아니었다. 하사는 형편없는 선생, 나는 아마 재능이 전혀 없는 학생이었던 것 같다. 우리는 입 밖에 내지는 않았지만 이심전심으로 게임을 포기하고, 사적인 이야기를 시작했다. 부비의 본명은 ‘보도’였고 쾰른 출신이었다. 제과제빵사 아버지와 미용사 어머니의 외아들이었다. 열네 살, 그러니까 4년 전에 친위대에 입대했고 보안정보부에는 1년 전에 들어갔다. 힘러의 집단에서 그는 앞날이 촉망되는 이력을 시작했지만……

"여자 문제가 있었어."

부비가 미소를 지었다.

그는 쾰른에서 어떤 유부녀를 임신시켰다. 보안정보부 고위 간부인 삼촌 덕분에 겨우 그 위기를 벗어났고, 친위대에서도 쫓겨나지 않았다. 배신당한 남편은 사생아를 제 아이로 인정할 용의가 있다고 밝혔다. 부비는 남편과 임신한 아내가 사건을 조금이라도 쉽게 잊을 수 있게 대성당이 있는 고향 쾰른을 떠나 프라하로 전출되었다. 그러나 기젤 하사는 또 잘못을 저질렀다. 이번에는 체코인 쌍둥이 클라라와 마라였다. 두 여자는 부비와 한침대를 썼다. 부비를 미워하는 동료가 그 현장을 목격하고 상사에게 고자질했다. 설상가상으로 쌍둥이가 빨치산을 도왔다는 사실이 밝혀졌다. 막강한 힘을 가진 삼촌은 이번에도 도와주었지만, 친위대 중령이 막돼먹은 조카를 위해 위험을 무릅쓰는 일은 이제 더는 없을 거라고 못 박았다. 크레센도르프는 부비가 자신을 증명할 마지막 기회였다.

"클라라와 마라는 어떻게 됐어?"

내가 물었다.

"아마 총살당했겠지."

나는 그의 목소리에서 묻어나는 냉정한 무관심에 놀랐다.

"그 둘은 똑같이 생긴 인형처럼 보였어. 쌍둥이는 남자를 미치게 만들지. 그렇게 매력적인데다 한꺼번에 둘이라니.”

그때를 떠올리는 부비의 눈이 진보랏빛으로 빛났다.

“자네 삼촌이 둘을 위해 뭔가 할 수는 없었어?”

“무슨 뜻이야?”

“총살당하는 걸 막을 수 없었냐고.”

부비가 웃음을 터뜨렸다.

“그 둘은 빌어먹을 빨치산이랑 한이불을 덮고 있었어. 한패였다고.”

너와도 그랬을 텐데.

“그건 처벌받을 일이야.”

그가 진지한 어투로 말했다. 그러고는 잠깐 숨을 쉰 뒤에 한마디 덧붙이며 말을 맺었다.

“유감스럽지만 말이야.”

자기 인생의 기복을 몇 가지 공개한 뒤, 부비는 안톤 리히터에 대해서도 알고 싶어했다. 그래서 나는 부슬러와 함께 지어낸, 아리아인으로서 또 다른 나의 이력을 화려하게 나열했다. 안톤 리히터의 아버지는 전사했고 어머니는 그가 태어난 직후에 사망했다. 안톤은 할머니 손에서 자랐다. 어릴 때부터 장미 재배사가 되고 싶어했고, 그 꿈을 이루었다.

“장미 재배사가 되려고 하는 사람들은 왜 그럴까?”

“그건…… 그건 어딘가 신처럼 느껴지기 때문이야. 엄마 품종과 아빠 품종을 직접 고르고, 새로운 것을 창조해내니까.”

하사는 이해한다는 표정이었다.

"부시랑은 어떻게 아는 사이야? 내 말은, 부슬러 소령 말이야."

"베를린에서부터. 내가 어릴 때 바이올린 선생님이었어."

"아주 훌륭한 분이야."

기젤이 말했다.

"사려 깊지만 필요한 경우에는 굉장히 무자비하지. 우리 삼촌 말로, 부슬러는 최고 인재 중 한 사람이래."

안톤은 끄덕이며 미소를 지었고, 아담은 자기가 아는 소령에게서 무자비한 부시의 모습을 찾으려고 애썼다. 그러나 그 노력은 실패했다.

나는 피곤하다는 핑계를 대고 그날 저녁을 마무리했다. 안톤과 아담 둘 모두 갑자기 혼자 있고 싶어했기 때문이다.

다음 날 아침, 나는 위에 사는 기젤이나 아래에 사는 쿠프너 부인이 고개를 내미는 게 싫어서 자전거를 끌고 살금살금 계단을 내려갔다. '다행스럽게도 독일인들만 사는 집' 곳곳에 밴 양배추 냄새 때문에 텅 비다시피 한 내 배가 요동쳤다. 폴란드 커피가 바깥으로 나오려고 했다. 그 결과 관리인의 집 바로 앞에 유대인의 위산이 섞인 자그마한 갈색 웅덩이가 생겼다.

차가운 동풍이 얼굴을 때렸다. 콧물이 흘러나와 콧수염에 달라붙은 채 눈물방울처럼 얼었다.

보초들이 안톤 리히터를 알아보고 통과시켰다. 사람들의 호감을 어느 정도 얻을 수도 있을 담배를 한 주머니 가득 넣고, 추워서 빨개진 코로 오두막에 도착했다. 바깥으로 새어나오던 폴란드 동료들의 목소리와 웃음소리는 내가 오두막에 발을 들여놓자마자 멎었다.

바깥에서 불던 동풍은 여기서 내 얼굴에 불어닥친 차가운 바람에 비하면 따뜻한 미풍이었다.

네 사람은 철제 난로를 둘러싸고 반원 형태로 둘러앉아 있었다.

"안녕하세요?"

나는 나지막이 인사했다.

"하일 히틀러!"

야누츠가 대답했다. 늘 짓던 그의 미소는 사라지고 없었다. 다른 세 사람이 천천히 모자를 벗었다.

"앉아도 될까요?"

나는 비어 있는 상자를 가리키며 물었다. 야누츠가 고개를 끄덕여서 나는 그들과 함께 앉았다.

침묵을 깨는 것은 나무토막이 내는 딱, 소리뿐이었다. 온기가 내 콧수염에 붙어 있던 얼음방울을 녹였다. 나는 담배를 꺼냈다. 다른 사람들이 야누츠를 바라보았다. 서글픈 내 선물이 받아들여질지는 그가 결정할 터였다. 야누츠가 담뱃불을 붙이고서야 세 사람도 내 담배를 받아들었다.

"저는 안톤입니다. 안톤 리히터."

나는 바로 옆에 앉은 남자에게 내 소개를 하고 악수를 청했다. 그가 다시 야누츠를 바라보았다.

"리히터 씨, 세 사람 모두 이미 당신 이름을 알고 있습니다."

야누츠가 싸늘하게 말했다.

"이쪽은 타데우츠, 카롤과 파벨입니다."

안톤이 내민 손을 아무도 잡지 않았지만, 그래도 어색한 미소를 짓기는 했다.

"아시겠지만, 세 사람은 독일어를 못해요. 폴란드 말만 하지요. 리히터 씨는 아마 폴란드 말을 못하겠지요."

야누츠가 말했다. 그 뒤로는 침묵뿐이었다. 담배를 다섯 대나 피우고 나서도 침묵은 깨지지 않았다.

"이제 장미를 보러가야겠어요."

내가 자리에서 일어나며 말했다. 문을 닫자마자 그들의 목소리와 웃음소리가 다시 살아났다.

나는 한동안 정원을 헤매고 다니다가 온실 중 한 군데로 도망쳐 들어갔다. 아무것도 안 하고 흙이 담긴 화분들만 노려보며 그곳에 얼마나 오래 서 있었는지, 지금은 기억나지 않는다. 야누츠가 온실로 들어왔다.

"리히터 씨, 꽃 상태가 괜찮은가요?"

"예, 예. 아주 좋습니다."

나는 재킷 주머니에서 담배 한 갑을 다시 꺼냈다. 그가 미소 지었다.

"나는 아주 오래전부터 여기 정원사였습니다. 오래전부터요. 아마 리히터 씨가 태어났을 때 난 이미 여기 있었을 거예요."

그가 나를 외면한 채 말했다.

"그러니까 당신이 이곳의 우두머리라는 거지요?"

야누츠가 웃음을 터뜨렸다.

“이제 우리나라에서 우두머리는 독일인들뿐입니다. 우리는 아니에요.”

“정원을 담당하는 독일인 우두머리도 있습니까?”

“지금까지는 없었어요. 하지만 이제 리히터 씨가 왔습니다.”

“아니, 아닙니다. 난 그저 장미 재배사입니다. 장미만요. 야누츠, 그러니 당신이 우두머리예요. 난 아닙니다.”

야누츠가 미심쩍다는 듯이 나를 바라보았다. 즐거운 표정도 약간 섞여 있었다.

“장미 책임자는 타데우츠였어요.”

그가 조심스럽게 말했다.

“그 사람도 장미 재배사인가요?”

“아니요. 그냥 돌보았지요. 타데우츠의 손은 병든 꽃들을 건강하게 만들 줄 알아요. 그의 손이 닿으면 꽃이 활짝 피지요.”

“앞으로도 타데우츠가 장미를 보살피면 됩니다. 그러니까 뭐든 예전에 하던 대로 한다고요. 아시겠지요?”

“원하신다면.”

온실 유리 한쪽에 비친 우리의 모습이 흔들렸다. 뚱뚱하게 나온 그의 배는 성큼성큼 걷는 걸음걸이와 어딘가 모르게 어울리지 않았다. 옆으로 머리를 살짝 기울이는 모습은 튼튼한 버니즈 마운틴 도그를 연상케 하는 구석이 있었다. 안톤의 콧수염은 나보다는 그에게 더 어울리겠군. 멍청해 보이는 이 콧수염을 면도해 버리는 게 정말이지 나을지도 모르겠네.

“야누츠, 봄이 오기 전까지는 할 일이 없군요. 장미 재배 말입니다. 그러니 내가 할 만한 일이 있다면……"

그가 잠깐 머뭇거렸다.

"리히터 씨, 겨울에는 힘들고 지저분한 일뿐입니다."

"괜찮습니다."

"설마 장작 패는 일을 하시진 않겠지요?"

"아니, 아니. 합니다."

그래서 타데우츠와 카롤과 파벨과 야누츠가 오두막에서 내 담배를 피우는 동안, 나는 늦은 오후까지 장작을 팼다. 헤어질 때 그들의 미소는 아침처럼 어색해 보이지 않았다.

쿠프너 부인의 목소리가 계단을 쩌렁쩌렁 울렸다. 그녀는 팔짱을 끼고 문 앞에 서서, 무릎을 꿇고 바닥을 닦는 젊은 여자에게 소리를 지르고 있었다. 여자는 내가 아침에 남긴 갈색 웅덩이 때문에 더럽혀진 돌을 청소했다. 웅덩이는 이제 말라 있었다.

"아이고 리히터 씨, 리히터 씨, 이것 좀 보세요. 집에 도둑고양이나 무슨 짐승 같은 게 있는 모양이에요. 이것 좀 보라고요."

쿠프너 부인이 오른쪽 발로 청소하던 여자의 팔을 슬쩍 걷어차자, 그녀가 일어나서 몸을 비켰다.

"끔찍하지요? 함부르크에서는 이런 일이 없었어요. 그 짐승을 잡기만 하면 내가 목을 비틀어버릴 거예요. 정말이라고요. 그런 건 이 집에 필요 없어요. 유대인이나 폴란드인도 마찬가지고요! 아주 불쾌한 나라예요. 로자, 왜 그냥 멍하니 서 있는 거야? 어서 계속해!"

나는 자전거를 끌고 위로 올라갔다. 하마터면 자전거 앞바퀴가 부비의 머리에 부딪힐 뻔했다. 그는 제일 윗계단에 앉아 난간 막대 사이로 뭔가 살피고 있었다.

"안톤, 조용히 해."

그가 속삭였다.

"저 여자 정말 멋지지 않아?"

"쿠프너 부인?"

"아니, 로자 말이야."

나는 어깨를 으쓱하고는, 하사가 제 감시초소를 지키도록 그냥 내버려두었다.

부비는 나중에 보드카 한 병을 들고 와서 내 문을 두드렸다. 그러고는 들어오라는 말도 하지 않았는데 부엌으로 곧장 들어와, 찬장에서 잔을 두 개 꺼내 술을 따랐다. 찰랑찰랑…… 고향의 노래였다. 나는 잠깐 할머니의 다락방을, 모세 형이 이스라엘을 꿈꾸던 시절을 떠올렸다. 아담이 안톤으로 변한 지 아직 채 사흘도 되지 않았다. 투명한 액체의 맛이 내 의식을 다시 안톤 리히터의 집으로 돌려놓았다. 내 목구멍을 뜨겁게 하는 술은 아스바흐 브랜디가 아니라 보드카였다.

"안톤, 우리 친구지. 안 그래?"

기젤이 기대에 찬 표정으로 눈을 반짝이며 물었다.

"물론이지."

내가 대답했다. 달리 무슨 말을 할 수 있으랴.

“부탁할 게 있어.”

하사는 로자를 열광적으로 칭찬했다. 아름답던 지난번 체코 여자들보다는 못하지만, 그래도 귀여운 얼굴과 형태가 잘 잡힌 아름다운 종아리에 살짝 돌아버릴 것 같다고 했다. 그러나 삼촌이나 보안정보부의 누군가가 자기 집을 도청할지 몰라 걱정이니, 친구인 안톤 리히터에게 이따금 자기와 로자에게 피난처를 제공해달라고 부탁한다는 거였다.

나는 자리에서 일어나 여벌 열쇠를 가지고 왔다.

“여기 있어. 내가 없는 게 두 사람에게 낫겠지.”

그가 내 어깨를 두드렸다.

“안톤, 고마워. 자네는 진정한 친구야.”

부비가 얼굴을 빛냈다.

“자네, 로자를 좋아하는 모양이군.”

“좋아한다기보다 로자는 여자야. 여자들은 나를 미치게 만들지.”

“모든 여자가?”

“젊고 매력적이라면. 언젠가 모든 여자 중에 가장 아름다운 여자를 골라 결혼할 거야. 하지만 그때까지는…….”

그가 웃음을 터뜨렸다.

너와 하사가 손을 잡고 결혼식장에 서 있는 끔찍한 모습이 아주 잠깐 눈앞에 떠올랐다. 안나, 모든 여자 중에 가장 아름다운 여자는 바로 너니까.

그 뒤로 야누츠와 그의 동료들은 총독 정원에서 거의 다정하다고 말할 수 있을 정도로 나를 맞이했다. 내가 오두막에 들어서

도 말을 멈추지 않았고, 내 담배를 받기 전에 야누츠의 눈치를 살
피지도 않았다. 나에 대한 거부감은 호의적인 의심 정도로 바뀌
었다.

나는 장작 패기를 그만두고, 네 사람을 도와 눈을 치우거나 정
원을 통과하는 오솔길들을 손질했다. 언젠가 성 근처에서 일을
하고 있는데, 베란다 기둥들 사이로 친위대 장교 하나와 수행원
들이 모습을 드러냈다.

삽 다섯 자루는 눈에 묻힌 채 움직이지 않았고, 눈동자 다섯 쌍
은 베란다의 동태를 좇았다.

폴란드 동료들이 흥분한 목소리로 나지막이 말을 주고받았다.
야누츠가 나에게 몸을 기울이며 말했다.

"저 사람이 힘러예요."

"아닙니다."

내가 대답했다.

하인리히 힘러는 1935년부터 다락방 벽에 걸려 있었으므로,
나는 그의 얼굴을 잘 알고 있었다.

"리히터 씨, 힘러 맞아요."

"야누츠, 힘러의 턱은 거의 없는 거나 마찬가지예요. 그리고 뺨
도 저 위에 있는 남자보다 훨씬 불룩하고요. 특히 귀가 완전히 다
릅니다. 힘러의 귀는 아주 작고 중간이 꺾여 있어요."

"그래요?"

야누츠가 놀란 표정으로 나를 바라보았다.

"그러니까 힘러를 아시는군요?"

"얼굴만."

"그럼 저 사람은 누굽니까?"

그가 고갯짓으로 가짜 하인리히를 가리켰다.

"모르겠어요."

자세히 살펴보려는데, 남자가 다른 사람들과 함께 집 안으로 사라졌다. 누군가를 연상시키는 얼굴이었다. 우리는 다시 일을 시작했다. 야누츠는 내 뒤에 바짝 붙어 삽질을 했다. 그의 시선이 내 목덜미에 따갑게 와닿았다. 내가 뒤를 돌아보자 그가 말했다.

"힘러는 귀가 꺾여 있다……."

내가 건물 문에 들어서자마자 쿠프너 부인의 문이 열렸다. 아마 바깥 동정을 살피고 있었던 모양이다.

"리히터 씨, 리히터 씨, 어서 오세요, 어서 오세요."

그녀의 얼굴은 흥분으로 붉어져 있었다.

"쿠프너 부인, 안녕하……."

"기젤 하사님에게 엄청난 손님이 찾아왔어요. 삼촌이에요. 그분 아시나요? 굉장한 고위층이지요. 그러니 리히터 씨가 위로 올라가, 두 분께 커피 드시라고 전해주세요. 그러니까…… 우리 집에서요. 아, 물론 리히터 씨도 오세요. 숙녀가 직접 나서기는 좀 그래서요. 리히터 씨, 무슨 말인지 아시겠어요? 당신이 가서……."

"쿠프너 부인, 어쩌면 삼촌과 조카가 사적인 이야기를 하고 있는지도 모르지요."

나는 그녀의 수다를 막았다. 그녀는 내 반응이 전혀 마음에 들지 않는 표정이었지만, 어쨌든 나를 놓아주었다.

침실에서 흐느끼는 소리가 들려왔다. 로자가 내 침대에 쪼그리고 앉아 있었다. 원피스 단추는 반쯤 풀어졌고, 늘어뜨린 손에는 스타킹이 들려 있었다. 나를 본 그녀가 온몸을 떨며 요란하게 울었다. 내가 진정시키려고 애를 쓰면 쓸수록 그녀는 점점 더 심한 공포에 빠졌다. 나는 아래에 있는 쿠프너 부인과 위에 있는 하사의 삼촌을 떠올리며 로자의 입을 막았다. 내 손이 입술에 닿자 놀란 그녀의 눈이 휘둥그레졌다.

"죽이지 마라요……."

로자가 숨을 헐떡이며 말했다.

"로자, 조용히 해. 빌어먹을! 대체 무슨 일이야?"

내가 놓아주자 그녀는 숨을 깊게 세 번 들이쉬고 내쉬었다.

"집에 가고 시퍼요."

그녀가 지친 목소리로 말했다.

"그럼 옷을 입고 살짝 빠져나가."

로자는 다시 몸을 떨었다. 눈물이 뺨을 타고 흘러내렸다.

"못 가요. 왜냐하믄, 왜냐믄…… 친위대가 나를 빵!"

그녀가 손가락으로 권총 모양을 만들어 자기 관자놀이를 쏘았다.

"누가 그래?"

"우리 부비가."

로자의 목소리가 갈라졌다.

그러고는 무슨 일이 있었는지 설명하기 시작했다. 부비는 삼촌이 저녁 늦게야 온다고 생각하고 로자와 함께 내 침대에 누워 있었다. 그때 친위대 중령이 집에 들어섰고, 요란하게 인사하는 쿠프너 부인의 목소리가 현관에 울려퍼졌다. 부비는 옷을 입고 체스판을 집어들고는—비어 있는 내 방에 들어온 핑계를 대야 하니까—로자를 홀로 남겨두고 나갔다.

"올 때까지 꼼짝하지 말라고 해써요. 안 그러면 빵!"

또 그녀의 입을 막아야 했다.

나는 로자에게 커피를 끓여주고, 먹을 것과 담배 한 갑과 거실 책장에 있던 폴란드 책 중에 한 권을 꺼내주었다.

"내가 올라가서 무슨 일이 있는지 살펴볼게. 넌 여기 있어. 알았지? 아무도 너에게 해를 입히지 않을 테니까."

나는 가짜 하인리히 힘러를 금방 알아보았다. 프랑크의 베란다에 있던 친위대 장교가 누굴 연상시켰는지 그제야 알게 되었다. 그의 얼굴 윤곽선은 대패를 한 번 더 댄 듯 조카보다 뚜렷했다. 부비의 눈동자는 진보라색이었지만 그의 눈동자는 연청색으로 반짝였다. 보석 가게에 들어온 듯한 느낌이었다.

친위대 중령은 지금까지 내가 보아온 그 어떤 사람보다 군복이 잘 어울렸다. 옷이 아니라 제2의 피부처럼 보였다. 철저하게 통제된 외모와 어울리지 않는 것은 그의 웃음이었다. 한 무리의 말이 배를 박차고 질주하며 목을 통해 밖으로 나오는 듯한 소리였다.

"안톤 리히터, 난 당신에 대해 이미 모든 것을 알고 있소."

그가 말했다.

"베를린 출신, 우리 총독의 장미 재배사, 부시의 바이올린 제자, 아버지는 전사. 당시에 최고 인재들이 많이 전사했지요."

나는 미소를 지으며 고개를 끄덕였다.

"리히터 씨, 내가 오늘 저녁에 초대하겠소. 크레센도르프에 멋진 식당이 있어요. 음식도 좋고 술도 훌륭하지요. 이제 슬슬 가야 할 시간이오."

나는 외투를 가지러 다시 집으로 돌아왔다. 로자는 여전히 손에 스타킹을 들고 있었다.

"걱정할 것 없어. 알았지? 그런데 이제 집에 가기는 너무 늦었으니 여기 있는 게 좋을 것 같아. 내일 아침 일찍, 아주 일찍 내가 데려다줄게. 응?"

로자가 고개를 끄덕였다. 뺨 위로 눈물이 흘렀다.

"로자, 걱정할 것 없다니까."

안톤 리히터는 1940년 크라쿠프에서 그렇게 말했다. 부끄러운 말이었다.

식당은 지하에 있었다. 친위대 중령 쿠르트 기젤 박사는 허언을 한 게 아니었다. 음식은 맛있고 술은 풍성했다. 실내는 따뜻하고 조명은 은은했다. 소규모 관현악단이 음악을 연주했다. 손님들 대부분은 군복을 입고 있었다. 여자들은 한껏 치장한 차림새였다. 종아리는 반짝이는 스타킹에 싸여 있었고, 발에는 폴란드의 겨울과 전혀 어울리지 않는 귀여운 구두가 걸려 있었다. 부비는 너무 대놓고 여자들을 관찰하지 않으려 했으나 도무지 잘 되지 않는 눈치였다.

식사를 하면서 쿠르트는 바르샤바에 대해 이야기했다. 작년에 그곳을 점령할 때 자기도 참가했다고 했다. 그의 이야기는 엄청난 모험담처럼 들렸다. 내가 그에게 귀를 기울이는 동안, 부비는 빨강머리 미인에게 환한 미소를 보내고 있었다.

시간이 지나자 식당은 무도회장으로 바뀌었다. 가운데 놓여 있던 식탁들이 옆으로 밀려났다. 음악 소리가 커지고 분위기가 느슨해졌다. 다리를 초조하게 까닥거리던 부비는 더는 참지 못했다. 그는 여자에게 춤을 청하겠다며 삼촌에게 허락을 구했다.

"부비, 춤만 춘다면 괜찮다."

쿠르트는 빨강머리에게 달려가는 조카를 보고 웃음을 터뜨렸다.

"제 아버지에게서 물려받은 기질이오. 우리 형 크리스티안도 그랬지요. 최고의 바람둥이였소. 하지만 저 애도 언젠가는 잠잠해질 거요. 우리 형처럼 말이지요. 바람을 잠재울 약을 언젠가는 발견할 거요."

"예를 들면 뭐가 있지요?"

"케이크."

"케이크요?"

"그렇소."

"케이크가 부비에게도 도움이 될까요?"

"아니오. 하지만 리히터 씨, 누구에게나 임무가 필요하지요. 스스로를 만족시키고 감동케 할 임무 말이오. 어떤 사람은 케이크

를 굽고, 또 어떤 사람은…… 부비에게 적당한 임무를 찾아줘야
지요."

작은 기젤이 여우 같은 여자와 무도회장을 누빌 동안, 큰 기젤
은 나와 함께 계속 독주를 마셨다. 할머니 덕분에 나는 그와 충분
히 대작할 수 있었다.

"리히터 씨, 당신은 이성적인 젊은이 같군요. 제멋대로인 우리
부비에게 조금 관심을 가져주시오."

장교는 내 어깨에 친근하게 팔을 올렸다.

"친위대에 들어오지 그러시오. 우리는 당신 같은 사람이 늘 필
요하니까."

나는 미소 지었다.

"중령님, 저는 저 자신을 완전히 만족시키는 임무를 이미 발견
했답니다."

쿠르트의 얼굴에서 미소가 사라졌다.

"그렇군요. 잘 알지요."

부비는 우리 쪽으로 와서 앉을 생각이 전혀 없어 보였다. 우리
는 계속 술을 마셨다. 쿠르트의 시선이 달라졌다. 눈동자가 더욱
반짝였다.

"리히터 씨, 우리끼리 할 말이 있소. 경애하는 총독께서 제국으
로부터 장미 재배사를 불러왔다는 말을 오늘 들었을 때, 난 너무
화가 나서 폭발할 지경이었지. 이곳에는 골칫거리가 아주 많소.
이 빌어먹을 나라에는 유대인이 들쥐보다 더 많아요. 그런 게 해
결해야 할 문제지. 프랑크는 망할 놈의 왕이 아니오. 내가 장미 재

배사를 둡니까? 하인리히 힘러에게 장미 재배사가 있어요? 프랑크의 타락한 행동에 대해 총통에게 보고해야겠소. 리히터 씨, 이해하시겠지요? 당신이 개인적으로 싫어서가 아니오. 총독이 지금은 장미 재배사를 성에 불러들였지만, 다음엔 또 누구를 불러들일지 모르니까요.”

독주 때문에, 그리고 무슨 말을 해야 할지 생각할 시간도 없어서 나는 이런 대답을 했다.

“제가 장미 때문에만 여기 온 게 아닐지도 모르지요.”

연청색 눈동자가 나를 빤히 바라보았다.

“그러니까…… 명령을 받았다고요?”

나는 그에게 의미심장한 미소를 지으며 어깨를 으쓱했다.

“누구에게서?”

“지극히 높은 분에게서.”

나도 모르게 튀어나온 말이었다. 내 속에 있는 아담은 신경질적인 웃음발작을 일으켰지만, 안톤은 침착했다.

“중령님, 전 이미 너무 많은 걸 이야기했습니다. 조카에게는 아무 말도 하지 마세요.”

“당연하지요. 난 뭔가 더 있다는 걸, 당신이 뭔가 감추고 있다는 걸 바로 눈치 챘소. 우리와 함께인가요? 그러니까 보안정보부와 함께하는 일입니까?”

“저는 비밀 준수 의무를 이행해야 합니다.”

그가 헛기침을 하고, 거의 죄송하다는 말투로 대답했다.

“아, 압니다.”

“중령님, 사람들의 관심이 쓸데없이 저에게 쏠리는 일을 하지 않으시면 고맙겠습니다.”

“물론이지요.”

살다보면 자기가 거친 강물을 건너뛰었는지, 아니면 강바닥을 밟고 서 있는지 모를 때가 있다.

집에 와보니 로자가 반쯤 벌어진 주먹에 스타킹을 쥔 채 잠들어 있었다. 나는 베개를 들고 나와 거실 소파에 누웠다. 할아버지 재킷을 입고, 외투를 이불 삼아 덮었다. 내일 부슬러가 오면 기젤과 나눈 대화를 이야기해줘야겠구나…….

부슬러와 나는 눈 덮인 크레센도르프를 산책했다. 집에서는 쿠프너 부인이 감시를 했고, 부비가 언제 우리 집으로 뛰어들어올지 몰라 안심할 수 없었다. 하지만 길은 텅 비어 있었다. 내 이야기를 모두 들은 부슬러의 얼굴이 창백해졌다. 그의 낯빛은 발밑에 깔린 눈만큼이나 새하얘졌다.

“큰일 났군, 큰일 났어. 너 어쩌려고…….”

그는 침착해지려고 애를 썼고, 난 부끄러워 고개를 숙였다.

“아담, 이건 현실이야. 우리는 폴란드에 있어. 기젤이 네가 누구인지 알아내면 어떻게 할 것 같아?”

안나, 나는 한 시간이 지난 뒤에야 할머니와 네 소식을 물을 수 있었다.

“우리 가족은 떠났나요?”

부슬러가 고개를 끄덕였다.

"모두?"

그가 다시 고개를 끄덕이고 한숨을 내쉬었다.

"부슬러, 그건 좋은 소식이잖아요. 안 그래요?"

"물론이지."

그가 힘없이 대답했다.

"물론이야."

"부슬러, 무슨 일이에요?"

"아무것도 아니야."

"안나는 어떻게 되었어요?"

"진전이 있어."

"무슨 뜻이에요?"

"아담, 날 믿어. 이 일은 굉장히 조심해서 진행해야 해. 내 동료들이 의심을 품어서는 안 되고, 보안정보부 사람이 자기를 찾고 있다는 사실을 안나가 알아서도 안 돼. 그랬다가는 그녀가 무슨 일을 할지 모르니까."

"무슨 소리예요?"

"폴란드 총독부에서 자살률이 얼마나 높은지 알아?"

내가 모른다고 하자 부슬러는 서글픈 미소를 지었다.

"네 할머니가 네게 많은 것을 가르쳤지만, 공포는 가르쳐주지 않은 모양이구나. 그걸 빼먹었어."

크레센도르프에서의 첫 주는 그렇게 지나갔다. 한없이 긴 이레였다.

기젤 중령은 바르샤바로 돌아가기 전에 다시 한번 부비를 찾아왔다. 그는 아주 오랜 친구처럼 나와 작별하고, 연청색 눈동자로 윙크를 보내며 '장미 프로젝트'가 성공하기를 빌었다.

부비가 손을 써서 로자는 해고당했다. 하사는 내 침대에서 폴란드 청소부와만 잔 게 아니라 빨강머리 레나와도 잤다. 레나는 열여덟 살로, 폴란드 총독부에 정착한 독일 실업가 에곤 브레덴의 딸이었다. 그의 아내와 세 딸은 크레센도르프에 있는 멋진 집에서 살았고, 에곤은 거의 언제나 출장중이었다.

나는 한때 레나가 부비와 결혼할 거라고 짐작했다. 그러나 3월 말에 부비의 애인은 빨강머리 레나에서 그녀보다 네 살 많은 금발 언니 아니타로 바뀌었다. 내 침대는 다시 그 두 사람의 피난처 역할을 했다.

쿠프너 부인은 두 여자가 오가는 모습을 주의 깊게 살폈다. 레나는 이따금 우리 집을 노크했다. 그녀는 자기 언니가 이 건물에 없다는 걸 알 때만 왔다. 레나는 내 어깨에 기대어, 바람둥이 '우리 기젤'이─그녀는 하사를 그렇게 불렀다─자기 마음을 찢어놓았다며 눈물을 흘렸다. 그녀는 배신당한 여인의 역할도 사랑받는 연인만큼이나 열정적으로 해냈고, 자신의 슬픔에 점차 익숙해졌다. 레나는 부모님에게 기젤에 대해서도, 언니에 대해서도 하소연하지 않았다. 건물 현관에서 우연히 하사를 만나면 추방당한 공주처럼 미소를 지었다. 겸허하지만 자존심을 잃지 않은 미소였다.

총독의 정원에 쌓였던 눈은 서서히 녹았지만 봄은 아직 올 생각을 하지 않았다. 정원사와 그의 무리가 카드놀이를 가르쳐주었다. 나는 그때도 도무지 알아듣지 못했고 그 후에도 마찬가지였다. 나는 게임에서 담배를 수없이 잃었지만, 시간이 흐르면서 아주 조금씩 그들의 신뢰를 얻었다. 야누츠는 '힘러의 귀'에 집착했다.

"리히터 씨, 제국에서는 학교에서 그런 걸 배우나요?"

"개인교습을 받았습니다."

"선생님이 힘러의 귀가 꺾여 있다고 가르쳐주었다고요?"

"대강 그 비슷한 말을 했어요."

나는 할머니를 생각했다. 런던에도 할머니만의 다락방이 있을까? 베를린의 다락방에는 지금 누가 살까. 벽에는 아직도 권력자들의 사진이 걸려 있을까?

부슬러는 몇 주에 한 번씩 찾아왔다. 그는 점점 더 말라가는 듯했다. 예전에는 아주 우아하게 진짜 손가락 흉내를 내던 검은 꼬리들은 이제 지저분하게 사방으로 휘어져 있을 때가 많았다.

안나, 그때 너는 어디에 있었을까. 네 안부를 물으면 부슬러는 그저 나를 안심시키기만 했다.

4월 말에 나는 엄마 품종과 아빠 품종을 정하여 가지를 절단하고, 꽃가루를 묻힌 엄마 품종의 머리에 봉지를 씌웠다. 꽃이 자주 피는 두 가지 품종을 부모로 골랐다. 아빠 품종의 꽃가루주머니가 이미 성숙한 상태이기를 바랐다.

나는 마르더가 하던 일을 떠올리려고 애썼다. 폴란드인 네 명이 나를 세심하게 관찰했으므로 나는 이 일에 지극히 익숙한 듯 보이려고 노력했다. 특히 타데우츠는 내가 가는 곳마다 따라다 녔다.

"가을이 되면 더 확실히 알게 될 거예요."

나는 엄마 품종에게 마지막 모자를 씌우며 말했다.

히틀러가 네덜란드와 벨기에와 프랑스를 점령하기 위해 군대 를 서부로 이동시키던 5월, 나는 폴란드 총독부 총독인 뚱뚱한 아 기 천사 한스 프랑크 박사를 만나게 되었다. 테라스 문이 열리고 쇼팽의 피아노 소나타가 성에서 울려나왔다. 따뜻한 햇살과 음악 과 꽃이 핀 정원은 폴란드를 낙원처럼 보이게 했다. 피아노 소리 가 그치고, 여자들의 새된 소리가 목가적인 풍경을 깼다. 우아한 귀부인 다섯 명이 베란다에 나타났다. 옷차림이 가장 요란한 여 자—하얀 밍크 숄을 걸치고 있었다—가 양손을 뚱뚱한 허리에 대고 소리쳤다.

"얘들아, 프랑크가 통치하는 폴란드는 정말 아름답지 않니?"

그러자 여자들이 시끄럽게 꽥꽥거리며 화답했다.

"밍크를 걸친 여자가 총독 아내예요."

내 뒤에 있던 야누츠가 말했다.

거위들이 집 안으로 들어가고 조금 시간이 흐른 뒤, 프랑크가 직접 테라스에 모습을 드러냈다. 이리저리 훑어보던 그의 눈길이 나를 향했다. 나는 고개를 끄덕이고 팔을 들어올려 히틀러 인사 를 했다. 그도 인사하고는 유유자적한 걸음으로 다가왔다.

"당신이 장미 재배사인 안톤 리히터군요."

프랑크가 미소를 지었다. 그의 얼굴 표정은 어딘가 여성스러웠고, 왠지 모르게 우는 것처럼 보였다. 누군가 계속 약을 올려서 화가 난 표정 같기도 했다.

"그렇습니다, 프랑크 박사님."

그의 옷은 조금 작아 보였다. 뚱뚱한 배가 재킷과 바지와 조끼의 멋진 재단을 망치고 있었다. 그는 한숨을 쉬며 "장미"라고 말하더니 놀랍게도 〈들장미〉를 부르기 시작했다. 3절까지 모두. 총독이 아름다운 목소리와 약간 지나치다 싶은 열정으로 최선을 다해 슈베르트의 노래를 부르는 걸 들으면 무슨 말을 해야 하나? 아무 말도 못 한다. 그냥 끝까지 듣는 수밖에.

"어떻게 생각합니까?"

그가 물었다.

"아…… 프랑크 박사님, 목소리가 정말 탁월하십니다."

프랑크가 활짝 웃었다.

"고맙습니다. 하지만 나는 장미를 말한 겁니다. 당신이 기르는 이 작은 장미들이 꽃을 피울 것 같습니까?"

그가 봉지를 쓰고 있는 엄마 품종들을 가리켰다.

"아마 그럴 거라고……. 가을이 되면 더 확실히 알 수 있을 겁니다."

그는 팔을 돌려 뒷짐을 지고 고개를 옆으로 갸웃했다.

"당신의 직업은 나를 사로잡습니다. 나는 어릴 때 완상용 물고기를 열심히 길렀지요."

"무척 흥미로운 일입니다."

“예, 나는…….”

그때 그의 아내 브리기테 프랑크가 베란다에 나타나 남편을 불렀다.

“리히터 씨, 이제 실례해야겠군요. 우리 대화는 다음에 계속합시다.”

뚱뚱한 천사가 서둘러 아내에게 향했다.

프랑크가 나타나자마자 사라졌던 야누츠가 다시 내 뒤에 와서 섰다.

“리히터 씨는 어떻게 생각하세요? 저 남자도 귀가 꺾였나요?”

“아닙니다. 저 사람은 엉덩이와 입술이 뚱뚱할 뿐이지요.”

야누츠가 웃었다.

“그가 들으면 당신 목을 벨 겁니다.”

“그러니 듣지 못하게 합시다.”

“리히터 씨는 정말 이상한 독일인이에요.”

야누츠가 말했다.

부슬러가 전화했다. 휘어지는 손가락들이 움직이는 소리가 수화기 저편에서 들려왔다.

“기젤 중령이 크라쿠프에 있어. 그가 너와 부비를 주말에 초대할 거다. 새 소식이 있으니까 하루 일찍 와라. 아다…… 안톤.”

“그게…….”

그가 내 말을 막았다.

“금요일 아침에 내 차를 보내마.”

부슬러는 이렇게 말하고 전화를 끊었다.

금요일이 될 때까지 나는 부비와 레나를 피해 다녔다. 저녁 늦게까지 정원에 머물렀고, 집에 오면 전등을 켜지 않았다. 하사가 매일 우리 집 문을 노크했지만 대답하지 않았다. 레나가 문 아래로 밀어넣는 쪽지도 읽지 않고 그대로 버렸다. 안나, 나는 네 생각만 했다.

야누츠와 그의 사람들은 내 산만함을 눈치챘지만, 나를 그대로 내버려두었다. 꽃을 살리는 손을 지닌 타데우츠는―나는 그의 장미를 4월부터 계속 망쳐놓았다―나에게 용기를 주려는 듯 미소를 지으며 억센 폴란드 억양으로 말했다.

"다 잘될 거예요."

"타데우츠, 독일어를 할 줄 아는군요."

"조금."

그가 당황해하며 대답했다.

"아주 조금."

드디어 금요일이 왔다. 부슬러의 차도 왔다. 집 문을 막 닫으려는데, 부비가 나에게 달려왔다.

"안톤, 요 며칠 대체 어디 있었어?"

"할 일이 많았어. 부비, 나 지금 가야 해. 내일 저녁에 크라쿠프에서 만나자."

내가 가려고 하자 하사가 내 소매를 세게 붙들었다.

"안톤, 이야기 좀 하자. 날 도와줘."

"내일. 약속할게. 차가 기다리고 있어."

나는 그의 손을 떼어놓았다.

"안톤!"

그가 뒤에서 외쳤다.

"내일! 약속했어."

나는 다시 한번 몸을 돌려 그에게 손을 흔들었다. 그의 눈에 서려 있던 게 뭐였을까. 할머니가 나에게 가르치지 않은 감정이었다. 보랏빛 공포였다. 벌거벗은 공포.

크라쿠프에 있는 부슬러의 집으로 가면서, 나는 부비의 위급상황을 잊었다. 조금 전에 느꼈던 연민은 사라졌다. 모든 것이 사라졌다. 내 머리와 내가 바라보는 모든 곳에는 안나, 너뿐이었다.

"아담, 진정해라."

그는 숨을 헐떡이며 서 있는 나에게 앉으라고 권했다. 그러고는 가죽 꼬리들로 잔을 감싸며 이야기를 시작했다. 안나, 부슬러는 네가 어쩌면 유대인의 별을 달지 않은 채 숨어 있을지도 모르는 어느 집의 주소를 가지고 있었다. 그가 직접 갈 수는 없다고 했다. 그 어떤 유대인이, 숨어 있는 그 어떤 유대인이 친위대 소령 앞에서 자기 정체를 드러낼 수 있으랴. 부슬러는 크라쿠프에서는 아무도 믿을 수 없으므로 내가 직접 가야 한다고 했다.

"물론이지요. 당장 가겠어요."

나는 자리에서 벌떡 일어났다.

"아담, 진정하고 내 말을 잘 들어."

부슬러가 계획을 설명했다. 안나, 네가 사는 거리에 모자 만드는 사람이 있다고 했다. 소령이 모자를 써보는 사이, 동네 지리를 잘 모르는 장미 재배사는 거리를 따라 슬슬 걷다가 당신이 숨어 있다는 집을 노크한다는 계획이었다.

"우리는 안나와 같이 사는 사람들이 누군지 몰라. 어쩌면 잘못된 정보여서 안나가 거기 살지 않을지도 모르고. 어떤 경우든 네 신분을 밝혀서는 안 된다."

"어떤 신분을? 아담? 아니면 안톤?"

나도 모르게 웃음이 터졌다.

"둘 다 안 돼."

그가 엄하게 말했다.

"누군가 네 서류를 보자고 하면 길을 잃었다고 해. 내가 기다리고 있는 모자 가게를 찾는 중이라고. 아무도 믿으면 안 돼. 알아들었지?"

"안나가 거기 있으면 어떻게 해야 하나요?"

"그럼 상황을 봐야지. 금방 데리고 나올 생각은 절대 하지 마."

부슬러의 운전사가 우리를 모자 제조업자에게 태워다주었다. 차에서 내린 뒤에 소령은 운전사를 마을 반대편 끝에 있는 담배 가게로 보냈다.

"그런 다음 바로 집으로 돌아가시오. 우린 택시를 타겠소."

차가 떠난 뒤에 내가 물었다.

"운전사를 왜 돌려보내요?"

"그가 널 감시하지 못하게 하려고."

우리는 진열창 앞에 잠시 서 있었다. 부슬러가 반은 죽고 반은 살아 있는 손을 내 어깨에 얹고 속삭였다.

"네가 30분 뒤에 돌아오지 않으면 내가 데리러 갈 거야."

나는 고개를 끄덕였다. 우리는 있지도 않은 관객을 위해 짧은 연극을 했다.

"소령님, 들어가세요. 저는 크라쿠프를 전혀 모르니 주변을 조금 둘러보겠습니다. 오래 앉아 있었으니 다리도 움직이고요."

"리히터 씨, 좋을 대로 하시지요. 길을 잃지는 마세요."

우리는 시계를 슬쩍 내려다보고 헤어졌다.

시끄럽게 울리는 초인종 소리에 나는 소스라치게 놀랐다. 잠시 후에 눈 주위가 거무스레하고 이마에 두 줄의 굵은 주름이 있는 남자가 나타났다. 그는 내가 알아듣지 못하는 폴란드어로 뭔가 이야기했다.

"독일어 할 줄 아십니까?"

"예."

그가 대답했다.

"나는…… 안나 구츠로브스키를 찾습니다."

그의 얼굴에는 아무런 표정 변화도 나타나지 않았다.

"누구요?"

"안나 구츠로브스키."

"모릅니다."

눈을 깜박인다거나 그 외 어떤 행동도 하지 않았지만, 나는 그의 말을 믿을 수 없었다.

"부탁합니다. 난 베를린에서 온 친구예요."

"무슨 말인지 모르겠군요."

그가 싹싹한 표정으로 미소를 지었다.

"안나를 정말 모릅니까?"

"예."

그는 내 의심을 거의 날려버릴 만큼 거짓 없는 목소리로 대답했다.

"생각이 달라지면, 그러니까 안나를 아신다면, 백 개의 꿈을 선물한 남자가 여기 왔다고 전해주세요."

"미안합니다만 안나라는 사람은 모릅니다. 안녕히 가십시오."

"안녕히 계세요."

그가 문을 닫았다. 나는 계단을 내려오다가 멈춰섰다. 어쩌면 네가 안에 있는지도 모르니까, 내 말을 듣고 바깥으로 나올 수도 있으니까. 안나, 너는 그 꿈들을 기억하고 있을 테니까.

쥐꼬리들이 내 어깨로 기어올랐다. 살아 있는 꼬리 하나는 떨고 있었다. 나는 몸을 돌렸다. 눈을 크게 뜬 부슬러가 어서 떠나자고 재촉했다. 부슬러와 안톤 리히터는 외부세계에 존재할 상상 속의 관객을 향해, 모자가게 앞에서 행한 초연보다 훨씬 형편없는 연기를 다시 한번 펼쳐 보였다.

"이제야 돌아왔군요. 길을 잃었던 모양입니다."

충성스러운 마에스트로가 너무 큰 목소리로 말했다.

"예, 그랬습니다. 소령님, 마음에 드는 모자를 찾으셨나요?"

"못 찾았습니다."

안나, 우리는 네가 있을 거라고 짐작한 집 앞에 유랑극단 배우들처럼 서 있었다.

"부슬러, 지금 미친 사람처럼 소리를 지르시네요. 이제 그만 가요."

내가 그에게 속삭였다.

우리는 택시를 타고 소령의 집으로 돌아왔다.

"아담. 유감스럽구나. 안나를 계속 찾아야겠다."

부엌에 앉자 부슬러가 입을 열었다.

"찬장 아래를 보렴. 우리를 위로할 수 있는 게 들어 있으니까."

아스바흐 브랜디 한 병이었다. 할머니가 모든 상처에 쓰는 만병통치약. 안나, 다락방 냄새가 났다. 한때 우리 둘의 집이 있던 그 도시의 맛이었다.

"클링만 부인의 건강을 위해 건배하자."

부슬러가 가짜 손가락들로 잔을 감싸 쥐었다.

"예, 에다에게 건배."

찰랑거리는 소리, 찰랑거리는 이 소리.

우리는 첫 잔을 단숨에 들이켰다. 그러나 한 병으로 그날 저녁을 버틸 수 있게, 그래서 이미 오래전에 과거가 된 베를린 시절의 여운이 몇 시간만이라도 남아 있게 둘째 잔부터는 천천히 마셨다.

"에다가 영국에서도 아스바흐를 구할 수 있을까요?"

나는 미소를 지으며 물었다.

부슬러가 자기 잔을 노려보다가 웅얼거렸다.

"그럴지도 모르지."

그는 한참 지난 뒤에야 나를 다시 바라보았다. 뭔가가 마에스트로를 괴롭히고 있었다.

"에다가 보고 싶지요? 안 그래요?"

"물론이지."

그가 솔직하게 대답했다.

"부슬러, 뭔가 마음에 걸리는 일이 있군요?"

그가 웃음을 터뜨렸다.

"넌 가끔 네 할머니와 똑같이 이야기하는구나."

"자, 말해보세요. 무슨 일인가요?"

"아담, 아니야. 아무 일도 아니야. 넌 여기서 살아남아야 해. 나는 네 할머니에게 그렇게 하겠다고 약속했어."

우리는 아스바흐를 마지막 한 방울까지 모두 마시고 자리에서 일어났다. 나는 소년과 강아지 사진이 걸려 있던 방으로 갔다. 사진은 사라지고 없었다. 흐릿하게 바랜 벽지에는 그들의 이야기가 머물렀던 흔적만 남아 있었다.

"부슬러, 사진은 어디 갔어요?"

"떼어내서 싸두었다."

"왜요?"

그는 어색한지 어깨를 으쓱했다.

"혹시 주인이 와서 가져갈지도 모르니까."

"그럴 거 같으세요?"

"아니."

부슬러는 서글프게 대답하고 신발을 질질 끌며 방에서 나갔다.

나는 금방 잠이 들었다. 한밤중에 총소리가 들리는 듯했다. 꿈인지 생시인지 알 수 없었다. 정신을 미처 차리기 전에 소리는 이미 잦아들고 다시 조용해졌다. 나는 침대에서 일어나 창문으로 다가갔다. 아무것도 보이지 않았다. 어둠뿐이었다.

다음 날 아침, 부슬러에게 간밤의 총소리에 대해 물었다.

"아담, 여긴 폴란드야. 이곳에서는 총을 쏜다."

그가 냉담한 표정으로 대답했다.

"누굴 쏘는 거예요?"

"네가 이해하지 못하는 일에 대해 생각하지 마."

"하지만……."

"아니, 그만해라."

부슬러는 토요일 오후에 사무실에 나가야 했다. 그래서 내가 시내로 구경 간다고 하자 마지못해 허락했다. 안나, 나는 모자 제조업자가 사는 거리를 따라 천천히 걸으며, 어쩌면 네가 숨어 있을지도 모르는 그 집을 몇 번이고 지나갔다. 내가 굳게 믿기만 하면, 그러기만 하면 네가 거기 정말 있을 거라는 듯이…….

기젤 중령은 부비와 나뿐만 아니라 그가 "훌륭한 부시"라고 부르는 부슬러도 저녁식사에 초대했다. 식당은 터질 듯이 붐볐다. 모두 독일어로 이야기했다. 폴란드인들은 샴페인과 코냑이 강처럼 흐르는 이 게으름뱅이의 천국에 들어올 수 없었다.

부비의 공포는 초라한 외투를 걸치고 있었다. 여기저기 구멍이 뚫려 있어, 헐벗은 보랏빛 공포를 그대로 드러내는 옷이었다.

식당에는 아름다운 여자가 한둘이 아니었다. 그러나 하사는 그 중 누구에게도 미소를 보내지 않았고, 흘낏 볼 생각조차 하지 않았다. 여자들이 있다는 사실조차 모르는 눈치였다. 평소와 다른 그의 태도가 내 눈에만 띈 걸까, 아니면 그의 삼촌도 눈치 챘을까?

중령은 바르샤바에서 겪은 몇 가지 모험담으로 분위기를 띄웠다. 사실 크레센도르프에서 들은 이야기들이었다. 나는 부슬러도 중령의 영웅담을 이미 알 거라는 생각이 들었다. 그러나 우리는 적당한 때에 웃었고, 필요에 따라 의심과 경악의 표정도 지었다.

"부시, 크라쿠프 상황은 어떻습니까?"

기젤 중령이 바르샤바의 마지막 일화를 마치고 물었다.

"그럭저럭 진행중입니다."

부슬러는 주제를 불편해하는 기색을 드러냈다.

"무슨 문제라도 있습니까?"

"문제가 없었던 적이 있나요? 중령님, 코냑 한 잔 더 하시겠습니까?"

그의 꼬리들이 병을 서툴게 움켜쥐었다.

"제가 할까요?"

나는 병을 넘겨받아 술을 따랐다.

"부시, 델피의 신탁처럼 헷갈리게 말하지 마시죠. 여긴 우리들 뿐이니."

중령이 나에게 윙크했다.

“자, 무슨 문제입니까?”

마에스트로는 잠깐 망설이다가 나지막이 입을 열었다.

“죄 없는 사람들을 너무 많이 처벌하지 말고, 정말 죄를 지은 사람을 처벌하는 게 중요하다고 생각합니다.”

“부시, 폴란드인을 한 명 더 죽이든 덜 죽이든 무슨 상관입니까? 일을 하다보면 예상치 못한 부작용도 따르게 마련인데요.”

“물론이지요, 물론입니다.”

부슬러는 멍한 표정으로 미소를 지었다.

둘이 이야기를 하는 동안, 부비가 식탁 밑으로 나를 쳤다.

“잠깐 바람 쐬고 오겠습니다. 술 좀 깨려고요.”

작은 기젤이 말했다.

“안톤, 같이 나가지 않을래?”

나는 고개를 끄덕이고 자리에서 일어났다.

“부비, 너무 오래 있지는 마라. 그리고 여자들에게 손대지 말고.”

중령이 웃으며 검지를 들어올렸다. 그는 조카의 얼굴이 순식간에 창백해졌다는 사실을 알아채지 못했다.

나는 부비를 따라 옆집 마당으로 들어섰다. 그는 담배에 불을 붙여 물고 모자를 벗은 뒤에, 숱이 많은 머리카락을 거칠게 쓸어내렸다.

“안톤, 빌어먹을! 이런 빌어먹을!”

눈물과는 거리가 멀 것만 같은 그의 보랏빛 눈에서 눈물이 흘러내렸다.

그는 아니타가 임신했다고 말했다. 레나와는 달리 슬픔과 마음의 고통을 전혀 견딜 생각이 없는 그녀는 자기 권리를 내세우며 부비에게 결혼해야 한다고 주장했다.

"아니타는 내가 찾던 여자가 아니야. 모든 여자 중에 가장 아름다운 여자가 아니라고. 내가 결혼식장으로 데려가고 싶은 여자가 아니야."

부비는 양손으로 얼굴을 감쌌다.

"우리 아버지랑 똑같아. 난 아버지랑 똑같은 실수를 저지르고 있어."

"무슨 소리야?"

"아버지는 엄마를 사랑하지도 않으면서 결혼했어. 아버지도 가장 아름다운 여자와 결혼하려고 했지. 하지만 엄마가 임신을 했어. 그래서 만나려던 여자는 평생 못 만난 거야."

"나는 네 아버지가 직업에 헌신하게 되어서 여자를 그만 만난……."

"아니, 내가 먼저야. 케이크는 그다음 일이야. 케이크, 언제나 케이크……. 정신 나간 사람처럼 케이크를 만들었지."

그가 애타는 눈으로 나를 바라보았다.

"아니타와 결혼하지 마. 하지 말라고!"

"그러면 친위대에서 쫓겨날 거야. 이 모든 일을 포기해야 돼. 쾰른에서의 일도, 쌍둥이도……. 그리고 아니타는 로자와의 일을 알고 있어."

"부비, 그러니까 네가 결정해야 돼. 뭐가 더 중요하지? 네가 언

젠가 만나게 될, 모든 여자 중에 가장 아름다운 그 여자야? 아니
면 여기 이 일이야?”

하사는 머리를 마구 긁으며 자신을 괴롭혔다.

“모르겠어. 안톤, 어떻게 해야 하지? 정말 모르겠어. 난 행복해
지고 싶어. 그거야 누구나 그렇지. 아니야?”

그의 군복이 갑자기 세 치수쯤 커 보였다. 부비는 군인으로 분
장한 어린아이 같았다.

“그럼 널 행복하게 하는 게 뭔지 잘 생각해봐.”

“그래.”

그가 눈물을 닦고 모자를 다시 썼다.

“들어가자. 우리 삼촌에게는 아무 말도 하지 마. 부탁이야.”

우리가 안으로 들어갔을 때, 식탁에는 남자들 여섯 명이 더 앉
아 있었다. 부슬러와 기젤이 아는 사람들이었다. 늘어난 사람들
과 함께 우리는 몇 잔 더 마셨다. 그러다가 중령이 나에게 몸을
기울이고 속삭였다.

“장미 문제는 어떻게 되어갑니까? 그 장미 말입니……”

“예, 알아들었습니다.”

나는 쌀쌀하게 그의 말을 잘랐다.

“진행중입니다.”

기젤이 웃었다.

“이봐요, 리히터 씨. 당신, 참 굉장한 사람이오. 아무것도 털어
놓지 않을 작정이지요?”

부슬러가 걱정스럽게 우리를 지켜보았다.

"중령님, 우린 모두 그저 맡은 바 임무를 수행하고 있을 뿐입니다."

나는 미소를 지으며 말했다.

"맞소, 맞아요. 젊은이, 아주 마음에 듭니다."

그가 내 어깨를 힘차게 두드렸다.

드디어 모임이 끝났다. 가련한 마에스트로는 관사에 도착하자마자 부엌에 완전히 주저앉았다.

"기젤은 네 임무에 대해 뭔가 더 알아내려고 혈안이 되어 있어. 너 도대체 어쩌자고……."

"기젤은 제가 꽉 잡고 있어요."

부슬러는 새된 웃음소리를 냈다. 듣기 싫은 소리였다.

"아담, 여긴 장난하는 곳이 아니야. 일이 잘못되면 우리 둘 다 죽는다. 그걸 그렇게 못 알아듣겠니?"

억제할 수 없는 분노가 예고도 없이 솟구쳤다.

"알아요, 부슬러. 이곳은 폴란드지요. 여기선 총을 쏘고요. 당신도 사람을 쏘나요? 죄가 있든 없든, 그리고 그게 무슨 뜻이든 말이에요. 친위대 소령님, 당신이 맡은 임무는 뭔가요?"

그가 고개를 저었다.

"넌 지금 네가 무슨 말을 하는지 몰라."

"나는 아무 말도 하지 않았어요. 질문을 했을 뿐이지."

"아담, 나는 나치당원이야. 나는 총통을 위해, 내 조국을 위해 일하고 적들로부터 조국을 지킨다.”

“그럼 나는? 에다는? 당신 총통이 우리를 적이라고 선언했어요, 부슬러. 두 가지가 어떻게 병행할 수 있나요? 당신은 유대인을 총독의 정원에 숨겨주고, 그 유대인이 유대인 여자친구를 찾게 돕고 있어요. 어떻게 이 두 가지가 동시에 가능하냐고요.”

부슬러는 나를 쳐다보지 않았다.

“너와 네 할머니……. 너희 가족은 유대인이면 안 되는 거였어. 누군가 실수를 한 것…….”

나는 의자를 박차고 일어나, 서로의 머리가 거의 닿을 만큼 탁자 위로 길게 몸을 뻗었다.

“누가 실수를 했다고요? 신이? 그게 당신의 대답인가요?”

그가 조심스럽게 내 눈을 들여다보았다.

“아담…….”

그는 아무 말도 하지 않고 내 이름만 불렀다. 기도처럼 들리는 그 목소리에 내 분노는 잦아들었다.

다음 날 아침, 우리는 전날 아무런 논쟁도 없었다는 듯이 행동했다. 커피를 한 잔 마신 뒤에는 어색하던 느낌이 실제로 사라졌다.

아침식사를 하는 동안 마에스트로는 나에게 용기를 북돋워 주었다.

“우린 안나를 찾을 거야.”

그는 백 번도 넘게 똑같은 말을 했다.

헤어지면서 부슬러가 나를 안았다.

"아담, 다음 주에 만나자."

"소령님, 안톤이에요."

"안톤."

죽은 가죽 손가락이 내 얼굴을 쓰다듬었다.

나는 부슬러의 차를 타고 크레센도르프로 돌아왔다.

현관에서 쿠프너 부인을 만났다. 영원히 사라지지 않을 양배추 냄새가 그녀의 땀구멍마다 풍겨났다.

"아, 리히터 씨. 크라쿠프는 어땠나요? 크라쿠프에 다녀온 거 맞지요? 기젤 하사가 얼핏 이야기했어요."

"좋았습니다."

내가 작별인사를 하고 지나가자 그녀가 뒤에서 나를 불렀다.

"리히터 씨, 빨강머리가 문 앞에서 기다려요."

관리인 아내의 목소리가 계단을 울렸다. 레나가 눈에 들어왔다. 안나, 그녀의 눈에서 너와 닮은 뭔가가 반짝였다. 나는 그녀를 데리고 집에 들어가 차를 끓였다.

"결혼한대. 언니와 우리 기젤이……."

"누가 그래?"

"아니타 언니가."

"아니타가 아마 착각하는 걸 거야."

"언니는…… 임신했어."

나는 짐짓 놀라는 척하고, 찻잔 두 개에 럼주를 조금 넣었다. 우리는 5월의 태양이 유리창으로 비쳐드는 날씨에 홀짝이며 겨울 음료를 마셨다.

레나가 슬픈 표정으로 미소를 지었다.

"우리는…… 우리 둘은 안 되겠지? 그런 일은 없을 거야. 안 그래?"

"응."

그녀가 고개를 끄덕였다.

"그럴 거라고 생각했어."

"내 마음을 이미 가져간 사람이 있어."

"잘됐네."

레나가 부드럽게 말했다. 나는 부비, 그리고 위압적인 아니타를 떠올렸다. 부비가 아니타가 아니라 빨강머리 동생을 임신시켰더라면 더 나았을 텐데…….

6월, 아우구스트의 군대가 파리로 진군해 들어갔다. 멀리 떨어진 이곳 동부의 점령군들도 축제를 제대로 한판 벌였다. 크레셴도르프로 나를 찾아온 부슬러는 프랑스의 항복이 가져다준 감격을 드러내지 않으려 했지만 허사였다.

그는 네덜란드와 벨기에, 오스트리아와 폴란드 총독부와 수데텐란트를 독일의 승리이며, 공공의 재산이라고 했다. 특히 프랑스는 그에게 개인적인 승리의 의미를 띠고 있었다. 한때 바이올린을 연주했던 손가락 아홉 개가 그곳에서 썩어갔기 때문이다.

6월 말, 프랑크의 정원에 장미가 활짝 피었다. 나는 부모 품종들을 추가로 정하기 시작했다. 타데우츠는 내 곁에서 떨어지지 않았다. 열네 번째 교배를 마친 뒤에 우리는 풀밭에 길게 누웠다.

나무들이 보초의 눈길로부터 우리를 가려주었다. 성 주민들은 모두 크라쿠프에 갔으므로 걱정할 필요는 없었다. 나는 타데우츠에게 담배를 건넸다.

"먼가 쪼끔 낙원 가타요."

그가 강한 억양으로 말했다.

"우리는 아담이고, 쩌기는……" 그가 턱짓으로 보초들이 서 있는 방향을 가리켰다. "뱀."

나는 깜짝 놀라 흠칫했다. 그의 입에서 나온 내 본명의 울림이 부드러운 매질처럼 나를 때렸다.

"그럼 누가 이브인가요?"

내가 물었다. 그가 안톤을 뱀의 무리가 아닌 아담에 포함시켜줘서 행복했다.

"아, 이브."

타데우츠가 한숨을 내쉬고는 웃음을 터뜨렸다.

"그러니까 그 이야기에는 아담과 뱀만 나오는군요?"

"옛!"

그는 군인들이 듣기 좋아하는 기운찬 목소리로 대답했다.

우리는 바닥에 등을 대고 누워 폴란드의 하늘을 바라보았다. 나는 그에게 다시 담배를 건넸다.

"리히터 씨, 뭐 쫌 물어바도 되까요?"

그가 내 얼굴을 외면한 채 말했다.

"그럼요."

"장미…… 장미 재배 말인데요. 리히터 씨는 자기가 멀 하는지 아라요?"

"아니요."

놀라서 양손으로 머리를 감싸는 부슬러의 모습이 눈앞에 떠올랐다.

"야누츠랑 나랑 다른 사람들을 감시하러 와써요?"

"아니요."

"리히터 씨, 거진말 아니지요?"

"아닙니다."

"걱정꺼리 이써요?"

"예, 그렇게 말할 수 있겠네요."

"괜찮아질 거예요. 괜찮아요."

7월에 부비는 결단을 내렸다. 그는 군복 쪽으로 결정했다. 아니타와 태어날 아기와 연결되어 있어야만 계속 입을 수 있는 옷이었다.

하사는 나를 결혼식 증인으로 택했다. 부슬러는 그 일로 내가 기젤 가족과 더 가깝게 엮인다는 생각에 약간 걱정을 했다. 그러나 그도 부비의 부탁을 거절할 수 없다는 것은 인정했다.

중령은 조카의 선택에 무척 만족스러워했다. 결혼식은 8월 초에 크라쿠프와 크레센도르프 사이에 있는 별장에서 거행되었다. 신부 아버지인 에곤 브레덴은 맏딸의 결혼식에 상당한 돈을 들였다. 2백 명이 넘는 하객들이 초대받았다. 하얀 앞치마를 두른 요리사들이 거대한 그릴에 소와 새끼돼지를 통째로 구웠다. 여름

냄새와 돼지 냄새가 풍겼다.

친위대원 하나가 결혼식 진행을 맡았다. 부비는 군복을, 아니 타는 앞쪽에 주름장식이 달린 하얀 드레스를 입었다. 이 결혼의 진짜 이유가 옷 아래 숨겨져 있다는 사실을 아는 사람은 레나와 나밖에 없었다.

어이없고 구역질나게도 결혼식 증인 노릇을 하게 된 레나는 바람에 하늘하늘 나부끼는 여름옷을 입고 있었다. 하사의 눈동자와 같은 보랏빛 옷이었다.

부비가 신부의 손가락에 금반지를 끼운 뒤에 하객들은 길게 늘어선 식탁에 앉았다. 고기 한 토막이 내 접시에도 올라왔다. 옆에 앉은 부슬러가 불안한 듯 다리를 떨었다. 식사 후에는 악단이 연주를 했고, 하객들은 풀밭에 만들어놓은 무도회장으로 짝을 지어 몰려갔다.

나는 레나, 그리고 막내인 여덟 살짜리 베르나데테와 춤을 추었다. 베르나데테는 나를 놔주려 하지 않았다. 날이 어두워졌다. 등불과 달빛이 비추는 정원은 비현실적인 빛 속에 잠겼다. 곁눈질로 살펴보니, 부비가 식탁에 홀로 앉아 술을 마시고 있었다. 베르나데테는 할 수 없이 나를 놓아주었다.

부비가 피곤한 표정으로 미소 지었다.

"안톤."

그의 눈이 술에 흠뻑 젖어 있었다.

"나랑 잠깐 산책할까?"

그가 내 팔짱을 꼈다. 우리는 비틀거리며 피로연장을 빠져나
왔다.

신랑이 어두운 덤불 뒤에서 토했다. 독주와 고기조각들이 바닥
으로 쏟아졌다.

"오늘은 안 좋지만 내일은 나아지고, 몇 년이 지나면 좋아질
거야."

그는 이렇게 말하고 입을 닦았다.

"우리 바르샤바로 이사 가. 크레센도르프를 떠나도 된다고. 촌
구석을 떠나는 거지. 그리고 나 진급해."

"축하해."

"그래, 괜찮아질 거야. 모든 걸 가질 순 없어. 그렇지?"

"아마 그렇겠지."

다음 날 내가 총독의 정원을 거닐 때였다. 피로연에서 먹은 돼
지고기가 배 속에서 여전히 부글거렸다. 소화가 지독히 느린 모
양이었다.

"리히터 씨."

등 뒤에 타데우츠가 서 있었다.

"재배에 관한 책을 일거써요. 당신은 실수를 마니 해써요. 하지
만 어떻게 하면 되는지 이제 내가 아라요. 아직 늦지 않았을 꺼예
요. 그러니 우리 새로 시작할 수 이써요."

그가 미소를 지으며 말했다.

친구가 생긴 느낌이었다. 나는 그에게 일을 위임하고 그의 지

시에 따랐다. 장미를 향한 그의 사랑은 아르투어 마르더를 떠올리게 했다.

8월 말이 가까워지자 우리의 일은 거의 끝이 났다.

"타데우츠, 왜 이렇게 하나요?"

휴식시간에 그에게 물었다.

"뭘?"

"왜 나를 돕느냐고요."

"당신이 나쁜 사람이 아니라고 믿으니까. 우리는 처음에 당신이 친위대 스파이라고 생각해써요. 그러다가 나중에 봐써요. 당신 몸은 여기 우리랑 함께 있지만, 여기는……."

그가 내 머리를 천천히 두드렸다.

"아주 멀리 이써요. 그리고 장미…… 장미에 대해 아무것도 모르는 거 가타써요. 그래서 내가 물어봤는데, 당신은 거짓말을 하지 아나써요. 당신은 친위대원도 아니고 장미 재배사도 아니에요. 그냥 걱정이 있는 남자예요. 다른 많은 사람들과 마찬가지로."

나는 타데우츠가 다른 사람들에게 내 고백을 알렸는지, 6월의 어느 오후에 했던 "아닙니다"라는 내 대답을 어떻게 해석했는지 알 수 없었다. 그러나 그들은 나에게 아무 질문도 하지 않았고, 내가 이도 저도 하지 않는다는 사실은 알지만 내 정체는 알지 못하는 타데우츠도 더는 캐묻지 않았다.

단조로운 생활이 이어졌다. 안나, 부슬러는 네 흔적을 찾고 있었지만 일이 얼마나 진전되었는지는 절대 말해주지 않았다.

"아담, 조금만 기다려. 조금만."

"모자가게가 있는 동네의 그 집은 어떻게 된 거예요?"
"안나는 거기 없어. 그 사실을 도무지 인정하지 못하는구나."
"하지만 어쩌면……."
"아담, 제발 조금만 더 기다려라."

여름이 가고 가을이 왔다. 아니타의 배가 눈에 띄게 불러왔다.

젊은 기젤 부부가 크레센도르프에서 보내는 마지막 며칠 중 어느 날이었다. 둘은 바르샤바로 곧 이사할 예정이었다. 기젤 하사는 그곳에서 중사로 진급한다고 했다. 바르샤바에서 그의 상관이 될 삼촌은 그에게 지극히 흥미로운 과제를 주겠다고 약속했다.

그날 저녁, 아니타와 부비와 레나가 우리 집에 왔다. 넷이 함께 식사하자고 부비가 제안했다. 그는 아니타와 단 둘이 있는 시간을 되도록 피하려고 애썼다.

자매들은 근본적으로 달라 보였다. 외모만이 아니었다.

아니타의 웃음은 포효에 가까울 만큼 시끄러웠다. 머리로 웃는 웃음, 만들어진 소음이었다. 남들을 감동시키거나 함께 웃게 만들 능력은 없는 웃음이었다. 그녀는 자기가 말하는 소리를 듣기 좋아했고, 한 문장 안에서 서로 모순되는 말을 세 번이나 하면서도 전혀 깨닫지 못했다.

이에 비해 레나는 조용했고, 자신의 슬픈 표정을 얼굴에 드러냈다. 안나, 나는 언젠가 그녀에게서 네 슬픔과 닮은 뭔가를 보았다고 생각했다. 하지만 지금 와서 보니 그것은 표면에 불과했다. 레나의 조용한 분위기에도 자연스러움은 빠져 있었다. 그 사실이 아니타의 소음처럼 명백하게 드러나지 않을 뿐이었다. 두 자매는 남들이 처음 생각하는 것보다 많이 비슷했다. 안나, 나는 이 두 여자를 보며, 내가 너와 함께 있을 때 어떻게 온 세상을 느낄 수 있었는지 깨달았다. 안나, 너는 진짜였다.

부비가 크레센도르프를 떠났다. 쿠프너 부인은 이제 폴란드 사람이 이 건물에 들어올지도 모른다는 불안을 매일 내 귀에 퍼부었다.

"리히터 씨, 그러면 우리 항의해야 해요. 하사가 우릴 떠난 게 정말 유감이에요. 정말 호감 가는 사람이었는데. 하지만 장가를 잘 든 것 같아요. 신부 아버지가 굉장한 부자라면서요? 물론 하사가 돈이 필요한 건 아니었겠지만 말이지요. 신부가 매력적이더군요. 하지만 바르샤바는 별로라는 소문을 들었어요. 어쨌든 리히터 씨, 우리 힘을 합쳐야 해요. 저 위에 폴란드 놈이 들어오면……. 안 돼요, 안 돼. 난 절대 동의하지 않을 거예요."

나중에 보니 쿠프너 부인은 쓸데없는 걱정을 한 거였다. 지금은 이름이 기억나지 않는 어느 독일인 행정관리가 부비의 집을 넘겨받았다.

타데우츠와 나는 정원에서 풍성한 들장미를 수확했다. 할 일이 정말 많았다. 이탄을 채운 상자에 수없이 많은 씨앗들을 담아 며칠 동안 시원하게 보관해야 했다.

상자를 온실에 보관해두고 나오는데, 총독이 내 앞에 서 있었다. 타데우츠는 이미 사라지고 없었다. 폴란드 사람들은 언짢은 손님이 정원에 나타나면 순식간에 투명인간이 되는 재주가 있었다. 성의 주인은 당연히 달갑지 않은 손님의 범주에 속했다. 나는 한스 프랑크를 볼 때마다 베를린 집의 난로 위에서 보초를 서고 있던 석제 천사가 생각났다.

의례적인 몇 마디 말을 주고받은 다음, 그가 고개를 옆으로 갸웃하며 두툼한 입술을 혀로 쓱 핥았다.

"리히터 씨, 당신이 교배한 장미에 이름을 붙여야 한다지요?"

"예, 꽃이 피면……."

"내 이름을 붙이는 게 어떨까요?"

"한스 프랑크 박사라고요?"

"박사는 빼도 됩니다."

그가 웃으며 대답했다.

"프랑크 박사님, 꽃에는 일반적으로 여자 이름을 붙입니다."

나는 내가 하는 말이 사실인지 아닌지도 몰랐다. 그러나 그의 허영심을 후려치고 싶은 심정이었다.

그는 입술을 삐죽이고 이마를 찌푸리며 중얼거렸다.

"여자 이름?"

나는 고개를 끄덕였다.

"브리기테는 어떨까요? 브리기테…… 아니, 브리기테는 별로 어울리지 않는군요. 리히터 씨, 그럼 '총독의 장미'는 어떨까요?"

"총독은 남자 아닙니까?"

그는 잠깐 곤혹스러운 표정을 짓더니, 헛기침을 했다.

"그렇지요. 그럼 '총독부의 장미'는 어떤가요?"

"원하시는 대로 하겠습니다."

"'총독부의 장미'라……. 뭔가 대단해 보이는군요."

그가 이렇게 말하고는 성 안으로 성큼성큼 걸어 들어갔다.

네 사람의 웃음소리가 들려왔다. 타데우츠와 야누츠, 파벨과 카롤은 우리 두 사람의 대화가 들리는 가까운 곳에 숨어 있었다. 이들이 안톤 리히터에 대해 가지고 있었을 마지막 의심은 아마 이날 완전히 사라졌을 것이다.

성탄절 직전에 나는 레나와 베르나데테와 함께 바르샤바로 갔다. 부비의 생일, 그리고 사실인지는 알 수 없지만 아니타가 동생들을 보고 싶어한다는 게 이 여행의 이유였다.

부슬러는 나더러 크레셴도르프에 있으라고 강요했다. 그러나 나는 최소한 며칠만이라도 안톤의 일상을 벗어나고 싶다는 욕구와 호기심 때문에 부슬러의 불안에 귀 기울이지 않았다.

나는 브레덴 씨가 준비한 안락한 메르세데스를 타고 두 자매 사이에 자리를 잡았다. 베르나데테는 인형을 품에 안고 계속 혼잣말을 했고, 레나는 입을 다문 채 창밖만 내다보았다.

"이 인형 이름이 뭔지 알아요?"

베르나데테가 금발 고수머리 도자기 인형을 내 코앞에 들이밀었다.

"몰라."

"아저씨 이름이랑 똑같아요."

"안톤이라고?"

“네.”

“안톤은 남자 이름인데?”

“처음에는 밍카였는데, 이름을 바꿨어요. 기쁘지 않아요?”

아이가 실망한 표정으로 물었다.

“기뻐. 무척 기뻐.”

“이제 안톤이랑 놀아줄래요?”

베르나데테는 기대에 가득 찬 얼굴로 나를 보았다.

“그래, 이리 줘봐.”

나는 인형을 꼭 안고, 인형만큼이나 뻣뻣한 미소를 지었다.

“아저씨가 옷을 갈아입히고 싶으면 그렇게 해도 돼요.”

아이는 가방에서 인형 옷을 몇 벌 꺼냈다.

“어떤 옷이 제일 좋아요?”

나는 할머니에게도 멋지게 어울렸을 붉은 우단 외투를 골랐다.

“안톤은 정말 예뻐요. 그렇죠?”

둘이서 인형에게 우단 외투를 겨우 입힌 뒤에 아이가 물었다.

“그래, 참 예쁘다.”

베르나데테의 얼굴이 환해졌다.

그 사이에 만삭이 된 아니타는 자랑스러움이 가득한 표정으로 두 자매와 나에게 바르샤바의 거대한 집을 구경시켜주었다. 부비는 아직 집에 돌아오지 않았다.

“아빠가 집세를 거의 다 내주고 계셔.”

그녀가 속삭이는 척하며 크게 떠들었다.

거실 벽난로에서 불이 타고 있었다. 하녀가 구운 쿠키와 커피를 내왔고, 아니타는 쉴 새 없이 웃고 떠들었다.

"참, 잊을 뻔했네."

그녀가 방을 나갔다가 우아한 모피 외투 두 개를 들고 돌아왔다.

"네 거야."

아니타가 베르나데테에게 작은 외투를 건넸다.

"그리고 레나, 이건 네 거고."

레나가 정중하게 고마움을 표시했다. 베르나데테는 기뻐서 새된 소리를 질렀지만, 선물에 대한 관심은 금세 사라졌다.

"바르샤바에 게토가 있어. 유대인들이 굉장한 물건들을 엄청난 헐값에 팔아. 내일 거기 데리고 갈게. 나한테는 언제나 값을 깎아줘. 거기 유대인들 중에는 아빠 공장에서 일하는 사람들이 많아서 내가 누구인지 다들 잘 알거든. 정말 대단한 물건들이야. 아무나 거기서 쇼핑할 수 있는 건 아니지. 특별허가증이 필요해. 인맥이 있어야 하고. 아빠에게야 전혀 문제가 안 돼. 총독 부인도 거기 한 번 온 적이 있대. 리히터 씨도 아시죠?"

"내가요?"

나는 당황하여 물었다.

"프랑크 가족을 위해 일하는 걸로 아는데요."

"나는 장미 재배사예요. 프랑크 부인이 나한테 자기가…… 자기가 뭘 하는지 알려주진 않아요."

그러나 아니타는 내 말을 끝까지 듣지 않고 주제를 바꿔, 임신으로 힘든 몸 상태에 대해 불평을 늘어놓았다.

부비가 집으로 돌아왔다. 그의 보랏빛 눈동자는 예전처럼 매력적으로 빛나지 않았고, 입도 무뚝뚝하게 굳어 있었다.

그 순간 나는 마르더의 말을 떠올렸다. 부비는 정말 아니타를 찾았던 걸까. 우리는 만날 사람을 스스로 정하는 걸까, 아니면 처음부터 정해져 있던 존재가 되기 위해 운명을 따르다가 누군가를 만나는 걸까.

저녁식사가 차려졌다. 하녀가 갑자기 두 명이 되었다. 눈에 잘 띄지 않는 폴란드 여자들은 쌍둥이처럼 보였다. 아니타는 좀스러운 여왕처럼 행동했다. 그녀는 음식과 그릇들과 은제품에 대해 시시콜콜 설명했다. 게토에서 산 물품들이었다. 사슴고기 스테이크와 커피와 독주, 이 모든 것이 얼마인지에 대해 이야기했다. 마치 즐로티가 적혀 있는 가격표를 먹는 느낌이었다.

다음 날 우리는 게토를, 아니타의 쇼핑 천국을 찾아갔다. 별이 그려진 파란색과 흰색 완장들. 베르나데테보다 더 어려 보이는 두 소녀가 도로 가장자리에 앉아 있었다. 둘은 손을 내밀고 참을성 있게, 거의 무심한 표정으로 기다렸다. 눈길을 내리깔았고 발은 누더기에 감싸여 있었다. 나는 가지고 있던 돈을 모두 털어 작은 주먹에 쥐여주었다. 두 소녀가 노파의 눈빛으로 나를 바라보았다.

"리히터 씨, 뭐 하는 거예요!"

아니타가 고함을 질렀다. 바로 그 순간 두 소녀가 일어나 군중 속으로 달려갔다.

"어서 와요. 여기로 들어가요."

레나는 평소보다 더 괴로워 보였다. 베르나데테가 인형을 꼭 끌어안으며 내 손을 잡았다.

"여긴 냄새나요. 집에 갈래요."

우리는 함께 가게로 들어섰다.

아니타는 부비의 생일선물로 모피 모자를 샀다.

"갖고 싶은 거 찾아봐."

그녀가 동생들에게 말했다.

베르나데테는 인형 안톤이 입은 것과 비슷한 붉은 우단 외투를 골랐다. 잘 맞았다. 계산대 뒤에 있던 남자가 가격을 불렀다. 아니타는 이마를 찡그리고는 비뚤어진 바느질과 떨어진 단추, 그녀의 눈에만 보이는 터진 틈새를 불평했다. 외투 값은 빵 한 조각 값으로 떨어졌다. 베르나데테는 냄새를 깡그리 잊어버리고 빙빙 원을 돌며 기뻐했다.

"레나, 너는?"

아니타는 베푸는 자의 역할이 무척 마음에 드는 모양이었다.

"난 필요한 거 없어."

언니가 한숨을 내쉬었다.

"그럼 할 수 없지. 리히터 씨, 당신은요?"

나도 고개를 저었다.

우리는 두 가게를 더 뒤지고 쇼핑을 끝냈다. 점점 더 창백해져 가는 레나가 아무것에도 관심을 보이지 않아, 아니타의 기분을 망쳤기 때문이다.

나는 이곳을 떠나는 게 기뻤다. 별 완장을 차고 있는 사람들과는 달리, 여기서 그냥 나갈 수 있다는 사실이 기뻤다.

저녁에 부비의 생일 파티가 열렸다. 기젤 중령을 포함하여 쉰 명이 넘는 손님들이 집 안을 시끌벅적하게 채웠다. 쌍둥이처럼 닮은 폴란드 하녀 둘이 여러 배로 늘어나더니, 음식이 가득한 쟁반을 들고 사람들 사이를 누볐다. 누군가 피아노를 쳤다. 웃음소리와 이런저런 목소리들이 불규칙한 리듬으로 높아졌다 낮아졌다를 반복했다. 나는 술을 마셨다. 술은 도움이 되었다. 몸을 덥혀주고, 오늘 게토에서 보았던 아이들의 기이한 눈동자를 머릿속에서 몰아내주었다.

중령이 술에 취한 안톤 옆에 섰다. 갑자기 웃음이 터져나와 그가 하는 말이 전혀 들리지 않았다.

"리히터 씨, 뭐가 그렇게 우습소?"

내 배가 출렁거리고, 눈물이 뺨을 타고 흘렀다.

"그게…… 그게 말입니다. 앞으로 60년이나 70년 뒤에는 우리를 포함하여 여기 있는 사람들이 모두 죽고 없으리라는 생각을 했습니다."

"그게 재미있어요?"

"왠지 모르게 좀 그렇군요."

나는 진정하려고 애를 썼다.

"리히터 씨, 그게 왜 재미있지요?"

기젤은 당황한 표정이었다.

"죽음…… 죽음은 우리의 모든 행위를 약간 뭐랄까…… 우습게 만드네요. 그렇게 생각지 않으시나요?"

다시 웃음이 터져나왔다.

"리히터 씨, 취하셨군요."

그가 나를 남겨두고 자리를 떴다. 취한 건 사실이지만 내 생각이 틀린 건 아니었다.

웃음 뒤에는 슬픔이 찾아왔다. 어떤 상황이든 애들 눈동자는 애들 눈동자처럼 보여야 하는데…….

나는 욕실로 가서 얼음처럼 차가운 물을 틀고 머리를 들이밀었다.

"안톤."

누군가 속삭이는 소리에 깜짝 놀라 머리를 수도꼭지에 부딪혔다.

들어오는 소리를 듣지 못했는데, 레나가 욕조 옆에 놓인 작은 의자에 앉아 담배를 피우고 있었다. 그녀가 미소를 지었다.

"레나, 여기서 뭐 하는 거야?"

머리카락에서 물이 떨어져 재킷을 적셨다.

레나는 대답하지 않았다. 나는 수건을 들고 욕조에 걸터앉았다.

"무슨 일이야?"

레나가 담뱃불을 노려보았다.

"오늘 처음으로 다행이라는 생각이 들었어. 아니라는 게……내가 언니가 아니라는 게."

나는 그녀의 손에서 담배를 넘겨받아 세차게 한 번 빨아들였다.

“그래, 맞아.”

“난 언니에게 언제나 감탄했어. 어릴 때부터. 언니는 대답이 막히는 법이 없었지. 언니는 언제나 그랬어. 목소리도, 웃음도……너무 밝았어.”

“아니, 밝은 게 아니라 시끄러워. 레나, 아니타는 시끄러운 거야.”

“언니 앞에서는 누구나 존재감을 잃어. 언니가 부비와…… 그랬을 때, 난 분노를 느끼진 않았어. 그저 조금이라도 언니처럼 되기를 원했지. 하지만 지금은 그렇지 않아.”

바깥에서 사람들이 춤을 추고 웃고 있을 때, 우리는 그저 한동안 가만히 앉아 있었다.

누군가 욕실 문을 벌컥 열었다. 부비였다. 완전히 취한 상태였다. 셔츠를 반쯤 풀어헤친 채 땀을 흘리고 있었다.

“안톤.”

그가 비틀거리며 변기로 다가갔다.

“나 오늘 생일이야.”

그가 토하기 시작했다. 레나는 욕실을 나갔지만, 나는 토악질을 하는 중사 옆에 쪼그리고 앉아 그의 어깨를 두드렸다. 다시 고개를 들어올린 그의 평화로운 보랏빛 눈에서 눈물이 흘렀다.

“아니타가 그러던데, 너 유대인에게 돈을 줬다며?”

그가 얼굴에 묻은 갈색 위산을 손등으로 닦아냈다.

“구걸하는 어린아이 둘에게 몇 푼 쥐여주었지.”

“유대인 아이들이었어?”

“아마 그럴 거야.”

부비가 다가오더니 팔을 내 어깨에 둘렀다.

"가끔 목을 조르고 싶을 때가 있어."

"아이들을?"

중사는 고개를 저으며 "아니타"라고 속삭였다. 거실에서 누군가 생일 축하 노래를 불렀다. 부비가 몸을 일으켰다. 우리는 함께 욕실을 나갔다.

내가 미처 보기도 전에 베르나데테가 달려와서는 나를 무도회장으로 이끌었다. 아이는 어느 중년부인이 생일 선물로 가져온 살아 있는 강아지를 본 후에야 나를 놓아주었다.

나는 뭐가 들어 있는지 전혀 알 길이 없는 술잔을 하나 들고 구석으로 숨으려 했지만, 아니타가 길을 막아섰다.

"자비로우신 리히터 씨."

그녀가 미소 지었다.

"아니타, 우린 한때 말을 편히 했었는데."

"그래요?"

그녀는 여전히 미소를 머금고 있었다.

"크레센도르프에서."

넌 내 침대에서 임신했단 말이야. 이 멍청한 계집애야.

"크레센도르프라……. 리히터 씨, 그 동네는 너무 멀게 느껴져요. 다른 삶이었던 것처럼."

나는 싹싹하게 고개를 끄덕이고 지나가려 했지만, 그녀가 내 소매를 가볍게 잡았다.

“리히터 씨, 구걸하는 유대인에게 돈을 주는 건 옳지 않아요. 그들은 일을 해야 해요.”

아니타의 목소리에서는 그때까지 내가 알지 못했던 예리함이 묻어났다.

“아이들이었어요.”

“아이들도 일할 수 있어요.”

내 시선이 그녀의 배에 가닿았다. 내가 이 언니 쪽도 잘못 본 걸까? 아니타는 웃음소리가 크고 자세가 고압적이기만 한 여자가 아니었다. 다른 무언가가 그녀의 핏줄을 타고 흐르고 있었다. 악의가 섞인 위험한 통찰력이.

“아, 리히터 씨. 이제 술이 깼소?”

중령이 우리 사이에 끼어들어, 곰 발바닥 같은 손을 내 어깨에 얹었다.

“우리 아름다운 아니타도 여기 있군.”

그가 몸을 숙이며 물었다.

“내가 방해했나?”

“전혀 아니에요. 제가 리히터 씨에게 뭐랄까, 부적절한 행동을 지적하던 중이었어요.”

“리히터, 이런 악당 같으니라고. 무슨 짓을 한 거요?”

그가 놀라는 척하며 물었다.

“구걸하는 두 아이에게 돈을 몇 푼 주었습니다.”

나는 피곤에 지쳐 대답했다.

“어, 그거야 범죄행위가 아니지.”

중령이 껄껄 웃었다.

"게토에 사는 유대인이었어요."

"아이들이었지요!"

내가 쉿소리를 내자 그녀도 똑같이 대꾸했다.

"유대인이었어요!"

"이봐요, 이봐. 괴물 같은 유대인 꼬마 몇 명 때문에 두 사람이 지금 서로 눈알을 파내려는 건 아니겠지? 정신들 차려요. 아가씨!"

그가 폴란드 하녀를 불러, 쟁반에서 술잔 세 개를 들어올렸다.

"아니타, 우리 리히터 씨를 너무 엄하게 대하지 마라. 무척 중요한 인물이시란다."

"장미 재배사지요."

그녀의 목소리는 경멸로 가득했다.

기젤이 검지를 쳐들었다.

"그뿐 아니지."

"그것 말고 또 뭐예요?"

그녀가 반은 경멸로, 반은 호기심으로 물었다. 피가 머리로 솟구친 나는 기젤에게 경고의 눈빛을 보냈다.

"국가의 일이란다."

중령이 얼른 대답했다.

아니타가 의심스럽다는 눈으로 나를 바라보았다.

"아, 국가의 일이라. 리히터 씨, 그런 일을 하시리라고는 꿈에도 생각 못했어요."

내가 대답을 생각하고 있는데, 기젤이 대꾸했다.

"아니타, 이제 됐다. 네가 상관할 일이 아니야."

아주 짧은 순간, 우리의 옷과 피부와 살이 해골에서 차례로 떨어져나가고, 세 무더기의 뼈들로 쌓였다가 먼지가 되어 사라졌다. 그 장면은 눈 깜짝할 사이에 사라졌다. 그것을 본 사람은 나 혼자뿐이었을까?

나는 아니타와 기젤과 나누었던 대화를 부슬러에게 말하지 않았다. 걱정이 심할 테니까.

마에스트로와 나는 크라쿠프에서 성탄절과 제야를 함께 보냈지만, 축하 파티는 열지 않았다.

아버지가 돌아가신 뒤로 어차피 코헨과 클링만 가족에게는 성탄절이 없었다. 아버지가 살아계실 때, 엄마와 모세 형과 나는 성탄 전야에 거실의 전나무 앞에 앉아 있었고, 아버지는 방에 누워 소리를 질렀다. 할머니는 다락방에서 나오지 않으려 했다. 이 모든 게 이해할 수 없는 슬픈 장면으로 내 기억에 남았다. 나는 성탄절을 신이나 신의 아들이나 동정녀와 연관시켜본 적이 없었다. 우리는 그저 아버지를 위해 이날을 보냈을 뿐이다. 독일의 12월에는 전나무와 노래와 오렌지가 있는 법이었으니까.

아버지가 돌아가시고 엄마와 모세 형이 유대 신앙을 다시 찾았을 때, 전나무와 그 외 요란법석은 완전히 사라졌다. 나는 다행이라고 생각했고, 할머니는 만족스러워했다.

그 사이에 부슬러는 훨씬 작은 집으로 옮겼다. 그의 관사는 아내와 자녀 여섯이 있는 다른 중령에게 넘어갔다. 새 주인이 낯선

이들의 추억이 담긴 물품들을 곧장 없애려 했으므로, 남자아이와 강아지 사진 등 가족사진이 든 상자는 부슬러가 가지고 갔다.

부슬러의 새 거처에는 가구가 별로 없었다. 우리 둘은 거실에 깔린 두껍고 부드러운 양탄자에 누워 시간을 보냈다.

우리는 술을 마셨다. 그것도 많이. 술이 바닥난 후에 밖으로 나갔다. 근처에 있는 술집에 가서 계속 마시기 위해, 오직 그 이유 때문에 외출했다. 술집주인 헤르만은 단골손님인 부슬러를 무척 각별하게 맞았다. 우리는 문을 닫을 때까지 계속 마셨고, 집에 가서도 마시려고 독주 두 병을 더 샀다. 점령지 폴란드의 통치자는 술이었다.

내가 총독의 장미 재배사가 된 지도 거의 일 년이 되어갔다. 안나, 내가 널 마지막으로 본 지 얼마나 되었던가. 24개월, 24개월이었다. 그러나 네 얼굴이 희미해진 적은 단 한 번도 없었다. 눈을 감으면 네 목소리가 들렸고, 지금도 여전히 들린다.

"부슬러, 내가 그 거리로 다시 한번……."

"안나는 거기 없어."

"하지만 문을 열어주었던 남자가 혹시 알 수도……."

"제발 이제 그만해라. 새해에는 찾을 수 있을 거다."

그는 이 마지막 문장을 크라쿠프에서 술에 취해 보낸 그 나날 동안 계속 되풀이했다. 그가 중령으로서의 고민을 처음 털어놓은 것도 이때였다. 보안정보부에 그를 쫓아내고 싶어하는 사람들이 있다고 했다. 그가 늙고 장애가 심한데다 아이가 없고, 생각도 너무 많기 때문이라고 했다. 그러나 잃어버린 아홉 개의 손가락에 경의를 표하는 그의 상관 하이드리히가—할머니 다락방에서 아스바흐 브랜디 눈물을 흘린 적이 있는 사진의 주인공이다—부슬러를 옹호했다. 그것만이 아니었다.

"나는 박사 학위가 없는 몇 안 되는 사람들 중 하나야. 하이드리히는 그 사실이 마음에 드는 것 같아."

부슬러가 말했다.

1월에 브레덴 가족의 나머지 일원이 크레셴도르프를 떠나 바르샤바로 이사 갔다. 에곤 브레덴은 그곳에 거대한 공장 두 채를 소유하고 있었다. 레나와 베르나데테가 작별인사를 하러 왔다. 두 자매는 이별이 힘겨워 보였다.

나는 찾아가겠다고, 편지를 쓰겠다고, 둘을 잊지 않겠다고 약속했다.

"안톤이 아저씨 옆에 남겠대요."

게토에서 산 빨간 외투를 입은 베르나데테가 역시 빨간 우단옷을 입은 인형을 건넸다.

"옷은 여기 있어요."

아이가 진지한 얼굴로 봉지 하나를 탁자에 올려놓았다.

"하지만 내가 안톤을 보러갈 수도 있어. 안톤이 어쩌면 너를 따라 바르샤바로 가고 싶어하는지도 모르잖아."

내 말에 아이는 세차게 고개를 저었다.

"아니에요."

"그래, 고맙다. 내가 안톤을 잘 돌볼게."

일주일 뒤에 아니타가 사내아이를 낳았다. 부비는 나에게 그 소식을 전하러 직접 크레센도르프로 왔다.

"아니타 아버지와 할아버지 이름을 따서, 아기를 에곤 호르스트라고 부르기로 했어. 나는 에곤 호르스트 안톤이라고 하려고 했는데, 아니타가 이름이 너무 길다고 반대해서."

그가 담뱃불을 붙였다.

"그리고 아니타가 너를…… 별로 좋아하지 않는 것 같아."

그가 담배연기 사이로 나를 바라보았다.

"네가 어딘지 모르게 수상하대."

"그래? 뭐가 수상할까?"

아담이라는 유대인의 심장을 감추고 있는 안톤이 느긋하게 보이려 애쓰며 대답했다.

부비는 어깨를 으쓱했다.

"내 생각에, 아니타는 구걸하던 유대인들 사건 때문에 너를 용서하지 못한 것 같아."

"세상에, 아이들이었어. 발에 누더기를 신은 어린 여자애들……."

"유대인들이었지."

그가 내 말을 잘랐다. 잠깐 동안 그의 보랏빛 눈동자가 어두워지고, 입술도 창백한 대리석처럼 굳어졌다.

"어떻게 생겼어?"

나는 화제를 돌리려고 물었다.

"누가?"

"에곤 호르스트."

중사의 미소가 돌처럼 굳었던 입술을 깨뜨렸다.

"아니타를 닮아서 굉장히 커. 눈만 나를 닮았어."

그가 자랑스레 대답했다.

"안톤, 내가 올바르게 결정한 거겠지? 내 말은…… 아니타 말이야."

나는 웃음을 터뜨렸다.

"한 달 전까지만 해도 넌 아니타의 목을 조르려고 했잖아."

폴란드의 밤을 울리는 총소리처럼 커다란 소리가 부엌에 퍼졌다. 아담과 안톤은 동시에 깜짝 놀랐다.

"그런 말 하지 마."

온 힘을 다해 탁자를 내리친 부비의 주먹이 붉게 변했다.

"부비, 그건 네가 한 소리……."

"그만, 이제 그만해. 그만하라고!"

속수무책인 동시에 위협적인 목소리였다. 우리의 눈길이 마주쳤다. 그 보랏빛 눈으로 전달하지 못할 말은 이 세상에 없으리라. 안톤은 절망에 빠졌던 하사의 불안과 토악질을 하던 중사의 후회를 영원히 잊어야 했다.

담배를 두 개비 더 피운 뒤에 우리는 악수를 하며 싹싹한 작별 인사를 나누었다. 아무 의미도, 목적도 없는 인사였다.

안나, 1월이 2월이 될 때 너는 어디에 있었나? 내가 지나는 거리에서 유대인 남자들이 감시를 받으며 걷어차이고 매를 맞으며 눈을 치울 때는? 한스 프랑크 박사가 며칠 동안이나 쇼팽을, 오로지 쇼팽만 칠 때는? 점령지 폴란드에서 눈과 쇼팽은 더 이상 아름답지 않았다. 일그러지고 토막 난 이곳이 너에게서는 무엇을 앗아갔을까.

장미 재배사로 2년째 겨울을 지내던 나는, 부슬러의 폴란드 식 인내심을 더는 견딜 수 없었다. 내 다리는 매일 밤 떨렸다. 안나, 내 다리는 달려나가 너를 찾고 싶어했다.

어느 토요일 아침, 초조한 내 발은 부슬러의 온갖 경고를 잊어버렸다.

나는 크라쿠프로 가는 버스에 올랐다. 가는 동안 작은 희망의 불씨는 활활 타오르는 커다란 화재로 번졌다.

이번에는 시끄럽게 울리는 초인종 소리에도 놀라지 않았다. 오히려 축복의 소리처럼 들리기까지 했다.

희망의 불이 사라지기까지 시간이 얼마나 걸렸던가? 한 시간? 두 시간?

닫힌 문이 틀어질 때까지 얼마나 여러 번 어깨를 부딪쳤던가?

1백 번? 2백 번?

나무가 부서졌다. 엄청난 소음이 났지만, 무슨 일인지 알아보려고 고개를 내미는 이웃은 한 명도 없었다.

집에 아무도 없었나? 공포 때문에 모른 척한 걸까?

낯선 사람이 남의 문을 부수는 일이 독일 점령지 폴란드에서는 이미 일상이 되었던 걸까?

동화 속 등장인물들이 늘 그러듯이, 나는 네 이름을 세 번 불렀다.

그러나 아무도 대답하지 않았다. 너도, 예전에 문을 열어주었던 그 남자도.

나는 방 두 개인 그 집을 미친 듯이 뒤졌다. 책장에서 책들을 집어던지고, 서랍과 상자와 옷장을 파헤쳤다. 아우구스트 패거리라면 집을 뒤지면서 보인 내 무자비함에 분명히 박수를 보냈을 것이다.

두 남자가 다가오는 발소리를 듣고서야 정신이 들었다. 나는 잠깐 동안 내가 저지른 무질서에 스스로 놀랐다.

"리하르트, 문이 부서져 있어."

나는 주위를 둘러보았다. 청소도구를 두는 창고가 열려 있었다. 나는 그곳으로 뛰어들어가, 요란한 소리를 내며 좁은 문을 닫았다. 발소리, 그리고 내 숨소리가 들렸다. 열쇠구멍으로 군복을 입은 두 남자가 보였다. 아마 이 집에 사는 모양이었다. 눈 주위가 거무스름하던 그 폴란드 남자는 어디로 간 걸까?

"전화하고 올게."

리하르트가 아닌 남자가 이렇게 말하고는 쿵쿵 뛰어갔다. 리하르트가 창고 쪽으로 곧장 다가왔다. 숨을 작게 쉬려 했으나 잘되지 않았다. 공포가 무엇인지 할머니가 가르쳐준 적은 없지만, 알수 없는 뭔가 때문에 몸이 굳어져갔다. 군인과 나 사이에는 나무판 하나뿐이었다. 군인이 팔을 들었다. 나는 이제 그가 문을 열어젖힐 거라고 생각했다. 그러나 그는 왼쪽으로 한 걸음 가더니 의자에 앉았다. 보이는 건 그의 등과 의자 등받이뿐이었다. 나는 조심스럽게 몸을 일으켰다. 귀를 계속 리하르트에게 열어둔 채로 눈은 창고를 샅샅이 훑었다. 양동이와 통조림과 걸레 몇 개……. 눈높이에 박혀 있는 녹슨 못에 끈이 걸려 있었다. 찢어지고 너덜너덜해진 끈, 여자들이 머리를 묶는 끈. 문틈으로 들어오는 흐릿한 불빛만으로도 알아볼 수 있었다. 색깔은 바랬지만 안나, 그건 네 머리끈이었다. 그렇지? 하늘색 머리끈. 예전에는 하늘색이었던, 꽃과 꿈들을 함께 묶을 수 있는 끈.

나는 끈조각을 떼어내려고 애를 썼다. 격렬한 기쁨이, 방금 전까지만 해도 뻣뻣하게 굳어 있던 내 몸을 뒤흔들었다. 녹슨 못에는 단단하게 붙은 푸른색 끈조각만 남아 있었다. 첫째 매듭이 풀어졌다. 나는 둘째 매듭을 잡아당겼다. 손이 미끄러졌다. 덜거덕거리는 소리가 났다. 쌓여 있던 통조림들이 바닥으로 떨어졌다. 리하르트가 문을 홱 열어젖혔다. 그가 바로 내 앞에 서 있었다.

우리는 잠시 서로의 눈을 마주 보았다. 그동안에도 나는 여전히 머리끈을 잡아당기고 있었다. 끈 세 가닥이 풀리자마자 달려나가, 어찌할 바를 몰라 당황하는 그 군인을 지나 계단을 뛰어내려갔다. 넘어졌다가 다시 일어났다. 리하르트가 등 뒤에서 뭐라고 소리를 질렀지만, 돌아보지 않고 그대로 거리로 내달렸다. 점령지 폴란드에서 달린다는 것은 의심을 살 일이지만, 멈추는 건 더 위험하다. 폴란드에서는 총을 쏜다. 나는 오른쪽으로 꺾었다가 다시 왼쪽으로 꺾었다. 뒤에서 발소리가 들리는 듯했다. 발소리는 점점 커졌다. 나는 발을 헛디뎌 쓰러졌다. 이제 내 팔을 잡겠구나. 나는 바닥을 향해 그대로 쓰러져 있었다. 이제 그 둘이 나를 일으켜 세우겠지.

그러나 아무 일도 일어나지 않았다. 나는 서서히 고개를 돌렸다. 내 뒤에는 아무도 없었다. 폴란드의 거리뿐이었다.

그리고 안나, 내 손 안에는 세 가닥의 끈이 있었다.

하늘색이었던 과거를 알아보기가 쉽지 않은 회색 끈 세 개.

안나, 내가 지금 이 순간에도 손에 꼭 쥐고 있는 끈 세 개.

머뭇거리는 봄 햇살이 총독의 정원에 드리우자, 타데우츠와 나는 화분에 씨를 심기 시작했다. 타데우츠는 우리가 새로운 품종을 개발할지도 모른다는 기대에 들떠 쾌활하고 민첩하게 일했다.

"안톤, 햇살이 비치는데 당신은 너무 슬퍼 보여요. 왜 그래요?"

뇌에서 붙잡으라는 명령을 내리는 걸 잊는 바람에 모래주머니를 떨어뜨린 나에게 타데우츠가 물었다.

"아, 타데우츠…… 아담과 뱀의 이야기만 있는 게 아니라, 이브 이야기도 있답니다."

아담이 대답했다. 안톤이 미처 막을 사이도 없었다.

"여자 문제?"

나는 고개를 끄덕였다.

"그 여자가 당신과 함께 있기 시러해요?"

"모르겠어요."

"그럼 무러바야 해요."

"그럴 수 없어요. 그녀를 본 지 아주 오래되었어요."

나는 바지주머니에서 끈 세 개를 꺼냈다.

"타데우츠, 이게 무슨 색깔인 것 같아요?"

그는 내 손에 놓인 끈을 자세히 내려다보았다.

"흙처럼 갈색. 아닌가요?"

"파란색으로 보이지는 않아요?"

그는 다시 한번 내려다보았다.

"그렇게 말하니까 그런 거 가끼도 해요. 예, 하늘처럼 파랑일 수도 이써요."

"고마워요."

나는 머리끈의 잔재를 주머니에 다시 넣었다.

"그 여자와 하늘색 끈 이야기 할래요? 내가 드르께요."

"다음에 하지요."

우리는 쏟아놓은 모래를 무더기로 쌓아올렸다.

"예쁜가요?"

그가 바닥을 빗자루로 쓸며 물었다.

"예…… 예, 그래요."

"사진 있어요?"

"아니요."

"내가 그 여자 그림을 그려주께요."

"그 사람을 전혀 모르잖아요."

"당신이 말해주면 되지요. 나는 슬퍼하는 남자들에게 애인이나 엄마 그림을 벌써 많이 그려줘써요."

안나, 그래서 네 그림이 생겼다. 연필과 내 설명과 타데우츠의 손이 종이 위에 너를 만들어냈다. 오랜 시간이 흐른 뒤에, 내 머릿속이 아닌 다른 곳에서 너를 다시 보는 기분은 무척 기묘했다.

며칠 뒤에 나는 타데우츠에게 할머니 그림도 그려달라고 부탁했다. 예술가는 잿빛 연필만으로도 할머니 머리카락의 이탈리아식 푸른빛까지 대략 표현해내는 데 성공했다.

나는 부슬러에게 크라쿠프 집을 침입했었다는 이야기를 하지 않았다. 안나, 그렇지만 나는 그를 완전히 신뢰했다. 부슬러는 너를 이미 한 번 찾아냈고, 분명히 다시 찾아낼 테니까.

우리는 성탄절이나 제야 때처럼 그의 생일에도 술독에 빠져 지냈다. 그날 그에게 그림엽서 크기의 할머니 초상화를 건넸다. 부슬러는 마치 이차원에서 할머니를 파내려는 듯이 죽은 꼬리들을 살짝 구부린 채 그림을 쓰다듬었다.

"오늘 몇 살이 되신 건가요?"

그의 가죽 손가락은 할머니 얼굴에 계속 머물러 있었다.

"쉰둘."

그는 대답을 하며 할머니에게서 겨우 시선을 떼었다.

"난 스물네 살에 네 아버지를 만났다. 전쟁 1년 전이었어."

"어떤 분이었어요?"

"막스? 막스는 자존심 강하고 용감했지. 그리고 무척 진지했어. 이따금 지나치게 진지할 때도 있었고…… 막스가 지금 이런 상황을 겪지 않아서 다행이라고 생각한다. 아마 마음이 찢어졌을 거야."

"왜요? 바르샤바 게토 때문에?"

그는 당황한 표정으로 미소를 지었다.

"함께할 수 없어서 말이야. 군복이 막스의 집이었으니까."

레나와 베르나데테는 나를 초대하여 제발 장남을 좀 보여주라고 부비를 졸랐다. 그는 결혼식 증인을 초대하지 않을 타당한 이유가 없었으므로 나에게 전화를 걸었다. 수화기 저편에서 세 자매의 목소리가 들렸다. 크고 빽빽거리는 아니타의 목소리가 베르나데테의 천진난만한 웃음소리와 섞였고, 나지막한 레나 목소리도 끼어들었다.

증인이었던 나도 초대에 응하지 않을 타당한 이유가 없었으므로 동의했다.

5월치고는 이례적으로 덥던 어느 날, 나는 에곤 브레덴이 보낸 메르세데스를 타고 크레센도르프를 떠나 바르샤바로 갔다. 목적지는 부비와 아니타의 집이 아니라, 나머지 브레덴 가족이 사는 집이었다. 자동차가 호화로운 집 앞에 멎자 베르나데테가 달려나왔다. 강아지 한 마리가 옆에서 뛰며 세차게 짖어댔다. 나는 그 잡종을 금방 알아보았다. 레나는 예전보다 더 창백한 얼굴에 미소를 띤 채 문에서 기다렸다. 종알거리는 베르나데테의 말들이 주변을 맴돌았다. 부비는 아이에게 강아지를 맡겼다. 강아지 이름은 베르나데테가 좋아하는 동화 속 주인공인 '두눈이'였다.

"두눈이는 뒷발로 설 수 있어요. …… 멜로디에 맞춰 짖을 줄 알아요. …… 에곤 호르스트는 엄청나게 커요. 거의 나만큼이나 큰 걸요. …… 온종일 웃어요. …… 아니타 언니는 아직 아기가 배 속에 있는 것처럼 보여요. …… 하지만 그런 말을 하면 안 돼요. 화를 아주 많이 내니까. …… 아저씨는 우리 집에서 제일 멋진 방에서 잘 거예요. 발코니가 딸린 방이에요. …… 시내를 모두 내려다볼 수 있어요. 모두는 아니지만 거의 모두. …… 오늘 저녁에는 오리고기를 먹을 거예요. …… 오리 좋아요? 요리사 이름은 마틸다예요. 뚱뚱해요. 엄마 말로, 훌륭한 요리사는 원래 뚱뚱한 거래요. …… 안톤은 잘 있어요? 지금 데리고 왔어요?”

“베르니, 일단 들어오시라고 해.”

베르나데테가 내 손을 잡았다. 두 자매는 묵을 방으로 나를 안내했다.

방 중간에 어두운 색 목제 침대가 놓여 있었다. 세 사람이 넉넉하게 누울 정도로 넓은 침대였다. 조각으로 장식되고, 거의 천장까지 닿을 만큼 높은 네 개의 기둥이 침대를 둘러싸고 있었다. 침대머리에는 폴란드어가 쓰인 철판이 붙어 있었다.

“저게 무슨 뜻이야?”

내 질문에 레나는 나를 마주보지 않고 대답했다.

“우리가 이사 왔을 때 이미 있었어. 이 집에 있는 다른 물건들도 대부분 그래.”

안나, 이 나라에는 언제나 똑같은 이야기뿐인 걸까.

“여기 봐요. 용이에요.”

베르나데테가 기둥 하나를 어루만지며 말했다. 아이가 나를 발코니로 끌었다.

“저 뒤에 게토가 있어요. 보이지요? 그 왼쪽은 아빠 공장 중 하나예요.”

레나는 방에 그냥 서 있었다. 눈을 내리깔고 추처럼 일정한 박자로 다리를 흔들며 초조하게 기다리고 있었다. 그러다가 갑자기

고개를 들더니, 베르니에게 내가 쓸 수건을 몇 장 가지고 오라고
했다. 동생은 투덜거리다가 결국 어슬렁거리며 방에서 나갔다.
두눈이도 따라갔다.

　레나와 나는 용이 새겨진 두 개의 기둥처럼 뻣뻣하게 굳은 채
마주 보며 서 있었다. 우리는 베르니와 강아지 소리가 더 이상 들
리지 않게 되고서야 이야기를 시작했다.

　"잘 지내?"

　"아니. 여기 살면서부터 잠을 잘 수가 없어."

　나는 그녀의 어깨에 손을 얹었다.

　"안톤, 누가 네 마음을 가져간 거야?"

　그녀가 이렇게 묻고는 조심스럽게 내 손을 밀어냈다.

　나는 레나가 무슨 말을 하는지 얼른 알아듣지 못했다.

　"언젠가 크레센도르프에서 말했잖아. 이미 네 마음을 가져간
사람이 있다고."

　안나, 나는 주머니에서 네 초상화를 꺼내 레나에게 보여주었
다. 부슬러가 한숨을 쉬는 소리가 생생하게 들리는 듯했다.

　"그러니까 그냥 핑계를 댄 게 아니었구나?"

　레나가 그림을 보며 말했다.

　"응."

　"지금 어디 있어?"

　"몰라."

　"이름이 뭐야?"

　"안나."

베르나데테가 수건 더미를 들고 비트적거리며 들어왔다.

두 자매는 전망이 잘 내다보이는 어스름한 용의 방에 나를 남겨두고 나갔다. 목욕을 마치고 옷을 갈아입었을 때 종이 울렸다. 종소리는 너무 음산하고 너무 커서, 내 발 아래 방바닥이 진동하는 것 같았다. 유령처럼 보이는 베르나데테가 강아지 유령과 함께 나타났다.

"내려오세요. 식사 준비 다 됐어요. 다른 사람들은 모두 식탁에 앉았어요."

"그 종소린 뭐였지?"

"참 멋지지 않아요? 신데렐라에 나오는 종소리 같아요. 레나 언니만 싫어해요. 종이 울리면 언제나 울거든요. 아빠는 레나 언니 머리가 좀 이상하대요."

아이는 웃으며 나에게 손을 내밀었다. 다른 사람들의 목소리를 압도하는 아니타 목소리가 계단에서부터 들려왔다.

용 침대와 아주 흡사하게 생긴 거대한 식탁이 방을 전부 차지하다시피 하고 있었다. 부비가 반은 위협적으로, 반은 화해하듯이 나를 포옹했다. 그가 나를 놓자마자 기젤 중령의 곰 발바닥 같은 손이 내 어깨에 올라왔다. 아마 레나가 늙으면 그렇게 보일 듯한 브레덴 부인이 가느다란 손을 내밀었다.

아니타가 내 앞에 버티고 섰다.

"리히터 씨."

목소리에서 악의가 묻어났다.

"안녕하세요?"

어색하게 허리를 숙이는 바람에 내 머리가 그녀의 물컹한 뱃살에 잠깐 부딪쳤다. 우리 둘 다 얼굴이 붉어졌다.

"안톤, 이리 와. 아기를 보여줄게!"

부비가 소리쳤다.

에곤 호르스트는 정말 엄청나게 컸다.

"아기가 굉장한 속도로 자라."

아기 거인은 보랏빛 눈동자로 나를 바라보다가 웃음을 터뜨렸다. 아이에게 그다지 어울리지 않는 웃음이었다.

"소리도 안 지르고 울지도 않고 웃기만 해. 멋진 놈이야. 그렇지?"

"멋지다."

내가 대답했다.

"식탁으로 가요. 아빠가 오셨어요."

우리 사이로 밀고 들어온 베르나데테가 조카에게 몸을 굽혀 이마에 입 맞추고는 내 소매를 잡아끌었다.

"3미터까지 자랄 거예요."

에곤 브레덴은 나와 자기 가족에게 싹싹하지만 마음은 담겨 있지 않은 인사를 건넸다. 폴란드 오리 다섯 마리가 잔치 냄새를 풍겼다. 아는 요리와 모르는 요리가 담긴 은제 접시들이 식탁에 쌓여 있었다.

"나는 아주 작은 가슴살 한 조각만 줘."

아니타가 하녀에게 말했다. 고기가 그녀의 접시에 놓이자, 요람에 누워 있던 아기가 크게 웃었다.

브레덴 부인은 작고 동그란 열매들이 담긴 도자기 그릇을 가리켰다.

"작은 무화과를 말린 거예요."

그녀가 자랑스럽게 미소를 지었다.

안나, 나는 너를 생각했다. 용의 집에서 사람들이 나에게 말린 과일을 대접할 때 너는 어디에 있었나. 종이 울려 시끄러울 때, 창백한 빨강머리 소녀가 울고 아기가 웃을 때. 안나, 이런 상황에 무화과라니. 무화과라니!

식사를 하며 이런저런 이야기를 뒤죽박죽 나누었다. 자동차, 강아지 훈련, 유아식, 날씨……. 그러나 나는 입을 다물고 말린 과일만 노려보았다.

그러다가 과일을 하나 집어들고 천천히 씹은 뒤에 삼켰다. 하나 더 먹었다. 천천히 기계적으로 하나씩 차례로 입에 집어넣었다.

"안톤 아저씨가 다 먹었어요!"

베르나데테가 흥겹게 소리쳤다. 기젤 가족과 브레덴 가족, 심지어 두눈이도 마지막 열매를 입에 넣는 나를 바라보았다. 나는 창피하여 입을 다물었다.

"리히터 씨, 괜찮아요."

브레덴 부인이 말했다.

"식품 저장실에 잔뜩 쌓여 있거든요."

그녀가 하녀를 불러, 그릇을 다시 채워오라고 했다. 나는 울고 싶었다. 명령에 복종하지 않는 인간을 그리스 신들이 바로 이렇게 벌주지 않았던가. 그릇을 비우면 채워지고, 비우면 또 채워지는 일이 끝없이 한없이 반복된다. 아니면 완전히 다른 이야기였나.

식사 후에 나는 부비와 쿠르트 기젤과 흡연실에 앉았다. 브레덴 씨는 다시 공장에 가야 했다. 나는 잔뜩 먹은 무화과 때문에 반란을 일으키려는 위를 담배와 아니스 술로 진정시키려 했다.

"이제 곧 중요한 일이 닥칠 거야."

기젤 중령이 여송연을 한 모금 빨아들이고, 이마에 잔주름을 지으며 말했다.

나는 그가 무슨 말을 하는지 전혀 몰랐지만, 어쨌든 고개를 끄덕였다. 나중에 타데우츠와 야누츠는 이성이 조금이라도 있는 폴란드인이라면 이미 누구나 짐작하고 있던 일이라고 했다. 세상사가 어떻게 돌아가는지 눈치 채지 못하는 사람은 오로지 나뿐이었다.

부비는 눈을 반짝이며, 늦어도 3년 뒤에는 삼촌을 능가하는 게 자기 목표라고 말했다.

"쿠르트 삼촌, 제가 보여드리겠어요."

부비는 윙크를 하며 웃었지만, 보랏빛 욕망은 사라지지 않고 그대로 있었다.

"부비, 야심이 크구나. 아주 커."

삼촌이 그의 어깨를 두드렸다.

"하지만 산책하듯 편안하지는 않을 거다. 리히터, 그렇지요? 어떻게 생각하시오?"

나는 그 자리에서 두 사람의 대화를 전혀 알아듣지 못하겠다고 말하는 게 적절치 않다고 생각했다. 그래서 현명하게 미소를 지으며 한숨을 두 번 쉬고는 지극히 진지하게 대답했다.

"'산책'은 분명히 아닐 겁니다."

"부비, 들었지? 훌륭한 리히터의 조언을 잘 들어라. 만금을 주고도 못 얻을 정보니까."

무화과가 배 속에서 발길질을 했다. 나는 통증 때문에 인상을 찌푸렸다.

"알았어요, 알았어. 내가 입을 다물지요. 다문다고요."

중령이 미안하다는 듯이 손을 들어올렸다. 무슨 뜻인지 의아해진 부비가 뭔가 말을 하려는데 아니타가 뛰어들어왔다. 나는 때맞춰 나타난 그녀에게 고마운 마음이 들 정도였다.

"신사 여러분, 나에 대해 어떻게 생각하든 지금은 여송연을 한 대 피워야겠어요."

그녀는 과장된 어투로 말하고는 소파에 털썩 주저앉았다.

그녀의 뚱뚱한 손가락 사이에 끼워진 여송연은 가느다란 나무 토막처럼 보였다.

"아니타, 우리 귀염둥이. 그런 유행을 따르면 안 된단다."

기젤 중령은 분노를 가장하며 고개를 저었다.

"삼촌, 나를 우리 귀염둥이라고 부르지 말아요. 이 여분의 살들을 다시 빼기 전까지는 말이에요."

중령과 아니타의 대화가 가볍게 오가는 동안 나는 부비를 자세히 관찰했다.

브레덴 부인이 반쯤 열려 있는 문을 노크하고는 조심스러운 걸음걸이로 들어왔다.

"힐데, 여송연 피우시겠어요?"

기젤이 물었다.

"아니, 아니에요."

그녀가 당황한 표정으로 미소 지었다.

"술은?"

중령이 웃으며 물었다.

"아, 아니에요. 에곤이 전화했어요. 꽤 늦어질 거라고 해요. 죄송하다고……."

중령이 그녀의 말을 잘랐다.

"에곤 브레덴은 내가 아는 사람들 중에서 가장 근면하지요."

브레덴 부인의 입술에 다시 미소가 나타났다. 이번에는 아까처럼 쑥스러워하는 미소가 아니었다.

"리히터 씨, 남편이 내일 당신에게 공장을 구경시켜주겠다고 해요."

"저에게요?"

"예. 혹시 다른 계획이 있나요? 그럼……."

삼촌과 조카의 아름다운 눈동자가 내 얼굴을 향해 전조등처럼 환하게 빛났다. 안나, 자기 소유물을 내보이는 행위는 독일이나 아리아 식 관습일까? 아니면 점령지 폴란드에서 시작된 일일까?

"정말 친절하시군요. 기꺼이 가겠습니다."

전조등이 꺼졌다.

"지갑은 집에 두고 가시지요."

아니타가 내 쪽으로 담배연기를 뿜었다.

"리히터 씨는 자선가랍니다."

그녀가 둘러선 사람들에게 말했다.

다음 날, 베르나데테와 강아지가 에곤 브레덴의 공장으로 향하는 나를 따라나섰다. 도자기 인형 안톤도 함께였다. 일요일에 즐거운 소풍이라도 가는 분위기였다.

브레덴은 우리를 그의 제국으로 안내했다. 공장 감독의 고함과 재봉틀의 달달거림, 두눈이가 짖는 소리가 뒤섞였다. 별이 그려진 완장을 찬 노동자들은 모두 숨을 멈춘 듯했다. 한 장의 그림 같은 광경이었다. 이곳이 지닌 슬픔이 첫눈에 들어오지 않는 그림. 여기저기 보이는 너무나 마른 다리와 찢어진 바지들, 뒤편 구석에 있는 움푹 꺼진 얼굴……. 금방 눈에 띄는 슬픔은 아니었지만 나는 질식할 것 같았다. 그러나 그와 동시에, 조명이 흐릿한 강당에서 도취경에 빠진 듯한 느낌도 들었다. 안도감이었다. 아담 이스라엘 코헨은 저 가련한 사람들 틈에 끼어 있지 않아도 된다. 장미 재배사의 탈을 쓰고 다시 안락한 메르세데스에 올라, 후식으로 무화과를 한 그릇 가득 먹을 수 있다. 그 순간 내 얼굴은, 그리고 흉곽에서 박동하는 내 심장은 아마 다른 때보다 조금 더 야비했을 것이다. 그것들은 소인배의 한계를 알리는 창살이었다.

"이리 와요!"

베르나데테는 이곳이 이미 익숙한 듯, 이리저리 통로를 지나며 나를 이끌었다. 아이는 한 노인이 너덜거리는 천 조각들을 손질하고 있는 탁자 앞에 멈춰섰다.

"나 또 왔어."

아이가 다 닳은 재킷을 가지런히 바로잡는 노동자에게 말했다. 그는 고개를 숙여 인사하고, 베르니를 "자애로운 아가씨"라고 불렀다. 아이는 이 호칭이 무척 마음에 드는 모양이었다.

"네가 뭘 할 수 있는지 안톤 아저씨에게 보여줘."

베르나데테가 명령하듯 나지막이 말했다. 아이의 억양에서 아니타의 메아리가 들렸다.

"자애로운 아가씨, 잘 알겠습니다."

그는 약간 떨리는 손가락으로 천 조각 세 개를 엮어, 그 넝마로 작은 인형을 만들었다.

베르니는 기뻐서 새된 소리를 질렀다. 노인은 공장주의 딸이 보내는 박수에 고무되어, 같은 방법으로 강아지와 비둘기도 마술처럼 만들어냈다.

그는 아이를 똑바로 바라보지 않고 미소만 지으며, 아이에게 천 인형들을 내밀었다. 그러나 베르나데테는 고개를 저었다.

"안톤 아저씨, 이리 오세요. 이제 가요."

나는 몸을 획 돌린 아이의 뒤를 따랐다.

"왜 안 받았어?"

내가 묻자, 아이는 놀란 표정으로 나를 보았다.

"그 남자는 더러운 유대인이니까요."

나는 그에게 되돌아갔다. 창살 건너편에서 어떤 소리가 들려왔기 때문이었다.

자동차 안에서 인형들은 내 손 위에서 춤을 추었고, 베르나데테는 부러워 몸을 떨었다. 아이는 계속 동물들을 바라보았다. 브레덴 집안 막내딸의 고통스러운 욕구는 나에게 무한한 만족감을 주었다. 안나, 나도 안다. 그게 영웅적인 행위가 아니라는 것을.

한밤중에 내 방문을 두드리는 소리가 들렸다. 노란 잠옷을 입은 베르나데테였다. 아이는 부탁하기 전에 숨을 세 번 깊이 들이마셨다.
"그런데 우리 아버지에게는 말하지 마세요."
아이가 인형과 비둘기와 강아지를 쓰다듬으며 말했다.
"우리끼리 비밀이에요."

바르샤바에서 돌아와보니, 우리가 심은 씨들이 상당한 발전을 보이고 있었다. 6월 초에 새 넝쿨에서 열두어 개의 꽃봉오리가 열렸다. 담황색이었다. 타데우츠는 감격했다. 원래 다음 해에나 피어야 했으니까. 안나, 예전에 마르더의 정원에서 피어난 네 꿈처럼, 이곳 장미들도 놀라운 속도로 성장했다.
오랫동안 안 보이던 한스 프랑크 박사는 며칠 전부터 다시 성에 머물고 있었다. 그는 살찐 거미처럼, 자기 거미줄 안에 뭔가 변화가 생기면 금방 알아채는 듯했다.
필요하면 순식간에 사라지는 폴란드인들의 능력을 나는 여전히 구사하지 못했다. 타데우츠가 없어지는 바람에 나는 성 주인과 홀로 마주하게 되었다. 그는 지난번에 만났을 때보다 더 뚱뚱해지고 더 부은 듯했다. 그가 미소를 지으며 노란 꽃 속에 코를 박았다.

"장미……."

그가 한숨을 쉬었다.

"감탄을 표현하려면 시인이 되어야겠지요."

잠시 후에 그의 얼굴에서 열광이 사라지고 진지함이 묻어났다.

"리히터 씨, 당신 직업상 최고의 목표가 파란색 장미 품종 개량이라고 들었습니다. 아직 아무도 성공하지 못했다지요. 당신이 혹시 총독부의 장미를…… 내 정원에서 진한 청색으로 창조한다면……."

방금 그의 마음속에서 시를 향한 그리움을 일깨웠던 담황색 장미는 이미 잊혀졌다.

"프랑크 박사님, 최선을 다하겠습니다."

"그렇게 하십시오."

그가 엄숙하게 말하고 악수를 청했다.

1941년 여름, 폴란드에서 일어난 일이었다. 무화과와 게토와 총소리의 나라에서, 내가 처음으로 내 창살을 만진 나라에서. 1941년은 그랬다. 아우구스트의 군대가 러시아로 '산책'하러 가기 직전의 상황이었다.

"리히터 씨, 성공하면 당신에게 훈장과 상을 듬뿍 드리지요."

그가 새된 소리로 웃고는 서둘러 성 안으로 들어갔다.

그날 집에 와보니 부슬러가 안에 있었다. 그는 검은 가죽 손가락을 만지며 불안한 표정으로 부엌을 맴돌았다.

"아담, 난 몇 달 동안 크라쿠프에 없을 거야."

"소령님, 어디로 가세요?"

"말할 수 없어."

그가 자리에 앉더니 독주를 달라고 했다. 네 잔을 마신 후에 그는 결국 입을 열었고, 나는 러시아 공격이 임박했음을 알게 되었다.

"부슬러, 거기서 뭘 하시는데요? 총은 못 쏘시잖아요."

나는 그의 꼬리들을 만졌다. 저절로 웃음이 나왔다.

"아담, 웃을 일이 아니야."

"그렇죠. 당신의 집단도, 아우구스트도 웃을 일이 아니죠. 재미 있는 사람들은 정말 아니라고요. 그런데 내가 한 질문에 대답하지 않으셨어요. 총을 쏘지 못하는 친위대 소령은 전쟁터에서 도대체 무슨 일을 하나요?"

"두고 봐야지."

"아이고, 부슬러."

"이제 그만해라!"

그가 엄하게 말했다. 엄격함은 그의 얼굴과 도무지 어울리지 않았다. 아직 비밀을 지켜야 할 일을 나에게 털어놓고 후회하는 듯했다. 그의 입술이 초조하게 떨리기 시작했다. 나는 그의 잔을 다시 한번 채우고, 또 채우고, 또 채웠다.

"안나를 찾는 일은 어떻게 되나요?"

나는 소령이 약간 안정을 찾은 듯이 보여서 물어보았다.

"계속 찾을 거야."

"러시아에서?"

"제발 조금 참아라."

“그 말은 이미 너무 자주 하셨잖아요.”
“아담, 나를 믿어.”
그의 꼬리들이 내 뺨을 쓰다듬었다.
“날 믿으라고.”

부슬러뿐 아니라 부비와 쿠르트 기젤도 러시아로 갔다. 공식적인 출발신호가 울렸을 때는 세 남자가 이미 동쪽으로 떠난 뒤였다. 나는 크레센도르프에 남았다. 입맛이 씁쓸했다. 안나, 내 재킷 주머니에는 네 초상화가 들어 있었다.

얼마 지나지 않아 바르샤바에서 전화가 걸려왔다. 레나가 아프다고 했다. 레나가 왜 다리를 움직이지 못하는지, 왜 잠을 못 이루는지, 왜 아무것도 먹지 않는지 아는 의사는 아무도 없었다.

“리히터 씨, 정말 끔찍해요.”
브레덴 부인의 목소리는 눈물에 잠겨 있었다.
“불쌍한 것 같으니라고. 마치……. 헛소리를 해요. 그리고 이따금 당신 이름을 불러요.”

레나는 용 침대가 있는 방으로 옮겨져 있었다. 그곳은 그녀의 방보다 서늘하고 공기도 잘 통했다. 브레덴 부인은 딸의 침대로 나를 안내한 뒤에 우리 둘만 남겨두고 나갔다. 나를 본 레나가 미소를 지었다.

안나, 내가 그녀에게 왜 우리 이야기를 했는지 지금은 기억나지 않는다. 그녀가 물었을까, 아니면 너와 아담에 대해 이야기하고 싶다는 갈망이 나를 덮쳤던 걸까. 왜 지난번 방문했을 때가 아니라 이날 오후였을까. 모르겠다. 정말 기억나지 않는다. 내가 말을 마치자 레나는 놀랄 만큼 강한 힘으로 내 손을 움켜잡았다.

"조심해야 해. 아무도 믿지 마. 아무도……."

나는 고개를 끄덕였다. 부슬러가 떠올랐다.

"도움이 필요한데 내가 여기 없다면 베르니에게 물어봐."

"베르니는 아직 어린애야."

"베르니에게 물어."

그녀가 단호하게 말했다.

"부슬러도 있어."

"안톤…… 아담, 지금은 이상한 시절이야. 누군가가 언제까지 옆에 있어줄지 알 수 없어. 안 그래?"

레나는 눈을 감고 편안하게 숨을 쉬었다.

"하지만 그런 누군가가 있다면, 사람들은 아마 더 살고 싶어할 거야."

나는 그날 저녁을 베르니와 두눈이와 함께 보냈다. 우리는 카드놀이를 했다.

"언니가 죽나요?"

베르나데테가 손에 쥔 카드에서 눈을 떼지 않은 채 물었다.

"아니야."

"어떻게 알아요?"

"나도 몰라. 하지만 난 레나가 다시 건강해질 거라고 믿어. 그렇게 기대해."

"예. 하지만 그건 다른 얘기잖아요."

3주 뒤, 레나가 죽었다.

브레덴 가족은 딸을 용의 집 근처에 있는 공동묘지에 묻었다. 장례식에 참가하지는 않았지만, 내 마음은 바르샤바에서 도저히 잠을 이루지 못했던 창백한 소녀에게 가 있었다.

타는 듯한 여름 햇살이 내리쬐고 내 폴란드 동료들이 초조하게 전쟁의 경과를 좇는 동안, 나는 부슬러가 돌아오기만을 기다렸다.

독일의 전승이 알려지자, 타데우츠를 비롯한 폴란드인들은 내 앞에서 굳이 경악을 감추려 하지 않았다. 우리는 평소보다 천천히 일했다. 무덥던 어느 날, 내가 나무 오두막에 불쑥 들어서자 라디오를 듣고 있던 야누츠가 깜짝 놀랐다. 그는 충혈된 눈으로 떨고 있었다. 나는 그의 옆에 앉아 담배 한 개비를 건넸다.

"그가 벌써 모스크바에 들어갔나요?"

내가 묻자 야누츠가 고개를 저으며 말했다.

"내가 어릴 때, 모든 일에는 의미가 있는 법이라고 누군가 말했어요. 하지만 쉽지 않아요. 요즘 같은 시절에 그런 말을 믿는다는 건."

9월 초에 크라쿠프에서 전화가 걸려왔다.

"친위대 페펜베크 원사입니다."

수화기 저편에서 목소리가 들렸다.

나는 크라쿠프로 가는 버스에 급히 몸을 실었다.

　페펜베크는 병원 앞에서 기다리고 있었다. 우리는 행군하는 걸음걸이로 복도를 지나 강당으로 들어갔다. 침대들이 나란히 늘어서 있었다. 신음소리와 기침소리, 억눌린 비명이 여기저기서 들려왔다. 웃음소리도 섞여 있었다. 강당 끝에 쳐진 커튼 뒤에 그가 누워 있었다. 나의 소령이. 손가락이 하나뿐이었다. 언제나 끼고 있던 검은 장갑은 보이지 않았다. 그의 맨손은 분홍색이었다. 얼굴이 땀으로 번득였다. 눈에 금방 띄는 외상은 없었다. 그러나 잠옷 아래로 드러난 부슬러의 팔과 다리 전체가 상처처럼 보였다. 움푹 꺼지고 힘이 없는 팔다리.

　“말씀 나누십시오.”

　원사가 커튼을 쳤다. 부슬러는 그제야 눈을 떴다.

　“아담.”

　그가 속삭였다. 작은 접시로밖에 보이지 않는 그의 손이 내 손바닥에 묻혔다.

　“부슬러, 어떻게 된 거예요?”

　“난…….”

　그는 말을 잇지 못했다. 대신 눈물을 흘렸다. 많은 눈물을.

　하얀 잠옷을 입은 마에스트로는 부서질 듯 보였다. 보기 흉한 도자기 인형 같았다. 불완전함에도 불구하고, 또는 바로 그 점 때문에 한 아이가 온 마음을 다해 사랑했을지도 모르는 인형.

　“손가락들이 어디로 갔어요?”

　그의 뺨 위로 눈물이 한두 방울 떨어지기는 했지만 더는 개울처럼 흐르지는 않게 되었을 때, 그에게 물었다.

“없어.”

“그건 나도 알아요. 그런데 어디로 갔냐고요?”

나는 그의 맨살 덩어리를 쓰다듬었다.

“그게 움직였어. 내가…… 내가 원하지 않았는데도. 그날 밤에 난…….”

그가 침을 삼켰다.

“난 없애야 했어.”

“부슬러, 알았어요. 손가락들을 없애야 했어요. 그런데 무슨 일이 있었던 거예요?”

그가 고개를 너무 세차게 흔들어, 나는 그가 머리를 침대에 부딪히기라도 할까봐 불안했다.

“난…….”

이번에도 그는 말을 잇지 못했다.

의사가 침대로 다가왔다. 그는 주사를 놓고, 파란 액체가 담긴 컵을 철제 탁자에 내려놓았다.

“이걸 마시게 하십시오.”

가운을 입은 남자가 이렇게 말하고는 올 때만큼이나 빠른 속도로 사라졌다.

컵을 입에 대주자 부슬러는 고분고분하게 마셨다. 옛날에 할머니가 그에게 이렇게 만병통치약을 먹인 적이 있다. 안나, 베를린에서 있었던 일이다. 그래, ‘옛날’이라고 해야겠지. ‘옛날’이라고 말하기에는 우리 둘 다 아직 너무 어리긴 하지만.

나는 수건을 들어 그의 이마에 맺힌 땀방울을 가볍게 두드려

닦아주었다.

"아담, 난 어떤 일들을 봤다. 난…… 너는 날 절대 용서하지 못할 거야."

"부슬러, 도대체 무슨 말이에요? 내가 뭘 용서하지 못한다고요?"

그러나 파란 약 기운이 퍼지는 바람에 나의 소령은 잠이 들었다.

나는 페펜베크를 찾으러 나갔다. 그는 복도에서 담배를 피우고 있었다. 그가 부슬러의 집 열쇠를 나에게 건네주고, 크라쿠프에 얼마나 머물 건지 물었다.

"소령님이 좀 나을 때까지요."

원사는 나를 부슬러의 집까지 차로 데려다주었다. 나는 술 한잔하자며 그를 잡았다. 그가 집 앞에 주차했다. 우리는 뒤로 돌아, 얼마 멀지 않은 술집까지 걸어갔다. 나는 많은 질문을 했다. 약간 밴들거리는 느낌의 이 친위대원이 그 중 적어도 몇 가지는 대답해주기를 바랐다.

그는 대답을 무척 신중하게 골랐다. 부슬러는 신경쇠약이라고, 그런 경우가 한둘이 아니라고 했다.

"지난주에는 어떤 중령이 들어왔는데, 계속 소리만 질렀어요. 그는 베를린으로 후송되었지요. 병가예요. 완전히 제정신이 아니었어요."

"왜죠?"

내가 물었다.

페펜베크가 못마땅한 눈길로 나를 노려보았다.

"동부는 편한 곳이 아니에요."

술집에 들어서면서 그가 나지막이 말했다.

술집주인 헤르만이 나를 알아보고, 오랫동안 오지 않은 부슬러 소식을 물었다.

"부슬러 소령은 아픕니다."

헤르만이 최상급 위스키 한 병을 우리 식탁에 내려놓았다.

"어서 나으라고 전해주세요."

그가 이렇게 말하고 계산대 뒤의 자기 자리로 돌아갔다.

"동부에서 근무하셨나요?"

나는 잔을 채우며 원사에게 물었다.

"며칠 있었습니다. 하지만 그것만으로도 질렸지요."

그가 웃었다.

"당신도 보안정보부 소속인가요?"

그가 고개를 끄덕이고, 자기 소매에 달린 두 개의 계급 표시 줄을 멍한 표정으로 쓰다듬었다.

"부슬러를 잘 아시나요?"

"그분 부하였습니다. 하지만 얼마 되지 않았어요."

"그가 후송되었다는 게 참 이상하군요. 신경이 원래 강철처럼 튼튼한 분인데 말이지요."

페펜베크가 미끼를 물었다.

"거기서 무슨 일이 벌어지는지 당신은 모릅니다. 이미 말했지만, 소령만이 아니에요. 거긴……."

나는 술을 더 따라주고 기다렸다. 최상급 위스키에 홀린 그가 드디어 말을 이었다.

"쉽지 않아요. 여자와 아이들을……. 아무리 유대인이라지만……."

나는 이해한다는 듯이 고개를 끄덕였다.

"게토 말이지요?"

"게토? 아닙니다."

그가 씁쓸하게 웃었다.

원사는 이야기 주제를 바꿔, 자신의 '옛날'에 대해 말했다. 돛단배, 테레사라는 여자, 뮌헨에서 하던 법학공부……. 이런 일상적인 이야기 사이에 나는 몇 번이고 끼어들어, 부슬러의 집단이 유대인 여자와 아이들에게 무슨 짓을 했는지 알아내려고 애썼지만 실패했다. 우리는 헤르만이 문을 닫을 때까지 마셨다. 술병은 거의 비었고, 페펜베크는 술이 머리꼭지까지 찼다.

이른 아침에 간호사에게서 전화가 왔다. 밤새 부슬러의 상태가 나빠졌다고 했다.

"리히터 씨, 잠깐 시간 있으신가요?"

내가 미처 강당에 들어서기도 전에 의사가 자기 방으로 청했다.

"부슬러 소령의 상태가 좋지 않습니다. 신장이……. 리히터 씨, 혹시 에다 또는 에드나라는 사람을 아십니까?"

"생각 나지 않는군요. 왜 그러시죠?"

"소령이 밤새 그 이름을 불렀습니다. 제 생각에는 소령이 그 사람과 작별인사를 하고 싶은 것 같습니다."

"작별인사라니요? 그가 그럼……."

"단언할 수는 없습니다. 하지만 상태가 심각해요."

"지금 소령을 보러 가도 되나요?"

"예. 1인실로 옮겼습니다."

작디작은 창문이 있는 자그마한 방이었다. 하얀 잠옷과 침대 시트가 인광물질처럼 흐릿하게 빛났다. 늙은 남자가 침대에 누워 있었다. 한때 나의 소령이었던 사람.

"부슬러, 정신 차려요!"

나는 그에게 쉿소리를 질렀다. 할머니라면 그렇게 했을 테니까.

무슨 뜻인지 알아들은 그가 미소를 지었다. 마에스트로의 단 하나 남은 손가락이 내 팔꿈치를 쓰다듬었다.

"안나는 이제 크라쿠프에 없다. 여기 있었어……. 바르샤바로 간 흔적이 있는데, 잘 모르……."

그는 말을 하는 게 무척 힘들어 보였다.

"아담, 아무도 믿어서는 안 돼. 부비와 그의 삼촌은 특히 안 된다."

"레나가 죽었어요."

그가 두 남자를 언급하자, 나도 모르게 튀어나온 말이었다.

"너무 많은 사람들이 죽었어."

하나뿐인 그의 손가락이 떨리기 시작했다.

"부슬러, 당신 집단이 동부에서 유대인 아이들과 여자들에게 무슨 짓을 하고 있나요?”

“묻지 마. 아담, 제발 묻지 마.”

그는 눈을 감았다가 금방 다시 떴다. 눈물…….

부슬러는 보기만 해도 통증이 느껴지는 힘겨운 동작으로 베개 밑에서 쪽지를 하나 꺼냈다. 할머니의 초상화였다.

“네 할머니가 언제나 총통보다 먼저였다. 그녀가 먼저고, 그다음이 총통이었지.”

그가 손바닥을 들어, 보호하려는 듯이 할머니 얼굴을 가렸다.

“부슬러, 에다가 그 말을 들었다면 비웃었을 거예요.”

“안다, 알아. 난 그녀를 생각하지 않은 날이 없다. 네 할머니는 도망쳤어야 했어…….”

“무슨 말이에요? 에다는 지금 영국에 있어요. 안전하다고요. 지금 이 순간 아마 런던의 어느 다락방에서 아스바흐를 마시며 우리를 위해 건배하고 있을 거예요.”

부슬러가 미소를 지었다.

“그렇다면 얼마나 좋겠니……. 동화 같겠지. 하지만 동화는 이 제 없다. ‘그들은 행복하게 살았답니다.’ 그런 건 없어. 아담, 누구 나 죽는다.”

율리안 부슬러의 몸이 경련을 일으켰다. 의사를 부르려는 나를 그가 막았다.

“네 할머니를 보면, 내 안에서 수백만 마리 새들이 하늘로 날아 올랐다. 내 안에서…….”

나는 장례식이 끝날 때까지 크라쿠프에 머물렀다. 부슬러가 남긴 얼마 되지 않은 짐들을 챙겼다. 바이올린과 낯선 가족의 사진이 담긴 상자, 옷 몇 벌뿐이었다. 안나, 너를 찾는 데 도움이 될 흔적을 찾았지만 아무것도 없었다.

부슬러는 군복 차림으로 매장되었다. 나는 할머니의 초상화를 그의 안주머니에 넣어주었다. 마지막 흙 한 삽이 옛날 바이올린 선생님의 관 위에 뿌려졌다. 나는 홀로 남았다. 아담 코헨을 붙들어주던 밧줄이 끊어졌다. 아주 잠깐 레나의 창백한 손에 들려 있던 가느다란 끈처럼. 점령지 폴란드에서 아담을 아는 사람은 이제 아무도 없었다.

안나, 원래의 자기가 누구인지 아는 사람이 주위에 아무도 없으면, 사람들은 존재하기를 멈추게 될까? 더 이상 말하는 사람이 없으면 이야기들은 사라질까?

안나, 그래서 지금 이 이야기를 쓰고 있다. 내 이름이 네 이름 곁에 존재하는 유일한 장소에.

속이 빤히 들여다보이는 장미 재배사 안톤 리히터는 상심을 숨기지 못했다.

"안톤, 머 생각해요?"

활짝 핀 장미들 사이에 무릎을 꿇고 앉아 잡초를 뽑고 있는데, 타데우츠가 물었다.

"다 죽이고 이짠아요."

그에게 사과했다. 내가 한 짓이 그제야 눈에 들어왔다. 흙덩이와 장미 관목들, 잔디와 잡초가 뒤섞인 채 쌓여 있었다.

"무슨 일이에요?"

그의 눈에서 드러나던 온화함 때문이었을까. 나는 입을 열었다. 부슬러가 죽은 지 한 달쯤 지난 때였다.

내가 생각을 정리하고 또 정리하던 기나긴 4주.

안나, 아담과 네 이야기를 그에게 하는 데 몇 시간이나 걸렸다. 그는 계속 내 말을 중단하고 몇 번이나 물으며, 자기가 제대로 이해했는지 확인하려 했다. 말을 하는 동안 부슬러의 목소리가 귓가에 울렸다.

"아무도 믿으면 안 된다. 믿으면 안 돼."

"안나가 어디 있는지 몰라요. 내가 이제 뭘 해야 하는지도 모르고."

나는 이야기를 일단 이렇게 마쳤다.

"아담, 날 미들래요? 그럼 아마 내가 도와줄 수 있을 꺼예요."

"어떻게요?"

난 뭘 기대했던 걸까? 그가 잘 고안된 계획을 곧장 꺼내들 거라고?

"쪼끔 참아요."

"알았어요."

부슬러가 다시 떠올랐다.

"때가 되면 말하께요."

안나, 그런 다음 그는 너와 네 가족에 대해 아는 것을 모두 말해달라고 했다. 그는 메모를 했고, 네 초상화를 한 장 더 그렸다.

"부슬러는 안나가 아마 바르샤바에 있을 거라고 했어요. 그곳으로 간 흔적이 있다고요."

타데우츠는 쪽지를 접고 내 어깨를 두드렸다.

"낙원에서 온 아담, 참 멀리도 왔네요."

다음 몇 주 동안 타데우츠는 아무 말도 없었다. 나는 우리 대화가 어쩌면 내 상상이었을지도 모른다는 생각이 들었다. 그러던 어느 날, 그가 옆을 지나가다가 내 귀에 대고 속삭였다.

"쪼끔만 더 기다려요."

아우구스트의 군대가 러시아에서 더 이상 신속하게 행군하지 못하고 가을이 겨울로 바뀔 무렵, 예상치 못한 손님이 나를 찾아왔다. 부비 기젤이었다.

쿠프너 부인은 거의 침을 흘릴 정도로 흥분하며 이 멋진 젊은이의 승진을 축하했다.

"리히터 씨, 좀 보세요. 독일 전사는 이런 모습이랍니다."

그녀가 부비의 가슴에서 달랑거리는 훈장을 만졌다.

기젤과 나는 옛날처럼 함께 계단을 올라갔다. 안나, 우리의 '옛날'이 아니라 다른 옛날, 지금과 좀 더 가까운 옛날 일이다. 부비는 이제 친위대 본부 원사였다. 그는 일주일 예정으로 폴란드 총독부로 돌아왔다. 계속 웃던 아기 거인 에곤 호르스트가 백일해에 걸려, 신경과민에 걸린 아니타가 남편에게 오라고 요구했기 때문이다.

"아니타가 과장하는 거야. 너도 아니타를 잘 알잖아."

그가 말했다.

쿠르트 삼촌은 부슬러에 대한 조의를 표하기 위해 나를 방문하라고 그에게 시켰다.

"너 부슬러랑 동부에 함께 있었어?"

내가 물었다.

"계속 함께 있지는 않았지."

부비가 자리에서 일어났다. 나는 잠깐 그의 키가 커졌다고 생각했지만, 달라진 것은 얼굴뿐이었다. 그는 나이 들어 보였다. 부비는 지극히 자연스러운 동작으로 우리 집 부엌 찬장을 열고 반쯤 남은 보드카와 잔 두 개를 꺼내 탁자에 내려놓았다.

"안톤, 오해하지 말고 들어. 부시는 너무 연약했어. 그 일이 언제 일어난 걸까 생각해볼 때가 있어. 예전의 그는……. 어쩌면 나이 때문일지도 모르지. 크라쿠프에서부터 조금 이상하기는 했어. 프라하 시절과 비교하면 말이지. 그때 그는 굉장했거든. 빌어먹을 소비에트……. 부시는 제대로 적응하지 못했어."

"넌 잘 적응한 모양이구나?"

나는 미소를 지으며 물었다.

"물론이지!"

그가 잔을 들어올렸다.

"불쌍한 부시. 그는 상관이 자기를 직접 보호해줄 거라고 믿었지."

"어떤 상관?"

"하이드리히. 부슬러는 나약하게 굴면서도 난관을 헤쳐 나갈 수 있으리라고 정말 믿었어. 하지만 삼촌은 그가 뭔가 연극을 하는 거라고 했지. 내 말은……. 어쨌든 그가 지금 없는 게…… 어쩌면 더 나은 건지도 몰라. 그곳에서의 부슬러는 정말 비극이었지.”

부비의 눈 위로 어두운 그늘이 스쳐갔다.

“넌 앞으로 어쩔 거야?”

내가 물었다.

“바르샤바에 사흘 더 머물 예정이지. 안톤, 다음에 올 때 나는 더 이상 친위대 본부 원사가 아닐 거야. 친구, 승리를 위해 건배!”

잔들이 찰랑거리는 소리를 냈다.

“옛날 기억나? 넌 가끔 내 열쇠를 빌려갔잖아. 그 폴란드 여자 이름이 뭐였더라?”

“아이고, 안톤. 그건 천 년도 더 지난 일이야. 그때 나는 멍청한 녀석이었어. 그뿐이야.”

“그럼 지금은? 지금은 뭐지?”

“지금? 조국을 위해 싸우고 있지.”

“여자와 아이들까지 상대해서 말이지?”

나는 생각도 하지 않고 물었다.

기젤의 잘생긴 얼굴이 분노로 일그러졌다.

“내가 너라면 그런 견해를 표명하진 않을 텐데.”

“날 협박하는 거야?”

“그래.”

그의 미소는 폴란드 겨울바람보다 차가웠다. 적막감이 내 폐를 파고들어 숨쉬기 힘들었다.

"삼촌은 네가 대단한 사람이라고 믿고, 내 아내는 전혀 그렇게 생각하지 않아. 나는 널 어떻게 판단해야 할지 모르겠어. 안톤, 넌 누구지?"

"멍청한 녀석이지. 그뿐이야."

친위대 본부 원사가 자기 허벅지를 치며 박장대소했다. 나는 조심하기 위해 동부나 부슬러는 더 이상 언급하지 않고, 베르나데테의 안부를 물었다. 부비는 베르나데테가 아직도 언니의 죽음 때문에 힘들어한다고 말했다. 놀랄 만큼 냉정한 목소리였다.

"물론 어린 나이에 힘들겠지. 하지만 아무리 그래도 행동이 지나치면 야단을 쳐야지, 아무도 그러질 않아. 뭘 하든 너그럽게 봐주지."

"불쌍한 베르니."

내 말에 부비는 눈을 흘기는 것으로 대답을 대신했다.

그는 떠나기 전에 봉지를 하나 건네주었다. 그의 장모가 나에게 보내는 선물, 무화과였다.

나는 이제 겨울 분위기를 풍기기 시작한 성의 정원을 거닐었다. 폴란드 총독부에는 이미 오래전부터 저녁시간이 되기도 전에 어두움이 내렸다. 나는 참을성 있게 기다리려고 노력했지만, 날이 갈수록 견디기 힘들어졌다.

안나, 내 안은 이상하리만치 텅 비어 있었다. 아무것도 없었다. 네 얼굴과 목소리조차 머릿속에서 사라졌다.

슬픔을 넘어 이런 상태에 빠져 있던 어느 날, 타데우츠가 나를 오두막으로 데리고 갔다. 난로에 불을 피우고 있던 야누츠가 들어서는 나에게 미소를 지으며 인사했다.

"아담."

타데우츠는 야누츠에게 말했다고 나에게 알리지 않았다. 내 불안을 눈치 챈 두 사람이 거의 동시에 말했다.

"괜찮아요."

나는 나무상자에 앉아, 폴란드 친구들에게 담배를 건넸다.

"안나를 찾았어요."

얼마나 오래 기다렸던 말인가.

"어디 있어요?"

"바르샤바에."

"정말 바르샤바에 있었군요? 어디 살아요? 주소 있어요?"

"바르샤바 게토에 있어요."

흥분으로 마비된 내 몸이 나무상자에서 벌떡 일어났다. 조금 전까지만 해도 아무것도 없던 온몸에 이제 온갖 감정이 들끓었다.

"앉아요."

야누츠가 엄하게 말했다.

"아니, 아니, 아녜요. 당장 바르샤바로 가서 그녀를 데리고 오겠어요."

"아담, 안 돼요. 사람들이 총을 쏠 거예요. 당신은 아무도 데리고 나올 수 업써요. 안톤도 못 하고, 아담은 더 못 해요."

"하지만 난 안나에게 가야 해요. 가야 한다고요. 게토에 가본 적 있나요? 난 가봤어요. 아이들이 누더기를 신고 있는 곳이에요.

그곳 사람들은 배가 고파 구걸을 해요. 더럽고 지저분해요. 난 안나가 그 안에서 비참하게 죽게 만들지 않을 겁니다!”

목소리가 갈라졌다. 나는 바지주머니에 든 하늘색 끈 세 개를 왼손으로 움켜쥐었다.

“앉아요.”

야누츠가 다시 주의를 주었다.

안나, 그 사람들은 계획이 있었다.

난 두 사람이 게토와 연락이 닿는 폴란드 저항세력을 지원한다는 사실을 알게 되었다. 안나, 둘은 이 길을 통해 너를 발견했다.

“우린 안나를 구해올 수 업써요. 하지만 그녀를 게토에서 데리고 나와 숨겨줄 사람이 이써요. 그러니까 전쟁이…… 전쟁이 끝날 때까지요.”

타데우츠가 말했다.

“그 대가로 당신은 뭘 할 수 있나요?”

야누츠가 이렇게 묻더니 고개를 떨구었다.

다음 날, 우리 세 사람은 일을 하러 가지 않았다. 이제 아담에 대한 모든 것을 알게 된 카롤과 파벨이 총독의 정원에서 망을 보았다.

우리는 건초를 실은 마차를 타고 크레센도르프를 떠났다. 야누츠와 타데우츠와는 달리, 나는 여행의 목적지를 알지 못했다.

시간이 한참 지나자 마차가 멈추었다. 어떤 마을. 눈덮인 들판. 농가 한 채. 가축 우리에서 닭 울음소리가 들려왔다. 야누츠가 본

채의 문을 두드렸다. 평생 바깥 일을 했다는 게 한눈에 드러나는 노파가 문을 열어주었다. 노파는 우리를 자세히 살핀 후에 뭐라고 몇 마디 했는데, 알아들을 수 없었지만 상냥하게 들렸다. 노파가 사라졌다. 우리 셋은 마당을 통과했다. 헛간. 사다리. 다락방. 둥글게 말린 짚단. 제일 뒤편 구석, 짚단에 가려 거의 보이지 않는 문 하나. 야누츠가 손가락으로 일정한 리듬을 따라 그 문을 두드렸다. 문이 열렸다.

"아, 자네들 왔군."

머리가 공처럼 둥글고 눈꺼풀이 불안하게 떨리는 사십대 초반의 남자가 말했다.

안으로 들어서니, 예상치 못하게 방이 두 개나 있었다. 가구까지 갖춘 방. 바닥에는 양탄자가 깔렸고 벽에도 태피스트리가 걸려 있었다. 우리가 들어선 후, 남자가 문을 닫았다. 그는 몸을 숙여 투명한 줄을 잡아당겼다. 바깥에서 뭔가 움직였다. 쿵, 하는 소리가 희미하게 들려왔다.

"짚단입니다."

그가 놀라는 나에게 말했다.

"입구를 숨기는 거지요."

나는 이제 모든 상황을 알았다는 듯이 고개를 끄덕였다. 그러나 내가 이해한 것은 그 줄뿐이었고, 사실 그 정도는 생각해보면 알 만한 것이었다. 여기가 어딜까? 내가 여기서 뭘 해야 하나?

그 남자 이름은 아브라함이었다. 아브라함이 쓰는 독일어는 약간 오스트리아 풍이어서 어딘지 모르게 귀여운 구석이 있었다.

이디시어도 섞여 있었다.

그가 미소를 지었다.

"좋아요, 좋아. 아담, 이제 거래를 합시다. 내가 제안을 하나 하지요."

내 눈썹도 그의 눈꺼풀처럼 격렬하게 떨리기 시작했다. 그러나 타데우츠를 바라보니 마음이 가라앉았고, 모든 것이 제대로 되는 중이라는 생각이 들었다.

아브라함이 애정을 담아 '매력적인 우리 엄니'라고 부르는 그의 어머니도 바르샤바 게토에 있었다. 그는 어머니를 탈출시키려 했지만, 이를 불가능하게 하는 이유가 두 가지 있었다. 어머니가 숨을 안전한 은신처를 지금까지 찾지 못했다는 게 첫째 이유였다.

"엄니는 뭐랄까, 셈족의 하마지요. 너무 눈에 잘 띄어요. 아주 덩치가 크고…… 지독하게 전형적인 유대인이에요. 그래서 힘들답니다. 하지만 급한 경우에는 여기에 묵게 할 겁니다. 내 침대 밑에 숨길 거예요."

둘째 이유이자 더 결정적인 이유는 이 하마 부인이 숨기를 강력하게 거부한다는 사실이었다.

"엄니는 신이 자기를 시험하는 거래요. 그래서 내가 말했지요. '엄니, 신이 아니라고요. 독일놈들이라니까요.' 나는 온갖 것들을 시도해봤어요. 정말 모든 것을. 하지만 엄니가 싫대요. 안 하겠대요. 시험한다고? 아담, 이런 이야기 들어본 적이 있어요?"

"그런데 그 이야기가 안나와 무슨 상관이 있나요?"

아브라함의 목소리에서 산들거리던 매력이 순식간에 사라졌다.

"타데우츠가 안나의 초상화를 보여주었소. 젊은 여자더군. 가냘프고 눈에 잘 띄지도 않을 거요. 난 그녀에게 은신처를 제공할 수 있소. 안나를 게토에서 안전하게 데리고 나올 사람도 있지. 그리고 이 전쟁이 영원히 지속되지는 않을 테니까……."

그는 더 이상 말하지 않았다. 타데우츠는 긴장하여 머리를 쓸었고, 야누츠는 왼쪽 신발 바닥에 붙은 밀짚을 뜯어냈다.

"그래서…… 그래서 그 대가로 뭘 바라시나요?"

나는 아브라함이 원하는 질문을 던졌다.

"안나 대신 바르샤바 게토로 들어가서 우리 엄니를 돌봐주시오. 무슨 일이 일어나도 우리 엄니 옆에 있어야 합니다."

침묵.

"이건 거래입니다. 안나의 자유 대 당신의 자유."

"금방 대답할 필요 업써요."

타데우츠가 속삭였다.

"아담, 사는 게 다 그렇소. 요즘 거래는 이렇다오."

아브라함이 말했다.

"난 우리 엄니를 사랑하오. 엄마를 보호해줄 누군가가 그 옆에 있다고 생각하면 안심이 될 테니까."

"왜 당신이 직접 하시지 않나요? 엄마를 보호하는 일 말입니다."

"난 살고 싶으니까."

그가 손을 모으고 자기 손가락을 내려다보았다.

"여기 두 친구가 당신 이야기를 꺼냈을 때, 난 당신이 적임자라고 생각했소."

"바로 결정할 필요 업써요."

타데우츠가 이번에는 조금 힘주어 말했다.

"일은 어떻게 진행됩니까? 어떻게……."

아브라함이 미소를 지었다.

"안나를 데리고 나오고, 당신을 들여보낼 거요. 당신이 가진 아리아인 서류를 팔아 생기는 돈이면 일을 착수하기에 충분할 거요. 나머지 비용은, 당신이 우리 엄니를 돌보는 한 내가 지불합니다."

"안나를 어디로 데리고 갈 건가요?"

"안전한 곳에 있을 겁니다."

"알았습니다. 우리가 어떻게 알 수…… 내가 어떻게 알 수 있……."

"우리가 서로 약속을 지키는지 어떻게 알 수 있냐, 그런 말이지요?"

그가 내 말에 끼어들었다.

"아담, 우린 서로를 믿게 될 거요."

나는 할머니가 가르쳐준 모든 것을 기억하려고 애썼다. 처음에는 점령지 폴란드에 살면서 얼굴을 읽는 능력이 사라진 게 아닐까 걱정했다. 그러나 곧 아브라함의 얼굴이 열렸고, 나는 그의 얼굴을 읽을 수 있었다. 아몬드 형의 눈과 선명한 입매가 그가 믿을 만한 사람임을 알려주었다. 그러나 그것보다 더 중요한 것이 있었다. 나는 그를 믿고 싶었다.

"안나가 알까요? 내가 자기를……."

"아니오. 아담, 그런 희생을 받아들일 여자는 아마 없을 거요.

안 그렇소?"

그가 나에게 악수를 청했다.

눈앞이 새까매졌다. 안나, 창살……. 감옥 저편에서 네 목소리가 들리고 네 얼굴이 보였다.

나는 게토를 알고 있었다. 노인의 눈빛을 한, 손가락이 가느다란 아이들을 알았다. 그러니 내가 무슨 일을 저지르는지 나 스스로 몰랐다고는 그 누구도 말할 수 없다. 자유와 자유를 맞바꾸기, 그것은 정당한 거래였다.

아브라함의 손은 거칠었지만 따뜻했다.

안톤 리히터는 피사에서 저명한 식물학자와 파란색 장미 재배에 대해 연구하기 위해 크레센도르프를 떠났다. 총독이 직접 이탈리아 여행을 허락했다. 나는 그 기회에 처음으로 성 안에 들어가 보았다.

프랑크는 이른바 '그단스크 방'이라는 곳에서 나를 맞았다. 방 뒤쪽에 나무로 만든 기사 둘이 지키는 나선형 계단이 있었다. 베를린을, 다락방과 할머니를, 옛날을 떠올리게 하는 계단.

프랑크는 이 멋진 나무 기사들 사이에서 그 어느 때보다도 뚱뚱한 아기 천사와 닮아 보였다. 갈색으로 칠해 계단을 지키는 이 보초들 옆에 세워두는 게 좋지 않을까. 무위도식이라는 저주를 받고 무해해져버린, 뻣뻣하게 굳은 뚱뚱한 천사.

한스 프랑크 박사는 독일식 악수와 "곧 만납시다"라는 인사와 함께 장미 재배사와 작별했다.

아담 코헨은 뭘 챙겨야 할지 생각했다. 게토에서는 뭐가 필요할까?

나는 안톤 인형과 부슬러의 바이올린, 남자아이와 강아지의 사진을 가방에 넣었다. 스웨터 세 장과 바지 두 벌과 속옷, 담황색 장미 뿌리가 묻힌 흙을 담은 작은 황마 자루도 넣었다. 할아버지의 재킷을 걸쳤다. 바지주머니에는 머리끈의 잔여물이 들어 있었다.

안톤과 아담은 함께하는 마지막 여행을 시작했다. 이제 얼마 지나지 않아 둘의 여정은 영원히 갈라질 터였다.

나는 계단을 내려가, 쿠프너 부인에게 집 열쇠를 넘겨주려고 문을 두드렸다.

"리히터 씨, 언제 돌아오세요?"

"상황에 따라 다르지요."

"어떤 상황이요?"

"성과입니다."

"이탈리아는 무척 아름다운 나라라고 하더군요. 저 개인적으로는 남쪽 나라 사람들이 좀 이상하다고 생각하지만, 총통이 다 알아서 하실 테니까. 흠, 무솔리니는……. 어쨌든 우리는 히틀러 총통을 믿어야지요. 안 그래요? 아유, 리히터 씨. 분별력 있는 남자들은 모두 우리 집을 떠나는군요. 본부 원사 기젤이 먼저 가더니 이제는 당신까지."

"쿠프너 부인, 우리처럼 분별력 있는 사람들을 위해 이곳을 잘 지켜주세요."

나는 그녀에게 열쇠를 건넸다.

"에리카예요. 그렇게 불러주세요. 그리고 얼른 돌아오시고요."

타데우츠는 나를 배웅하러 바르샤바까지 왔다. 우리는 같은 기차를 탔지만 다른 칸에 앉았다. 나는 아직 안톤 리히터였다. 아리아인의 서류, 그리고 아무런 방해도 받지 않고 여행할 수 있는 총독의 특별허가증을 갖춘 사람.

나는 바르샤바로 가는 동안 나를 지켜줄 재킷을 덮고, 잠들려고 노력했다.

안나, 내가 기차에 앉아 있는 동안 너는 어디에 있었을까. 그 사람들이 너를 이미 게토에서 데리고 나와, 너에게 자유를 돌려주었을까?

바르샤바의 어느 집. 헬리라는 젊은 여자의 집이었다. 타데우츠와 헬리, 다른 여자 두 명과 남자 세 명이 탁자를 둘러싸고 앉아 있었다. 담배 연기가 안톤 리히터의 마지막 밤에 부드럽고 푸르스름한 베일을 드리웠다.

안톤의 서류들이 사라지고 나는 다시 아담이, 그냥 아담이 되었다. 원탁에 둘러앉은 사람들이 내가 게토에 들어가는 방법과 시기를 설명할 때, 나는 정신을 집중하기 위해 애를 썼다. 그러나 머릿속은 온통 뒤죽박죽이었다. 안나, 내 생각은 너를 향해 달렸다. 베를린으로 갔다가 돌아왔고, 용으로 장식되었던 집으로 질주했으며, 총독의 정원에서 이리저리 뛰어다녔고, 부슬러의 무덤에서 아래를 내려다보았다. 그러다가 갑자기 천 개의 문들이 동시에 닫히는 느낌이 들었다. 내가 문 바깥에 있는지 안에 들어섰는지 알 수 없었다.

한 사람씩 차례로 집을 나섰다. 타데우츠와 헬리와 나만 남았다.

자비로운 신은 나에게 꿈도 없는 깊은 잠을 선사했다. 안나, 나는 자유롭게 보내는 마지막 밤에 돌덩이처럼 곤히 잤다.

다음 날 아침, 타데우츠가 나를 깨웠다. 폴란드 동료이자 친구인 그와 작별할 시간이었다.

"아담, 지금이라도 돌아갈 수 이써요."

그는 내가 이미 오래전에 결심을 굳힌 줄 알면서도 이렇게 말했다.

헬리가 외투를 입었다. 전날 밤에 보았던 남자 중 한 명이 차 안에서 기다리고 있었다.

우리는 바르샤바 거리를 달렸다. 우리가 앞으로 움직이는 게 아니라, 바르샤바라는 도시가 우리 옆을 지나가는 것 같았다. 내 옆에 놓인 가방에서 흙냄새가 풍겼다. 내 여정의 마지막 단계에서 현실감을 느끼게 해주는 옅은 향기.

지방법원 근처에 차를 세웠다. 법원은 게토와 아리아 양쪽 모두 출입할 수 있는 건물이었다. 감시가 극심한 쥐구멍. 내 짐을 든 헬리가 독일 경찰 두 명과 눈을 마주치며 미소를 지었다. 원탁에서 보았던 사람이 경찰들 옆에 서 있었다.

우리는 안으로 들어갔다. 우리 뒤에는 폴란드 경찰이 있었다.

지난밤에 보았던 남자였다. 헬리와 나는 복도를 따라 걸었다. 서류를 한 무더기 든 여자 비서가 우리에게 다가왔다. 내가 이미 아는 얼굴이었다. 여자가 든 서류들이 헬리의 손으로 넘어왔고, 다시 내 바지주머니로 들어갔다.

나는 게토로 들어섰다. 팔에는 별이 그려진 완장을 둘렀고, 손에는 가방을 들고 있었다. 헬리는 떠났다. 그녀의 미소가 내 망막에서 여전히 떨리고 있었다.

유대인 보조경찰 중 한 사람이 나에게 다가왔다. 그는 자신을 라팔이라고 소개했다. 어젯밤에 여러 번 들은 이름이었다. 대화에 좀 더 주의를 기울였어야 했는데…….

내가 발을 들여놓은 새로운 세상은 활기차게 움직였다. 누구에게나 뚜렷한 목적이 있는 듯했다. 그러나 꽉 막힌 이 잿빛 거리에서 뚜렷하다고 말할 수 있는 것은 거의 없었다. 호흡과 매 순간들이 우연히 임의로 나란히 있을 뿐이었다.

라팔은 체조 코치를 연상케 했는데, 아마 경쾌한 걸음걸이 때문이었을 것이다. 오른쪽 왼쪽, 오른쪽 그리고 한 번 살짝 도약. 그는 말이 빨랐고, 말을 하는 내내 자기 목소리에 계속 놀라듯이 양쪽 눈썹을 추켜올렸다. 시선도 여기저기 급하게 헤매었다.

"운이 좋으신 겁니다. 방이 정말 좋아요. 루트, 그러니까 블렘머 부인은 무척 독특한…… 흥미로운 성격입니다."

그의 눈길이 도로 경계석을 따라 이리저리 움직였다.

"블렘머 부인이 누군가요?"

"아브라함의 어머니입니다. 그리고 멘덴 교수는 교양 있는 사람이에요. 무척 인상적입니다. 책도 한 권 썼어요. 뭐에 대해서였더라…… 무엇이냐 하면…… 잊어버렸습니다. 직접 물어보세요.”

“내가 블렘머 부인과 그 교수님과 함께 살게 되나요?”

라팔이 고개를 끄덕였다.

“물론이지요. 당신은 지금부터 블렘머 부인의 수호천사니까요.”

“아브라함이 원하는 게 정확하게 뭔가요? 내가 거기서 사는 걸 제외하고 말입니다.”

“아무것도 없습니다. 거기서 함께 살기만 하면 됩니다.”

라팔이 미소를 지으며 말했다.

“그리고 두 사람은 헤라클레스를 정말 꽉 잡고 있으니까요.”

“헤라클레스가 누굽니까?”

“아, 헤라클레스.”

그가 그만하자는 손짓을 했다.

헤라클레스라는 말에 마음이 불안해졌다. 그러나 미처 더 물어보기 전에, 이제부터 내가 살게 될 집에 도착했다. 출입구는 잿빛이고 축축했다. 이 건물에도 아마 ‘옛날’이 있었을 것이다. 더 하얗고 더 따뜻했던 옛날. 우리는 계단을 올라갔다. 굴 같은 집들이 나란히 이어졌다. 문이 없는 집들도 있었다. 기분이 안 좋은 어린아이가 만든 보기 흉한 인형의 집처럼 보였다. 그러나 나는 운이 좋았다. 내가 살게 될 집에는 노크를 할 수 있는 문이 달려 있었다.

안에서 고함이 들려왔다. 라팔이 나무문을 두드렸다. 그는 헛기침을 하고 제복을 당겨서 가다듬었다.

아브라함의 묘사는 더할 나위 없이 정확했다. 코와 눈과 머리카락 등 루트 블렘머의 외모는 인위적인 그 어떤 모방도 모두 능가해버릴 정도로 압도적이었다.

라팔과 내가 방에 들어섰는데도 블렘머 부인과 멘덴 교수는 계속 다투었다. 책 몇 권, 철제 난로와 커다란 옷장, 교수가 누워 있는 침대가 재산의 전부였다.

"교수님, 감자가 열두 개 있었어요. 그런데 지금은 아홉 개뿐이라고요. 세 개가 비어요. 당신도 안 먹고 나도 안 먹었어요. 그러니 헤라클레스 짓이지요."

그녀가 옷장 문을 두드렸다.

"헤라클레스, 감자 어쨌어? 헤라클레스!"

"블렘머 부인, 손님이 왔어요."

멘덴이 달래듯 말했다.

"헤라클레스, 감자 세 개! 헤라클레스!"

"블렘머 부인, 이제 제발 좀 그만해요."

그녀는 경멸하듯 숨을 내뿜고는, 거대한 손을 들어 한 번 더 옷장을 때렸다. 그런 다음 조용해졌다.

"안녕하세요?"

나는 조심스럽게 인사했다. 그녀의 눈길은 두려움을 일으킬 만했다. 그러나 그 눈길은 나를 그냥 스쳐갔다.

"라팔, 제복을 입은 꼴이 정말 바보 같군요. 몽둥이도 우습고."

아브라함의 '매력적인 엄니'가 아랫입술을 비틀며 말했다.

"당신을 보기만 하면 구역질이 난단 말이야."

"블렘머 부인, 아담을 데리고 왔습니다."

보조경찰이 정중하게 말했다.

그녀가 나를 뚫어지게 바라보더니, 팔을 공중으로 추켜들고 히브리어 기도를 천장으로 쏘아올렸다. 기도가 아니라 저주였을까?

"이제 정말 그만하시지요."

멘델이 그녀의 기도를 중단시켰다.

솜이불을 감고 누워 있는 그의 모습은 아기 거인 에곤 호르스트를 떠올리게 했다. 그가 약간 몸을 일으켜 나에게 환영한다고 말했다.

"자, 그럼 저는 이제 가도 되겠군요."

유대인 보조경찰이 말했다.

"아담, 내일 아침 일찍 다시 오겠습니다. 자세한 이야기는 그때 하지요."

"라팔, 내가 없을 때 오는 게 좋을 거예요!"

루트 블렘머가 쇳소리를 질렀다.

"당신이 오는 걸 내가 못 견뎌하는 거, 잘 알지요?"

라팔은 미소를 짓고 사라졌다.

침대에서 힘겹게 내려온 교수가 아브라함 엄니의 거대한 엉덩이를 빙 돌아 팔을 내밀며 나에게 악수를 청했다.

멘델의 몸은 부어 있었고, 잿빛 머리카락에서 남은 부분은 왕관 모양을 이루고 있었다.

"이제 당신 방을 보여드리지요. 블렘머 부인, 어때요? 함께 보여주시겠어요?”

“아니요, 교수님. 난 나가야 해요.”

그녀는 내게 아무 말도 하지 않고 서둘러 나갔다.

“따라가야 할 것 같군요. 제가 블렘머 부인을 보호해야 하니까요. 아닌가요?”

나는 자신 없이 물었다.

“블렘머 부인의 아들은 당신이 자기 어머니 뒤를 내내 따라다니기를 바라진 않을 겁니다.”

집은 서로 연결된 방 세 개로 이루어져 있었다. 멘덴의 방이 가장 컸다. 그의 방과 내가 묵을 방은 문으로 연결되어 있었고, 거기서 다시 하마 부인이 쓰는 세 번째 방으로 갈 수 있었다.

“개인적인 공간은 별로 없습니다.”

노인이 서글픈 미소를 지었다.

“욕실은 바깥에, 한 층 위에 있어요. 자…… 아담, 환영합니다.”

내 방에는 매트리스 하나와 의자 하나뿐이었다. 사실 다른 가구를 놓을 공간도 없었다. 나는 가방을 내려놓았다.

“이리 오세요.”

멘덴이 나를 다시 자기 방으로 이끌었다.

“헤라클레스, 블렘머 부인이 나갔다.”

아무 움직임도 없었다.

“헤라클레스, 함께 살 사람이 새로 왔어. 네 마음에 들 거야. 이제 좀 나와라.”

옷장 문이 열렸다. 작고 지저분한 손, 너덜너덜한 장화를 신은 발.

헤라클레스가 내 눈앞에 나타났다. 코에 주근깨가 가득했다. 접시처럼 큰 초록색 눈동자가 나를 찬찬이 바라보았다. 가끔씩 나는 헤라클레스도 관상을 볼 줄 알았을 거라고, 게다가 나보다 아마 더 나았을 거라고 생각한다.

아이는 내가 친구인지 적인지 결정하는 데 오랜 시간을 들이지 않았다. 나는 아이가 내민 손을 맞잡았다.

"하나, 둘, 셋!"

헤라클레스가 내 팔을 잡고 공중으로 세 번 들어올렸다.

"헤라클레스, 바보 같은 짓 좀 하지 마라."

멘덴이 말했다.

"교수님이 감자를 훔쳤어요!"

아이가 이렇게 소리치고는 가느다란 어깨를 들썩거리며 깔깔 웃었다.

"헤라클레스, 너 나쁜 아이다."

"내 말이 맞잖아요."

교수가 고개를 돌리고 한숨을 내쉬었다.

"배가 고파서……."

교수도, 블렘머 부인도 헤라클레스가 언제 어떻게 같은 집에 살게 되었는지 기억하지 못했다. 어느 날 불쑥 나타난 이 아이는 집에서 나가지 않았다. 이름도 없었고 나이도 몰랐다. 멘덴은 아이에게 헤라클레스라는 이름을 붙이고, 1935년 1월 1일을 생년월일로 정했다.

"기억하기 좋은 날짜니까."

멘덴이 말했다.

헤라클레스는 옷장 안에서 지냈다.

블렘머 부인은 언젠가 그를 게토에 있는 고아원에 보냈지만, 아이는 그날 저녁에 바로 돌아왔다.

헤라클레스는 똑똑한 아이였다. 목숨을 유지하는 방법을 알고 있었다. 매일 게토 거리를 쏘다니며 이런저런 것들을 가지고 왔다. 이렇게 해서 아이는 방 세 개짜리 집의 옷장에 지속적으로 머물 거주권을 얻었다.

헤라클레스에게는 '옛날'이 없었다. 게토 이전의 시절, 사랑하다가 잃어버렸을지도 모르는 사람들을 아이는 기억하지 못했다. 아이에게는 옷장에서 산다는 게 지극히 정상적인 일이었다. 아이가 지금까지 본 유일한 욕실은 위층에 있는 지저분한 세탁장이었다.

배고픔과 오물, 찢어진 장화와 외로움이 아이의 일상이었다.

헤라클레스는 게토의 다른 아이들을 가까이 하지 않았다.

부모나 친지와 함께 사는 아이들은 헤라클레스에게 낯설었다. 자기처럼 떠돌며 물건을 훔치거나 거래하는 고아들은 믿을 수 없었다. 그 아이들은 헤라클레스에게 경쟁자였다. 완전한 낙오자, 거리에 앉아 뭔가 얻을 기대로 손을 내밀고 있다가 언젠가 죽어버릴 아이들과도 거리를 두었다.

헤라클레스는 주변의 모든 것을 세 범주로 나누었다. 팔 수 있는 것, 먹을 수 있는 것, 쓸데없는 것.

아이는 가방을 푸는 내 옆에 쪼그리고 앉았다. 내가 구멍이 하나도 없는 옷을 꺼내자 헤라클레스는 대단하다는 듯이 휘파람을 불었다.

장미 뿌리가 든 자루와 바이올린을 보고서는 웃음을 터뜨렸다. 그러나 도자기 인형 안톤은 아이의 마음을 사로잡았다.

"이게 뭐예요?"

초록색 접시 같은 눈이 점점 더 커져서 얼굴 전체에 눈밖에 없는 듯했다.

"인형이야."

"이걸로 뭐 해요?"

아이는 최면에 빠진 것처럼 여자 인형에게 팔을 뻗었다.

"아무것도 안 해. 그냥 예쁘잖아."

헤라클레스가 벌떡 일어나더니 가느다란 다리로 바닥을 쿵쿵 울렸다. 그 후로도 내가 여러 번 보게 된 춤이었다. 아이는 뭔가 아주 놀라운 일을 만나면 춤을 추었다.

헤라클레스의 세계에는 '그냥 예뻐서'라는 이유만으로 존재하는 것이 그다지 많지 않았다.

아이는 다시 자리에 앉아, 작은 망아지처럼 고개를 흔들었다.

"너에게 선물할게."

나는 아이에게 베르니의 인형을 내밀었다. 헤라클레스는 인형을 조심스럽게 품에 안았다. 아이의 지저분한 목 핏줄이 팔딱이기 시작했다.

"나는 뭘 줘야 해요?"

아이가 숨 가쁘게 말했다.

"아무것도 안 줘도 돼. 선물이야."

헤라클레스는 정신병자를 보듯이 나를 바라보았다. 그러다가 아이 입이 벌어졌다. 소리 없는 경련. 고개가 뒤로 젖혀졌다. 아이가 웃음을 터뜨렸다. 날아가는 이 웃음을 영원히 잡아둘 수 있는 필름이 있었더라면 얼마나 좋았을까.

교수는 내가 아리아인의 자유로운 세상에서 음식을 전혀 가지고 오지 않았다는 사실을 알고 실망했다.

"조금 사오겠습니다. 여기서도 뭔가 살 수 있겠지요."

내 말을 그가 받았다.

"돈을 아주 많이 줘야 해요."

"돈 있습니다."

큰 재산은 없었지만, 바지주머니에 상당히 두꺼운 지폐뭉치가 들어 있었다. 안톤 리히터는 지출보다 수입이 더 많았다. 게다가 총독은 장미 재배사의 이탈리아 연구 여행을 위한 보조금을 몸소 승인해주었다.

헤라클레스는 게토 거리로 나를 안내했다. 아이는 신선한 빵과 두툼한 소시지를 살 수 있는 곳을 알고 있었다.

안나, 나도 다른 사람들처럼 완장을 차고 있었지만 이곳에 소속감을 느끼지는 못했다. 스스로가 관람객이나 방문객처럼 느껴졌다. 지금도 여전히 그렇다. 아마 내 의지로 이곳에 왔기 때문이겠지. 이곳에 올 이유가 있었으니까.

헤라클레스가 내 옆을 깡충깡충 뛰어다니며 제 또래 거지 몇 명을 쫓아냈다. 아이는 제 판단에 중요하다고 생각되는 것은 무엇이든 나에게 알려주었다.

"저기 저 여자는 벼룩을 쫓는 약을 팔아요. 하지만 효과가 없어요. 교수님이 벌써 써봤어요."

우리는 어느 지하실에서 빵과 소시지, 통조림 몇 개와 달콤한 죽을 샀다. 담으로 둘러싸인 이 도시의 다른 모든 것이 그렇듯이, 식품 가격도 비논리적이었다.

돌아오는 길에 나는 이곳에서 처음으로 죽은 사람을 보았다. 그는 몸을 웅크린 채 하수구에 누워 있었다. 경고의 표시였다. 이름도 없는…….

이곳에서 죽음은 자신의 잔혹한 위엄을 상실했다. 관중은 눈물을 뿌리지도, 경악하지도 않았다. 낫을 든 죽음은 서서히 사람들에게서 잊혀졌다. 그는 싸구려 독주를 너무 많이 마셨다. 검은 망토는 찢어지고 지저분했다. 죽음은 자기 임무를 수행하면서 분별을 잊었다.

우리 넷은 루트 블렘머 방의 삐걱거리는 식탁에 앉았다. 나는 사온 물품을 동거인들과 나누었다.

아브라함의 엄니가 기도를 하는 동안 멘덴과 헤라클레스는 먼저 먹기 시작했다. 나는 경솔하게 행동하다가 그녀에게 미움을 받을까 걱정스러워 경건하게 고개를 숙였다.

"교수님, 당신은 신앙이 없는 사람이에요. 왼뺨, 오른뺨을 번갈아 치고 싶군요.”

“블렘머 부인, 왼뺨 오른뺨을 치다니요? 그건 숙녀답지 못해요. 당신이 섬기는 신의 뜻과도 맞지 않고요.”

그가 이렇게 말하고는 기름진 소시지 한 조각을 입에 쑤셔넣었다. 무릎에 도자기 인형을 올려놓고 재우던 헤라클레스는 웃음을 참으려고 노력했지만 소용없었다. 웃음이 터져나오고, 고개가 뒤로 휙 젖혀졌다.

아브라함의 엄니는 인내심을 완전히 잃었다.

“아브라함이 나를 보호하라고 이런 괴물을 보냈다고?”

그녀는 단어 하나하나에 엄청난 분노를 한 양동이씩 부었다.

“내가 웃어야 해, 울어야 해? 하, 하, 하!”

“하”라고 말할 때마다 내 팔을 때렸다.

“아담 아저씨 때리지 마요!”

아이가 화를 냈다.

하마 부인은 잠깐 숨을 멈추었다. 그녀의 시선이 나에게서 헤라클레스에게로, 그리고 다시 멘덴에게로 옮겨갔다. 그다음에는 한숨과 고함. 그것은 새롭고 끝없는 한탄의 기도가 다시 시작되는 서막에 불과했다.

교수와 아이는 그 끔찍한 소리를 무시하고 계속 먹었다. 나는 불안한 심정으로 빵 한 조각을 집었다. 그러나 내가 한 입 베어물 때마다 그녀의 목소리가 커졌다. 씹고 삼키기가 힘겨웠다. 빵 한 덩이가 고통스럽게 서서히 식도를 타고 내려가는 동안, 그녀는 드디어 지루한 기도를 끝내고 달콤한 죽에 달려들었다.

"블렘머 부인, 신이 뭐라고 하던가요?"

멘덴이 입술에 미소를 머금고 물었다.

"신은 나를 시험중이에요. 교수님, 잘 알잖아요. 그리고 여기 이건,"

그녀가 손가락으로 나를 가리켰다.

"내 길에 놓인 또 하나의 걸림돌이에요."

"돌 아니에요."

아이가 말했다.

"조용히 해. 네가 뭘 알아?"

"아담 아저씨가 돌이 아니라는 거요."

그날 저녁, 아마도 예전에 냄비였을 듯한 그릇에 허약한 장미를 심었다. 얼기설기 얽힌 뿌리를 흙에 묻는 동안 헤라클레스가 나를 지켜보고 있었다.

"그게 뭐예요?"

"아직은 아무것도 아니지. 하지만 우리가 운이 좋다면 여름에 여기서 장미가 피어날 거야."

"난 뭔지 몰라요."

아이가 어깨를 으쓱하며 대꾸했다.

"꽃이야. 꽃 알지? 여기 이건 꽃 중에 하나야."

"아저씨 돌았어요?"

아이가 새된 소리를 냈다.

"꽃은 종이로 만든 거예요."

"아니야."

"맞아요."

헤라클레스가 벌떡 일어나 달려가더니, 교수의 책 중에 한 권을 가지고 돌아왔다. 표지에 백합이 그려진 시집이었다.

"이거 봐요. 종이잖아요."

"이건 그냥 그림이야."

아이가 배를 잡고 웃었다.

"아저씨 졌어요. 꽃은 이거예요. 아저씨가 가지고 있는 건 풀이 섞인 쓰레기예요."

게토에서 보낸 첫날밤은 추웠다. 내 방을 멘덴과 하마 부인의 방과 구분해주는 문들은 문이라는 이름에 걸맞지 않았다. 모든 소리를 통과시키는 가느다란 널빤지에 불과했다. 벽도 무용지물이어서, 아무런 보호물 없이 바람과 마주선 느낌이었다. 그러다가 잠이 들었다. 누구든 언젠가는 잠들게 되어 있으니까.

우리 셋은 멘덴의 방에서 어제 저녁에 남긴 음식으로 아침식사를 했다. 헤라클레스는 자기가 아는 유일한 도시의 거리에서 운 좋은 거래를 하기 바라며 이미 나가고 없었다.

교수는 침대에 눕고, 블렘머 부인과 나는 각자 방에서 가지고 온 의자에 앉았다. 우리는 입을 다문 채 빵을 차에 적셨다. 차라기보다는 사실 뜨거운 물이었다.

이날 아침, 아브라함의 엄니는 미소를 띤 듯한 얼굴로 나를 맞았다. 블렘머 부인이 어쩌면 평온한 이웃이 될지도 모른다는 희망을 막 품었을 때, 그녀가 내 팔꿈치를 밀었다. 밀었다는 말은 틀린 말이다. 때렸다는 게 사실에 더 가깝다.

"얼굴에 있는 게 뭐요?"

그녀가 총알처럼 빠르게 말했다.

"예? 뭐라고요?"

또 얻어맞았다.

"털, 수염 말이에요."

나는 콧수염을 쓰다듬었다. 뭐라고 대답해야 좋을지 알 수 없었다.

"깎는 게 좋을 거예요. 기억하기 싫은 사람이 떠오르니까."

"아우구스트?"

내가 미소 지으며 물었다.

"누구?"

"아돌프 말입니다."

"뭐라고? 여기가 지금 정신병원인가? 이 젊은이는 지금 자기가 히틀러처럼 보인다고 믿는 건가요? 교수님, 뭐라고 말 좀 해봐요!"

그러나 멘덴은 아무것도 듣지 못한 척했다.

"저는 그저…… 왜냐하면……."

나는 블렘머 부인을 진정시키려 했다.

"내 사촌이 떠오른단 말이오. 요세프라는 놈이!"

"아, 예."

내가 웅얼거렸다.

"아 예, 아 예. 그 '아, 예' 소리 좀 하지 말고 수염이나 깎아요."

"나한테 면도날이 있어요."

교수가 찻잔에서 눈을 떼지 않은 채 말했다.

"아, 예."

아브라함 엄니가 숨을 깊이 들이쉬려는 찰나, 문을 두드리는 소리가 났다.

제복을 입은 라팔이었다. 진짜 경찰이라면 권총을 차고 있을 허리띠에 고무 몽둥이가 달랑거리고 있었다. 그가 뭐라고 한마디도 하기 전에 루트 블렘머가 먼저 포문을 열었다.

"라팔, 내가 없을 때 오라고 하지 않았던가요? 당신 낯짝을 견딜 수 없다고 하지 않았나요? 당신에 비하면 발진티푸스는 차라리 축복이야!"

우리는 그녀를 말릴 엄두도 내지 못했다. 블렘머 부인은 폐활량이 꽤 큰 편이었지만, 나중에는 그녀도 숨이 턱에 닿았다.

그녀가 일어나서 자기 방으로 쿵쿵 걸어가더니 잿빛 외투를 걸치고 나왔다. 하마 피부와 똑같은 색깔이었다.

"그렇다면 내가 나가야겠군요."

블렘머 부인이 말했다. 화가 났다기보다 모욕을 당한 듯한 목소리였다.

그녀를 막아선 라팔이 주머니에서 지폐 몇 장을 꺼냈다.

"아들이 보냈습니다."

그가 공손하게 말했다.

부인이 그의 손에서 돈을 빼앗았다.

"내가 돈을 받는 이유는 하나밖에 없어요. 당신이 그걸 가질 거라고 생각하면 구역질이 나니까. 차라리 내가 먹거나 태우는 게 낫지."

보조경찰은 참을성 있게 고개를 끄덕였다.

"라팔, 가면 갈수록 당신을 점점 더 못 견디겠어요."

그녀는 이렇게 말하고 쾅쾅 걸어가서는 불쌍한 현관문을 세차게 닫고 나갔다.

"푸……."

멘덴이 숨을 내뿜고 미소 지었다.

"아담, 다시 한번 환영해요. 여긴 이렇습니다."

라팔이 블렘머 부인의 의자에 앉았다.

폴란드 친구들은 나를 위해 모든 것을 준비해두었다. 나는 일자리도 얻게 되었다. 게토에서는 음악회가 열렸다. 제대로 된 음악회였다. 내가 할 일은 매표소에 앉아 있는 거였다.

"많이 벌지는 못할 겁니다. 일자리를 구하기가 아주 어려웠어요. 당신이 할 줄 아는 일이 없어서 유감입니다."

라팔은 눈썹을 거의 머리카락이 시작되는 곳까지 밀어올리며 말했다. 그가 한숨을 내쉬었다.

"내 말은, 당신이 직업이 없다는 뜻입니다. 언젠가는 얻게 되겠지요."

나는 아무 대답도 하지 않았다.

잠시 후 그가 작별인사를 했다.

"아담, 내일 데리러 오겠습니다. 연주회장으로 안내해주지요."

그는 오른쪽과 왼쪽으로 움직인 뒤에 다시 한번 돌아보았다.

"멘덴 교수님, 헤라클레스를 좀 더 잘 돌보셔야겠어요."

"그 아이는 스스로 돌볼 줄 알아요."

"어쨌든 한 번은 말을 해줘야 할 것 같아서요."

교수와 나만 남았다.

"자, 아담. 일단 수염부터 깎고 나서 당신 이야기를 해봐요."

"내 이야기요?"

"예, 그 여자와 사랑에 대해서."

"내가 왜 여기 왔는지 아시는군요?"

"물론이지요."

'안톤 리히터' 시절의 덥수룩한 잔재가 아담의 얼굴에서 사라졌다. 이제 총독의 장미 재배사를 기억나게 하는 것은 풀이 섞인 쓰레기가 담긴 냄비뿐이었다.

교수는 침대 뒤에서 갈색 병을 끄집어냈다.

"블렘머 부인에게는 말하지 말아요."

그가 도수 높은 술을 한 잔씩 따랐다.

"말했다가는 그녀의 신과 문제를 겪게 될 테니까요."

안나, 온기와 나른한 어지러움이 몸에 퍼지는 것을 느끼며 나는 우리 이야기를 했다.

"교수님의 이야기는요?"

술을 두 잔 마시는 동안, 나는 멘덴이 빈에서 태어나고 뮌헨에서 고전문헌학을 공부했으며, 프라하에서 교수생활을 했다는 사실을 알게 되었다. 그의 이야기도 일단 바르샤바 게토에서 끝났다.

"아담, 아시겠어요? 남는 것은 우리의 말이랍니다."

그는 세 번째로 잔을 채우며 윙크했다.

"오늘을 축하하기 위해."

내 시선이 철제 난로를 향했다. 타고 있는 난로 옆에 이불을 감은 인형이 누워 있었다.

"헤라클레스가 인형이 따뜻하라고……."

멘덴이 말했다.

"그런데 아이에게 왜 헤라클레스라는 이름을 붙이셨어요?"

노인이 미소 지었다.

"헤라클레스……. 제우스가 가장 사랑하던 아들이지요. 그는 의연하고 용감했어요. 불가능한 임무를 계속 수행하고 위험한 과제를 풀어야 했지요. 게다가 인간 중에서는 유일하게 불사의 존재가 되었어요.

그의 몸이 땅에서 불탔을 때, 제우스가 다른 신들에게 선포했어요. '헤라클레스의 몸에서 불멸하는 부분은 죽음으로부터 안전하오. 나는 이제 그를 이곳 올림포스에 맞이할 생각이오.' 이 게토 밖에 모르고 아마 다른 것은 보게 될 것 같지 않은 아이에게, 죽음으로부터 안전하라고 빌어주는 것 외에 무엇을 할 수 있겠어요? 이름은 지참금이고 유산입니다. 아담, 그걸 알아야 해요. 아담은……."

"낙원을 본 유일한 남자이지요."

내가 그의 말을 완성했다.

안나, 술에 취했던 이날 오전에 나는 블렘머 가족도 당신 부모님과 비슷한 운명이었다는 것을 알게 되었다. 가족은 박해를 피해 폴란드에서 도망쳐, 오스트리아에서 새로운 삶을 시작했다. 그러다가 부슬러의 집단이 등장하여 그들을 고향으로 쫓아 보냈다. 그러나 이곳에서도 편히 살 수 없었다. 아우구스트가 그들을 끈질기게 뒤쫓았으니까.

블렘머 가족은 부유했다. 아브라함은 부를 이용할 줄 알았고, 바르샤바에 게토 담장이 생기기 전에 종적을 감추었다.

폴란드인과 독일인을 모두 증오하는 하마 부인은 숨으려고 하지 않았다. 그녀는 자기가 겪는 모든 괴로움과 궁핍함을 신이 내린 시험이라고 해석했다.

"그런데 블렘머 부인은 전혀 종교적인 사람이 아니에요. 종교 본래의 의미에서 볼 때 말이지요. 나는 히브리어를 알지 못하지만, 언젠가 어떤 랍비가 하는 말을 들었어요. 블렘머 부인이 하는 장광설은 기도가 아니라 저주래요."

"누굴 저주하는데요?"

"아, 내 생각에는 우리 모두를 저주하는 것 같아요. 인류 전체에게 분노한 거지요."

"교수님, 뭐 좀 여쭤봐도 될까요?"

"그럼요."

"블렘머 부인에게는 교수님과 라팔이 있어요. 그러니 저는…… 필요 없지 않나 하는 생각이 조금 드는데요."

"아담, 아브라함은 자기 엄마 옆에 누군가 있기를 바라요. 무슨 일이 일어나도 옆에 있을 사람 말입니다. 무조건, 언제나 엄마를 위해 옆에 있을 사람.”

멘덴은 생각에 잠긴 미소를 지으며 남은 술을 마저 따랐다.

입장료는 낮았다. 청중은 게토에 사는 모든 사람의 혼합물이었고, 연주자들 중 일부는 한때 유명한 콘서트홀을 채웠던 최고의 예술가였다.

음악회에 갈 때면 늘 훼손된 다이아몬드 목걸이가 생각났다. 잠금쇠가 고장 나고 값비싼 보석 알들이 많이 빠진 목걸이. 그러나 이렇게 손상된 장신구라도 제대로 된 조명 아래 놓으면 화려했던 과거가 다시 깨어났다. 보석이 빠진 빈자리도 옛날처럼 빛났다. 마법은 음악이 연주되는 한 지속되었다.

나는 이따금 헤라클레스도 데리고 갔다. 아이는 안톤을 데리고 갔다. 아이와 인형과 나, 우리 셋은 제일 뒷자리에 서서 음악을 들었다. 안나, 모든 곡조가 네 얼굴을 떠올리게 했다. 모든 화음이 나를 다시 베를린으로 데리고 갔다.

그런 다음 끝났다. 음악회는 언제나 끝나는 법이니까. 조명 색이 바뀌었다. 목걸이는 광택을 잃고 바닥으로 떨어졌고, 느긋하게 박자를 맞추며 까딱거리던 헤라클레스의 작은 몸은 다시 뻣뻣하게 굳었다. 바이올린과 트럼펫은 아이를 어디로 데리고 갔던 걸까.

언젠가 집에 돌아오면서 물어보았을 때, 아이는 접시만 한 초록색 눈으로 무슨 말이냐는 듯이 나를 바라보았다.

“아무 데도 안 갔어요.”

"음악회에서 무슨 생각해?"

"아무것도 생각 안 해요."

"뭔가 보이는 게 있어?"

"무대에 있는 사람들."

"아니, 머릿속에 뭔가 보이는 게 있냐고."

"없어요."

아이가 어깨를 으쓱했다.

"아저씨는 머릿속에 보이는 게 있어요?"

"응. 세상에서 가장 슬픈 눈을 한 소녀와 베를린의 어느 다락방."

헤라클레스는 그 자리에 멈춰서서 발로 바닥을 구르며, 그 아이만 웃을 수 있는 모습으로 웃었다.

"아저씨는 미쳤어요!"

아이가 새된 소리를 질렀다.

"정말 미쳤다고요."

"어쩌면 그럴지도 모르지."

나는 이렇게 대답하고 아이의 손을 잡았다.

그해 겨울에 정말 정신병자였던 사람은 그 잘난 아우구스트였다. 그는 12월에 미국에 전쟁을 선포했다.

멘덴은 늘 그랬듯이 침대에 누워, 유대인평의회를 위해 서류를 번역하고 있었다. 그는 이렇게 돈을 벌었다. 평의회는 중증 류머티즘에 시달리는 교수를 배려하여 집에서 일해도 좋다고 허락했다. 이런 특권은 게토에서 중요한 위치를 차지한 그의 옛 제자 덕분이었다.

집에는 멘델과 나뿐이었다. 그는 한숨을 쉬며 서류를 옆에 내려놓았다. 잔에 독주를 따르는 그의 눈에서 기이한 광채가 번쩍였다.

"히틀러는 이 전쟁에서 이길 수 없어요. 그 남자는 제정신이 아닙니다. 미국이라니……. 이건 작전이 아니라 절망에서 나온 결정이에요. 아담, 나는 우리가 이곳을 살아서 나갈 수 있다는 생각을 오늘 처음으로 하게 되었어요. 끝이 있을 거라는 생각 말입니다."

그가 엄숙하게 말했다.

안나, 나도 그의 낙관적인 도취감에 감염되었다. 물론 나는 이곳에서 죽을 거라는 생각을 한 번도 해본 적이 없었다.

블렘머 부인은 방 세 개 가운데 두 개를 휩쓴 열광을 이해하지 못했다. 그녀가 퍼붓는 히브리어 저주는 다른 날보다 더 위협적으로 들렸다.

12월이 다 가기 전, 바람이나 날씨와는 관계없는 강추위가 우리 게토에 들이닥쳤다.

12월 28일, 헤라클레스는 평소와 다름없이 게토를 돌아다녔다. 보통은 시끄러운 발걸음과 전형적인 웃음소리가 아이의 귀가를 알렸다. 위로 올라오는 동안, 아이는 항상 뭔가 우스운 일을 발견하곤 했다. 헤라클레스는 웃는 데 그다지 까다롭지 않았다. 발이 세 개뿐인 쥐만 보아도 아이의 고개는 뒤로 젖혀졌다. 그러고는 깔깔 웃으며 벽이 흔들릴 만큼 세차게 문을 열어젖혔다.

그러나 그날은 이런 팡파르가 울리지 않았다. 헤라클레스는 아무런 예고도 없이 멘덴의 방에 들어와 섰다. 벌거벗은 채, 떨리는 몸을 덮고 있는 건 먼지와 피 묻은 매 자국뿐이었다.

초록색 눈동자가 나를 뚫어지게 보았다. 아이가 말없이 작은 손을 들어올렸다. 손가락이 하나 없었다.

"헤라클레스, 너 또 무슨 짓을 했니?"

교수가 말했다. 하마 부인은 한숨을 내쉬었다.

내 친구―헤라클레스는 내 친구였다―는 아무 반응도 없었다. 그저 나만 바라보았다. 내가 이런 상황을 바꿀 수 있다는 듯이, 손가락을 찾아줄 수 있다는 듯이.

1층에 의사가 살았다. 나는 그에게 달려 내려갔다. 한 시간 뒤, 한때 손가락이 있던 자리에 27개의 바늘자국이 남았다. 나는 아이를 내 스웨터로 감싸고 두꺼운 양말을 신겨주었다. 아이는 난로 옆에서 자기를 기다리던 인형을 집어들고 아무 말도 없이 옷장으로 들어갔다.

"애가 늘 말썽이야."

블렘머 부인이 고개를 저으며 말했다. 교수와 아브라함의 엄니는 처음으로 의견이 일치했다.

"예, 늘 말썽이지요."

멘덴이 맞장구를 쳤다.

나는 옷장 옆에 쪼그리고 앉아 조심스럽게 문을 두드렸다.

"헤라클레스, 무슨 일이 있었지?"

아이는 대답하지 않았다.

내가 질문을 여덟 번 반복하자, 블렘머 부인이 못마땅한 목소리로 말했다.

"아담, 그만 두드려요. '무슨 일이 있었지? 무슨 일이 있었지?' 헤라클레스는 도둑이에요. 도둑은 늘 위험한 처지예요. 애도 그걸 알고 있어요."

헤라클레스는 사흘 동안 한마디도 하지 않고 굴 속에 웅크리고 있었다. 나는 아이를 위해 옷장 문 앞에 음식을 놓아두었다. 그러면 아이는 재빨리 문을 열고 접시를 들여갔다.

나는 오랫동안 옷장 앞에 앉아 아이에게 말을 걸었다. 교수가 한숨을 쉬며 지친 목소리로 말했다.

"마음이 가라앉으면 아이가 알아서 다시 나올 겁니다."

12월 31일. 멘덴과 블렘머 부인은 이미 잠자리에 든 뒤였다.

"헤라클레스."

나는 멘덴을 깨우지 않으려고 나지막이 말했다.

"이제 곧 네 생일이야."

그러자 삐걱 소리가 나며 문이 열렸다. 나는 아이 옆으로 기어 들어갔다. 옷장 안은 좁고 따뜻했다. 눈이 어둠에 익숙해지기까지는 어느 정도 시간이 걸렸다. 헤라클레스의 초록 눈과 인형 안톤의 도자기 피부가 흐릿하게 빛났다.

아이가 망가진 손을 들어올렸다.

"다시 자랄까요?"

묻는 아이의 목소리가 너무 기대에 차 있어서, 나는 하마터면 거짓말을 할 뻔했다.

"아니, 아마 아닐 거야."

"빌어먹을."

아이는 인형을 더 세게 끌어안았다.

"나는 손가락을 아홉 개 잃은 사람을 알아."

소령의 가죽 꼬리들을 생각하자 절로 웃음이 났다.

"지금 어디 있어요?"

"죽었어."

"손가락을 잃으면 죽나요?"

아이가 훼손된 자기 손을 자세히 들여다보며 물었다.

"아니, 아니야. 그 사람은 무척 멋지게 살았어. 손가락이 한 개 밖에 없었는데도 말이야."

"멋지게…… 뭘 했는데요?"

"내 친구였지."

아이는 잠깐 망설이더니, 몸을 내 쪽으로 더 숙이며 속삭였다.

"사람이 죽으면 어디로 가요?"

"낙원으로."

나는 곧장 대답했다.

"그건 어디 있어요?"

"낙원 이야기 못 들어봤니?"

"네."

아이가 힘없이 대답했다. 긴장하는 아이의 몸이 느껴졌다.

"아담과 이브는? 에덴동산은? 그런 이야기 못 들어봤어?"

내가 캐물었다.

"아저씨가 아담이잖아요. 그런데 이브는 누구예요? 동산은 어디 있어요?"

엄마가 나랑 이름이 똑같은 사람 이야길 해줄 때 더 집중해서 들었어야 하는 건데…….

나는 역할이 정확히 무엇이었는지 잘 기억나지 않는 뱀 이야기는 일단 빼놓고 낙원을 묘사하는 데 집중하기로 했다.

벌거벗은 채 즐겁게 지내는 사람들 이야기를 하자 헤라클레스가 경악했다.

"신발도 안 신었어요?"

아이 목소리에서 끔찍한 전율이 묻어났다.

"벌거벗고 공동묘지를 돌아다녀야 한다고요? 여기저기 종이들이 있고요?"

"아니야. 공동묘지가 아니라 정원이야. 그리고 종이가 아니라 꽃과 나무들이고. 그리고 옷을 안 입은 이유는…… 필요하지 않기 때문이야. 햇살이 비춰서 춥지 않으니까."

그러나 헤라클레스는 내 말을 이해하지 못했다. 아이가 발을 들여놓은 유일한 정원은 풀이 자라는 게토 공동묘지였다. 마른 갈색 줄기뿐인 나의 장미로는 아이에게 꽃이 어떤 존재인지 납득시킬 수 없었다. 그리고 벌거벗었다는 것은 이곳에서 파멸을 의미했다.

눈물이 아이의 뺨을 타고 흘렀다. 나는 헤라클레스가 우는 모습을 처음 보았다.

"이건 그냥 하나의 낙원이고, 다른 낙원도 있어."

내가 당황하여 더듬으며 말을 잇자 아이는 눈을 동그랗게 떴다.

"다른 낙원?"

"응. 그곳은 집이야. 이 옷장과 비슷하지만 더 크지. 밤낮으로 불을 피우는 난로가 세 개나 있어."

헤라클레스가 눈물을 닦았다.

"그리고 누구나 반짝이는 새 장화를 받는단다."

"털도 달려 있어요?"

아이가 흥분하여 물었다.

"그럼, 그럼. 달렸지. 그리고 누구나 털 달린 외투도 있어. 장갑도 있고."

"우와, 장갑도?"

"그래. 그리고 빵집도 있어. 배부를 때까지 얼마든지 먹을 수 있지."

"잼은?"

아이가 숨도 쉬지 않고 말했다.

"여러 가지 종류가 있어. 노랑과 빨강과 초록색 잼."

"초록색 잼?"

아이가 고개를 뒤로 젖히고 깔깔 웃었다.

"아저씨 미쳤어요. 초록색 잼이라고요? 정말 미쳤어요. 초록색이라니! 거짓말이야."

"거짓말 아니야. 그리고 우유를 하루에 여덟 컵 마실 수 있어. 어떨 때는 열 컵도 마시고."

"경찰은요? 경찰도 거기에 가요?"

"아니, 경찰은 없어."

"그 사람들은 어디로 가요?"

"아까 말한 다른 낙원, 벌거벗고 돌아다녀야 하는 그 낙원."

아이는 만족스러운 미소를 지었다.

누군가 밖에서 문을 열었다. 멘덴과 블렘머 부인이 옷장 앞에 서 있었다. 두 사람은 아이를 위해 노래를 불렀다. 우리 넷은 자정 무렵에 특별하고 기이한 가족처럼 헤라클레스의 가짜 생일을 축하했다.

아이는 케이크 한 조각과 선물도 받았다. 털모자였다.

헤라클레스는 손가락이 사라졌다는 사실을 곧 인정했다. 그러나 잃어버린 장화는 무척 아쉬워했다. 그래서 나는 부슬러의 바이올린을 아이 신발과 바꾸기로 했다.

나와 동행하겠다고 고집을 부리는 블렘머 부인에게 싫다고 말할 용기가 없었다.

게토 거리는 여느 때와 마찬가지로 사람들로 가득했다.

아브라함 엄니는 앞으로 빨리 나가려고 팔꿈치를 휘두르며 나에게 히브리어 저주와 욕설을 퍼부었다.

"블렘머 부인, 이제 제발 그만하세요."

나는 그녀의 팔에 두 번이나 배를 가격당하고서 말했다.

"젊은이, 당신을 때리려던 게 아니에요!"

그 말은 사과가 아니라 비난이었다. 히브리어 저주가 곧장 다시 따라붙었다.

"블렘머 부인, 바로 그거요. 그것 좀 그치시라고요."

그녀가 숨을 씩씩거렸다. 그런 다음 조용해졌다.

나는 소령의 바이올린을 건네고 바지 하나, 장화와 장갑 한 켤레를 받았다.

아브라함 엄니가 나와 흥정하던 수염 난 남자에게 미친 듯이 소리를 지르는 바람에 하마터면 거래를 망칠 뻔했지만, 그럭저럭 물물교환이 이루어졌다. 남자와 나는 그녀보다 더 크게 고함을 질러야 했다.

"나쁜 놈, 빌어먹을 놈!"

뒤뜰을 나오면서 블렘머 부인이 쇳소리를 냈다.

"저 말인가요?"

"당신? 아니요, 당신은 가련한 멍청이지요. 그 바이올린을 더 좋은 신발로 바꿀 수 있었는데! 당신에게 사기를 친 그 나쁜 인간 말이에요. 당신이 지금 뭘 들고 있는지 봐요. 싸구려 쓰레기예요."

왼쪽으로 접어들려고 하자 그녀가 내 등을 때렸다.

"어디 가려고요?"

"집에요. 블렘머 부인, 제발 그만 때리세요."

"집 말고 카페로 갑시다. 좋은 카페로!"

그 말은 초대가 아니라 선전포고로 들렸다.

카페는 조명이 어둡고 사람들로 북적였지만, 초콜릿이나 설탕을 넣은 홍차처럼 특별한 음료를 주문할 수 있었다. 이런 음료를 마실 수 있는 게토 주민은 극히 적었고, 우리는 몇 안 되는 행운의 주인공이었다.

"아담, 얼마나 더 오래 버틸 건가요?"

블렘머 부인이 갑자기 하마 가죽을 벗은 것처럼 느껴졌다. 목소리에는 악의가 전혀 없었고, 호기심과 약간의 걱정까지 묻어났다.

"무슨 소린가요?"

"내 수호자 역할 말이에요. 아브라함이 골라 보낸 남자는 당신이 처음은 아니에요."

그녀는 아내와 두 딸과 함께 게토에 살았던 다비드 이야기를 꺼냈다.

다비드는 가족과 함께 도주하여 아리아인들이 사는 곳으로 잠적할 기회를 계속 노렸지만 자금이 없었다. 그러던 어느 날 라팔을 만나게 되었고, 경찰은 아브라함과 접촉했다. 얼마 지나지 않아 아브라함이 다비드에게 이런 제안을 내놓았다. 다비드가 게토에서 블렘머 부인 집에 사는 대신, 아브라함이 다비드의 아내와 아이들을 구출해내 안전한 장소로 인도한다는 것이었다.

다비드는 이 제안에 동의했다.

그는 몇 달 뒤에 자기도 도주할 수 있는 돈을 모았다. 블렘머 부인은 보내달라고 허락을 구하는 그에게 가라고 승낙했다. 그러나 아브라함은 라팔을 통해 그건 약속과 다르다고 알려왔다. 다비드의 아내와 아이들의 안전은 그가 게토에서 임무를 계속 수행할 때만 지켜진다는 거였다.

자기 가족이 어디에 숨어 있는지 알고 있던 다비드는, 아브라함의 경고에도 불구하고 도주를 감행하여 가족을 직접 돌보기로 결정했다.

블렘머 부인이 숨을 거칠게 내쉬었다.

"그래서 어떻게 되었어요? 성공했나요?"

"당연히 못 했지요. 다비드는 도주하다가 총에 맞았고, 내 아들은 그날 밤 그의 아내와 두 딸을 내쫓았어요. 라팔은 아주 신속하게 움직여요. 나는 내 아들과 라팔 중에 누구를 더 경멸해야 좋을지 모르겠어요."

그녀가 손에 든 찻잔이 떨렸다.

"아담, 인간은 사악해요. 돈만 주면 무슨 짓이든 하지요."

"아브라함이 경찰들에게 돈을 주나요?"

"당연하지요! 라팔은 스파이예요. 아브라함의 하수인이지요. 아브라함은 나에게 규칙적으로 돈을 보내요. 절반은 라팔이 갖고, 일부는 유대인평의회에서 일하는 어느 나쁜 놈에게 가요."

"왜요?"

"매수하는 거지요. 우리 집에 다른 사람을 더 들이지 못하게 하려고. 이곳에서 자기 방을 지니고 산다는 건 사치예요."

그녀가 씁쓸하게 웃었다.

우리 둘은 한동안 입을 다물고 있었다. 나는 한참 지난 뒤에야 음악이 흐른다는 것, 사랑에 빠진 사람이든 아니든 짝을 지어 카페 중앙에서 춤을 춘다는 사실을 알아챘다.

"나는 아들에게 더 이상 보호자를 보내지 말라고 애원했어요."

블렘머 부인이 나를 외면한 채 말했다.

“하지만 저는 여기 있어요.”

나는 단호한 목소리로 대답했다.

“그래요. 당신은 아브라함이 양심의 가책을 덜 수 있게 돕고 있어요. 그게 이 음침한 희극에서 당신이 맡은 역할이에요.”

송아지 같은 눈망울을 한 여가수가 남루한 드레스를 입고 유행가를 부르기 시작하자, 블렘머 부인이 이제 그만 가자고 재촉했다.

“질문이 하나 있어요.”

아브라함 엄니가 자리에서 일어났을 때 내가 말했다.

“해봐요.”

“여기서 나가실 수 있나요?”

“그게 질문인가요?”

나는 고개를 끄덕였다. 블렘머 부인은 천장을 노려보더니, 한숨을 쉬고 자리에 다시 앉았다.

“알았어요…… 우리 아버지는 폴란드에서 폴란드인처럼 행동하려고 노력했어요. 그 사람들의 언어를 했고, 가족 모두 세례도 받았지요. 하지만 그것만으로는 충분치 않았어요. 폴란드인들은 아버지의 한쪽 눈을 찔렀어요. 못이 박힌 막대기로. 아버지는 간신히 목숨을 건졌고, 우리는 모두 오스트리아로 갔어요. 빈에서 우리는 오스트리아인처럼 살려고 노력했지요. 우리는 그들의 언어를 배우고, 그들의 관습을 이어받고, 일요일에 미사가 끝나면 프라터 공원으로 산책을 갔어요. 아버지는 신들린 사람처럼 일해서 돈을 많이 벌었어요. 누구에게나 관대하고 친절했지요. 하지

만 사람들은 눈이 하나뿐인 폴란드인, 가톨릭 세례를 받은 유대
인을 언제나 불신했어요. 얼마 후 병합이 일어났어요. 오스트리
아인들이 병합을 환영하던 모습이란!"

독일인들이 들어왔다. 루트의 늙은 아버지는 비스마르크 흉상
을 사서 피아노 위에 잘 모셔두었다.

"하지만 그것만으로는 충분치 않았지요."

그들은 아버지를 가두고 때려서 숨지게 했다. 루트의 어머니는
남편이 이제 집에 돌아오지 못한다는 사실을 전해 듣고 창문에서
뛰어내렸다.

루트와 그녀의 남편과 이미 성장한 아들은 바르샤바로 추방되
었다. 남편은 병들어 죽었다.

어느 부유한 폴란드 유대인이 루트와 아브라함을 자기 집에 받
아들였다. 그녀는 히브리어를 배우고 매일 기도했지만, 그것만으
로는 충분치 않았다.

경건한 남자는 독일인들이 오기 직전에 심근경색을 일으켰다.
그는 블렘머 부인에게 자기 전 재산을 유산으로 남겼지만, 아브
라함이 모두 가로챘다.

"그 뒤에 독일인들이 이 게토를 만들었어요. 나는 사람들 마음
에 들려는 헛된 노력을 더는 하지 않아도 되었지요. 여기서는 아
무도 나를 쫓아내려고 하지 않아요. 나는 이곳에서 편히 죽을 수
있어요."

"신은?"

"신은 나의 적이에요."

"저는 신이 부인을 시험하고 있는 줄 알았는데요?"

"맞아요. 친구라면 시험하지 않지요."

내가 미처 뭔가 더 묻거나 말하기 전에 블렘머 부인은 다시 두꺼운 하마의 피부를 뒤집어썼다. 그러고는 거의 의자에서 굴러떨어질 만큼 나를 세차게 밀었다.

"빨리 일어나요. 그리고 저 쓰레기 신발 잘 챙기고. 멍청이처럼 사기를 당하다니, 멍청이처럼……."

헤라클레스는 새 장화를 신고 발을 세차게 내딛으며 온 집을 돌아다녔다. 아이는 숨이 막힐 정도로 웃어댔다.

다음 날 아침 나는 마른 장미 줄기를 꺾어, 천 조각과 함께 검은 털장갑 안에 집어넣고 꿰맸다. 장미 줄기와 잿빛 아마포로 만든 작은 손가락.

"교수님, 이거 보세요!"

아이가 장갑 낀 손을 멘덴의 코앞에 들이밀었다.

"아담 아저씨가 손가락을 만들어줬어요."

교수는 책에서 눈을 떼고 아이의 검은 손을 쓰다듬으며 미소 지었다.

"아담이 이제 신처럼 행동하는구나. 존경하는 친구, 멋진 일입니다."

"교수님, 당신이 신에 대해 뭘 알아요?"

블렘머 부인이 말했다.

"물론 아무것도 모릅니다. 잘못했어요, 잘못했다고요."

멘텐과 아브라함 엄니가 싸늘한 시선을 주고받는 동안, 헤라클레스는 문으로 뛰어갔다. 그러고는 다시 한번 몸을 돌려 고친 손을 나에게 흔들다가, 하마터면 라팔과 부딪힐 뻔했다.

나는 헤라클레스의 눈에 드러나는 경악을 보았다.

"좀 어떠냐?"

경찰이 아이의 등 뒤에 대고 소리쳤다. 그러나 돌아온 대답은 새 장화가 계단에서 덜컥이는 소리뿐이었다.

조금 전까지만 해도 교수에게 향했던 블렘머 부인의 적개심은 순식간에 대상을 바꾸었다.

"라팔, 당신이 헤라클레스의 손가락을 잘랐나요?"

그녀는 다른 사람이라면 따귀를 맞을 질문을 서슴지 않고 던질 수 있었다.

"블렘머 부인! 당연히 아니지요!"

분노—아니, 공포였을까?—가 그의 뺨을 붉게 물들였다.

"아니라고요?"

그녀가 웃음을 터뜨렸다.

"아니에요, 아닙니다. 내가 갔을 때는 이미 일이 벌어진 뒤였어요. 나는……."

"아이를 봤다고요? 그런데도 벌거벗은 채 집에 돌아오게 했어요?"

"아이가 도망쳤어요."

블렘머 부인이 외투를 집어들었다.

"라팔, 더 이상 당신 면상을 견딜 수 없어요."

경찰이 무너지듯 바닥에 주저앉았다.

"독일인들이 물건을 훔치는 그 아이를 잡았어요. 내가 갔을 때는…… 난 그 아이를 놓아주라고 말했어요. 이제 그만하면 됐다고 소리 질렀어요. 이제 됐다고, 그걸로 충분하다고……."

"정말 그렇게 말했습니까?"

교수가 부드럽게 물었다.

"예, 예. 아마 그랬을 거예요. 생각이 잘 나지 않아요. 말하려고 했는데……."

라팔은 양손으로 얼굴을 가렸다.

"그 아이를 더 잘 돌보셔야 해요. 정말 잘 돌봐야 한다고요."

경찰은 가까스로 일어나 주머니에서 지폐 몇 장을 꺼냈다.

"아브라함이 보냈어요. 블렘머 부인에게 전해주세요."

멘덴이 고개를 끄덕였다.

"내 잘못이 아니에요. 내가 뭘 어떻게 할 수 있었겠어요? 뭘?"

라팔이 물었다. 그러나 교수도, 나도 그 질문에 대답할 수 없었다.

"아담, 여기 이걸 봐요."

우리 둘만 남게 되자 교수가 담배 두 개비를 꺼냈다.

"피울래요?"

우리가 뿜어올리는 파란 연기는 난로가 뱉어내는 잿빛 연기와 뒤섞였다.

"아담, 사랑 이야기를 해봐요."

"사랑 이야기?"

"당신 이야기 말입니다. 다시 한번 말해줘요."

그래서 이야기를 시작했다. 옛날 옛적에 아담 코헨이라는 소년이 살았다. 소년의 할머니의 머리카락은 검푸른 색깔이었다. 이탈리아 식 헤어스타일…….

"라팔은 아담과 교수에게 자기가 뭘 어떻게 할 수 있었겠냐고 물었어요. 하지만 두 사람 모두 대답할 수 없었지요. 이게 이야기의 잠정적인 결말이랍니다."

낮이 짧은 겨울에는 시간이 지루하게 느껴졌다. 아우구스트의 선전포고가 가져온 열광은 이미 오래전에 사라졌다. 헤라클레스는 다시 게토 거리를 매일 돌아다녔고, 블렘머 부인은 과거 그 어느 때보다도 심하게 온 인류에게 분노했다.

바르샤바의 일상이 점차 내 의복에도 스며들었다. 나를 지켜줄 할아버지의 재킷은 양쪽 팔꿈치에 구멍이 났다. 장화 바닥도 뚫어졌다.

나는 뒤편에 서서 음악에 귀를 기울였다. 그러나 이번에는 멜로디에 이끌려 이곳을 탈출하지 못했다. 맨 뒷줄에 언젠가 본 적이 있는 사람이 앉아 있었기 때문이다. 천 조각을 강아지와 비둘기로 바꿀 줄 아는 노인이었다.

노인은 브레덴 공장에서 만났다는 말을 듣고서야 나를 알아보았다.

이지도르 클라인은 깜짝 놀란 얼굴로 나를 보았다.

"하지만 그때는 이게 없었는데……."

그가 내 소매에 달린 별 완장을 쓰다듬었다.

"이야기하자면 깁답니다."

그가 알아들었다는 듯이 미소 지었다.

"지금도 브레덴 공장에서 일하십니까?"

"예."

"그러면 베르니…… 베르나데테를 또 만나셨나요?"

"아, 강아지 두눈이를 데리고 다니는 자애로운 아가씨 말이지요? 예, 자주 옵니다."

"잘 지냅니까? 제 말은, 어떤 모습이냐고요. 좀 자랐나요? 웃기도 하나요?"

"변함이 없다고 말하는 게 맞겠군요. 혹시 원하신다면…… 제가 안부 전해드릴까요?"

"아닙니다."

이지도르는 나와 무척 가까운 곳에 살았다. 우리는 함께 집으로 향했다.

"자애로운 아가씨에게 뭔가 전할……."

"아닙니다."

나는 그가 말을 끝내기도 전에 대답했다.

"내가 어디 사는지 이제 아시니까 생각이 바뀌시면……."

그가 악수를 청하며 말했다.

나는 거리에 잠깐 그대로 선 채, 용으로 꾸민 집이 있으리라 생각되는 방향으로 고개를 돌렸다. 종소리와 아기 거인의 웃음소리가 들리는 듯했다. 그 소리는 내가 우리 집 계단을 오를 때에야 잦아들었다.

세 사람은 평화로운 모습으로 모여 앉아 있었다. 보기 드문 일이었다. 교수는 책을 읽고, 블렘머 부인은 양말을 기웠으며, 헤라클레스는 난로 옆에 쪼그리고 앉아 인형을 안고 부드럽게 흔들고 있었다.

나는 아이 옆 바닥에 앉았다. 촛불 두 개와 석유 등잔과 난로불이 그려내는 생동감 넘치는 멋진 빛 속에 방 전체와 사람들이 둘러싸여 있었다.

그러나 안나, 우리는 점령지 폴란드에 살고 있다……

총성은 열여덟 번이었다. 세어봤기 때문에 안다. 헤라클레스와나는 유리창에 들러붙어 있었다. '우리의 어둠'에, 우리 옷에 난것만큼이나 많은 구멍이 뚫렸다.

부슬러 집단의 남자 다섯 명. 총성 열 발. 한 줄로 늘어선 일곱구의 시체. 군복을 입은 사람들 중 하나가 허공에 총을 쏘고는 제가슴팍을 마구 두드린다. 승리의 북소리다. 고함. 건너편 집에서네 사람이 뛰쳐나온다. 총성 여섯 번. 이 세상에서 네 사람이 줄어든다. 가슴을 두드리던 남자가 이리저리 뛰어다니며 시신에게 고함을 질러댄다. 웃음을 터뜨린다. 오른쪽 군화로 죽은 여자의 턱을 짓밟는다. 발에 아직 힘이 남아 있고, 그 힘을 분출하고 싶기때문이다. 박수소리. 안나, 너도 총성을 세어보았는지. 그에게는총알이 아직 하나 더 남았다. 긴 머리 소녀. 내가 여기 위에서 판단하기에 아름다운 소녀. 그랬다. 아름다웠다! 몇 분만 이곳에 늦게 나타났거나 30분 전에 지나갔다면, 또는 그냥 다른 길로 갔더라면 지금도 여전히 아름답겠지. 그녀는 몸을 돌리려 하지만, 가슴을 두드리던 남자가 이미 그녀를 발견했다. 권총에 총알이 한 발 남아 있다. 그 총알이 튀어나오려 한다. 소녀가 달린다. 머리카락이 바람에 흩날린다. 총총걸음, 전력질주. 총성이 울린다. 그녀가 쓰러진다. 우리는 창가에 서서 내려다보고 있다. 부슬러의 집단이 박수를 친다. 그들은 앙코르를 외친다. 그러나 재연은 없다. 이 사건에서, 내 이야기에서, 가슴을 두드리던 남자의 이야기에서, 단역을 맡았던 소녀는 소생하지 않는다. 다시 달아나지 못한다. 남자들이 아무리 고함을 지르고 박수를 친다 해도.

헤라클레스는 다시 앉고, 나는 그 광경을 끝까지 지켜본다. 그들은 가슴을 두드리던 남자가 명령하는 대로 소녀의 옷을 벗긴다. 그녀는 나체로 누워 있다. 나는 소녀의 이름을 모른다. 남자들도 그녀의 이름을 모른다. 그러나 누군가는 알고 있다. 그 누군가는 그녀가 집에 돌아오기를 기다리고 있다. 이날 밤, 누군가는 울게 될 것이다.

가슴을 두드리던 남자가 바지를 내리고, 죽은 소녀의 얼굴에 오줌을 싼다. 그들이 미친 듯이 환호성을 울린다.

열여덟 번의 총성. 이날 밤 결말이 나버린 열두 개의 이야기, 피와 오줌에 젖은 이야기들.

나는 헤라클레스 옆에 다시 쪼그리고 앉았다. 검은 양털에 싸인 손가락 네 개와 장미 줄기 하나가 내 팔을 어루만졌다. 블렘머 부인과 멘덴이 한숨을 쉬었다. 그들은 이미 알고 있었다. 나보다 이곳에서 더 오래 살았으니까. 나는 저 아래 누워 있는 사람들을 위해 울고 싶었지만, 눈물이 흐르지 않았다. 누더기 망토를 걸치고 낫을 든 남자가 싸구려 독주 냄새를 풍기며 우리 창틀에 걸터앉아 있었다. 시간이 지나도 내 눈에서 눈물이 흐르지 않자, 그는 어깨를 으쓱하고는 사라졌다. 그는 이런 현상을 익히 알고 있었다. 그도 나보다 이곳에서 더 오래 살았으니까.

블렘머 부인은 우리에게 연한 차를 끓여 주고, 나지막이 히브리어 저주를 내뱉었다. 이번에는 우리에게 퍼붓는 저주가 아니었다.

멘덴이 헛기침을 하고 말했다.

"아담, 당신에게 줄 게 있어요."

나는 그가 내 손에 쥐여준 책을 내려다보았다. 베이지색 아마포로 제본한 책이었다. 제목이 없었다.

"열어보세요."

교수가 재촉했다.

첫 페이지에 멘덴의 필적으로 '아담의 유산'이라는 두 단어가 적혀 있었다. 나머지는 그저 하얀 빈 종이들뿐이었다.

"이게 뭡니까?"

"쓰세요."

그가 미소를 지었다.

"뭘 쓰라고요?"

"사랑에 대해, 우리에 대해. 우리가 사라지지 않게 말이지요."

"우린 사라지지 않아요."

나는 이렇게 대답하고 책을 옆으로 밀어놓았다.

"과연 그럴까요? 아담, 창밖을 내다봐요."

세 사람은 누가 머물고 누가 사라지는지를 내가 결정할 수 있다는 듯, 기대감에 부푼 표정으로 나를 바라보았다.

"우린 사라지지 않아요."

나는 다시 한번 말했다. 안나, 내 목소리에는 추호의 의심도 없었다.

언제나 때를 잘못 맞춰 나타나는 라팔이 문에 서 있었다. 아무도 그가 오는 소리를 듣지 못했다. 오른쪽 왼쪽, 오른쪽 그리고 한 번 살짝 도약. 헤라클레스는 인형을 들고 눈 깜짝할 사이에 옷장 속으로 사라졌다.

"안녕하세요?"

라팔이 말했다.

"라팔, 도끼 갖다줄까요? 우리 손가락을 자를 건가요, 아니면 곧장 해골을 부술 건가요?"

라팔 얼굴은 블렘머 부인의 말 한마디 한마디에 경련을 일으켰다.

"블렘머 부인, 제발……."

"왜 왔어요?"

보조경찰은 신문지로 감은 꾸러미를 내밀었다.

"헤라클레스 거예요."

"뭐예요? 애 손가락이라도 가져왔어요?"

라팔을 가엾게 여긴 교수가 꾸러미를 받았다. 외투였다. 구멍이 하나도 없는 아동용 외투. 진한 청색, 할머니 머리카락을 떠올리게 하는 이탈리아 식 푸른색이라고 할 수 있을 법한 색이었다.

"라팔, 누가 당신을 용서해줄까요? 우리가?"

아브라함 엄니가 냉정한 목소리로 물었다.

"그게 아니라, 난 그저……."

"무척 멋진 외투로군요."

멘덴이 말했다.

"바보 같으니라고!"

블렘머 부인이 쉿소리를 냈다. 나는 그녀가 두 남자 중 누구에게 하는 말인지 알지 못했지만, 경찰은 아마 알아들은 모양이었다. 지금까지 그를 지탱하고 있던 줄들이 동시에 모두 끊어진 것처럼 그가 고함을 지르기 시작했다.

"난 아무 짓도 안 했어요! 아무 짓도! 나쁜 짓을 하지 않았다고요! 아무것도, 아무것도, 아무것도, 아무것도 하지 않았어요!"

"라팔, 불쌍한 라팔. 누가 당신을 용서해줄까요? 이제 가요. 가서 자요. 잠들 수 있다면 말이지요."

아브라함 엄니는 자리에서 일어나, 보조경찰을 문 쪽으로 밀었다. 그는 저항하지 않고 밀려났다.

헤라클레스가 외투를 자세히 살펴보았다. 폴란드의 매서운 겨울에서 아이를 지켜줄 외투였다. 아이는 장갑을 벗고, 손가락 아홉 개로 부드러운 옷감을 쓰다듬었다.

"안 가질래요."

아이가 드디어 입을 열었다. 아이의 목소리에는 감히 반대할 수 없는 뭔가가 있었다.

"다른 걸로 바꿀 수도 있어."

내가 제안했다.

"아니에요. 바꿔도 여기가 아플 거예요."

아이가 자기 목, 후두 몇 센티미터 아래를 가리켰다. 자존심이 있는 자리. 헤라클레스는 다시 옷장으로 들어갔다.

나는 작은 외투와 아무것도 쓰여 있지 않은 책을 장미 화분 옆에 두었다. 그곳에서 세 가지 사물은 기이한 조화를 이루며 그들의 때가 오기를 기다렸다. 그 중 적어도 하나는 며칠 지나지 않아 자기 때를 맞이했다.

"뭐 하는 거예요!"

아브라함 엄니가 손바닥으로 내 뒤통수를 때렸다. 나는 너무 놀라 녹슨 가위를 떨어뜨렸다. 하마에게 맞은 자리가 아프지는 않았지만, 무척 화가 났다.

"블렘머 부인, 때리지 마세요!"

"때린 거 아니에요. 아담, 이게 무슨 짓이에요?"

그녀가 마흔두 개의 천 조각 중 하나를 집어들고 씩씩거렸다.

"헤라클레스는 절대 입지 않았을 테니까요."

내가 대답했다.

블렘머 부인은 한 번 더 씩씩거리더니 히브리어로 소리치기 시작했다. 나는 그녀가 저주를 퍼붓게 내버려두고 외투의 남은 부분을 잘게 잘랐다.

“우리 어디 가요?”

헤라클레스가 내 옆에서 깡충깡충 뛰며 물었다.

“자루에 들어 있는 건 뭐예요?”

“깜짝 선물이야. 이제 다 와 간다.”

아이는 웃고, 발을 구르고 또 웃었다.

이지도르 클라인은 헤어지고 얼마 지나지 않아 다시 나타난 나를 보고도 전혀 놀라지 않았다. 그는 천 조각들이 들어 있는 자루를 열어보고는 내가 뭘 원하는지 금방 알아챘다. 노인은 미소를 지으며 헤라클레스에게 몸을 돌렸다.

“가장 좋아하는 동물이 뭐지?”

노인은 한때 진한 청색 외투였던 천 조각 무더기들을 뚫어지게 노려보고 있는 헤라클레스에게 물었다.

아이는 아주 오래, 무척 꼼꼼하게 생각했다.

“그게 뭐더라, 뭐더라?”

아이가 흥분하여 외쳤다.

“다리가 네 개고, 갈색이랑 하얀색이 섞여 있었는데……. 말은 아니에요. 여기 온 적이 있는데.”

나는 아이가 무슨 말을 하는지 몰랐지만, 이지도르가 눈을 반짝이며 말했다.

“소를 말하는구나.”

“소! 아담 아저씨, 소가 여기 온 적이 있어요.”

헤라클레스는 흥분하여 숨을 헐떡였다. 아이의 고개가 뒤로 젖혀졌다.

“소가 왔다고?”

내 말에 아이가 손뼉을 치며 대답했다.

“예, 예. 소는…… 소는 예쁘고 크고 뚱뚱해요. 소가 여기 왔었어요. 여기 왔었다고요.”

이지도르가 웃음을 터뜨렸다. 그는 언젠가 한번, 누군가 정말로 소를 게토로 끌고 왔었다고 말했다. 헤라클레스를 포함하여 많은 아이들은 그때까지 그런 동물을 본 적이 없었다. 그 일은 대사건이었고, 몇몇 아이들은 아직도 잊지 못한 모양이었다.

“좋아, 소란 말이지.”

이지도르의 손이 천 조각 몇 개로 마술처럼 소를 만들어냈다.

“어떻게 만든 거예요?”

헤라클레스의 초록색 눈동자는 폴란드 전체가 들어갈 정도로 커졌다.

한 시간 후에 아이는 소, 들쥐와 고양이, 까마귀와 강아지들이 가득 모인 동물원을 갖게 되었다.

헤라클레스는 놀이에 푹 빠져서 동물들을 계속 새로 배열하며 서로 인사를 시켰고, 아주 작은 동물의 귀에 대고 비밀을 속삭였다.

이지도르는 나에게 붉은 액체가 든 잔을 내밀었다.

“포도주라고 하는데, 믿을 순 없지요. 한번 마셔봐요.”

액체에서는 단맛과 쓴맛이 동시에 났다. 기침약과 약간 비슷한 맛이었다.

“오늘 그 아가씰 봤어요.”

이지도르가 말했다.

"누구?"

"자애로운 아가씨 말입니다."

"베르나데테?"

"예, 베르나데테. 아담, 지난번에 우리가 만났을 때 내가 당신에게 숨긴 게 있어요."

이지도르는 푸른 정맥과 연한 갈색 반점으로 가득한 두 손을 맞잡고 속삭였다.

"그 아가씨가 내 목숨을 구해줬답니다."

"베르니가요?"

"예, 잠깐 기다려요. 보여드리지요."

노인이 일어나더니 상자를 하나 가지고 돌아왔다. 헝겊으로 만든 동물들이었다. 배에 친위대 약자인 'SS'가 은빛으로 새겨진 검은색 강아지, 날개에 제국 깃발이 장식된 군복 색깔 독수리, 등에 나치 구호인 '승리 만세'가 새겨진 망아지······.

이지도르 클라인은 나치당의 미니어처 동물원에 대해 이야기했다. 그는 많은 동료들과 마찬가지로 해고당할 운명에 처했었다. 그 끔찍한 소식이 알려진 날, 우연히 공장에 왔던 베르나데테가 아버지에게 그를 해고하지 말라고 애원했다. 공장주는 딸의 성화에 못 이겨 그에게 '재능'을 보여달라고 했다.

에곤 브레덴의 무관심은 몇 분 만에 열광으로 바뀌었다. 그는 베르니를 꼭 끌어안으며, 이런 재능을 발견한 딸을 천재라고 불렀다.

미니어처 동물들은 규격봉투에 들어갈 만큼 작아, 군인 자녀를 위한 선물로 적합했다. 아버지들은 군사우편을 통해 자녀에게 인형을 보낼 수 있었다.

군대와 무장친위대는 장난감 동물에 감동했고, 브레덴 씨는 특별 공로를 인정받아 훈장도 받았다.

"자애로운 아가씨가 아니었더라면 나는 일자리를 잃었을 거고, 그럼 아마 굶어죽었겠지요."

"베르나데테를 위해 건배!"

나는 가짜 포도주가 든 잔을 들어올렸다.

노인이 고개를 떨구었다.

"그 아가씬 무척 외로워 보여요."

자기 손의 정맥들을 멍하니 내려다보던 그가 나를 보았다.

"언젠가 그런 말을 하더군요. 자기는 친구가 둘 있었다고, 레나와 안톤이었다고, 그런데 이제 둘 다 떠났다고요."

"안톤은 나고, 레나는 그 아이의 언니입니다."

감기약이—또는 내 잔에서 찰랑거리는 것이 무엇이든 간에—이제 쓴맛을 제대로 드러냈다.

"압니다. 레나는 여기 바르샤바에서, 안톤은 이탈리아에서 죽었지요."

"안톤이 죽었다고요? 누가 그래요?"

"자애로운 아가씨가."

"어디서 그런 소리를 들었을까요?"

총독의 장미 재배사인 안톤 리히터는 이탈리아에서 연구중이었다. 죽지 않았다.

"그건 나도 모릅니다."

이지도르가 숨을 들이쉬었다.

"어쨌든 베르나데테는 안톤에게서 소식을 들으면 무척 좋아할 겁니다."

나는 헤라클레스를 집에 데려다준 뒤에 라팔을 찾아 나섰다. 그는 안톤이 이탈리아에서 죽었다는 말이 무슨 소리인지 해명할 수 있는 유일한 사람이었다. 보조경찰은 자기 집에 있었다.

"무슨 일입니까? 헤라클레스에게 무슨 일이 생겼나요?"

"아닙니다. 아무 일 없어요."

라팔의 눈썹이 다시 서서히 내려왔다. 그가 안도의 한숨을 내쉬었다.

"이것 봐요, 아담. 난 정말 그럴 생각이……."

"그 일 때문에 온 게 아닙니다."

난 그의 말을 중단하고 내가 온 용건을 말했다.

"안톤 리히터는 죽어야 했습니다. 그를 방문하거나 다시 데리고 올 생각을 아무도 하지 못하게 하려면 그래야 했지요."

라팔이 설명했다.

"안톤이 이탈리아로 가지 않았다는 사실이 밝혀졌다면 사람들이 그를 찾았겠지요. 그러면 당신을 이곳으로 데리고 온 특정한 사람들에게 관심이 집중되었을 겁니다. 쓸데없는 문제가 생겼겠지요."

그들은 정말 모든 걸 심사숙고한 뒤에 행동했다. 갑자기 내가 너무 멍청하게 느껴졌다. 뭔가 무거운 게 허파 위에 놓인 듯했다. 서서히 형태를 갖추기 시작한 생각 하나가 내 비장과 신장과 기타 모든 장기를 동시에 짓눌렀다. 그 불안이 언어가 되어 나왔다.

"내가 죽으면 안나는 어떻게 됩니까?"

"죽지 마십시오."

라팔이 싸늘하게 말했다.

나는 웃음이 터져나왔다.

"하지만 죽는다면?"

보조경찰은 나를 보지 않았다. 나는 그게 무슨 뜻인지 알아차렸다. 살아 있는 아담만이 아브라함 엄니 옆에 머물며 그녀를 보호할 수 있었다. 내가 도주하든 죽든, 결과는 같았다.

안나, 나는 가슴에 두 개의 삶을 품고 살았다. 나와 너의 삶.

안나, 이 끔찍한 봄이 왔다.

나는 일자리를 잃었다. 아우구스트 패거리가 게토에서 열리던 음악회를 금지목록에 올렸기 때문이다. 왜 그랬을까. 나는 알지 못한다. 그것은 죽은 소녀의 얼굴에 오줌을 갈기는 것만큼이나 의미 없는 짓이었다. 그러나 상황은 그렇게 돌아갔다.

그로부터 일주일 뒤, 나는 타데우츠와 야누츠와 그 외 다른 사람들이 크레센도르프에 없다는 사실을 알게 되었다. 그들은 배신을 당했고, 그들 중 한 사람은 총에 맞았다. 그러나 그 소식을 전해준 라팔은 총에 맞은 사람이 누구인지는 모른다고 했다. 다른 사람들은 도주에 성공해서 잠적했다.

그들의 신분 탄로가 바르샤바에서 생활하는 나에게 직접적인 영향을 주지는 않았다. 그러나 게토 바깥에 타데우츠와 야누츠가 있다는 사실을 아는 동안은 언제나 안심할 수 있었다.

올해 봄은 그렇게 시작되었다. 그러나 잃어버린 일자리와 사라진 폴란드인들은 그 뒤에 일어난 일에 비하면 서막에 불과했다.

4월의 어느 날 저녁이었다. 라팔은 멘덴의 방에 앉아, 아직도 내 일자리를 구하지 못했다고 한탄하고 있었다. 내 일자리를 구하는 것도 아마 그의 임무인 듯했다. 새 일자리를 구해주기로 하고 돈을 받은 모양이었다.

보조경찰이 우리 집에 나타나면 늘 그랬듯이, 헤라클레스는 옷장 안에 쪼그리고 있었다.

"아담, 아무것도 할 수 없다니 정말 유감입니다."

라팔이 비난을 섞어 말했다.

블렘머 부인이 갑자기 웃음을 터뜨렸다.

"라팔, 당신은 뭘 할 수 있는데요?"

그는 아무 대답도 하지 않고, 바지주머니에서 얄팍한 지폐 묶음을 꺼냈다.

"얼마 안 됩니다. 지금 상황이 좋지 않아서요."

"그게 무슨 뜻입니까?"

그때까지 책 뒤에 얼굴을 숨기고 있던 멘덴이 물었다.

"이 돈을 전해주려면 지금까지 그랬던 것보다 더 많은 사람들을 매수해야 한다는 뜻입니다."

그는 잠시 움직이지 않았다. 왼손에 든 지폐만 움직일 뿐이었다.

“라팔, 박수갈채라도 바라는 건가요?”

블렘머 부인이 그에게 소리쳤다. 라팔은 숨도 쉬지 못하는 듯했다. 꼿꼿이 자세를 지키고 있는 것은 고무 몽둥이뿐, 그의 몸은 축 늘어졌다.

경찰이 집을 나가자마자 헤라클레스가 옷장에서 기어나왔다. 손에는 소 세 마리, 목에는 튀어나오기만 기다리던 웃음이 걸려 있었다.

“박수갈채!”

아이가 새된 소리를 질렀다. 머리도 이미 뒤로 젖혀졌다.

“헤라클레스, 넌 정말 너무 시끄러워!”

하마 부인이 잔소리를 하며 위협적으로 손을 들어올렸다. 아이는 얼른 몸을 구부리며 난로 옆에 와서 앉았다.

“아담, 아직 아무것도 쓰지 않았군요.”

멘덴이 말했다. 그가 내 책을 손에 든 모습이 그제야 눈에 들어왔다.

“뭘 써야 할지 모르겠어요.”

“베를린에 대해, 크레센도르프에 대해, 바르샤바에 대해 써요. 당신 할머니와 안나, 우리 이야기를 해요.”

“소 이야기를 써요. 소가 여기 있었다고 해요!”

헤라클레스가 소리쳤다.

“그리고 라팔 이야기도. 그 멍청이!”

블렘머 부인이 쇳소리를 냈다.

“사랑에 대해서도. 사랑 이야기를 계속해요.”

교수가 미소를 지었다.

"교수님도 책을 쓴 적이 있다면서요. 안 그래요?"

멘덴의 얼굴이 붉어졌다.

"그걸 어디서?"

"라팔이 말했습니다."

"라팔이 조금 혼동했군요."

말을 이어가는 그의 뺨은 여전히 붉었다.

"책을 시작하기는 했지만 끝내지 못했어요. 할 수 없더군요. 정말 부끄러웠습니다."

"왜요? 교수님 자신의 이야기라서요?"

내가 물었다.

"아니에요. 직접적인 연관은 없어요. 하지만 무슨 이야기를 쓰든 간에, 어느 정도는 자기 자신을 드러내게 되지요."

그러고 나서 이상한 일이 벌어졌다. 누가 제일 먼저 눈물을 흘렸는지는 기억나지 않는다. 헤라클레스였던가? 교수나 블렘머 부인, 아니면 나였을까?

우리는 눈물을 흘렸다. 네 사람 모두. 우리가 하지 않았던 말 때문에, 우리가 절대 이해할 수 없는 온갖 일들 때문에, 수치심과 불안과 사랑 때문에, 우리 때문에 울었다. 네 손가락밖에 없는 헤라클레스의 손에서 풀을 먹던 소들이 흠뻑 젖었다.

5월의 햇살 아래, 바르샤바 게토의 쓰레기들이 훤하게 드러났다. 공기 중에 뭔가 있었다. 수백만 마리의 나비가 동시에 날갯짓을 하는 듯한 느낌이었다.

루트 블렘머와 멘덴은 지긋지긋할 만큼 맞붙었다. 난로 때문이었다. 부인은 바깥이 따뜻한데도 교수가 불을 때는 게 마음에 들지 않았다. 고함은 저녁 내내 이어졌다. 두 사람은 나를 자기편으로 끌어들이려 했고, 나는 그저 둘 다 옳다는 말만 반복했다.

"블렘머 부인, 조개탄이라는 단어를 어디 한 번만 더 해봐요. 그러면…… 그러면…….''

"그러면 뭐요? 뭐? 뭐?''

"그러면…… 나도 내가 무슨 짓을 할지 모릅니다!''

"교수님, 웃기지 좀 말아요. '나도 내가 무슨 짓을 할지 모른다'니, 그게 대체 무슨 소리예요?''

"당신을 창밖으로 내던지겠어요. 블렘머 부인, 들었습니까? 이제 '나도 내가 무슨 짓을 할지 모른다'가 무슨 뜻인지 이해했어요?''

"교수님은 류머티즘에 시달리는 노인이에요. 날 어떻게 창문 밖으로 던진다는 건가요? 도대체 어떻게?''

"아담, 내가 연료 값을 모두 지불했다는 사실, 그러니 햇살이 비치든 말든 난방을 하는 게 내 권리라는 사실을 블렘머 부인에게 알려줘요.''

"세상에! 아담, 교수에게 말해줘요. 그게…….''

그러나 그녀가 말을 마치기 전에 라팔이 나타났다. 당연히 라팔이었다. 언제나 때를 못 맞춰 등장하는 라팔.

"초대받지 않은 손님.''

교수가 이렇게 속삭이고는 심술궂은 미소를 지었다. 그는 하마 부인의 분노에서 벗어날 기회를 얻었다. 블렘머 부인은 당연히 새로운 대상에게 덤벼들었다. 라팔에게 몸을 돌리고 입을 열려던 그녀가 이상한 낌새를 알아챘다. 마지막으로 깨달은 사람은 멘덴이었다.

보조경찰은 도자기보다 더 하얗게 질려 있었다. 안나, 문자 그대로 도자기보다 희었다. 난 그렇게 새하얀 사람은 본 적이 없었다. 그의 양손과 제복에 피가 묻어 있었다. 거의 갈색처럼 보이는 진한 빨간색 피. 나는 그의 몸에서 상처를, 피가 나는 곳을 찾았지만 보이지 않았다.

"아이를 더 잘 돌봐야 한다고 했잖아요."

그 말뿐이었다. 더 길게 말할 필요도 없었다. 우리는 피가 있는 곳으로 이끄는 그를 따라갔다.

우리가 사는 잿빛 거리, 잿빛 집 앞에 헤라클레스가 누워 있었다. 아이의 눈동자는 초록빛이었다. 100까지 셀 수 있고 소가 무엇인지 알았지만, 이 세상에 소가 한 마리 이상이라는 내 말을 절대 믿지 못하던 아이.

제우스가 가장 사랑한 아들, 불가능한 과제들을 수행해야 했던 헤라클레스. 손가락이 아홉 개였고 옷장에서 살던 아이.

헤라클레스는 내 친구였다. 아이를 더 잘 보살폈어야 했는데.

울음……. 안나, 울음은 이 끔찍한 봄에 끝없이 반복되는 후렴이었다.

나는 죽은 아이를 안아올렸다. 피가 내 재킷에 뚝뚝 떨어졌다.

한 순간 나는 아이가 고개를 뒤로 젖힐 거라고, 다시 한번 웃으며 땅바닥을 구를 거라고 확신했다. 그러나 아이는 미동도 없이 가볍게 내 품에 그대로 안겨 있었다.

안나, 헤라클레스의 이야기는 여기서 끝이 났다. 너의 것이었던, 지금도 여전히 네 것인 내 심장의 한 부분도 이 잿빛 도시에 영원히 머물러 있겠지.

헤라클레스의 죽음이 우리의 몸을 파먹었다. 우리 셋은 모두 병들었다. 교수는 기침을 하기 시작했다. 피를 토하고 갈색 가래를 뱉었다. 블렘머 부인의 다리는 작동을 멈추었다. 무릎이 하마처럼 부었다. 나는 오한에 시달리며 몇 날 밤이나 몸을 떨었다.

라팔이 매일 찾아와서 우리를 돌보았다. 그는 어느 정도 안색을 되찾았지만 그래도 여전히 창백했다.

그에게 감사인사를 하지는 않았지만, 우리는 그가 우리를 돌보게 그냥 내버려두었다. 달리 무슨 해결책이 있는 것도 아니었으니까. 라팔은 내가 그의 말에 귀를 가장 잘 기울인다고 생각하고, 헤라클레스의 마지막 순간을 몇 번이고 이야기했다.

"밀수…… 조사…… 총성…… 고함."

이런 단어들 사이 어딘가에서 아이는 숨을 멈추었다. 라팔이 도착했을 때는 이미 너무 늦었다. 그가 할 수 있던 일이라고는 아이를 안아 우리 집 앞에 뉘어놓는 것뿐이었다.

라팔은 참을성 많고 싹싹한 간병인이었다. 그러나 나는 가끔 그가 아직 내가 살아 있는지, 아브라함과의 협정이 여전히 지켜지고 있는지 보려는 이유에서 찾아온다는 느낌도 받았다. 어쩌면 내가 잘못 생각하는 건지도 모른다. 어쩌면.

우리 세 사람이 함께 사는 살림살이가 서서히 회복되기 시작했다. 어느 날 아침 블렘머 부인이 교수에게 이제 좀 그만 가르릉거리라고 잔소리를 했고, 교수는 짧은 숨을 내쉬며 대꾸했다.

그날 우리는 라팔을 간병 임무에서 놓아주고, 다시 스스로의 힘으로 살아가기 시작했다.

나비들이 여름에 잠긴 게토를 여전히 미친 듯이 날아다니고 있었다.

안나, 그 후에 일어난 일을, 그리고 지금도 일어나고 있는 일을 어떻게 설명해야 할까.

7월의 어느 날 저녁부터 시작하자. 7월 초였다. 교수와 나는 그의 방에 앉아 있었다.

"아담, 사랑에 대해 써요."

그가 다시 말했다. 그의 시선이 옷장에 고정되었다. 인형 하나와 푸른색 헝겊 동물들이 그곳에서 헛되이 주인을 기다리고 있었다.

점령지 폴란드에서 보내는 동안―아니, 이미 베를린에서부터였다. 안나, 네가 사라진 뒤부터―나는 끈질기게 하나의 꿈을 꾸었다. 너를 다시 만나는 꿈. 우리가 다시 마주설 수 있는 곳이 어딘가엔 있겠지…….

그러나 그 여름밤에, 헤라클레스의 옷장이 나에게 그림자를 드리우던 그날 밤에, 내 몸이 어쩌면 그곳에 결코 다다르지 못하리라는 예감이 피부 깊숙이 새겨졌다.

그래서 멘덴에게 "예, 어쩌면"이라고 대답했다. 무척 또렷하게, "예, 어쩌면"이라고.

나비들이 소문을 퍼뜨렸다. 무슨 일인가 벌어질 거라고 속삭였다.

안나, 이야기를 계속하자.

문을 두드리는 소리가 들렸다. 며칠 지난 7월의 어느 날 저녁이었다.

"오늘은 도저히 그를 못 봐주겠어요. 아담, 쫓아내요."

아브라함 엄니가 말했다. 그러나 찾아온 사람은 라팔이 아니라 이지도르 클라인이었다.

우리는 게토의 무더운 거리를 거닐었다. 내가 입은 할아버지 재킷에 묻은 갈색 핏자국 때문에 헤라클레스 이야기가 나왔다. 노인이 한숨을 내쉬었다.

"당신이 여기 있다는 걸 베르나데테가 알아요."

그가 불쑥 입을 열었다.

"어디서? 무슨 소립니까? 어떻게……."

그가 아이에게 이야기했다고 했다. 조금씩, 조금씩 그가 아는 모든 이야기를 아이에게 전해주었다고. 나는 그를 때리고 싶었다. 달콤한 맛이 입 안에서 퍼져나갔다. 무화과 맛이었다. 쉴 새 없이 웃는 아기 거인을 앞세운 브레덴 군대와 기젤 군대가 게토를 공격하는 모습이 눈앞에 떠올랐다. 그들은 나를 돌팔매질해

죽이려고 왔다. 보조경찰이 내 시신을 발견하겠지. 안나, 그러면 두 개의 삶이 끝나는 거다. 내 삶과 너의 삶.

"아이는 비밀을 지킬 겁니다."

이지도르가 급하게 말하고, 바지주머니에서 손톱만큼 작게 접은 쪽지를 꺼냈다.

"보고 싶어요."

쪽지를 펴자 여자아이들 특유의 단정한 글씨가 눈에 들어왔다.

나는 노인을 따라 그의 집으로 갔다. 그가 펜과 종이를 주었다. 베르니에게 전하는 내 인사가 검은 우단 조각천에 놓였다. 아이가 쓴 것처럼 작은 쪽지였다. 이지도르는 우단 조각으로 양을 만들어 상자에 넣었다. 그 양은 다음 날 나치당의 독수리와 강아지들에 섞여 게토를 떠날 터였다.

나는 매일 쪽지를 받았고, 매일 저녁 답장을 썼다. 유령 소녀 베르나데테는 여름방학 내내 아버지 공장에서 시간을 보내는 모양이었다. 나는 부비나 쿠르트 또는 가족 중 누군가에 대해 물어볼 용기를 내지 못했고, 아이도 편지에서 한 번도 이들을 언급하지 않았다. 그들은 안톤 리히터를 알고 있었지만, 아담을 아는 사람은 오로지 베르나데테뿐이었다.

7월 마지막 주가 되었다. 안나, 이 이야기를 어떻게 해야 할까.

이주. 아우구스트의 앞잡이들은 그것을 '이주'라고 불렀다. 그들은 지금도 이렇게 말한다. 내가 마지막 줄을 쓰고 있는 동안에도 기차들이 떠난다. 그리고 내일······.

하지만 안나, 하나씩 차례로 이야기하자.

7월 21일, 라팔이 다시 도자기처럼 창백한 얼굴로 나타났다. 그는 우리더러 바깥으로 나가지 말라고 했다. 다른 말은 하려고 하지 않았다. 그러나 우리는 그에게서 사실을 쥐어짜냈다.

내일 첫 기차들이 떠난다고, 동부로 간다고 했다.

"동부로?"

"정확히 어디로요?"

정확히 어디로 가는지는 라팔도 몰랐다. 그냥 동부였다.

블렘머 부인과 나도 목록에 있었다고, 우리 이름을 지우는 데 엄청난 돈이 들었다고 했다.

"아담, 당신이 할 줄 아는 일이 없는 게 얼마나……."

우리는 잠깐 동안은 안전했다. 그러나 이 안전이 얼마나 지속될까?

라팔은 다음 날 저녁 다시 오겠다고 약속하고 떠났다. 교수는 기침을 했고, 아브라함 엄니는 누군가에게 또는 무언가에게 저주를 퍼부었다.

나비들…… 나비들의 기이한 이야기에 뭔가 있었던 걸까?

부슬러는 동부에 잘 적응하지 못했다.

"블렘머 부인, 사람들이 당신을 이곳에서 편히 죽게 그냥 내버려두지 않는군요."

내가 말했다.

그녀가 고개를 끄덕였다. 내 말을 이해한 것이다. 나는 지금까지 운이 좋았다. 어쩌면 한 번 더 운이 따를지도 모른다. 블렘머 부인과 게토를 떠나, 함께 잠적할 수도 있지 않을까. 약속한 대로 나는 그녀의 옆을 떠나지 않을 텐데. 우린 연락책이 있었다. 아브라함이 있지 않은가. 그날 저녁, 나는 그렇게 생각했다.

안나, 내가 지금 혼동하고 있는 것 같다. 다음 날 벌써 총성이 들렸던가? 총성과 그 후의 정적 가운데 더 끔찍한 건 무엇이었나.

라팔은 약속을 지켜, 다음 날 저녁 우리를 찾아왔다.

"블렘머 부인은 게토를 떠날 준비가 되어 있습니다."

나는 그가 자리에 앉자마자 말을 꺼냈다.

그가 눈썹을 추커올렸다.

"게토를 떠난다고요?"

그는 그게 무슨 말인지 알아듣지 못하는 듯했다. 그래서 나는 블렘머 부인이 잠적하는 데 동의했다고 말했다. 내가 말하는 동안 그녀는 '우리의 어둠'에 뚫린 구멍을 통해 도로를 내다보고 있었다.

"아브라함에게 연락하겠습니다."

내 말을 다 들은 라팔이 말했다.

"교수님도 함께 갑니다!"

나는 라팔이 문을 닫기 전에 외쳤다.

그날 밤, 나는 잠을 이룰 수 없었다. 헤라클레스의 피가 묻은 할아버지의 재킷이 매트리스 옆에 놓여 있었다. 나는 재킷이 아이라도 되는 듯, 품에 안고 핏자국을 오랫동안 쓰다듬었다. 그때 뭔가 만져졌다. 안감을 뜯어보았다.

솜에 싸여 함께 바느질된 것은 일곱 개의 보석이었다. 엄지만 한 보석들.

안나, 나와 같이 계산해보자. 할머니가 스위스에서 가지고 온 보석은 열두 개였다.

하나는 안톤 리히터로 변했다. 열한 개가 남았다.

하나는 라라가 가지고 가서 영국으로 가는 비용의 계약금으로 냈다.

열 개 남았다.

일곱 개는 내 손에 있었다.

보석 세 개와 지불해야 할 경비.

할머니는 왜 이런 일을 벌인 걸까? 부슬러는 틀림없이 알고 있었을 것이다.

네 사람 모두 베를린에 남은 건가? 아니면 두 사람은 떠나고 둘은 남은 걸까?

할머니는 내가 이렇게 헤매고 있는 걸 원하지 않았다. 나는 보석과 함께 든 쪽지를 발견했다.

술주정뱅이인 네 할아버지의 재킷을 잘 보관하라는 내 충고를 잘 지켰으리라 믿는다.

꼭 필요한 순간에 이 재킷이 자기가 품은 비밀을 너에게 알리길 바란다.

네 엄마와 나는 베를린에 남기로 했다. 나는 내 삶을 살았고 사랑했다. 네 엄마도 자기 방식대로 그렇게 했지. 모세와 라라는 난관을 극복하고 영국으로 갈 수 있을 만큼 이성적이다. 너도 알다시피, 라라는 필요한 경우 네 형을 질질 끌고서라도 갈 거다.

그래서 나는 보석을 너에게 주기로 결정했다. 너에게 도움이 되길 바란다.

아담, 사람은 때로 정상적으로 머물러 있기 위해 미쳐야 할 때가 있단다. 우리 둘은 이 사실을 항상 알고 있었지. 너를 위해, 사랑을 위해, 후고 아스바흐를 위해 건배한다. 사랑하는 아담, 오늘은 아스바흐의 생일이니까.

에다 클링만

나는 할머니의 편지 옆에서, 보석과 할아버지의 재킷 옆에서 잠이 들었다.

다음 날 우리는 라팔을 기다렸다.

멘델은 우리더러 자기 걱정은 말라고, 유대인평의회에서 맡은 일 덕분에 자기는 안전하다고, 자기가 함께 가지 않더라도 우리 둘은 도주하라고 계속 이야기했다. 기이한 미소가 블렘머 부인의 입술에 걸려 있었다. 그 미소가 나를 불안하게 했다. 나는 그녀가 히브리어로 다시 저주를 퍼붓기를 간절히 바랐다.

교수의 목소리와 아브라함 엄니의 낯선 침묵, 이주민들의 소음 때문에 나는 신경이 날카로워졌다.

나는 큰 소리로 대체 왜 라팔이 오지 않는지 물었다.

"금방 올 겁니다."

멘덴이 또다시 대답했다.

자정 무렵 나는 기다리기를 포기했고, 교수는 이야기를 멈추었으며, 블렘머 부인은 미소를 띤 채 쿵쿵거리며 잠자리로 갔다.

다음 날도 우리는 헛되이 라팔의 발소리를 기다렸다. 나는 보석 이야기를 일단 비밀로 했다.

사흘째 되던 날, 드디어 라팔이 나타났다.

도자기 같은 그의 안색에는 금이 갔고, 날렵한 걸음걸이는 질질 끄는 발걸음으로 바뀌어 있었다. 그가 멘덴의 침대 모서리에 주저앉았다. 그러나 나는 안 좋아 보이는 그의 상태를 무시했다.

"아브라함과 접촉했습니까?"

그는 대답 대신 고개를 숙였다.

"했어요?"

정적……. 블렘머 부인의 기이한 미소는 그에 못지않은 격렬한 웃음으로 변했다.

"라팔, 아브라함이 뭐라고 했어요?"

나는 블렘머 부인의 웃음 때문에 고함을 질렀다.

"안 된답니다."

라팔이 속삭였다.

정적.

"안 된다니, 무슨 뜻입니까?"

"두 사람 다 여기 있어야 해요."

“돈 때문인가요?”

나는 할머니가 남긴 재산을 바지주머니에서 꺼내, 경찰의 코앞에 들이밀었다.

“이거면 충분하겠지요.”

세 사람은 내 손에서 반짝이는 일곱 개의 다이아몬드를 뚫어지게 바라보았다. 정적.

“돈 때문이 아닙니다.”

라팔의 몸은 더욱 오그라들었다.

“그러면 뭔가요?”

“당신들이 갈 곳이 없어요.”

교수는 눈을 돌렸고, 블렘머 부인은 창가로 다가갔다. 나는 방금 들은 말을 믿을 수 없었다. 아브라함의 널찍한 집이, 급한 경우에는 엄니를 자기 침대 아래 숨기겠다던 그의 말이 떠올랐다.

“블렘머 부인이 혼자 가면 되나요?”

“아담, 이제 그만해요.”

그녀가 말했다.

“하지만…….”

“아담, 그만하라니까요.”

그녀의 목소리에서 뭔가 위협적인 게 묻어났다.

“아브라함이 나에게 원하는 게 뭔가요? 안나는 어떻게 됩니까? 내가…….”

“당신이 블렘머 부인과 함께 있으면 아브라함은 계속 안나를 돌볼 겁니다. 그러니까…… 당신이 동부로 간다고 해도 말이지요.”

"아브라함이 자기 엄마가 가는 걸 내버려둔……."

"나는 그저 심부름꾼에 불과합니다."

라팔이 내 말에 끼어들었다.

"심부름꾼이라고요."

"알았어요."

전혀 이해하지 못한 채 나는 대답했다.

블렘머 부인이 창문에서 몸을 돌렸다.

"라팔, 우린 언제 동부로 가나요? 아담과 나를 언제 기차로 안 내할 건가요?"

"잘 모릅니다만, 아마 조만간 그렇게 될 겁니다."

라팔이 눈언저리에서 눈물을 훔쳤다.

"할 수만 있다면 나는…… 나는 그저 심부름꾼에 불과해요."

우리는 격렬하게 우는 그를 그대로 내버려두었다.

"당신이 해줄 수 있는 일이 있어요."

그의 울음이 잦아들기를 기다렸다가 내가 말했다. 나는 그에게 보석을 내밀었다.

"이걸로 시간을 벌어보세요. 잠깐만이라도."

다이아몬드를 보던 그의 눈길이 나를 향했다.

"이걸 주면 얼마나, 며칠이나 얻을 수 있을까요?"

"아마 석 주쯤, 어쩌면 조금 더 얻을 수도 있을 겁니다."

내가 손에 쥐여준 차가운 보석이 그의 바지주머니로 들어갔다.

라팔이 몸을 일으켰다.

"이제 가야겠어요."

그 말은 부탁에 가깝게 들렸다. 아무도 대답하지 않자, 라팔은 발을 질질 끌며 문으로 향했다.

우리 셋만 남았다. 교수는 금빛 독주가 조금 남아 있는 병을 마술처럼 꺼내들었다.

"자그마한 잔으로 세 사람 모두 한 잔씩 마실 수 있을 겁니다. 블렘머 부인, 오늘을 축하하며 한잔 어때요?"

"교수님, 좋지요."

블렘머 부인은 드디어 미소를 내려놓았다. 그녀가 내 어깨에 손을 얹고 어색하게 두드렸다.

"아담, 내 말을 안 믿었지요? 나는 내 아들을 안답니다."

"하지만……."

"돈을 이곳에 몰래 들여오는 것과 도주는 전혀 다른 이야기랍니다."

"하지만 아브라함이 급한 경우에는 당신을 자기 침대 밑에 숨기겠다고 했단 말입니다."

"아담, 날 봐요. 나는 위험부담이 너무 커요."

"하지만……."

블렘머 부인이 고개를 저었다. 나는 입을 다물었다. 멘덴이 우리에게 잔을 건넸다. 찰랑찰랑, 고향의 노래.

"교수님, 펜이 있으면 빌려주시겠어요? 글을 쓰고 싶습니다. 우리가 사라지지 않게 해야겠어요."

"얼마든지 드리지요."

멘덴이 미소를 지었다.

"그래서였군요. 이제 알아들었습니다. 그 다이아몬드, 시간을 벌려고……. 알았어요."

우리는 술을 한 모금 마셨다.

"교수님, 당신은 학식 있는 분이지요."

블렘머 부인이 말했다.

"백 년 후 사람들은 이 시절에 대해 무슨 말을 하게 될까요?"

멘덴이 손에 든 잔을 흔들었다.

"블렘머 부인, 솔직히 말해서 모르겠습니다. 하지만 우리를 내쫓은 게 인간이라는 사실, 이 게토를 만든 게 인간이라는 사실, 저 바깥에서 총을 쏘는 게 인간이라는 사실, 이 기차들을 움직이는 게 인간이라는 사실을 후대 사람들이 잊지 않기를 바랄 뿐입니다."

"인간이라고요? 멘덴 교수님, 혹시 그들을 이해하라는 말씀인가요?"

"아니, 그런 뜻이 아닙니다. 태풍이나 지진처럼 우리가 어쩌지 못하는 재난이 있습니다. 하지만 우리가 여기서 경험하는 것들은 그런 자연재난이 아니에요. 인간이 저지르는 일입니다."

다음 날 저녁, 아우구스트의 졸개들과 제복을 입은 라팔 패거리가 그날의 일을 모두 끝낸 시간에 나는 이지도르 클라인을 찾아갔다.

그는 한참 시간이 지난 뒤에야 문을 열었다.

“아담, 살아 있었군요!”

그가 나를 포옹했다.

우리는 이주가 시작된 이후로 어떻게 지냈는지 서로 이야기했다. 브레덴 공장에서 일하기 위해 지금도 매일 게토에서 나가는 노인은 나보다 할 말이 더 많았다. 안나, 미친 것은 나비들이 아니었다.

이지도르가 인상적인 서류를 보여주었다. 그가 브레덴의 제국에 없어서는 안 될 노동자임을 알리는 서류였다. 그는 안전했다.

“이지도르, 당신에게 부탁이 있어요.”

“어서 해보세요.”

그가 미소 지었다.

“게토에서 내보내고 싶은 물품이 있어요. 책이에요. 베르니에게 주셨으면 합니다. 베르니더러…… 전쟁이 끝날 때까지 가지고 있으라고 전해주세요.”

그는 한순간도 망설이지 않고 손을 내밀었다.

“당연히 부탁을 들어드려야지요. 이리 주세요.”

“아직 끝나지 않았어요.”

우리는 모든 것에 대해 이야기했다. 3주 후에는 내가 그에게 책을 건넬 테고, 그때까지는 베르나데테가 우리에게 협력할지 어쩔지 알게 될 터였다.

나는 베르나데테에게 편지를 쓴 뒤, 이지도르에게 읽어보라고 내밀었다.

“전쟁이 끝나면 베르나데테가 그 책을 어떻게 해야 하지요?”

잠깐 생각한 뒤에, 나는 쪽지에 내 이름과 베를린 우리 집 주소를 썼다.

"이곳으로 보내라고 하세요."

나는 할머니의 다락방 벽에 붙어 있던 사진 속의 남자들이 무적이라고 생각한 적은 단 한 번도 없었다.

안나,

내 이야기는 여기서 끝난다. 일부는 너의 이야기이기도 했다. 쓰는 동안 부끄러웠다. 교수가 부끄러워했던 것처럼 나도 그랬지만, 그 감정을 헤치며 끝까지 간다.

이제 곧 이지도르에게 건넬 이 책이 언젠가 너를 발견하기를.

나는 내일 기차에 오른다. 한때 머리끈이었던, 여자아이들이 머리를 묶었던, 꿈과 꽃을 함께 묶을 수 있는 끈이었던 줄 세 가닥도 함께 간다. 그 뒤에 무슨 일이 벌어질지는 상상하지 않으려 한다.

안나, 네 눈길이 나에게 와닿았을 때, 모든 것이 조화로웠다. 온 세상이 내 안에 들어왔다. 내 안에서 수백만 마리 새들이 날아오르고, 바다와 강들이 내 핏줄을 따라 찰랑찰랑 소리를 내며 흘렀다.

"누구나 죽는다."

부슬러는 그렇게 말했지. 그러나 너는 제발 서두르지 말기를, 베를린에서 너를 기다리는 네 꿈을 생각하기를.

눈을 감으면 우리 도시 쪽 거리들이 떠오른다. 과거와 미래의 모든 순간이 그곳에서 반짝인다. 소중한 순간들……. 우리도 그곳에 뭔가를 남겨두었다.

너를 향했던, 그리고 언제나 너를 향해 있을 내 심장은 이제 영원히 이 종이들 사이에 눕는다.

아담

Postkarte – Carte postale
Weltpostverein – Union postale universelle
Levelező lap – Correspondenzkarte – Dopisnice
Karta korespondencyjna – Korespondenční lístek
Briefkaart – Cartolina postale – Post card – Brefkort
Открытое письмо – Дописна Карта
Tarjeta Postal

Monsieur et Madame Girardet
Avenue d'Orreville, 110
[...]comble, Seine

III

아담의 유산

나는 다락방에 홀로 서 있었지만, 잔이 찰랑거리는 소리와 탁자 다리가 삐걱거리는 소리를 들을 수 있었다. 여러 소리들의 합창 속에는 내 목소리도 있었다.

후버 부인은 술에 취한 채 라라 코헨 할머니의 소파 옆에 누워 있었고, 엄마는 계속 피아노를 뚱땅거렸다. 후버 부인의 영혼은 아마 베네치아에 머물고, 우리 엄마는 머릿속으로 로큰롤의 왕과 춤을 추는 중이었을 것이다.

나는 두 사람이 계속 꿈을 꾸게 내버려두고, 예전의 내 방에 여전히 남아 있던 아동용 침대에 누웠다.

이야기는 아직 끝나지 않았다. 아담 할아버지의 마지막 소원은 이루어지지 않았다. 할아버지의 책은 그가 사랑하던 소녀에게 가 닿지 못했다.

마지막 장을 쓰는 일은 상속자인 나에게 남겨졌다.

내가 그만둔다고 하자 우도는 도무지 믿지 못했다.

"에드, 도대체 왜? 사람들이 이걸 얼마나 좋아하는데. 다시 한 번 생각해봐."

그러나 나는 이미 결심을 굳혔다. 이제 죽은 양은 내게 아무런 의미도 주지 못했다.

엄마와 나는 할머니 집을 일단 세놓기로 했다. 마음이 아파 차마 팔 수는 없었다. 아주 많은 코헨 집안 사람들이 이 집에서 살아왔다. 할머니 재산은 둘이 나눴다. 별로 많지 않은 금액이었다. 나는 그 돈을 사설탐정에게 투자하기로 했다. 안나가 전쟁에서 살아남았기를, 그리고 지금도 살아 있기를 바랐다. 이제 거의 아흔 살에 가까울 터였다. 아담 할아버지의 책에서 알아낸 안나에 관한 모든 것을 흥신소에 알려준 뒤, 나는 침대에 누워 기다렸다. 엄마에게는 엄마의 삼촌, 나의 작은 할아버지에 대해 나중에 이야기해줄 생각이었다.

아담 할아버지의 책은 우리 할아버지와 할머니가 아직 영국에 있을 때 이곳으로 배달되었을 것이다. 그러니 그때 소포를 받은 사람은 낯선 이였다.

그 사람이 소포를 내버리지 않고 보관한 이유는 아마도 그냥 그때 기분이었는지도 모른다. 난 그 이유를 결코 알아낼 수 없을 것이다.

하지만 모세 할아버지는 왜 그 오랜 세월 동안 아담 할아버지의 이야기를 발견하지 못했을까? 찾지 않았기 때문에? 자기 동생이 도둑이 아니었다는 사실을 알았더라면 번뇌에서 벗어났을까?

그렇지는 않았을 것이다. 할아버지를 바닥에 쓰러뜨린 건 아담 할아버지가 아니었다.

나는 기다렸다. 23일 동안.

그녀는 뉴욕에 있었다. 살아 있었다.

나는 비행기를 탔다. 안나는 스태튼 섬의 어느 양로원에 살았다. 방의 벽과 가구들은 밝은 노랑이었다. 안나는 진한 청색 원피스를 입고 은색 목걸이를 걸고 있었다. 내가 그때까지 본 중에 가장 슬픈 눈이었다.

우리가 마주 선 순간은 무척 기묘했다. 준비해간 말은 한마디도 나오지 않았다. 내가 말을 하려고 애쓰는 동안, 그녀는 내 얼굴에서 과거의 한 사람을 알아보았다. 그러나 지금 보고 있는 게 무엇인지 이해하지 못하는 표정이었다.

"저는 에드워드 모스 코헨입니다. 아담 코헨이 제 작은 할아버지였습니다."

그녀가 노란색 등나무 의자에 주저앉았다.

"아담 코헨."

그녀가 속삭였다.

"아담……."

나는 흔들리는 슬픔 뒤에 숨은 온 세상을 보았다.

가방에서 책을 꺼냈다.

"작은 할아버지가 당신에게 남긴 게 있습니다."

책을 손에 든 그녀가 눈물을 흘렸다. 나는 당황했다.

"읽어주시겠어요?"

그녀가 부탁했고, 나는 그 말에 따랐다.

완전히 지나가지 않은 과거 이야기의 마지막 음색이 연노랑 방에 울렸을 때, 바깥은 이미 어두워진 뒤였다.

안나가 자기 이야기를 시작했다.

그녀는 베를린에서 체포된 후 폴란드로 추방당했다.

"아담 할아버지가 그날 당신에게 집에 있으라고 말했지요. 혹시 그런 생각은 안 하셨……."

"아담이 내 체포와 뭔가 관계가 있다는 생각?"

"예."

"전혀. 그런 생각은 단 한 순간도 하지 않았어요. 우리는 그때 바깥에서 무슨 일이 일어나고 있는지 알고 있었어요."

그녀의 방랑은 폴란드에서도 계속되었다. 체포와 도주, 발각, 다시 도주. 아담 할아버지는 크라쿠프에서 그녀를 발견할 뻔했다. 부슬러는 제대로 찾았다. 모자 제조업자 근처의 집……. 안나가 그날 저녁 집으로 돌아왔을 때, 레온—아담 할아버지에게 문을 열어준 남자 이름이었다—은 독일인들이 그녀를 찾는다고 말했다.

"레온이 히틀러 캐리커처같이 생긴 어떤 놈이 찾아왔더라고 말했어요. 그리고 우리 이웃사람이, 콧수염이 난 남자가 친위대원과 함께 계단에 있는 걸 목격했다고 하더군요."

안나는 그날 밤 바로 레온의 집을 떠났다. 크라쿠프에서는 안전하지 않다고 느꼈다.

"머리끈은? 하늘색 끈 세 개는요? 그건……."

그녀가 고개를 끄덕였다.

"베를린에서 체포될 때, 그 사람들은 짐을 쌀 시간을 5분 주었어요. 그때 내 꿈들을 들고 나왔지만, 장미는 폴란드로 가는 여행에서 살아남지 못했어요. 머리끈만 남았지요."

"그게 어떻게 청소도구 창고에 들어가게 되었나요?"

"레온의 집에 혼자 있을 때면, 나는 창고에 자주 앉아 있었어요. 그곳은 안전하다는 느낌이 들었거든요. 창고 문에 마법이 걸려 있어서, 나만 열 수 있다고 상상하곤 했지요."

"머리끈을 거기에 두고 잊어버렸나요?"

그녀가 고개를 저었다.

"아니, 아니에요. 그곳을 떠나야 했을 때, 끈을 거기에 묶어 두었어요. 그게…… 그게 거기 남아 있게 하려고."

안나는 좋은 친구들이 많은 바르샤바로 향했지만, 친구들에게 가지는 못했다. 검거되어 바르샤바 게토에 갇힌 것이다.

"언젠가 무척 아팠던 저녁에, 보조경찰이 내 방을 찾아왔어요. 그 사람이 라팔이었던 모양이네요……. 눈썹과 걸음걸이가 기억나요. 오른쪽 왼쪽, 오른쪽 그리고 한 번 껑충. 그가 나에게 소리를 지르며 몽둥이로 위협했어요. '따라와!' 그가 소리를 질렀어요. 나는 도저히 걸을 수 없었지만, 그가 나를 거리로 내몰고는 게토 문까지 쫓아냈지요. 거기서 통행증을 내 손에 쥐여주고, 게토를 막 나서는 사람들의 무리로 나를 밀어넣었어요. 나는 무슨 일이 벌어지고 있는지 알지 못했어요. 그냥 사람들을 따라 바깥으로 나왔지요. 나오자마자 누군가 나를 붙잡았어요. 독일 경찰인지 폴란드 경찰인지는 지금도 몰라요. 나는 그저 이제 끝났다고, 이제 총에 맞을 거라고 생각했어요. 뭔가 딱딱한 것이 머리를 때렸어요. 난 죽었다고 생각했지요. 하지만 죽은 게 아니었어요. 머리에 혹이 난 채로 깨어났지요. 어느 깨끗한 방의 침대에서……."

"아브라함의 집이었나요?"

"아니에요. 수녀님 두 사람이 있었어요. 그들도 누가 나를 구해냈는지 모르더군요. 그건…… 기적이었어요. 내 질문에 아무도 대답을 하지 못했기 때문에 나도 기적이라고 인정했지요."

전쟁이 지나갔을 때, 안나는 자기가 한때 사랑했던 사람들이 모두 사라졌다는 사실을 알게 되었다. 가족과 친구들 중 누구도 살아남지 못했다. 남은 것은 아무것도 없었다. 머리끈도, 모자 제조업자가 살던 거리의 그 집도, 레온도……. 그는 안나가 도주하고 불과 며칠 뒤에 체포당했다.

"베를린에 다시 가보셨나요?"

내가 물었다.

"한 번."

"혹시 그곳에……."

"예. 갔어요. 낯선 여자가 문을 열더군요. 그녀가 코헨 가족은 이미 1942년에 끌려갔다고 말했어요."

안나는 잠깐 아주 먼 곳에 가 있는 듯했다. 다른 장소, 다른 시간에.

나는 망설이다가 말문을 열었다.

“혹시 아담 할아버지를…….”

말을 끝맺을 수 없었다. 그러나 그럴 필요가 없었다. 그녀는 내가 하고 싶은 질문을 알고 있었다.

“내가 그를 사랑했냐고요?”

그녀가 미소 지었다.

“아마 그랬을 거예요. 나는 그때 무척 불안해했어요. 그리고 아담은 꿈꾸는 사람이었지요. 그는……. 그래요, 난 그를 사랑했을 거예요.”

안나는 미국으로 이주하기로 결정했다. 그녀를 아끼는 어느 미군 덕분에 얼마 지나지 않아 비자를 받을 수 있었다.

“나는 처음부터 다시 시작할 수 있을 거라고 생각했어요. 내가 아직 살아 있는 데는 이유가 있을 거라고 믿었지요.”

안나는 미국 남자를 알게 되어 그와 약혼했다. 그는 현대사를 가르치는 강사였고, 이유를 알고자 하는 그녀의 욕구를 이해했다. 안나는 책을 읽고 연구하기 시작했다.

“그건 굉장히 복잡한 계산문제 비슷했어요. 하지만 나는 언젠가 결론을 얻을 거라고 확신했지요. 풀이 과정만큼이나 복잡한 해답을. 하지만 멘덴 교수가 옳았어요. 그건…… 인간이 저지른 일이었어요.”

안나가 자리에서 일어나, 서랍에서 종이 몇 장을 꺼냈다.

“읽어보세요.”

그녀가 나에게 종이를 건넸다.

“뭔가요?”

"크게 소리 내어 읽어봐요."

"41년 9월 2일. 발신인: 친위대장. 수신인: 인종학협회.

동봉하는 이탈리아 서적 『지구상의 민족과 인종』 제1권에는 비스테르니츠와 빌렌도르프에서 발견된 다양한 비너스 상, 그리고 이와 비슷한 임산부들, 특히 허벅지와 엉덩이가 매우 뚱뚱한 비만여성들의 모습이 그려져 있습니다.

이 그림은 그 지역에서 아직도 석기시대를 살고 있는 민족들에 대한 몇 안 되는 정보 중 일부입니다. 이 야만족들 중 몇몇 종족, 특히 살찐 둔부와 그외 이와 같은 특성을 모두 지닌 호텐토트족 여자들은 지금도 그때와 똑같은 모습입니다.

나는 귀 기관이 '친위대 인종 및 이주 본부'와 협력하여, 다음과 같은 문제에 대해 철저히 연구할 것을 요청합니다.

1) 이런 비너스 상이 지도상 어디에서 발견되었는지.

2) 해당 민족이 살던 시기에 그곳 기후는 어땠는지.

3) 호텐토트족과 비슷한 종족들이 유물 발견 장소에서 당시에 살았다는 증거가 있는지, 그리고 이 유물 발견 장소와 오늘날 호텐토트족의 거주지에 공동의 조상이 살았다고 가정할 수 있는지, 또한 이런 종류의 사람들이 기후변화 같은 상황들, 또는 크로마뇽인이나 후대의 북유럽 인들에 의해 쫓겨나고 절멸되었다고 가정할 수 있는지.

4) 호텐토트족이나 이런 둔부를 소유한 다른 종족, 그리고 이 신체적 구조는 언제부터 알려졌는지, 그리고 호텐토트족과 기타 종족들의 기원은 각각 어디인지 지극히 상세하게 조사해야 할

것입니다. 다시 요약하면 이들의 기원을 어디까지 추적할 수 있는지.

5) 호텐토트족이 왜 바로 이 부위에 살이 찌는지 연구하면 흥미로울 것입니다. 많이 먹는다는 이유만으로는 불가능합니다. 그럴 경우 신체의 다른 부위에도 살이 쩌야 하니까요.

6) 귀 기관이 '친위대 인종 및 이주 본부'와 협력하면서, 두 기관이 따로 연구하는 것이 아니라 진정한 공동 작업이 이루어지기를 요청합니다.

H. 힘러."

안나가 미소 지었다.

"난 이것 때문에 실패했어요."

"이게 뭔가요?"

나는 이 기이한 문서를 들어 올리며 물었다.

"연구 지시예요. 하인리히 힘러가 1941년 9월에 내린 지시랍니다. 대량학살이 이미 시작된 뒤의 일이에요."

안나는 여전히 미소를 지으며 말을 이었다.

"비너스니 살찐 둔부니 하는 이 문서를 읽었을 때 난 절대 이해하지 못할 거라는 사실을, 내가 실패했다는 사실을 깨달았어요. 더 나은 설명은 할 수 없군요. 난 연구를 포기하고 물러났어요. 그 일을 저지른 건 인간이었어요. 그게 끔찍하지요."

"약혼자랑은?"

"결혼했어요. 그는 이미 오래전에 세상을 떠났어요. 우린 마지막까지 함께했지요. 그 사람은 좋은 친구였어요. 나를 잘 돌봐주었지요. 죽기 전에 그가 이런 말을 하더군요. '안나, 기다려야 해. 어쩌면 당신이 뭔가 빠뜨렸는지도 몰라.'"

노란 방이 침묵에 잠겼다. 안나의 눈에서 잠깐 동안 모든 슬픔이 사라졌다.

"에드워드, 이제 당신이 왔어요. 그리고 나에게…… 사랑에 대해 이야기하는군요."

그녀가 자리에서 일어나, 가느다란 손을 내 어깨에 얹었다.

"기다렸던 게 기뻐요."

작별하면서 안나는 나더러 아담 할아버지의 책을 도로 가져가라고 말했다. 이야기를 가지고 있어야 할 사람은 나라는 거였다.

나는 베를린으로 다시 날아왔다. 비행기 옆자리에 매력적인 젊은 여자가 앉았다. 아름답다는 말이 아마 더 맞을 것이다. 그녀가 나에게 미소 지었다. 미소도 매력적이었다. 우리는 서로 자기소개를 했다. 그녀 이름은 디아나, 사진작가라고 했다.

"당신은 뭘 해요?"

그녀가 물었다. 목소리도 예뻤다.

나는 잠시 생각에 잠겼다. 난 뭘 하지? 그러다가 유일하게 솔직한 대답을 했다.

"아무것도 안 합니다."

"그래요? 그럼…… 뭘 하고 싶어요?"

"모르겠어요."

"아무 계획도 없다고요?"

"예."

"아유, 그러지 말고 말해봐요."

그녀가 친근하게 내 어깨를 쳤다.

"뭔가 목표가 있을 거 아니에요."

"없어요."

그러자 디아나가 자기 목표와 계획을 이야기했다. 나는 그녀의 수다 때문에 피곤해졌다. 이미 수천 번 들은 이야기들이었다.

그녀가 눈썹을 깜박이며 물었다.

"지금 눈을 감고 상상해봐요. 10년 뒤에 당신 인생은 어떨 것 같아요?"

"아무것도 안 떠올라요."

디아나는 내가 지루해진 모양이었다. 내가 10년 뒤에 뭐가 되어 있을지 곰곰이 생각하는 동안, 그녀는 헤드폰을 쓴 채 창밖만 노려보았다.

눈앞에 뭔가 떠올랐다. 나는 디아나를 톡톡 쳤다. 그녀가 헤드폰을 벗었다.

"예?"

"난 10년 뒤에 칼리크 화산 위에서 춤을 추고 싶어요. 그곳은 아담의 상속자, 코끼리 유일신의 아들이 숨을 쉴 수 있는 유일한 곳이에요. 당신 같은 사람들이 와서, 내가 춤추는 모습을 볼 수 있을 거예요. 그들은 나를 비웃으며 말하겠지요. '아, 광대뿐이군.'

하지만 난 그런 말을 들어도 아무렇지 않을 겁니다.”

디아나는 매력적인 미소를 거두고 매력적으로 인상을 썼다. 그녀가 화장실에 가려고 일어섰다. 그러고는 돌아오지 않았다.

베를린에 도착하여 짐 찾는 곳에서 디아나를 다시 만났다.

“잘 가요.”

마지막으로 스쳐가면서 나는 인사를 건넸다.

“당신은 중증 정신병자예요.”

그녀는 이렇게 말하고 종종걸음으로 자리를 떴다.

사람이 뭔가 쓰기 시작하는 이유는, 모든 것을 이야기하고 싶은 누군가가 있기 때문일까.

모든 것이 그냥 사라질 거라는 생각을 견딜 수 없어서 이야기를 시작하는 걸까.

에이미, 이제 너에게 모든 걸 이야기했다. 다락방에서 서로 얽힌 아담 할아버지의 이야기와 나의 이야기를.

네가 언젠가 이 종이를 손에 들게 되리라 생각한다. 에이미, 그러면 나를 생각해주길. 그뿐이다.

　에드워드는 제2차 세계대전 때 집안 재산을 들고 사라진 작은 할아버지 아담을 닮았다는 말을 어릴 때부터 계속 들으며 자란다. 둘의 공통점은 외모뿐이 아니다. 사회에 적응할 능력이 없어 가족들의 걱정거리라는 점도 같다. 아버지는 없거나 무력하고 엄마는 순진무구하기만 할 뿐 세상물정을 잘 모르지만, 강인한 할머니가 가족을 위해 온갖 노력을 기울인다는 점도 비슷하다.

　어느 날 에드워드는 아담 할아버지가 바르샤바 게토에서 연인에게 쓴 편지를 다락방에서 발견한다. 에드워드는 짝사랑의 대상인 에이미에게 편지를 써서, 다락방에서 읽힌 자기 이야기와 아담 할아버지의 이야기를 들려준다.

　이따금 발생하는 폭력에도 불구하고 계부를 정신적인 지주로 따르던 에드워드는 그가 사망한 뒤 '수천 개의 헝겊조각' 중에 자기는 과연 무엇인지 찾으려 방황한다. 사랑하는 사람을 위해 안락함을 버리고 바르샤바 게토로 들어간 아담은 죽음을 앞두고 무언가 남기기 위해, 사라지지 않기 위해 자기 이야기를 시작한다. 아담 할아버지 이야기를 읽은 에드워드도 에이미에게 자기 이야기를 쓰기 시작한다. "우리가 누구인지 아무도 말하지 않는다면 우리는 녹아서 없어질까, 아니면 그때야 비로소 원래 모습을 찾을까? …… 우리는 결국 다른 사람들이 우리에게서 발견하는 그런 존재가 될까?"

서글픈 환경 묘사에도 불구하고 계속 웃음이 터지는 에드워드 이야기에 비해, 암울한 상황이 무심하게 펼쳐지는 아담 이야기는 간간이 유머가 섞여 있음에도 그 처연함으로 심장이 서늘해진다. 바르샤바 게토에서, 백 년 후 사람들은 이 시절에 대해 어떤 말을 하게 될지 묻는 블렘머 부인에게 함께 사는 교수는 이렇게 대답한다. "태풍이나 지진처럼 우리가 어쩌지 못하는 재난이 있습니다. 하지만 우리가 여기서 경험하는 것들은 그런 자연재난이 아니에요. 인간이 저지르는 일입니다."

책을 읽으면서, 어릴 때 경험한 계부의 폭력이 아이에게 과연 아무런 정신적 상처도 남기지 않을지(물론 나중에 정신과 의사와 상담하며 그때 상황을 스스로 정리하기는 한다), 바르샤바 게토의 일상생활을 이따금 이렇듯 '정상'에 가깝게 묘사해도 되는지 의아할 때도 있었다. 그러나 두 주인공이 이야기를 시작하는 이유는 바로 이런 소설적 장치에서 비롯된 건지도 모른다. 극한 상황과 지극히 정상적인 생활이 섞인 혼란스러운 환경에서, 그냥 두면 사라져버릴 '나'를 찾고 남기기 위해…….

독일의 어느 라디오 프로그램은 이 책에 대해 "미화되는 것은 아무것도 없지만 희망이 야만을 이기고, 사랑이 죽음에 승리를 거둔다”고 평했다. 경험할 것이 많아 오래 마음 붙일 대상이 드물고 스치듯 지나는 사랑이 빈번한 현대사회에서, 소설의 등장인물들처럼 평생의 버팀목이 될 ‘나만의 베네치아’와 ‘나만의 다락방’, ‘나만의 안나’를 하나씩 품고 산다면 삭막한 세상이 조금은 따뜻해지지 않을까.

『아담의 사라진 여인』은 소설가 아스트리트 로젠펠트의 데뷔작이다. 모든 것을 쏟아붓는, 전력투구하는 데뷔작의 장점이 고스란히 드러나 있다. 저자가 보여준 이야기하기의 재능이 후속작에서도 이어지길 기대한다.

옮긴이 **전은경**

한양대학교 사학과를 졸업하고 독일 튀빙겐 대학교에서 고대사와 고전문헌학을 공부했다. 출판편집자를 거쳐 현재 독일어 전문번역가로 활동하고 있다. 『16일간의 세계사 여행』『철학의 시작』『캐리커처로 본 여성 풍속사』『커피우유와 소보로빵』『리스본행 야간열차』『나는 시간이 아주 많은 어른이 되고 싶었다』 등을 우리말로 옮겼다.

아담의 사라진 여인

초판 1쇄 인쇄 2011년 11월 28일
초판 1쇄 발행 2011년 12월 12일

지은이 아스트리트 로젠펠트
옮긴이 전은경
펴낸이 김선식

Chief editing creator 김현정
Editing creator 유희성, 박여영
Design creator 황정민

2nd Creative Story Dept. 김현정, 박여영, 최선혜, 한보라, 유희성, 백상웅
Creative Design Dept. 최부돈, 황정민, 김태수, 손은숙, 박효영, 이명애, 박혜원
Creative Marketing Dept. 모계영, 이주화, 원종필, 임광문, 신문수, 백미숙
    Communication Team 서선행, 박혜원, 김선준, 전아름, 이예림
    Contents Rights Team 이정순, 김미영
Creative Management Team 김성자, 송현주, 류수민, 김태욱, 윤이경, 김민아, 권송이

펴낸곳 (주)다산북스
주소 서울시 마포구 서교동 395-27
전화 02-702-1724(기획편집) 02-703-1723(마케팅) 02-704-1724(경영지원)
팩스 02-703-2219
이메일 dasanbooks@hanmail.net
홈페이지 www.dasanbooks.com
출판등록 2005년 12월 23일 제313-2005-00277호

필름 출력 스크린그래픽센타
종이 월드페이퍼(주)
인쇄 · 제본 (주)현문

ISBN 978-89-6370-708-2 (03850)